茅盾研究
八十年書系

錢振綱・鍾桂松◎主編

唐金海、劉長鼎◎主編

39

茅盾年譜（第五冊）

花木蘭文化出版社

國家圖書館出版品預行編目資料

茅盾年譜（第五冊）／唐金海、劉長鼎　主編 -- 初版 -- 新
北市：花木蘭文化出版社，2014〔民 103〕
目 4+336 面；19×26 公分
（茅盾研究八十年書系；第 39 冊）
ISBN：978-986-322-729-8（精裝）
1. 沈德鴻　2. 年譜
820.908　　　　　　　　　　　　　　　103010449

中國茅盾研究會《茅盾研究八十年書系》編委會

主　編：錢振綱　鍾桂松

副主編：許建輝　王中忱　李　玲

特邀顧問：

邵伯周　孫中田　莊鍾慶　丁爾綱　萬樹玉　李　岫

王嘉良　李廣德　翟德耀　李庶長　高利克　唐金海

ISBN-978-986-322-729-8

9 789863 227298

茅盾研究八十年書系
第三九冊

ISBN：978-986-322-729-8

茅盾年譜（第五冊）

本書據山西高校聯合出版社 1996 年 6 月版重印

編　　者	唐金海　劉長鼎	
主　　編	錢振綱　鍾桂松	
總 編 輯	杜潔祥	
副總編輯	楊嘉樂	
編　　輯	許郁翎	
出　　版	花木蘭文化出版社	
社　　長	高小娟	
聯絡地址	235 新北市中和區中安街七二號十三樓	
	電話：02-2923-1455／傳眞：02-2923-1452	
網　　址	http://www.huamulan.tw 信箱 hml810518@gmail.com	
印　　刷	普羅文化出版廣告事業	
初　　版	2014 年 7 月	
定　　價	60 冊（精裝）新台幣 120,000 元	

茅盾年譜（第五冊）

唐金海、劉長鼎　主編

精神存在：文學大師茅盾（自序）　唐金海　劉長鼎

第一冊

目
次

第 四 編
（一九六六年～一九八一年）

萬家墨面沒蒿萊，敢有歌吟動地哀。

心事浩茫連廣宇，於無聲處聽驚雷。——魯迅

山形水系依稀是，館閣樓臺付劫灰。

擬欲圓明存舊貌，宏規盛世一聲雷。——茅盾

一九六六年（七十一歲）

一月

一日　晚，以政協副主席身份出席在人民大會堂舉行的元旦國宴。

四日　晚，出席緬甸駐華使館在北京舉行的慶祝緬甸獨立十八週年招待會。（5日《人民日報》）

二十日（除夕）　晚，出席在人民大會堂舉行的首都軍民春節聯歡晚會。（21日《人民日報》）

本月

二日　《人民日報》開始介紹大慶人學習毛澤東思想，艱苦奮鬥、自力更生、多快好省地建設社會主義現代化石油基地的經驗。

二月

十七日　下午，到北京醫院，向人大副委員長陳叔通先生遺體告別，並列爲陳叔通治喪委員會委員。（18日《人民日報》）

十八日　上午，參加弔唁陳叔通先生逝世活動。（20日《人民日報》）

十九日　上午，往中山公園中山堂，出席陳叔通先生公祭儀式，爲陪祭，由周恩來總理主祭。（20日《人民日報》）

本月

二日至二十日　林彪委託江青炮製了《部隊文藝工作座談會紀要》。

三日　中央文化革命小組召開擴大會議，會後由彭眞主持制定《關於當前學術討論的匯報提綱》。

七日　《人民日報》發表通訊《縣委書記的榜樣——焦裕祿》。

四月

三日　晚，與郭沫若等應邀出席摩洛哥大使阿·拉·菲拉利爲慶祝摩洛哥國慶舉行的招待會。（4日《人民日報》）

四日　下午，與譚震林、林楓等應邀出席匈牙利大使郝拉思·尤若夫在

使館，爲慶祝匈牙利解放二十週年而舉行的酒會。(5 日《人民日報》)

十八日　上午，往北京醫院看病。

十九日　晚，與董必武、薄一波等應邀出席敘利亞共和國臨時代辦爲慶祝敘利亞國慶節在北京飯店舉行的招待會。(20 日《人民日報》)

二十八日　中午，往首都機場，迎接阿爾巴尼亞部長會議主席謝胡率領的黨政代表團訪問中國。(29 日《人民日報》)

同月　上海老鄰居歐陽翠因私事來北京，「當時《海瑞罷官》已在展開討論，田漢已經遭到批判。」我去看望茅盾，發覺「他言語不多，似乎已預感到一場不平常的災難可能要降臨。」(歐陽翠《懷念茅公》，載《文匯報》1981年 4 月 12 日)

同月　出席政協雙週座談會兩次。

本月

十六日　中共中央政治局常委會批評《二月提綱》，撤銷了文化革命五人小組，另建「文化革命」小組，組長陳伯達，副組長江青、張春橋，顧問康生。

五月

一日　出席首都「五一」勞動節慶祝活動。(2 日《人民日報》)

四日　《日記》云：「昨晨因抽水馬桶漏水，水流瀉地，蹲？收拾約半小時。當時未覺勞累，昨晚稍覺兩腿酸痛，不料今日卻更感酸痛。老骨更不堪使用了。」

同日　晚，「七時赴『人大』三樓看電影《桃花扇》，此乃三、五年前所攝，今則作爲壞電影在內部放映矣。」(《日記》，載葉子銘《十年浩劫中的茅盾》，《鍾山》1986 年 2 期)

十日　晚，與劉少奇、周恩來等黨和國家領導人，應邀出席謝胡同志訪問中國的告別宴會。(11 日《人民日報》)

十一日晚　往首都機場，與劉少奇、周恩來、鄧小平等黨和國家領導人歡送謝胡率領阿爾巴尼亞黨政代表團回國。(12 日《人民日報》)

十六日　「上午閱報，參資。下午三時赴北京醫院例診，量得血壓比上

月十八日高十五、度。……四時許返回家，閱書。晚閱書至九時半。服藥如昨，十一時就寢，然而轉輾不成眠，至十二時加服 S 一枚，一小時後始入睡。」（《日記》，載葉子銘《十年浩劫中的茅盾》）

　　同月　出席政協雙週座談會兩次。

　　同月　從本月起到一九七一年六月，「用自己剪裁裝訂」的日記本記了五年多日記，計二十七本日記，「無論從形式或內容看，它都堪稱是一部獨特而珍貴的日記」，「內容極爲簡略，所記多屬每日的氣象、睡眠及起居活動等個人生活瑣事，極少發議論，抒胸臆，或慷慨激昂地諷論時局」，是近於「起居式」的日記。但「這是一些在特殊年代裡所寫的特殊日記。」（葉子銘《十年浩劫中的茅盾》）

　　約五、六月間　出席每週一次的政協國際問題座談會》，並增加了幹家務的時間：每天早晨半小時打掃衛生、每逢女工休息日或孔德沚身體不適時，早起爲上小學的孫女小鋼煮牛奶，夜間看管蜂窩煤爐以防熄滅。說：「人要經常活動筋骨，老是坐著躺著容易僵死，我年輕時就吃了不愛運動的虧，現在老了想動也難了，只能做做清潔工作了。」（韋韜　陳小曼《茅盾的晚年生活》〔一〕）

本月

　　　　四日至二十六日　中共中央政治局擴大會議在北京召開。會議通過了關於開展「文化大革命」的《五・一六通知》。林彪在會上侈談「政變經」，誣蔑彭眞、陸定一、羅瑞卿和楊尚昆結成「反黨集團。」

　　　　十日　姚文元在上海《解放日報》和《文匯報》同時發表《評「三家村」──〈燕山夜話〉〈三家村札記〉的反動本質》。

六月

　　約中旬　開始參加緊張的關於「文化大革命」的學習討論。（葉子銘《十年浩劫中的茅盾》）

　　十七日至十八日　出席中共中央統戰部召集的會議，聽了所謂「彭（眞）、陸（定一）、羅（瑞卿）、楊（尚昆）」罪行的傳達報告，接著集中閱讀有關「無產階級文化大革命」的文件。（葉子銘《十年浩劫中的茅盾》）

　　二十日至二十四日　集中到政協參加座談討論。這一陣茅盾失眠了，不

得不增加安眠藥的劑量，乃至用看書來定心催眠。（葉子銘《十年浩劫中的茅盾》）

二十七日　「晚閱書至十時，服藥 PH、L$_1$、L. N. M 各一枚，繼續閱書。但至十一時半仍無睡意，乃加用 S 一枚，仍閱書以催眠，不料一小時後乃入睡。」（《日記》，載葉子銘《十年浩劫中的茅盾》）

同月　背後已被「四人幫」點名批判，康生曾在一個文件上批語「此人問題嚴重」；內部點名是「四條漢子」的祖師爺；還云茅盾的歷史有問題。（劉文勇《他，永遠活在人們心中——記與茅盾先生的兩次會見》，載《廣西文藝》1981 年 9 月號）

同月　北京文化部大樓裡，出現了矛頭指向茅盾的大字報，只是由於中央某些領導同志的干預，後來被保護性集中到某處。（按：上海作協大樓裡，也出現了矛頭指向巴金等大字報專欄。）（葉子銘《十年浩劫中的茅盾》）

當月

日本平松辰雄發表《茅盾作為作家的出發點》，載日本《漢文學會會報》〔東京教育大學〕（25）1966 年 6 月出版。

本月

一日　《人民日報》發表北京大學聶元梓等人所謂揭穿「三家村」黑幫分子大陰謀的大字報；同時發表社論《橫掃一切牛鬼蛇神》。

三日　中共中央決定改組北京市委。

十日　《紅旗》雜誌第八期發表社論《無產階級文化大革命萬歲》。

二十日　由江青、張春橋策劃炮製的《文化部為徹底乾淨搞掉反黨反社會主義反毛澤東思想的黑線而鬥爭的請示報告》，以中央文件名義批轉全國。

二十七日　亞非作家緊急會議在北京舉行。

七月

九日　晚，出席周恩來、陶鑄等為熱烈慶祝亞非作家緊急會議閉幕在人民大會堂舉行的盛大宴會。（10 日《人民日報》）

八日至九日　出席各民主黨派和無黨派人士舉行的雙週座談會，由董必武同志主持，就當前開展的無產階級文化大革命作了討論。（10 日《人民

日報》）

當月

香港九龍南華書店出版茅盾短篇小説集《風波》，共收九個短篇，除了《喜劇》、《微波》、《春蠶》等六篇未改題目外，《風波》、《小城春秋》、《生的掙扎》等三篇，都是改過題目的。

香港出版茅盾短篇小説集《朝露》，南華書店出版。本集共收《朝露》、《色盲》、《曇》、《尚未成功》、《林家舖子》等五個短篇小説，首篇《朝露》即《一個女性》。

香港出版茅盾短篇小説集《青春的夢》，南華書店出版。本集共收《創造》、《當舖前》、《豹子頭林沖》等十一個短篇。首篇《青春的夢》即《自殺》。

（按：以上均見葉子銘《訪美所見幾種茅盾作品的盜版書》，載《書林》1983 年 2 期）

本月

一日　《紅旗》第九期重新發表毛澤東的《在延安文藝座談會上的講話》，編者按中點名批判周揚等「頑固地堅持資産階級、修正主義的文藝黑線。」

二十八日　中共中央宣傳部舉行會議，橫幅爲：高舉毛澤東思想偉大紅旗憤怒聲討文藝黑幫頭子周揚。

八月

五日　作《答〈這是對地下黨員的侮辱〉》（論文），載葉子銘《夢回星移》。《這是對地下黨員的侮辱》是從河北某地寄來的一篇大字報，指責《子夜》裡關於蘇倫的描寫，嚴詞責問茅盾「居心何在？」茅盾不能違心地接受這種罪名，很認眞地寫了一份答覆，「說明大字報的作者沒有看出蘇倫是托派等等三點。」把答覆給了政協秘書長，並附信請他們考慮決定是否能轉交作者。

十一日　上午，看見隔壁中國科學院情報所的造反派正在所內草坪上「遊鬥」「資産階級右派份子」與「反動學術權威」，「其中有戴紙帽者七人，當即右派，但不知其爲本單位的，抑有科學院其他單位被揪出的反黨反社會主義右派份子。紙帽甚高，有字。在窗前望去，不辨何字。」（《日記》，載葉子銘

《十年浩劫中的茅盾》）

十八日 上午，應邀上天安門，出席毛澤東主席首次接見百萬紅衛兵大會。林彪、周恩來在會上講了話。會後，百萬群眾遊行隊伍通過天安門廣場，接受毛澤東主席的檢閱。《日記》云：「四時許即醒，聞街上鼓聲咚咚，蓋群眾赴天安門集會，毛主席將在門樓與群眾見面。四時半起身，開爐燒開水及早餐，蓋保姆例假，而德沚又腰疼不能工作也。至六時許早餐已畢。六時廿五分機關事務管理局來電話請到天安門樓主席台。時司機尚未到來，打電話找司機，六時五十五分來了，即出發，七時五分到天安門樓。七時半大會開始。九時回家，九時半又趕政協參加聶洪鈞之追悼會。十一時返家。」（葉子銘《十年浩劫中的茅盾》）

約下旬 聽到老舍在太平湖飲恨自盡的消息，長嘆一聲道：「平日老舍隨和幽默、開朗，想不到還是一個性格剛烈、自尊極強的人！他是受不了橫加在他身上的對人格的極大侮辱啊！他自殺在太平湖，顯然是對這種不公正的無聲的抗議。不過，自殺終究不是辦法，為何不堅持一下，親眼看這世事究竟怎樣發展變化呢？我是相信即使滄海桑田，最終逃不脫社會發展規律的制約！」（韋韜 陳小曼《茅盾的晚年生活》〔一〕）

二十五日 獲悉作家老舍被迫害致死的第二天，紅衛兵「破四舊」正波及到茅盾所住的院子。「今日下午有若干小孩，聞係文化部職員之子女，大者十餘歲，小者有十歲左右，先在文化部宿舍之院子中將舊放在露天之漢白玉石盆（有桌子大小），一一推翻，不知其何所用意。後來又到我的院子裡，見一個漢白玉小盆（此亦房子裡的舊有之物，我本不喜此），推翻在地。彼等大概認為此皆代表封建主義者，故要打倒他。」（《日記》，載葉子銘《十年浩劫中的茅盾》）

約下旬 茅盾在樓上看書，保姆在樓下燙衣服，沒燙完，就跑去「造反」，結果燙斗把桌子燒著，弄得濃煙滾滾，如果不是家人及時回來搶救，後果是不堪設想的。（劉文勇《他，永遠活在人們心中》）

三十日 上午，終於發生紅衛兵來抄家事件。早晨，家中一個公務員同孔德沚口角，說：「你們家裡有四舊，要抄！」打電話喊來了「人大」「三紅」的紅衛兵，實際上是一群中學生來抄家。「為首一人，手執一把從張治中家抄來的日本指揮刀（時張治中還在北戴河），衝茅盾嚷道：『我們剛從張

治中家來，抄了他的家。對你算是客氣的！你家有『四舊』，我們要檢查！」茅盾說：「這件事，得通過政協，你們無權在這裡亂翻。」但他們根本不予理睬，開始四處亂翻，還說：「書太多了沒有用處，都是些封、資、修的東西！只要有部毛選就夠用了！」還指著牆上茅盾女婿蕭逸烈士的照片叫嚷道：「這個國民黨軍官是誰？」「國民黨軍官是什麼樣子的？你知道嗎？我同你們沒有什麼可說的，你們問統戰部去！」茅盾氣壞了。紅衛兵還將一張掛著的蘇聯電影明星拉迪尼娜的照片（按：是她本人親自贈送給茅盾的），也扣上封、資、修的帽子，並且動手將帽子翻轉過來，在背後寫上「不准看」三個字。茅盾在當天《日記》中寫道：「今日上午九時半，有紅衛兵來檢查，十一時許始去。箱子都細看，抽斗都細看，但獨不要檢查書籍，只說書太多了無用，只要有毛選就夠了。有一樟木箱久鎖未開，鎖生鏽，不能開。乃用槌破鎖。」（葉子銘《十年浩劫中的茅盾》）

　　同日　周恩來總理寫了一份應予保護的幹部名單，其中就包括茅盾在內。後來，統戰部向周恩來反映了這次抄家情況，也提出對茅盾應予保護，並得到周恩來的首肯，後來抄家的事再也沒有發生過。（葉子銘《十年浩劫中的茅盾》）

　　同日　抄家後，茅盾給中共中央統戰部打電話，接電話的金城同志說：這些天統戰部接到不少紅衛兵抄家後告急電話，可是統戰部也無可奈何。根據大家的經驗，最好的辦法是以禮相待，表示歡迎。（韋韜　陳小曼《茅盾的晚年生活》〔一〕）

　　三十一日　下午，往天安門城樓，應邀參加毛澤東主席接見來自全國各地和首都的五十萬名紅衛兵和革命師生。在天安門城樓由五時站到七時，「覺冷不可支，渾身發抖，乃於七時半返家，急服羚翹丸三丸，姜湯一盞，幸未發燒。」（《日記》，載葉子銘《十年浩劫中的茅盾》）

　　同月　一天，聽到在景山學校上學的孫子小寧因學校集會呼口號時把毛主席語錄舉倒；加上墊在屁股底下的報紙上有最高指示，而在學校挨批、寫檢討。說：「八、九歲的孩子懂什麼，真是形式主義！」（韋韜、陳小曼《茅盾的晚年生活》〔一〕）

本月

　　一至十二日　中共八屆十中中全會在北京召開。全會通過的「十六

條」於九日公佈。會後，公佈了毛澤東給清華大學附中「紅衛兵」的信。

二日　作家以群（1911年生）在上海迫害致死。（按：以群是抗戰時期茅盾的老友，被稱爲「茅盾的參謀長。」）

五日　毛澤東主席寫了《炮打司令部——我的一張大字報》。

十八日　毛澤東主席登上天安門檢閱紅衛兵隊伍，全國欣起「紅衛兵運動」。

二十四日　著名作家老舍（1899年生）被迫害致死。

九月

十五日　下午，往天安門城樓，應邀參加毛澤東主席第三次接見來自全國各地和首都的百萬紅衛兵和革命師生。其間，周總理把茅盾叫到一邊，問他知不知道老舍先生自殺的事，茅盾說聽到了傳聞。總理沉痛地說：「老舍先生是我們的朋友，我們沒有保護好他。你知道他家屬的情況嗎？」茅盾說：「不知道。」總理說：「請您告訴王崑崙（按，王當時爲北京市副市長），就說我要他照顧一下老舍的家屬，關心一下他的生活。」（韋韜　陳小曼《茅盾的晚年生活》〔一〕；16日《人民日報》）

十六日　作《致王崑崙》（書信），載《新文學史料》一九九五年一期。信中轉達了周總理的指示，「要他照顧一下老舍的家屬，關心一下他們的生活。」

三十日　晚，出席周恩來總理爲慶祝中華人民共和國成立三十七週年在人民大會堂舉行的盛大招待會。（10月1日《人民日報》）

同月　韋韜問茅盾，對毛澤東最新指示，爲何不寫表態文章，茅盾說：「我是不寫這種文章的。一個人的信仰是否忠貞，要看他一生的言行，最後要由歷史來作結論。我不喜歡趕浪頭，何況我對『最新指示』有的還理解不了。」（韋韜　陳小曼《茅盾的晚年生活》〔一〕）

同月　針對北京市紅衛兵「聯動」的口號「老子英雄兒好漢，老子反動兒混蛋」，茅盾對陳小曼說：「這完全是封建的血統論。你還記得五十年代在全國放映的印度電影《流浪者》嗎？那部電影對血統論尚且持批判的態度，而我們的社會主義國家現在倒來大肆宣傳血統論，眞使人無法理解。」（韋韜、陳小曼《茅盾的晚年生活》〔一〕）

本月

三日　著名翻譯家傅雷（1908 年生）慘遭迫害，與妻子朱馥梅一起含冤而死。

全國掀起活學活用《毛主席語錄》的熱潮。

十月

一日　上午，往天安門城樓，出席國慶十七週年慶祝集會，與黨和國家領導人一起檢閱了包括紅衛兵和學校師生在內的一百五十萬人遊行大軍。（2日《人民日報》）

十八日　中午，往天安門城樓，應邀參加毛澤東主席第五次接見全國各地來北京進行革命串連的一百五十萬紅衛兵和學校師生。（19日《人民日報》）

二十九日　面對週末來探望他的韋韜、小曼，指著陽翰笙家的小樓說：「你們看，窗戶打得千瘡百孔，沒有一塊玻璃是完整的，昨天串連的人走光了，我們家阿姨進去看過，裡面破壞得不成樣子，連洗澡缸和抽水馬桶都被他們翻過來扣在地，臭氣薰天……」對「大串連」的紅衛兵要像《國際歌》裡唱的那樣「打碎舊世界，建立新世界」的「革命行動」說：「這是對《國際歌》的曲解，是一種藉口，為了給這種愚蠢而野蠻的行為嵌上革命的光環。」（韋韜　陳小曼《茅盾的晚年生活》〔一〕）

三十一日　下午，出席首都紀念魯迅大會。郭沫若在會上作了講話。（11月1日《人民日報》）

當月

「九、十月間，大字報鋪天蓋地而來，貼滿了車總布胡同二十二號的牆壁。……茅盾先生──一代文豪，竟給戴上了一頂『頭號資產階級反動權威』的帽子。」（臧克家《往事憶來多》，載《四川文學》1981 年第 6 期）

本月

八日至二十五日　中共中央在北京召開工作會議，批判所謂「資產階級反動路線。」

二十七日　我國成功地進行了導彈核武器的試驗。

十一月

三日　往天安門，出席毛澤東主席第六次接見來自全國各地紅衛兵和學校師生。（4日《人民日報》）

十日至十一日　晚，往天安門，應邀出席毛澤東主席第七次接見並檢閱來自全國各地的二百萬紅衛兵和學校師生。（12日《人民日報》）

十二日　下午，出席孫中山先生誕辰一百週年紀念會。由董必武致開幕詞，周恩來作了重要講話。（15日《人民日報》）

十八日　爲孫女邁衡出去大串連焦慮萬分，「十時接電話，乃小鋼從車站上打來，說她要到上海進行革命串連，同行者六、七人。因昨晚得票，不及告知，故今日打電話。小鋼今年十三歲，去冬今春因肝炎輟學四、五個月；近來雖說肝炎已癒，但恐身體未必強健。火車甚擠，據新從上海來者（學生坐專車的）言，車中無立足地。小鋼如果不在車中生病，那就證明她身體眞正強健了。以去年之動輒感冒，而且每次感冒必燒至四十度而視，正恐其將在途中生病也。及電詢小曼，小曼也怕小鋼身體不好，勸她不要去，但小鋼堅欲去（弄車票、介紹信，她都瞞過大人去做的），特電告阿桑（韋韜）。阿桑進城來，看小鋼執意要去，他們只好同意。」（《日記》，葉子銘，《茅盾「文革」期間賦閒生活》，載《江蘇教育學院學報》1988年1期）

十九日　繼續爲小孫女串連事擔憂，「小曼來，謂昨晚八時她曾至車站（偕同另外三個與小鋼同行的孩子們的父母），見站上學生候車者甚多。他們喚各人之孩子的名字，無應者，料想她們已乘車走了（據云下午七時許開出一列車），但也許沒有走成，人多未聞他們的呼喚。昨夜和今天也許還有列車開出，但明起一律暫停串連，如果擠不上，則小鋼只可回家——可能在明日，因爲她們非至最後無望，必不肯回來也。」（葉子銘《茅盾「文革」期間賦閒生活》）

二十五日至二十六日　晚，因病請假，沒有參加毛澤東主席在天安門第八次接見來自全國各地的二百五十萬紅衛兵和學校師生。（葉子銘《十年浩劫中的茅盾》）

二十七日　作《致沈邁衡》（書信），載《江蘇教育學院學報》一九八八年一期。覆孫女邁衡二十一日上海來信，知其已到達上海，住武定路武定二

中,「連日憂慮,一掃而空。」

二十八日　爲孫女串連安抵上海而心情稍安,《日記》云:「昨天接小鋼來信,知她和同伴於十八日下午四時上了火車,二十日晚十時到上海。現在滬西武定路武定二中。二十一日晚她寫的信,二十二日投郵。但昨日我們方才收到,連日憂慮,一掃而空。昨晚我覆信,航空寄,不知可能早日到滬否?」(葉子銘《茅盾「文革」期間賦閒生活》)

約同月　表侄孔乃茜從上海串連到北京,來茅盾處,茅盾問:「上海爲何要打倒巴金?巴金爲何要挨鬥?」孔乃茜說:「連巴金也不打倒,那還打倒誰?」茅盾聽了他的回答,苦笑著搖了搖頭,不再說什麼。(孔乃茜《未盡的心意》,載《中小學語文教學》1981 年 7 期)

本月

九日　「上海市工人造反總司令部」成立。十六日,在該「司令部」策劃下,公然截斷火車,堵塞交通,製造了安亭事件。

十二月

七日　中午,接到孫女子鋼從上海來信,知其今日下午三時到北京,《日記》云:「中午只朦朧半小時,小寧持小鋼來信,叫醒了我。小鋼此信乃報告定於五日下午三時零二分乘車返京,信爲四日夜寫的。小鋼赴滬時在車中共五十四小時,此次返京,若仍如上次,計程當於今晚九時許到京。但近來火車已不甚擠,且行駛較快。原因是停站少而停的時間也縮短些了,故可能只要四十八小時,即今日下午三時到京。後來果然於四時許來了,看她精神很好。閱報、書。小鋼洗澡,吃了晚飯後始去。」(葉子銘《茅盾「文革」期間賦閒生活》)

十二日　人大常委、人民大學校長吳玉章(1878 年生)在北京逝世。與郭沫若等到醫院向吳玉章遺體告別。(13 日《人民日報》)

十四日　上午,往八寶山公墓,出席吳玉章同志追悼會。郭沫若致悼詞。(15 日《人民日報》)

本月

二十三日　我國在世界上第一次人工合成結晶胰島素,初步打開了「生命之謎」的大門。

二十八日　我國又成功地進行了一次新的核爆炸。

同年

獲悉東德出版德文版《子夜》，東柏林人民與世界出版社出版。本德文版由柏林漢堡大學教授費利茨‧格魯納翻譯。

茅盾曾向親屬談論過對紅衛兵運動的看法，說：「他們那樣搞，天怒人怨！」（葉子銘《十年浩劫中的茅盾》）

約年底　孫子小寧無學可上，被韋韜關在家中，一次出逃，失蹤了一天，後在文化部大禮堂中找到。茅盾說：「遊戲、貪玩是兒童的天性，正確的引導，孩子能在遊戲中增長知識，增長智慧。你們把他禁錮起來，不許他玩，扼殺他的童心，會影響他的個性發展。現在學校也搞政治運動，孩子有一點不對，就給他們上綱上線扣帽子，使這些天眞爛漫的孩子過早地喪失童心、童趣，這對兒童的成長不利。八、九歲的孩子本來應該到學校接受正規的教育，同時也應該有一定的時間遊戲。現在學校沒有了，供孩子閱讀的圖書沒有了，供孩子看的電影也沒有了。他們沒有學習，沒有娛樂，是很可憐的。有的孩子學壞，小寧很乖，沒有幹壞事，你們卻把他禁錮起來，他能不反抗嗎？……」（韋韜　陳小曼《茅盾的晚年生活》〔二〕，載《新文學史料》1995 年 2 期）

當年

東德費利茨‧格魯納發表《〈子夜〉德文版後記》，載柏林人民與世界出版社出版的德文版《子夜》。本文論述了《子夜》的現實意義，認爲小說「通過吳蓀甫與買辦資本家趙伯韜之間戲劇性的衝突展現了一個極不幸的誤會，民族資本家想在經濟上得到發展，沒有別的道路，只有自己也成爲買辦。茅盾用他的小說駁斥了托派及不少資產階級理論家的觀點，即帝國主義的經濟侵略能促進和加速中國的資本主義發展。」還指出小說藝術上的主要成就在於「創作了一個錯綜複雜的小說結構，一個對社會進行深刻分析的小說結構。」

捷克馬立安‧嘎利克發表《自然主義：變化中的概念》，載《東方和西方》16 期。本文詳盡論述了茅盾對自然主義、現實主義的理解問題。

一九六七年（七十二歲）

一月

一日　以政協副主席身份，出席在人民大會堂舉行的元旦國宴。（2日《人民日報》）

當月

姚文元發表《評反革命兩面派周揚》，載《紅旗》雜誌第一期。姚在文中誣蔑茅盾等人是「資產階級權威」。

本月

一日　《人民日報》、《紅旗》雜誌發表社論《把無產階級文化大革命進行到底！》。

三日　上海《文匯報》的「革命造反派」奪了報社的領導權，掀起「一月風暴」。

二十二日　《人民日報》發表社論《無產階級革命派大聯合，奪走資本主義道路當權派的權！》，全國上下展開了奪權鬥爭。

五月

一日　晚，往天安門城樓，同首都群眾和來自五大洲的外國朋友歡聚一起觀看焰火。（5日《人民日報》）

當月

《文學戰報》發表《茅盾——大連黑會抬出來的一尊凶神》。本文誣蔑茅盾是「反共老手」，「反黨」的「祖師爺」、「老右派」。誣蔑茅盾在大連會議上的報告是「放毒箭，點鬼火」，是「誣蔑革命人民」，是「惡毒咒罵我們偉大的領袖」，是「為被『罷』了『官』的右傾機會主義份子叫屈，支持策應封建主義、資本主義勢力的猖狂進攻」；並提出「要砸爛……這尊凶神惡煞，讓他見鬼去吧！」

《文學戰報》發表《文藝戰線兩條路線鬥爭大事記》。誣蔑茅盾是「資產階級反動學術『權威』」，說茅盾「在文學創作工作座談會『大放其毒』」。

在談到《青春之歌》討論時，説「周揚黑幫立即組織茅盾、何其芳等『權威』進行圍攻」。在談到大連會議時説：「茅盾在會上對黨和社會主義制度破口大罵，誣蔑大躍進『暴發戶心理』」。

捷克馬立安・嘎利克發表《中國現代文學批評研究：茅盾在 1919 至 1920 年》，載布拉迪斯拉夫出版的《亞非研究》。

捷克馬立安・嘎利克發表《從莊子到列寧：茅盾的思想發展》，載布拉迪斯拉夫出版的《亞非研究》。

日本三寶政美發表《茅盾旅居日本時代（續）——茅盾與克興之間在革命文學論爭中所展示的幾個問題》，載日本東北大學《集刊東洋學》（17），1967 年 5 月出版。

本月

三十一日《人民日報》發表社論《革命文藝的優秀樣板》，讚《智取威虎山》等八個「樣板戲」的偉大意義。

七月

同月至一九六九年七月兩年間，茅盾接待了一百三多批外調人員，寫了近萬份證明材料。查證的內容，頭幾個月多爲三十年代上海文藝界以及「四條漢子」的情況，後來就以調查個人的歷史爲主，對象主要是二三十年代的熟人，如陳望道、王一兵、李達、胡愈之、金仲華、張仲實、范志超等。茅盾在《日記》中詳細記載了外調的情形：外調人員的姓名、性別，持哪個單位的介紹信，調查的問題，談話的時間……一一記錄在案，有時也相當詳盡地記載調查的內容。（韋韜　陳小曼《茅盾的晚年生活》〔一〕）

本月　《人民日報》公開點名批判陸定一、周揚、夏衍、田漢、邵荃麟等人。

九月

當月

林彪、江青反革命集團控制下所炮製的《周揚之流復活三十年代文藝黑線罪行錄》，把茅盾主編開明版《新文學選集》誣蔑爲「三十年文藝黑貨」；會周揚「把三十年代的資產階級作家茅盾……封爲『當代語言藝術大師』」；把有茅盾參加的左聯三十週年紀念座談會，誣蔑爲反黨黑會。

說夏衍改編《林家舖子》，是「引起資本家作『今昔對比』，即鼓吹劉少奇的『剝削有功』論，煽動資產階級懷念舊社會，仇恨社會主義，進行反攻倒算」。

本月

七日　《人民日報》發表姚文元的《評陶鑄的兩本書》。

十四日　《人民日報》發表社論《在革命的大批判中大力促進革命的大聯合》，傳達了毛澤東關於「在工人階級內部，沒有根本的利害衝突」的指示。

十月

一日　登上天安門城樓，與毛澤東、周恩來等同首都軍民歡慶建國十八週年，並檢閱群眾遊行隊伍。（2日《人民日報》）

二十三日　山西兩名公安人員，持北京公安局東城區分局介紹信見茅盾，謂有一青年冒稱為茅盾親屬到處招搖撞騙，現已扣押，請茅盾證明騙子所云純屬子虛烏有，以便處理。茅盾聽後感到莫名其妙，忙請人詳加介紹，寫了說明。在本天《日記》又作了詳細記述，感概萬端地稱之為「眞大笑話」！（葉子銘《夢回星移》）

本月

六日　《人民日報》發表社論《鬥私、批修是無產階級文化大革命的根本方針》。

十七日　中共中央、國務院、中央軍委、「中央文革」聯名發出《關於按照系統實行革命大聯合的通知》。

十一月

二十二日　傍晚一些不速之客來調查關於夏衍的一件事，《日記》云：「七時半有自稱文化部人（共四人，無介紹信，亦未自通姓名，我亦未問其姓名，只說你們是文化部的？他們說，就在前面大樓），來詢夏衍歷史情況，據云夏在抗戰時期去過上海，且不止一次，現在有人揭發，並謂我知此事。然而我實不知有此事，他們似不信。九時許辭去。」（葉子銘《夢回星移》）

當年

德國費里茨‧格呂納發表《茅盾對中國現代文學現實主義發展所做出的貢獻》，載德國《萊比錫卡爾馬克思大學學報》，1967年。

日本東京大學文學系中國文學研究會編《近代中國的思想和文學》，載日本《大安》，1967年。

日本小野忍出版《中國文學雜考》，日本大安出版社出版。書中在論及茅盾的長篇小說《霜葉紅似二月花》的文體時，發表了這樣的見解，認爲「作者在作品中成功地採用了一種近似《紅樓夢》文體的文體」。

一九六八年（七十三歲）

一月

一日　出席國務院在人民大會堂舉行的元旦國宴。（2 日《人民日報》）

二十九日（除夕）　晚，茅盾心情十分開朗，同兒孫們高高興興地共進團圓年飯，《日記》云：「今日爲農曆除夕，保姆放假，於昨午後回去，桑（按：即兒子韋韜）等昨起在家，故頗熱鬧，人手眾多，灶頭上事容易了卻也。」（葉子銘《茅盾「文革」期間賦閒生活》）

當月

東德費里茨‧格呂納發表《茅盾文學創作中短篇小説概念的確立》，載東德《報導雜誌》1968 年 14 卷第 1 期。

本月

一日　《人民日報》、《紅旗》雜誌、《解放軍報》發表社論《迎接無產階級文化大革命的全面勝利》，提出「打倒資產階級、小資產階級派性」。

江西、甘肅、河南三省成立革命委員會。

二月

十日　有人上門瞭解茅盾女婿蕭逸的情況，想通過蕭調查另一個人的問題，但「彼等蓋不知蕭逸早已犧牲」，「我談蕭逸犧牲情況，他們嗟嘆不已。」（葉子銘《夢回星移》）

二十一日　有人翻牆入院，把電閘門拉開，偷去了地下室鍋爐房牆上的電開頭，而將扯斷了的電線線頭露在外面，十分危險，《日記》云：「電閘門裝在牆上，相當高，至少十七八歲之青年方能夠及……然要查知爲誰何，恐亦不易也。」（葉子銘《夢回星移》）

二十二日　頑童搗亂取樂，《日記》云：「中午小睡（實只朦朧）約一小時。忽聞門鈴聲急且屬，心訝此何人耶！後乃知爲頑童所爲。」（葉子銘《夢回星移》）

當月

日本小西升發表《茅盾的〈蝕〉》，載日本 1968 年 2 月《熊本大學教育系紀要》（第二分冊，人文科學）（16）。

本月

《人民日報》、《紅旗》雜誌、《解放軍報》編輯部發表《革命委員會好》。

三月

本月

江青、戚本禹密謀盜走了全部魯迅書信手稿，許廣平（1898 年生）心臟病復發逝世。

四月

十九日　頑童搗亂，《日記》云：「中午未能小睡。大院內一些頑皮孩子時時撳門鈴，一連幾次，把睡魔趕走了。」（葉子銘《夢回星移》）

二十二日　日記云：「收到遼寧某地孫姓來信一封，此人素不相識，其中所云各事亦毫無所知。以其形跡詭崇，已將此信交機關事務管理局負責同志，以便查考。」（葉子銘《夢回星移》）

當月

捷克馬立安・嘎利克發表《中國現代文學批評研究：茅盾論作家、形象和文學的功能（1921～1922）》，載布拉迪斯拉夫出版的《亞非研究》1968 年 4 期。

五月

一日　晚，登上天安門城樓，觀看焰火，同首都人民共渡「五一」國際勞動節。臨離開大院時，遇到文化部工作人員小宣和寇丹，兩人表示希望見面，茅盾說，「好，好！」然後說：「今晚總理讓我到天安門參加焰火晚會，我該走了，改日到我房裡來坐。」（寇丹《數九寒冬會茅公》，載《年輕人》1983 年第 2 期）

二日　上午，在院裡遇到寇丹，一翻其手中的《人民日報》，卻不見報上

有自己名字，露出失望的神情。寇丹說茅盾的花圃裡長滿了草，茅盾說：「草也不錯嘛！野火燒不盡，春風吹又生，草的精神亦堪可貴。」（寇丹《數九寒冬會茅公》）

本月

陝西省、遼寧省、四川省成立革命委員會。

六月

十三日　廣東有人持政協介紹信，瞭解抗戰初期錢亦石組織的戰地服務團的情況。「據實以告」，調查者「見所得不多，似頗失望。但我則知之為知之，不知為不知，無可奈何」。（葉子銘《夢回星移》）

七月

約同月　孫女小鋼從景山學校初中畢業，其時韋韜正因「5‧16」罪名被無辜審查，她必須上山下鄉。茅盾說：「去工廠或者上山下鄉，其實並無本質的差別，都是讓青年離開學校之後先到艱苦的環境中去磨煉。這是有好處的。……不過，小鋼還太小，書念得太少，基礎知識不夠。這樣的年齡正是在大人的關懷下求知識的年齡，這樣的文化素質還不具備走上社會的條件」。「我想中共這個政策是權宜之計，國家不可能花錢培養了一批知識分子，卻讓他們去當一輩子工人和農民，這太浪費了。我看這是目前工廠不招工，機關事業單位不進人的情況下的過渡的辦法，它可以緩解城市失業人口暴增的問題，又能讓青年學生到基層去經受鍛鍊，讓他們瞭解中國的現實。不過，這主要是應該針對大學生，在目前的情況下讓大學生下基層去鍛鍊是有好處的，給他們發熱的頭腦潑點冷水，使他們從前兩年在社會上衝衝殺殺的狂熱中清醒過來。但中學生，尤其是初中生，就太小了一點……你們不必為小鋼過份擔憂，中國的事瞬息萬變，三四年後又如何，誰能預料？」（按：後來小鋼體檢時發現轉氨酶指數高出常規許多，最終沒有上山下鄉）。（韋韜　陳小曼《茅盾的晚年生活》〔二〕）

十月

一日　往天安門城樓，出席建國十九週年慶祝大會。（2日《人民日報》）

本月

十三日至三十一日　中共八屆十二中全會在北京召開，會議定劉少奇爲「叛徒、內奸、工賊」，並「永遠開除出黨、撤銷其黨內外的一切職務」。

十一月

七日（立冬）　作灶頭事。《日記》云：「今晨三時醒來一次，到廚房看煤爐，加煤結一塊，女工例假回家，故自己照料灶頭事也，六時半起身，做清潔工作如例。」（葉子銘《茅盾「文革」期間賦閒生活》）

八日　作灶頭事。《日記》云：「今晨三時許又醒一次，五時許醒來，到灶下一看，壺水已開，燒去五分之一，加水，又加煤結半塊，仍思再睡，然而未能落忽，朦朧至六時半」。（葉子銘《茅盾「文革」期間賦閒生活》）

九日晚至十日晨　因把炭火盆放置室內，而造成炭氣中毒。《日記》云：「昨晚因冷，把炭火盆移在室內，且加生炭；今晨一時醒來，又加生炭，其時已覺胸口飽脹，但不悟爲炭氣之故，只服銀翹兩片，三時許又醒，且下床小便，不料兩腿軟癱，下床即倒在地下，此時已悟爲炭氣之故欲走向門邊，但此三步路竟不能行。扶牆而前，跌倒數次，及門邊又倒，不知頭碰在何處，碰傷出血甚多，但竟不知痛，以手帕掩傷處，努力伸手開門，呼德沚，待她來時血已止，且凝結，但雙腿仍不能立，扶至床上睡下，此後又嘔吐少許。」（葉子銘《茅盾「文革」期間賦閒生活》）

十日　茅盾頭昏腿軟，不能起身，整整臥床一天。但這天上午仍有人來調查杜重遠被害事。只好強打精神，同來訪者「在榻前談話」，並答應爲故友遇害事寫證明材料。（葉子銘《茅盾「文革」期間賦閒生活》）

十一日　有人來調查杜重遠「在新疆時之被陷害經過及杜作爲進步民主人士之表現」，得知用毒藥針殺害杜之凶手已查獲，非常高興，樂於幫助寫了材料。（葉子銘《夢回星移》）

十二月

三十一日　再次因不愼而煤氣中毒。《日記》云：「今晨四時許醒來（前此約於二時許醒過一次，加服Ｎ一枚）到廚下看爐子，水尚未沸，另稍開爐

門，後入睡至五時半始醒，即起身，頭暈脹，步履不穩，故在捧盤到樓上時（盤中有熱水瓶二、茶壺一），因盤滑，將盤中物掉在地下，計毀熱水瓶一個。做清潔工作如例。」（葉子銘《茅盾「文革」期間賦閒生活》）

　　約同月　文化部藝術局寇丹來訪，看到茅盾在寫毛筆字，便問：「沈老，您古稀高齡的人了，還練字呀？」茅盾笑笑說：「戲曲界有句老話，叫『曲不離口，拳不離手』。作文寫字也是一樣，一日不動筆墨手就生了。」寇丹說：「沈老，難怪您是個大文豪，原來您這樣勤奮啊！」茅盾說：「寫了幾本書，而且都是貽害青年的東西，哪裡算得上文豪呢？要說文豪，宋代蘇東坡可謂大文豪了」。講了蘇東坡貶謫黃崗時，堅持作「日課」的故事，還說：「韓愈說的『口不絕吟於六藝之文，手不停披於百家之篇』，也是勸道我們學習要勤奮啊！古代的大文人尚且如此，我們這些中庸之輩如果不勤奮，怎麼能取得成績呢？」當他聽到寇丹述說一些老作家和文學藝術界領導人在文化大革命中情況不妙時，很有些悵惘。告別時，寇丹說：「這天，幾時才能放晴啊？」茅盾仰起臉，凝望著陰霾重重的天空，說：「看樣子要下雪了，風雪過後，自然會晴的。」（寇丹《數九寒冬會茅公》）

　　本月

　　　十日　著名戲劇家田漢（1898年生）被迫害致死。

　　　二十六日　著名京劇表演藝術家荀慧生（1899年生）被迫害致死。

一九六九年（七十四歲）

一月

七日　孔德沚生病，由茅盾主持家務，《日記》云：「德沚仍然有一度多的燒，……今天仍服四環素，又使其比較多的休處，午晚飯由我作，並洗碗盞等等。」（葉子銘《茅盾「文革」期間賦閒生活》）

本月

一日　《人民日報》、《紅旗》雜誌、《解放軍報》發表元旦社論，公佈了毛澤東的最新指示：「清理階級隊伍，一是要抓緊，二是要注意政策。」

三十日　李宗仁（1891 年生）先生在北京逝世。

五月

一日　晚，登上天安門城樓，同出席黨的第九次代表大會的代表及首都五十萬群眾一起，歡慶「五一」國際勞動節。（2 日《人民日報》）日記云：「晚七時到天安門樓參加慶祝勞動節晚會。十時許回家。」

本月

二十四日　我國政府就中蘇邊界問題的事實真相發表聲明。

七月

十一日　小曼生了一個女孩，照例請公公起名，茅盾說：「我給小鋼、小寧起名邁衡、學衡，是希望他們學科學，搞點實際的事業，不曾想到現在連上學的機會都沒有了，更不用說科學了！小毛毛的名字你們就自己起罷！」又說：「我們沈家幾輩人夢想學科學，都成了泡影。我的父親崇尚新學，自學聲光電學。我從小不通數理，弄上了文學，辜負了父親的遺願；澤民的數理化一直是班上最突出的，進了河海工程學校也是高材生，卻偏偏迷上了政治，參加了革命，又過早地犧牲了。阿桑小時候數學很好，和我不一樣，有數學頭腦，他原希望學理工，我也打算讓他學理工，可是抗戰爆發，他去了延安，學科學的夢想又落了空。現在這第四代學科學的願望，看來又要落空了！」（韋韜、陳小曼《茅盾的晚年生活》〔二〕）

九月

六日　上午，與周恩來、宋慶齡、郭沫若等，到越南駐中國大使館吊唁胡志明（1890 年生）主席逝世。（7 日《人民日報》）

三十日　打電話到政協詢問何以未收到國慶節慶祝活動的通知，答曰「不知道」。從此，「文件也不發給他（按：指茅盾）了，連新華社內部編印的兩本『大參考』也停發了，實際上他已被靠邊審查了。」（葉子銘《夢回星移》）

〔按，從 1966 年 8 月至 1969 年 9 月，接待絡繹不絕的外調人員，閱讀外調函件並回覆，日記中已記有 150 多條。（葉子銘《夢回星移》）〕

本月

二十三日　我國成功地進行了首次地下核試驗。

十月

國慶節，被剝奪了出席天安門慶典的資格。（葉子銘《心火未滅──「文革」期間茅盾撰寫回憶錄的前前後後》，載《人物》1989 年 2 期）

同月　「警衛員撤走了，專車取消了，兩大本《參考資料》也停送了」，茅盾對孔德沚說：「現在群眾組織要打倒某個人物，都要聽中央文革小組的。『靠邊站』的人很多，並不個個都是被挨鬥，挨鬥的都是中央文革小組點了名的。我被莫名其妙地『靠邊站』之後，卻一直不見公開點名，可見我也屬於不挨鬥之列。你就放心罷。」（韋韜　陳小曼《茅盾的晚年生活》〔2〕）

十一月

十三日　作家務事賦閒。《日記》云：「今晨二時醒來，曾到灶下，看爐頭，加煤結半個，加服 LI、PH 各一枚，此後醒二次，七時許起身，煮粥、沏茶，因女工例假回家也，作清潔工作如例。」（葉子銘《茅盾「文革」期間賦閒生活》）

本月

十二日　中共中央副主席、中華人民共和國主席劉少奇（1898 年生）被迫害致死。

三十日　中共中央政治局常委、國務院副總理陶鑄（1908 年生）被

迫害致死。

同年

送小孫子沈韋寧下農村鍛鍊。（葉子銘《茅盾「文革」期間賦閒生活》）

爲廣州「農民運動講習所」舊地紀念館撰寫回憶材料，憶述了毛澤東第一次國內革命戰爭時期在廣州的一系列革命活動，和茅盾如何協助毛澤東主辦《政治週報》，從組織稿件、修改文章、到排版、校對等等。（楊紹練《茅盾的筆跡》，載《廣州日報》1981 年 4 月 12 日）

當年

臺灣出版《中國神話研究》（按：即茅盾以玄珠筆名於 1929 年 1 月由世界書局出版的《中國神話研究 ABC》），臺北新陸書局翻印出版。

法國巴黎出版 1969 年版《法國大拉普斯百科全書》，其十卷本增補第一卷有「茅盾」條目，云：「茅盾（原名沈雁冰），中國作家、政治家。……眾所公認他是第一位將革命記錄下來的歷史家，發表過許多論文、史學著作、劇本、短篇小說和長篇小說，這些小說細緻地描繪了自封建王朝結束以來中國生活與經濟的變遷。」

東德費里茨·格呂納發表《抗日戰爭時期茅盾幾篇作品中社會意圖和藝術手法之間的關係》，載蘇聯莫斯科《東方文學理論問題》。

捷克馬立安·嘎利克發表《茅盾與中國現代文學批評》，由捷克法朗茨·斯泰納出版社出版。

一九七〇年（七十五歲）

一月

二十六日　作《致楊建平》（書信），載文化藝術出版社版《茅盾書信集》。云：所寄長篇小說提意見事，「抱歉得很，我不能滿足你的願望。因為我雖然年逾七十，過去也寫過些小說，但是我的思想沒有改造好，舊作錯誤思想多極嚴重，言之汗顏」，還云「我沒有資格給你看稿，或提意見，一個年紀老了，吸收接受新事物的能力便衰退，最近十年來我主觀上是努力學習毛澤東思想，但實際上進步極少，我誠懇地接受任何批評，也請你給我批評，幫助我！」

二十八日　孔德沚因久病，致使糖尿病、心臟病加劇而送到北京醫院急診。《葉子銘《茅盾「文革」期間賦閒生活》》

二十九日　凌晨二時二十七分，孔德沚（1895年生）逝世，終年七十五歲。日記云：「……今晨三時，阿姨叩門，謂得北京醫院電話，德沚已故世。急起身，並叫老白起來叫出租汽車，於三時二十分到醫院，則屍體已移入太平間矣。於是與阿桑（按：即韋韜）、老白、阿姨同到太平間將帶去之衣服（綢短衫褲及綢夾旗袍）換上。此時我不禁放聲痛哭，蓋想及她的一生，確是辛辛苦苦，節約勤儉。但由於主觀太強，不能隨形勢而改變思想、生活方式，故使百不如意而人亦對她責言甚多。其最為女工們所嫉惡，乃其時時處處防人揩油，其實以我們之收入而言，人即揩點油，也不傷我脾胃，何必斤斤計較，招人怨詈。我和阿桑曾多規勸，她都不聽，反以為我們不知節儉。據醫生所開死亡證明書，乃因酸中毒（與糖尿有關）、尿中毒、腎炎同時併發，故卒不能挽回也。」

三十日　上午，老作家葉聖陶登門吊唁，勸慰了一番。

同日　下午，接遠在湖北幹校的兒媳陳小曼的電報，告知請假不准，無法趕來。遂決定於三十一日下午為老伴火化。（葉子銘《夢回星移》）

三十一日　上午，與全家赴八寶山火葬場，孔德沚遺體在此火化。送葬的有葉聖陶及其長媳滿子、孔德沚的好友陸緻文，還有親戚瑪婭、慧英等。（韋韜　陳小曼《茅盾的晚年生活》〔二〕）

約月底　作《致陳學昭》（書信），告知孔德沚去世噩耗。還說到孔德沚的病「是由於醫生不負責、疏忽，以至不治」，特別提到是主治德沚病的王歷耕醫師被揪鬥後趕出北京醫院，生了病。指出北京醫院被「造反派」搞得不像個醫院。（陳學昭《痛悼我的長者茅盾同志》）

二月

一日　上午，與韋韜再去八寶山火葬場，取了孔德沚骨灰，裝入骨灰盒，送到一公里外一座小山上的普通公民骨灰存放處存放。（韋韜　陳小曼《茅盾的晚年生活》〔二〕）

同日　到葉聖陶家回拜、致謝。

二日　上午，日記云：「……九時許曹靖華來訪，蓋聞德沚去世消息故來吊唁也。談至十二時，留飯，堅不肯，只能任之。」握住老友的手說：「這種時候，只有葉老和你還想到我……」（《隨筆》1978 年第二期）

同日　下午，與大孫女沈邁衡「談奶奶之爲人」，日記云：「過後思之，我倒很對不起她；因爲我不善於教育她，使她思想能隨時代變化，因而晚年愈見主觀、躁急，且多疑也。」（葉子銘《夢回星移》）

五日　除夕，兒孫們全家都到了東四寓所，共度傳統佳節。經過交涉，兒媳亦獲准從湖北回家探親。

六日　由於在北大醫院作肺部 X 光透視，無暖氣，脫衣著涼，由發燒引起肺炎。（葉子銘《夢回星移》）

七日　因感冒去北大醫院看病，胸部透視時著涼，回家後病情加重。（韋韜　陳小曼《茅盾的晚年生活》〔二〕）

八日　「高燒達 40 度，口吐囈語，時時驚闕，身體異常衰弱」，準備去北大醫院診治。胡子嬰前來看望，見之告知，現在有了新規定，像茅盾這樣級別的幹部又可以到北京醫院看病。經聯繫住進了北京醫院高幹病房，並確診爲急性肺炎。（韋韜　陳小曼《茅盾的晚年生活》〔二〕）

十三日　在病床上對陳小曼講：「不要再去求他們了，求這種人是沒有用的。你還是回幹校去罷，好在我的高燒已經退下來，不會再有危險了，平時有小鋼陪我，小寧也常來看我，我就很滿意了。你放心去罷。」陳小曼於當日離京返回湖北咸寧幹校。（韋韜　陳小曼《茅盾的晚年生活》〔二〕）

二十八日　出北京醫院回到家中。（韋韜　陳小曼《茅盾的晚年生活》〔二〕）

三月

二日　韋韜帶了三個孩子，老保姆，從西郊搬進城與茅盾同住。（韋韜　陳小曼《茅盾的晚年生活》〔二〕）。此後生活稍爲安定，遂利用時間閱讀歷史著作和翻譯作品。

十五日　作《致陳瑜清》（書信），載浙江文藝出版社版《茅盾書簡》。告知「德沚患病多年」，春間檢驗「糖尿已控制，血壓亦正常，惟冠狀動脈硬化稍有進展」，「較前爲瘦」；秋後「瘦愈甚而下肢浮腫」；十一、二月間，「食慾不好，同時手亦浮腫，服中西藥皆不見效」，今年一月更甚，「連進醫院三次門診」，「服常服之四、五種藥外，別無他法，逝世前二、三日，他日間昏昏欲睡，飲食不進，前半夜則不能睡，後來人家說此是酸中毒現象」，「二十七日進醫院急診，則神智昏昏，驗血，斷爲酸中毒，尿中毒，慢性腎炎併發，搶救十多小時，無效。」認爲「七十五歲，未爲短壽；觀其病中痛苦，逝世亦爲解脫，惟孫兒女皆未成立，她死時必耿耿於心也」；慶賀表弟諸侄均有工作，感慨「世局變化極劇烈，青年人大有可爲，只老殘如我者，僅有艷羨。」

當月

日本藤本幸正發表《談茅盾與革命文學派的關係》，載日本《人文學報》〔東京都立大學〕（78），1970 年 3 月出版。

日本是永駿發表《〈蝕〉——茅盾小説意識的生成》，載《大阪外大》學報。

本月

十八日　柬埔寨親美集團在美國策劃下發動反對西哈努克的政變，建立了朗諾政府。

二十九日　美國作家安娜·路易絲·斯特朗（1887 年生）在北京逝世。

四月

十七日　作《七律》（舊體詩），載河北人民出版社版《茅盾詩詞》，現

收《茅盾全集》第十卷。爲母親陳愛珠逝世三十週年忌辰，茅盾「暗暗地寫了一首悼念母親的七言律詩」，稱頌沈太夫人「鄉黨群稱女丈夫，含辛茹苦撫雙鶵，」深情緬懷了母親的養育培植之恩，又云「力排眾議遵遺囑，敢犯家規走險途。午夜短檠憂國是，秋風落葉哭黃壚」，還是「平生意氣多自許，不教兒曹作陋儒」，定要教導兩孩子眞正走上革命的道路。茅盾「又悄悄地把詩收藏在書篋中」。（韋韜　陳小曼《茅盾的晚年生活》〔二〕）

本月

二十四日　我國成功地發射了第一顆人造地球衛星。

六月

三十日　作近幾日讀書《日記》，「三月至六月，計讀書如下：郭沫若主編之《中國史稿》第一、二冊，謝緬納夫之《中世紀史》，法人 Edita Morris（女）的《廣島之花》英譯本，其間，曾瀏覽別的書，不具名。」（葉子銘《茅盾「文革」期間賦閒生活》）

七月

七日　作《致陳瑜清》（書信），載浙江文藝出版社版《茅盾書簡》。云未回六月初來信，乃「因小孫女患病（低燒，只是腎盂炎，她才一週歲），心緒不寧」，而「今日新雨，天氣涼爽，走筆此書，藉問起居」，告之「我精力大不如去年，懶動，即作此一書，亦輟筆數次方才寫完。據此可想見其爲廢物矣。」

當月

香港李輝英出版《中國現代文學史》，香港東亞書局出版。書中有專門章節論述茅盾。

本月

十日　中朝友好合作互助條約簽訂九週年。

十月

十五日　作《致陳瑜清》（書信），載浙江文藝出版社版《茅盾書簡》。云近況，「精神一直不好」；「我自前年下半年就日見衰弱，去年德沚病中，我強

打精神，照顧病人，但自她故世，我安定下來，就顯得不濟了。現在上樓下樓（只一層而已）即氣喘不已，平地散步十分鐘也要氣喘，醫生謂是老年自然現象，無藥可醫，但囑多偃臥，少動作。如此已成廢人，想亦不久於世矣。」也得知浙江圖書館開放，對其工作和家庭表示關注。

當月

日本菅原正義、是永駿發表《第一次國內革命時期茅盾眼中的魯迅》，載日本《野草》（八）1970 年 10 月。

本月

二十三日　著名新聞記者范長江被迫害致死。

為紀念抗美援朝二十週年，在全國復映《英雄兒女》、《打擊侵略者》等五部影片。

十二月

同月　送孫女沈邁衡赴東北參軍。（葉子銘《茅盾「文革」期間賦閒生活》）

本月

十日　中國致公黨主席陳其尤（1891 年生）先生在北京逝世。

周恩來總理主持召開華北會議，揭發批判陳伯達的罪行。

同年

孫女沈邁衡參軍前，約有一年時間呆在家裡，跟茅盾學古典文學。茅盾不僅擬訂了學習計劃，還親自選編了一些古文與唐宋詩詞，用工整的小楷抄錄下來，並加了詳細注釋，裝訂成厚厚一大本，供孫女自學之用。還常常不厭其煩為孫女答疑解難，細心講解。（葉子銘《茅盾「文革」期間賦閒生活》）

作曲家吳祖強來訪，專門為了請教蘇聯「拉普」（無產階級作家協會）時期對我國三十年代文藝界的影響。茅盾很快認出了來者，很高興地回答了有關問題，臨別時，還特別詢問了吳祖強的大哥吳祖光的處境。（吳祖強《追念茅盾先生》，載《光明日報》1981 年 6 月 14 日）

當年

日本崛田善已發表《回憶·作家茅盾》，載《現代中國文學家茅盾》一書，由日本河出書房新社 1970 年出版。

一九七一年（七十六歲）

一月

十一日　作《致陳瑜清》（書信），署名鴻。載浙江文藝出版社版《茅盾書簡》。云「我先患面部神情麻痺，醫治一個多月，方治痊癒，而又感冒，慢性氣管炎發作，咳嗽甚劇，夜不安枕，醫治近一個月，尚未痊癒，委頓不堪」；關於其來信云退休，表示同意，亦望其退休後「能來北京少住，我家尚可安頓」。並附寄全家照片一張。

本月

十三日　著名詩人聞捷（1923年生）被迫害致死。

十五日　著名京劇表演藝術家蓋叫天（1888年生）被迫害致死。

二月

一日　上午，作《而陳瑜清》（書信），署名鴻。載浙江文藝出版社版《茅盾書簡》。云一月二十六日來信讀悉，補祝春節「安康愉快」，自認「年過七十，精力疲憊，說不上再能對祖國有所貢獻了；至於以往言行，錯誤恐多，惟有汗顏，從前我悼鄭振鐸詩，有『天吝留年與補過』一句，振鐸是飛機失事而早亡，我則居然活過七十，天不吝年，奈我未能補過，徒呼負負」；並告知近來身體狀況，「一個半月來，慢性支氣管炎發作，夜不安枕，十分委頓，近方稍稍好轉」；還告知自己沒有赫胥黎《人在自然界中的地位》一書，因爲自己的書，「都是解放後買的或出版社贈送的，以文藝、哲學、歷史爲多，另有些科學讀物而已。」

約月初　閱讀楊熙齡譯拜倫的《恰爾德·哈洛爾德遊記》，心情激蕩，並萌生以騷體重譯拜倫這部抒情史詩的念頭，《日記》云：「譯筆算是不差的，因爲原作是斯賓塞詩體，極不易譯；想到這一點，應當說譯本是好的。原作上下古今，論史感懷，描寫大自然，包羅萬有，洋洋灑灑，屈原《離騷》差可比擬，而無其宏博。在西歐，亦無第二人嘗此格。從這裡看，又覺得譯本（散文、語體）太簡陋了。余老矣，雖見獵而心動，徒擱筆而興嘆。倘在廿年前，假我時日，試以騷體譯之，不識能差強人意否？」（葉子銘《心火未滅

——「文革」期間寫回憶錄的前前後後》）

本月

十二日　我國政府發表聲明，堅決支持柬埔寨西哈努克親王，同越南孫德勝主席、老撾蘇發努馮親王，就印度支那三國人民共同抗美鬥爭發表的聯合聲明。

三月

二十五日　下午，作《致沈鳳欽、祝新民》（書信），署名鴻。載百花文藝出版社版《茅盾書信集》。關心堂妹沈鳳欽之病，並爲之覓藥，「胡桃嫩枝昨四出訪求，有樹者（公家房產內之樹）因砍去嫩枝有害樹之長大，不肯照砍。後來由機關事務管理局出面，才弄到一點，數目不多，先寄上備用。以後倘再弄到一點，就再寄上」。

本月

三日　我國成功地發射了一顆科學實驗人造地球衛星。

六月

當月

日本是永駿發表《茅盾〈子夜〉校勘記》，載日本《鹿兒島經濟大學論集》（12）1977 年 6 月。

本月

十日　著名文藝理論家邵荃麟（1906 年生）遭迫害死於獄中。

八月

二十三日　作《致宋謀瑒》（書信），署名沈雁冰。本月十八日，宋給譜主信並附他對魯迅詩《亥年殘秋偶作試解》的全文，譜主對信中提出的問題作答。云「解詩不比考史，解詩容許有多種說法，大作發人所未發，言之成理，持之有故」，可作爲「重要的一說了」。又建議「把解釋的第一段改寫，一，假定此詩寫作時間爲農曆九月（扣住亥年殘秋），二，提出您對『大澤』一句的新解而說明魯迅晚年雖無終老解放區之言談，然證以『洞庭木落』及贈達夫遷杭等詩，實不能必其下意識中無此念，而於寫《殘秋》一詩時觸發而出，如此，則較爲妥貼矣」，還就宋來信中「談及內山等勸魯迅赴日本，

而魯迅終於不去一事」，答覆「起因及經過」。（按：宋謀瑒是山西晉東南師專中文系教授，他於 1971 年 8 月至 1978 年 4 月期間，就魯迅舊體詩的銓釋等問題請教譜主，譜主先後覆信作答，計 26 封。本譜凡致宋謀瑒的信函，均由宋提供原信的覆印件，這些信又載《茅盾研究》6）。

當月

　　臺灣劉心皇出版《現代中國文學史話》，臺灣正中書局八月初版。全書五卷，中有簡評，認爲茅盾在《小說月報》「願意革新」，是「寫實主義的作家」等。

九月

　　六日　上午，作《致宋謀瑒》（書信），署名沈雁冰。云：一、「畫師王君，曾於魯迅寓中一面，卻不知有贈詩之事」。「司馬不知爲何人，亦未見其所著《新詮》」。「魯迅日記中人名，或眞或假，但假名乃眞人當時所用（例如，我之爲明甫、爲仲方、爲保宗等），非魯迅代取，故疑日記所舉日本名氏，乃一眞人」；二、「魯迅紀念館中並無原電，查不出發電月、日（按：指魯迅爲祝賀紅軍長征到達陝北的賀電）；三、「魯迅誕辰如何紀念，又全集如何整理再印，均無所聞。」

　　十一日　作《致宋謀瑒》（書信），署名沈雁冰。就宋的《亥年殘秋》詩注釋的修改稿云：「全稿讀後，只有一點意見，即附錄一所收，《十字街頭》所登的四首，張向天所棄者倘爲署名阿二之兩首，則彼或非無故，因爲《十字街頭》當時所刊打油詩，本非全出魯迅手也。但詳情我亦不復憶之」。

　　約下旬　林彪「九・一三」出逃事件發生後，第一次傳達林彪事件就不讓茅盾去聽。（劉文勇《他，永遠活在人們心中》）

本月

　　十三日　報載：林彪等駕機出逃，叛國投敵，摔死於蒙古溫都爾汗。

十月

　　五日　上午，作《致宋謀瑒》（書信），署名沈雁冰。云：「魯迅九十誕辰未有紀念集會，《人民》、《光明》各登一文，想已得見。」又告之因氣候變化，「屢屢感冒」以至遲覆。

本月

二十日至二十六日　周恩來總理與美國尼克松總統的國家安全事務助理亨利・基辛格在北京舉行會議，為尼克松訪華作具體安排。

二十五日　第二十六屆聯合國大會，以壓倒多數通過了恢復我國在聯合國一切合法權利的提案。

十一月

一日　作《致宋謀瑒》（書信），署名沈雁冰。云：「尊稿《通鑑校補》未能出版事」，須「耐心等候，將來事情上了軌道，有價值的稿件不至於永久埋沒也。」

九日　作《致宋謀瑒》（書信），署名雁冰，宋曾請譜主將其魯迅詩稿注釋轉周建人，譜主在得到周建人的回信後告之宋說：「建老人極熱心幫助人，何況事與魯迅著作有關。你直接和他通訊罷，我已為你先容。但請勿急於要得回答，因為他忙，且眼疾也。」

十五日　作《致宋謀瑒》（書信），署名沈雁冰。云「又得建老來信，力言目疾」，「看稿為難」。因「囑不必將稿寄去」。

十二月

六日　作《致宋謀瑒》（書信），署名沈雁冰。云：關於「煙水尋常事」一句，「您找到《偽自由書・後記》所述當時上海特務造謠為詩背景作證，且與《阻達夫遷杭》聯繫起來，實在很好」，還談及古典詩詞的注釋和出版事。

同年

作家唐弢來訪，並請題寫小幅。（唐弢《一件小事——悼念茅盾同志》，載《光明日報》1981 年 4 月 5 日）

當月

美國夏濟安發表《關於〈子夜〉——〈黑暗的閘文——關於中國左翼文學運動的研究〉》，美國西雅圖華盛頓大學出版社 1977 年出版。認為《子夜》「意在說明斯大林主義者的命題：中國的實業家在外國經濟侵略下呻吟著，一方面被封建勢力阻礙；另一方面受到由買辦資本家控制的

金融市場的威脅。不過它卻使崇尚自然主義流派的讀者大飽眼福」；還指出《子夜》「較早的假定名爲『黎明』，意味著『聚集黑暗』，強調了浪漫作家在上海見到的陰暗面。」並說茅盾的「悲劇意識」和「現實主義方法」「把革命者放到了一個恰如其份的角度上」，沒有去正面描寫「上海的共產主義者」；而他的「歷史意識」，又讓他「允許了李立三主義者、托派和汪精衛分子在其小說中出現，雖說僅只輕蔑地將他們一帶而過。」

捷克馬立安・嘎利克發表《尼采在中國的影響（1918～1925）》，載德文刊物《東亞自然科學和人文科學學會通訊》110，1971年。本文著重論述了尼采對茅盾的影響。

美國那米塔・巴達恰爾亞發表《茅盾的七篇短篇小説：對這位中國作家短篇小説的研究》，載1971年《華盛頓大學碩士論文》。

一九七二年（七十七歲）

一月

一日（元旦）　作《一剪梅》並小序（詞），載香港《大公報》一九七九年五月十八日，初收上海古籍出版社版《茅盾詩詞集》，現收《茅盾全集》第十卷。小序云：「辛亥革命之前年，余曾求學於湖州中學，近有湖州人謂解放後工農建設氣象蓬勃，前途大好，喜而賦此。」詞上闋於今昔對比中一讚家鄉新貌：「六十年前景淒涼，壟下多稂，陌上無桑。而今日月換新裝，八繭蠶忙，雙季稻香。」下闋更頌經濟日昌、文化日盛之景象：「廠礦安排細較量，翹首錢塘，俯視金閶。工農子弟煥文章，泖溇汪洑，苕霅流長。」自注：苕霅水均經吳興縣，後人因以苕霅指湖州一帶地方。

同日　作《致宋謀瑒》（書信），署名沈雁冰。宋曾抄吳梅村詩若干段解釋給譜主，譜主認為「您的解釋未免太把梅村估計高了」。他的詩「主導思想為：一、明朝氣數已盡，崇禎雖非荒淫之主，實無斡濟之才，南明自福王以下，自更不待言；二、對於新潮，他雖不像蔡芝麓那樣靦然事仇，但絕無反抗之心，他本願隱居以全名，而在屢徵之後，又為全身而出仕，我們怒其不爭，哀其首鼠可也，再要提高，便為無立場了」。

當月

日本是永駿發表《茅盾的接受自然主義與文學研究會》，載日本《野草》（6）1971 年 1 月。

本月

六日　中央軍委副主席、國務院副總理兼外交部長陳毅（1901 年生）被迫害致死。

六日　蘇聯常駐聯合國代表馬立克在聯合國電臺發表講話，誣蔑「中國和美國站在暴政和暴力的一邊。」

二月

十七日　作《致陳瑜清》（書信），署名鴻。載文化藝術出版社版《茅盾書信集》。云春節期間的心情，「現在我更深刻地體會到，人生最幸福的，

莫過於老而健康。我的健康狀態，一年不如一年……我現在是休息……連寫一封長信的精神也沒有了。讀書、讀報易倦；而夜間仍須服安眠藥。近又腸胃不適，體重銳減。不過心境坦蕩愉快，頗亦覺流光如駛，未有遲暮之感耳。」又云「讀附來尊友之魯迅頌，頗覺其氣勢蓬勃，微嫌內容空洞，但即此，我已不能爲之。」談及魯院與茅盾的肖像木刻，醀「原拓不知今在何處；當時咸以爲人像不肖原人，料想作者既未識魯迅，亦未識我，想但憑照片摹刻，故難神似也。」還告之，「我與幼孫女（2 歲半）同過春節，頗亦陶然；幼女甚慧，即照片上我所抱者也。」

當月

日本是永駿發表《論〈子夜〉》，載日本《鹿兒島經濟大學論集》（12），二月出版。

日本小西升發表《茅盾的〈子夜〉——關於創作方法》，載日本《熊本大學教育系紀要》（第 2 分冊）〔人文科學〕（20），二月出版。

本月

十九日　美國著名作家埃德加・斯諾（1906 年生）追悼會在北京舉行。（按：斯諾於 15 日在瑞士逝世。）

二十一日至二十九日　美國總統尼古松和夫人等一行訪華，與周恩來總理會談，簽訂了中美關係史上具有劃時代意義的《上海公報》。

三月

當月

日本木村靜江發表《茅盾的文學（以時代性及對五四運動的評價爲中心）》，載日本《東洋文化》（東京大學）（52），三月出版。

日本佐治俊彥發表《革命文學論爭和太陽社》，載《東洋文化》（東京大學）（52）。

日本蘆田肇發表《在錢杏邨的〈新寫實主義〉中對茅盾的〈蝕〉的評價》，載日本《東洋文化》（52）。

四月

十一日　作《致宋謀瑒》（書信），署名沈雁冰。感謝宋寄來的絲瓜籽，

並告之「葉聖陶等久不晤談，因我常病少出，容將魯迅詩注油印本轉聖陶並詢意見如何？」

春

作《偶成》（舊體詩），載上海古籍出版社版《茅盾詩詞集》。這首七絕由衷抒發了晚年受壓抑的心境，云：「蟬蜎餐露非高潔，蜣螂轉丸豈貪癡？由來物性難理說，有不爲焉有爲之。」

五月

十五日　作《致宋謀瑒》（書信），署名沈雁冰。云：「葉聖陶同志自謙對魯迅舊體詩之寫作時代背景及寫作動機等，缺少系統的研究，抑且和魯迅生前交往極少，對尊注不願貿然發表意見。」書稿即當郵還。

六月

當月

日本小野忍發表《茅盾和他的作品〈子夜〉》，載日本《中國現代文學》。

本月

十九日　美國國家安全事務助理基辛格訪華。

夏

作《無題》（舊體詩），載上海古籍出版社《茅盾詩詞集》。云老朋友來探望後的欣喜心情，云：「驚喜故人來，風霜添勞疾。何以報赤心？亦惟無戰栗。」

作《無題二》（舊體詩），載上海古籍出版社版《茅盾詩詞集》，現收《茅盾全集》第十卷。本詩實爲半闋《西江月》，對其時混淆黑白不分是非表示不滿，云：「誰見雪中送炭？萬般錦上添花。朝三暮四莫驚嘩，『辯證』用之有法。」

同月　作《致金韻琴》（書信），載一九八三年四月二十六日《人民日報》。對「四人幫」的一套做法甚爲憤慨，「『評價』對人對事，常因時因地而異。若干大人物尚不免，蓋棺亦未必論定也。」

十月

六日　作《致海珠內侄並轉韻琴嫂》（書信），載《圖書館雜誌》一九八二年二期。云對形勢的看法，「讀信後不勝感慨，世事難得公平，我閒居簡出，偶有朋友過談，所聞不少，同聲一嘆」；對孔海珠插隊多年，只能糊口，表示安慰，「我當盡力接濟」；言及孔另境、孔德沚之死，不勝悲哀；告之自己身體狀況，「發現許多老年病，打印之總結，多至二紙，始而驚駭，繼則一笑置之。現惟小心寒冷，不使感冒，飲食起居有規有節，勞逸適中，俟其燈盡油乾之一日。不耐久坐，故常偃臥閱讀書報，懶於寫信，亦緣此故」，並附照片二幀。

二十五日　作《致宋謀瑒》（書信），署名沈雁冰。云近來「老病逢秋而發，」「來函所證各事，不能盡答」。

同月　作家臧克家來訪。他剛從湖北幹校回來，茅盾緊緊握著他的手說：「不錯，不錯，比以前結實了一點。」彼此談了些別後的情況，詢問了朋友的信息。以後，臧克家就經常前來拜訪了，還常常帶著小女兒蘇伊，她在景山小學讀書的時候，和茅盾的孫子同學。（臧克家《往事憶來多》，載《十月》1981 年 3 期）

當月

日本相浦杲發表《最初的長篇小說〈蝕〉／茅盾和現實／以抗戰文學爲中心——郭沫若和茅盾／茅盾的現實主義論——〈夜讀偶記〉》，載日本《現代中國文學》，NHK 十月出版。

本月

一日　北京猿人展覽館開放。

十一月

同月　作家唐弢來訪。他帶來了幾張鄭振鐸生前送的箋紙。那天，茅盾「心情很好，說話很多」，告之，周恩來總理派人來看過他，約好當天重來。聽到敲門聲，馬上拿著一聽香煙從樓上下來，還以是那位同志到來了呢。這次茅盾用鄭振鐸的箋紙替唐弢書寫了兩首舊作《西江月·螢火迷離引路》相贈，最後幾句爲「白骨成精多詐，紅旗之陣堂皇。九天九地掃攙槍，站出來者好樣」，表示了對「四人幫」江青之流淫威的憤慨。（唐弢《一件小事—

—悼念茅盾同志》，載 1981 年 4 月 5 日《光明日報》），唐弢認爲，「這對 1972 年前後的國內形勢是何等切合啊！『站出來者好樣』，既然茅公這樣寫了，我當然不能辜負長者的好意，就將它掛了出來。」

本月

三日至二十八日　我國與尼日利亞簽署經濟技術和貿易協定；並先後與馬爾加什、盧森堡、扎伊爾、牙買加、乍得簽署聯合公報，決定建立大使級外交關係。

摯友黎烈文（1904 年生）在臺北病故。

十二月

四日　致函沈鵬年，並寄贈魯迅致增田涉書一本。

十八日　作《致沈鵬年》（書信），覆答有關文學研究會等問題。

當月

日本相浦果發表《茅盾的〈腐蝕〉》，載日本《鳥居久清先生花甲紀念論文集（中國的語言和文學）》，十二月出版。本文用比較文學的寫法，詳盡論述了《腐蝕》的思想和藝術。從該小説使用日記體而又有書序，從而指出小説與魯迅的《狂人日記》有相似之處，認爲「或許是茅盾承襲了魯迅的表現形式吧，或者是以《狂人日記》爲藍本而創作的吧。」文章還分析了女特務趙惠明形象，認爲她是一個「雙重性格」的人物。

本月

十七日　著名作家魏金枝（1900 年生）被迫害致死。

《郭沫若史劇全集》，由日本須由禎一譯成日文（共四卷），日本東京講談社出版。

同年

收到作家碧野從「牛棚」獲釋，重返丹江水利工地後來函，擬覆長信。（碧野《心香一瓣，遙祭我師！》，載《長江日報》1981 年 4 月 11 日）

胡愈之、葉聖陶、胡子嬰、曹靖華、黎丁等前來看望，並揮筆寫了一首五古《無題》和半闋《西江月》。（臧克家《往事憶來多》）

臧克家陪同徐遲前來看望，「問長問短，舊情依依」。（臧克家《往事憶

來多》)

　　獲悉日本小野忍、高田昭二翻譯的《子夜》下冊出版，日本岩波書店出
版。(按：《子夜》上冊已於 1962 年由岩波書店出版。)

當年

　　澳大利亞波立葉·麥克杜戈發表《綜合研究：田漢和茅盾在 1920 年》，
載澳大利亞《探索》雜誌。

一九七三年（七十八歲）

一月

元月　「首都初雪之夜」作《致吳恩裕》（書信），署名沈雁冰。載《文匯報》一九七九年七月二十二日。收文化藝術出版社《茅盾書信集》。云其文稿《曹雪芹佚著及其傳記材料的發現》「循讀再三，欽佩何如」，認為「精彩如尊著不厭再讀也」，「考訂之精審，卻使斷簡復活，放異光彩，而曹雪芹之叛逆性格、思想轉變過程，遂一一信而有證」；並提議「舊作《曹雪芹的故事》，應予補充，再版問世，則有裨於青年，殊非淺鮮也」；還提到「敦敏之《記盛》全文，不知尚有眉目能搜求否。甚望能得全文，且更有新的發現。」

九日　作《致陳瑜清》（書信），署名鴻。載文化藝術出版社版《茅盾書信集》。云身體狀況，「我今冬身體較好，支氣管炎尚未發過，約有半年，未到醫院，惟每隔兩旬，遣服務員往取安眠藥而已。失眠已數十年，近十年多則每夜非服安眠藥不可，有時半夜醒來，不能再睡，則加服一枚。次日頭腦昏昏，然亦無他異，醫云亦不礙事。好在我休息在家。頭暈固無妨也。」談到家庭，羨慕陳「兒女、孫兒眾多，十分熱鬧，我的小孫女今已三歲半，活潑可愛，頗解人意，常日弄孫，亦一樂也。」

本月

二十七日　越南民主共和國、越南南方共和臨時革命政府、美國三方在巴黎簽署了《關於在越南結束戰爭、恢復和平的協定》和附屬這個協定的三個議定書。

二月

十五日　作《致祝新民》（書信），署名鴻。載百花文藝出版社版《茅盾書信集》。云所寄柳宗元手跡石刻殘片拓本事，「詢之文物部門友人，據云此項拓本無甚價值，即有收藏者亦未必肯出重價，因此只好隨信寄還，保存以作紀念可也。」並匯上伍拾元，「聊濟窘困」，告知「我年來衰病，親友書束疏懶，鳳妹病故之訊，迨詢弟函告，已在一個月後」，對沒有及時「函慰」，表示「歉歉」。

當月

日本丸尾常喜發表《論〈腐蝕〉》，載日本《北海道大學文學系紀要》（21）。

本月

二十一日　老撾各愛國力量和萬象政府在萬象正式簽署了《關於在老撾恢復和平和實現民族和睦的協定》。

三月

十二日　出席孫中山先生逝世四十八週年紀念會。

本月

上旬　我國與西班牙簽署建交聯合公報。

四月

作《讀吳恩裕〈曹雪芹佚著及其傳記材料的發現〉》（舊體詩），載《浙江文藝》一九七八年一月號，又載河北人民出版社版《茅盾詩詞》，現收《茅盾全集》第十卷。（按，吳恩裕為我國現代著名政治家、法學家和《紅樓夢》研究專家。撰寫了《曹雪芹的生平》、《曹雪芹的故事》、《有關曹雪芹十種》、《曹雪芹佚著淺探》、《曹雪芹叢考》等專著。所著《曹雪芹佚著及其傳記材料的發現》，原載《文物》1973 年 2 期，該文詳細介紹了國內首次發現曹雪芹的佚著《廢藝齋集稿》，和曹雪芹、董邦達、敦敏寫的三種傳記材料。該文發表前後曾多次徵求茅盾的意見。）這首七律開始題為《讀吳恩裕近作〈曹雪芹佚著及其他〉》，意在抒發讀了吳文之後的感想：充分肯定了吳恩裕的這一新發現：「浩氣真才耀晚年，曹侯身世展新篇」；又發表了對曹雪芹由同情貴族到關注貧苦人民「人生觀變遷」的新評價：「自稱廢藝非謙遜，鄙薄時文空巧妍。莫怪愛憎今異昔，祇緣頓悟後超前。懋齋記盛雖殘缺，已證人生觀變遷」。

本月

人民文學出版社陸續再版二十卷本《魯迅全集》和魯迅著作單行本。

五月

十五日　作《致陳瑜清》（書信），署名鴻。載文化藝術出版社版《茅盾

書信集》。云身體近況,「我近來眼力衰退,五號字竟看不清楚,寫字手發抖,加以失眠老病,近更加甚,夜夜服安眠藥兩種,只能睡六小時許,但猶醒二、三次,以故神思昏昏,倦於嚴肅思考,平日偃臥時多,偶讀大字本的馬列書籍而已」;云家中孫兒女之情況,「長孫女,遠在東北參軍」,「在隊伍一年半,進了團,升了班長,這是政治上有進步,科學知識,全然忘得精光;日後復員,正不知作何事好也。孫男今為高二生,幼孫女今年四歲,三孫皆穎悟,但前二者忽學忽輟,最幼者如何尚不可知,早生十年或晚生十年似乎幸運些,惟有五四年前後出生者,弄得不上不下,蓋不獨我一家為然也」。又告知:「子愷、巴金近況,亦有人告知,聞皆健康,甚為慶慰。有些人拖不過去,比他們年青,也聽說死了。」

約四、五月間 胡愈之來訪,告之瞭解到的一個情況:有人檢舉茅盾在一九二八年去日本途中自首叛變了。茅盾禁不住怒斥起來:「胡說八道,完全是胡說八道!大家都知道,我是從上海乘船去日本的,在船上怎麼叛變?我也從來沒有被捕過,哪來的自首?奇怪的是,既然有這樣的問題,為什麼不來問問我,也讓我這個當事人有機會辯白幾句呀!」(韋韜 陳小曼《茅盾的晚年生活》〔三〕)

約四、五月間 孫女小鋼在書房抽屜裡發現了茅盾一九五二年寫的「一個反映鎮反運動的電影劇本」手稿,和一九五五年創作的「一部反映資本主義工商業社會主義改造的長篇小說」初稿和大綱,「就貪婪地讀起來」,茅盾說:「這是兩部沒有完成的作品」。小鋼讀完把手稿放回了原處,「茅盾默默地拿了出來銷毀了」。(韋韜、陳小曼《茅盾的晚年生活》〔三〕)

本月

八日 《中華人民共和國出土文物展覽》在巴黎珀蒂宮開幕。

十四日 美國駐中國聯絡處主任布魯斯到達北京;二十九日,我國駐美國聯絡處主任黃鎮到達華盛頓。

「四人幫」控制的文藝刊物《朝霞》在上海創刊。

六月

二日 作《致姚樹琛》(書信),載百花文藝出版社版《茅盾書信集》。(按:姚樹琛是一個礦工,曾兩次寫信給茅盾。)云想進大學中文系,「必須由你

的工作單位保薦，除此之外，沒有其它辦法。我對於你的志願是同情，但我無能爲力」；同時，勸他不要只想進中文系，「一方面努力礦上工作，一方面堅持業餘創作，鍛鍊寫作能力，積累實踐經驗，這也不是很好麼？高爾基是偉大作家，他就根本沒有讀完中學，不用說大學了，大學中文系畢業的人，何嘗個個成爲作家？中國現代的作家如浩然，也不是大學中文系出來的罷？」

六日　作《致金韻琴》（書信），載《人民日報》一九八三年四月二十六日。云自己走上文學道路之感慨，「我近來深悔當年爲糊口計，不得不搞創作，暗中探索，既走了彎路，也有不少錯誤。假如我當年有擔石之儲，不必日日賣文而做古典文學的研究工作，庶可以無大過。」

二十日　作《致金韻琴》（書信），載《人民日報》一九八三年四月二十六日。云對自我的評估，「把我作爲一個作家的身份，估價太高，我是十分不安的，浪得虛名，適足爲累，過去已然，今後安知其不復然。『評價』，對人對事，常因事因地而異。惹於大人物常不免。蓋棺亦未必論定也。我眞願大家不把我作爲一個作家，偏偏時有不相識者來信仍如是觀，眞使我笑啼兩難。」

當月

日本菊三郎出版專著《中國革命運動史》，日本風間社出版。其中有專章論述茅盾的創作，內容爲：茅盾文學——他的批判現實主義成果和界限：1、茅盾文學的性質，2、《腐蝕》的批判意義，3、《清明前後》的革命性及它的界限／郭沫若、茅盾的亡命出走和其後之事／在莫斯科的茅盾／茅盾的《驚蟄》描寫什麼。

臺灣李牧出版《三十年代文藝論》，臺灣黎明文化事業公司出版。書中有專章評述茅盾

本月

四日　越南黨政代表團訪問中國。

七月

二十三日　上午，作《致祝新民》（書信），署名鴻。載百花文藝出版社版《茅盾書信集》。認爲祝新民之子人杰初中畢業不考高中「可惜」，「此乃無

遠見。今日世事一年一變，兩年後未必還是今年的黃曆……能考高中而不考，真是大大失算」；而對于人杰想去支農，表示支持，經濟上亦可以幫助，還提出：「只要孩子本人學好，力爭進步，做人做事靈活，到處有前途的。你應該以這種道理教導人杰，提高其思想覺悟，養成其闖難關、自立為人的思想和勇力，不應以你的無勞動力，生活困難等擾亂人杰，使其眼光狹小，志氣頹喪也。我教兒子、孫女、孫子，都是這樣。」特別舉出其大孫女參軍事，「我舉此一事，勸你千萬不要把事看死，到什麼山唱什麼山歌，奮力適應環境，自強不息，才是正理。」反覆強調「要按可能、實際情況，為人杰將來著想。」

本月

一日　人大常委會委員、政協全國委員章士釗（1881 年生）在香港逝世。十二日在北京八寶山革命禮堂舉行追悼會。

夏

作《讀〈稼軒集〉》（舊體詩），載《文匯報》一九七八年十月八日，初收河北人民出版社《茅盾詩詞》，現收《茅盾全集》第十卷。這首七律原題為《詠史》，表達自己賦閒時的心態，藉史抒懷，抒發了對辛棄疾愛國熱忱的由衷讚揚，寄寓自己其沉痛憤慨心情：「浮沉湖海詞千首，老去牢騷豈偶然。漫意縱橫穿亂壘，劇憐客與過江船。美芹畫謀空傳世，京口壯猷僅匝年。擾擾魚暇豪傑盡，放翁同甫共嬋娟。」一九八〇年十月茅盾將此詩寫成手幅贈濟南市辛稼軒紀念堂。

暑假　西北大學中文系教授單演義來訪。隨訪的還有陝西人民出版社的一位同志。單提請茅盾寫一部《魯迅回憶錄》。後合影留念。（單演義《心祭茅公》，載《陝西日報》1981 年 4 月 16 日）

七、八月下旬　前後兩次給周恩來總理寫信，因擔心總理收不到信，兩次都寫給鄧穎超同志轉。「第一次的信，主要談他當時的處境與疑問，如：文件看不到，也無人傳達。他究竟有什麼問題？從來沒人跟他談過，等等。」老人在信中「要求搞清楚是非曲直。」第二封信「進一步就自己過去的情況作了說明，對一些誣蔑不實之詞進行反駁，如指出他當年從日本回國後根本沒有去過東北等等。」（葉子銘《夢回星移》）

八月

下旬 收讀陳鳴樹先生來信，知復旦大學中文系郭紹虞先生已寫定宋詞詩考，又改定《中國文學批評史》，及「一代詞宗」夏承燾先生論詞七律詩百餘首無處發表等文壇簡況。

當月

香港曹聚仁出版《文壇五十年》，香港新文化出版社出版。書中部分內容介紹茅盾。

本月

二十日 中共中央批示《關於林彪反黨集團罪行的審查報告》，決定永遠開除林彪及其反黨集團主要成員的黨籍。

二十四日至二十八日 中國共產黨第十次全國代表大會在北京召開，批判「林彪反黨集團」，修改黨章，仍堅持中共中央「九大」路線。

九月

約月初 全國政協副秘書長李金德來探望，說：「告訴您一個好消息，四屆人大將在年底召開，組織上讓我來正式通知您，您已經當選爲四屆人大代表了。」茅盾調：「那麼我的問題是怎樣解決的？據說我還有一個『叛徒』問題。」李說：「這個，我也不清楚，我剛剛調到政協工作，許多情況還不瞭解。不過，既然您已經當選爲人大代表，說明那些問題已經不存在了，都解決了。」（韋韜 陳小曼《茅盾的晚年生活》〔三〕；葉子銘《夢回星移》）

本月

法國總統蓬皮杜應邀訪華。

十月

七日 作《致陳瑜清》（書信），署名鴻。載文化藝術出版社版《茅盾書信集》。云九月十七日寄的照片和杭州手帕都早收到，「因病住院，故而遲至今日始覆」，並告之，八月「上海傳說我病了，伍禪、慧英曾來看望；卻不料時隔不久，我當眞病了，——還是氣管炎，住院注射一個多月，近方出院，而低燒間日有之（一、二厘），咳嗽時癒時劇，仍在服藥，大概要過冬至，才可穩定下來也。承蒙芾甘兄（按：巴金）關注，甚感；惜不知其地址，仍請

便中爲我代謝。吳朗西兄久缺音問，知其近況甚慰。」又告之，「北京醫院病房甚舒適（較兩年前），但住院終嫌寂寞，故未及完全痊癒就出來了。說不定過幾天還要進去。」

三十日　作《致宋謀瑒》（書信），署名沈雁冰。云：「尊釋『相濡以沫』，謂魯迅渴望解放區，則扯的遠了些；因爲各方證明（包括建人同志）魯迅在那時並無此種心情與願望也」。並告之近來「精神不濟」，懶於訪人、寫信。

同月　作《中東風雲》（舊體詩），載河北人民出版社版《茅盾詩詞》，現收《茅盾全集》第十卷。這首七律以滿腔義憤譴責了美蘇兩霸在中東的所作所爲，表達了中國人民自力更生的浩然正氣，「兩霸聲威朝露耳，萬方共仰東方紅」。

同日　雲南彝族作家李喬來訪，交談了一個多小時。李喬說：「你好，茅老？」茅盾回答說：「不大好，有氣喘病，慢性喉頭炎，冠狀動脈硬化、高血壓、神經衰弱等症。有時頭昏，連書也不能看。每晚臨睡前要服鎮靜劑和安眠藥才能入睡。可是，不到一點半鐘要起來解手，每晚要解三、四次，因此，睡眠不大好。」又問：「你們雲南作家怎樣？」當聽到李廣田、劉澍德等同志的噩耗時，「半天不語，眉宇間藏著痛苦，然後長長地嘆了口氣：「北京的作家老舍已死了，楊朔也死了！楊朔死後，叫他弟弟來收屍，發現他哥哥身上有傷痕，可見楊朔不是病死的。……」（李喬《感激和悲痛》，載《大地》1981年3期）

當月

日本南雲智發表《關於茅盾接受自然主義的考究》，載日本櫻關林大學《中國文學論叢》（4）。

日本高橋碧發表《茅盾回憶錄》，載日本櫻關林大學《中國文學論叢》（4）。

本月

十九日　美國作家埃德加·斯諾的骨灰安葬在北京大學的未名湖畔。

郭沫若親筆書寫的《毛主席詩詞三十七首》，由人民美術出版社出版。

十一月

二日　作《壽瑜清表弟》（舊體詩），載河北人民出版社版《茅盾詩詞》，

現收《茅盾全集》第十卷。這首七律前有茅盾寫的小序，云：「瑜清六十六歲生日正值兒童節，其同事某作詩祝之，瑜清用魯迅自嘲七律原韻作自勉以答，僕見獵心喜，亦次韻答之，不惶見計工拙也。」詩頌讚了兩人幾十年如一日的情誼，頌讚了新中國的誕生和發展，中有「往時眞理共追求，一擲何慳年少頭」，「十萬縹緗勤編纂，渾忘佳節值千秋」。

　　同日　作《致陳瑜清》（書信），署名沈雁冰。載文化藝術出版社版《茅盾書信集》。賀其大壽並「蘭玉滿堂」，告知自己的「病早已好了」，並對陳見示的三首詩發表了看法，認爲「五言是古體，用仄韻，殊覺新穎，朱陳次韻，工穩，惜少新意，蓋亦因頸斗二韻難辦耳。你們自勉，就詩律而論，既失黏，各平仄不調，此亦難怪，想來你未曾於此費功夫也。我次韻一首，對仗欠工，聊以博一笑耳。另紙書附。」隨信寄上自己所作七律《壽瑜清表弟》一首。

　　十二日　上午，前往中山公園中山堂，出席孫中山誕辰 107 週年紀念儀式。（載 11 月 13 日《人民日報》），按，這是「文革」至今，茅盾名字第一次重新上報，文藝界的朋友們，「通過各種方式和渠道」向他表示祝賀。〔韋韜　陳小曼《茅盾的晚年生活》（三）〕

　　二十二日　作《致陳瑜清》（書信），署名雁冰。載文化藝術出版社版《茅盾書信集》。云其十四日來信讚《壽瑜清表弟》詩，認爲「前詩意境詞藻，都不足取，乃蒙過獎，更增慚愧」，由此議及舊詩格律問題，云：「關於舊詩、詞的格律，前人著作甚多，然而或有門戶之見，其亦蕪雜。解放後，王力的詩詞格律，甚便於初學者，想來浙江圖書館當有此書。舊體詩押韻，本來沒有標準的韻書，六朝以後始漸齊備，清朝編《佩文韻府》，可謂集前人之大成。但唐人某字讀音與今人不同者甚多，歷來韻書，依唐音分類，此在王力的書中已詳言之。抗戰時我在桂林，一日與柳亞子、田漢郊遊，偶然即景作詩，柳先生一詩三江、七陽韻並用，當時乃偶然誤用，但亦群以爲昔時官定韻書，實不必拘守，當打破界限，另外分部，可惜後來未曾著手做去。至於律詩，頸聯（第三、四名）與腹聯（第五、六句）要講究對仗，我的那首詩，頸聯還算對仗稍可，（附言，原詩『瀛島蓬飄』，下句對『巴黎寄蹤』，不甚工，如改爲『巴黎萍寄』，則較可，）腹聯則談不到對仗了。就此而論，則朱孟的祝壽詩，對仗較爲工穩，他大概是下過功夫的。」並隨信告之，中央建議由上海選舉自己爲四屆人大代表，「作爲上海代表。胡愈之、葉聖陶等同在此列」。信中提及巴金對他懷念，表示「至感，便中煩致意，日後擬直接和他通訊，

惜前抄地址，一時又找不到了。」信末奉答陳曉華，並請陳轉告，云：「三百篇皆天籟耳，後賢聲律始求細，君才磊落破空飛，何必曖昧隨俗世。」隨信還附抄舊作詞《西江月・幾度芳菲鵾鳩》相贈。

二十六日　作《致陳鳴樹》（書信），載一九九二年十月十二日《文匯報》。先云魯迅研究，已將陳鳴樹對胡繩《論魯迅思想》一文的意見告之單演義，「勸他愼重處理」，單「決定暫緩出版」魯迅研究叢刊。又告以病況並關於寫回憶魯迅文字。「因向不寫日記，若干重要事情，雖尙記得輪廓，而細節則已模糊，大概即使寫出來，亦難副獎勉者之厚望也。但仍將勉力爲之，有時間，精神好時寫些，積少成多，再加整理，再與今日僅存之當年魯迅少數友好核對印證……但如此則不能限期告成耳。」對郭紹虞「已寫定《宋詞話考》，又改定《中國文學批評史》，聞之甚喜。他比我大三歲而大此精力，不勝羨慕。我生平病在務雜，每每見異思遷，淺嘗輒止，一事無成，只是個打雜的慣家，而薄有微名傳海內，則清夜捫心所疚悔無已者也。」認爲「夏承燾近作論詞七律詩百餘首，自知是文壇佳話，鄙意當與郭著一日問世。但今日或者尙非其時，苟有機會，僕當設法引起大人先生們的注意，然請暫秘，勿爲外人道也。」告之「有暇請時惠片言，俾知文壇近事」。（按：陳鳴樹於 1992 年 10 月 12 日發表《自謙與孤寂》，除簡述該信情況外，認爲茅盾「一生著述等身，在每一領域都有傑出的成就」）。

同月　美術編輯葉燃來訪。交談中說及秋天去湖州之行，云湖州變化之大，茅盾聽了很高興。葉向茅盾索字，茅盾就寫了《一剪梅》詞贈他。（費在山《茅盾的〈一剪梅〉詞的寫作年代》，載《湖州師專學報》贈刊，1985年 2 期《茅盾研究》）

本月

《紅旗》發表羅思鼎的《秦王朝建立過程中復辟與反覆辟的鬥爭——兼論儒法論爭的社會基礎》。

建辦中央五七藝術大學，由江青任名譽校長，于會泳任校長，浩亮、劉慶棠任副校長。

十二月

六日　作《致宋謀瑒》（書信），署名沈雁冰。談《紅樓夢》研究和魯迅詩的注釋。認爲楊霽雲關於《贈人二首》之見解「甚爲公允」，一則此詩「並

非像你所說的香奩體」，二則，「將魯迅作品片言隻語都認爲有極大政治含義，亦似太偏；魯迅曾說一個人不能一天到晚，一言一語都是政治，也有玩笑酬酢；楊氏蓋深知魯迅者。」

十五日　作《致吳恩裕》（書信），載《文匯報》一九七九年七月二十二日。收文化藝術出版社版《茅盾書信集》。云「懋齋記盛故事後半部已讀迄，興趣盎然，茲奉還」；還寄上自己寫的一首七律《讀吳恩裕〈曹雪芹佚著及其傳記材料的發現〉》，並云：「附呈一箋，書讀後所感，詩不工，書法尤其拙劣，以君子有嗜痂之癖，故不能藏拙，幸哂正爲感。」

十九日　作《致胡錫培》（書信），署名沈雁冰。載文化藝術出版社版《茅盾書信集》。覆其十二月十一日來信，喜溢信外，「想不到二十八年闊別，今天又聯繫上了」，追述二十八年前在重慶唐家沱的交往以及與他們所辦「突兀文藝社」的關係，但「自解放後，我沒有再到四川，也沒有再到西北，連上海也少去，倒是忙於出國，至於寫作，想來你知道，我只寫了些評論，沒有寫出作品，原因是高高在上，沒有到下邊經歷工、農生活，並詢問其五七年究竟出了什麼事，又問及《紅岩》的兩位作者情況，「說他們死了，究竟如何？艾蕪過去如何？近況如何？還有沙汀，過去如何？近況如何？你能不能告訴我一、二？」告之自己「文革」中情況。特別告知北京文藝界一些情況，「藝術劇院尚未恢復，人員在幹校者多；據說將不一一恢復原狀，而設一『藝術大學』」，「但只是傳說，未正式成立」。寄贈一張 1962 年的照片。

二十一日　作《致陳瑜清》（書信），署名鴻。載文化藝術出版社版《茅盾書信集》。云自己的字「沒有好好下過功夫，正如我作詩、填詞一樣，只是鬧著玩的；既然陳同志有嗜痂之好，倒叫我不能藏拙了」，書寫了《西江月》兩條幅分別寄贈陳曉華和陳瑜清。憶及一九二八年十月客居東京時，吳朗西和陳瑜清探望，吳朗西云「曾見過我作品中的一個主人公」，指出「他所說的那個人是我的某作品（《虹》）中的主人公的女友，亦即同鄉。《虹》的主人公是以胡蘭畦爲模特兒的，胡是一九二七年武漢的國民黨中央軍事政治學校的女生，我曾在該校教過幾個月的書——其實是定期講演，講題是『中國的封建勢力與帝國主義』，不發講義，而且是『大課堂』——即各班女生和部分男生都來聽講，共計約四、五百人。胡蘭畦現已去世。《虹》所寫的，部分是以她爲模特兒」；還憶及抗戰前「在上海定期聚餐事，那時我和胡愈

之都是不會喝酒的。解放後我因常常招待外賓，有時不得不幾口葡萄酒，現因慢性支氣管炎，就一口也不喝了。胡愈之常常遇見，他仍不喝酒，我當爲你致意」。

約下旬　就主人公梅女士的一個模特兒給韋韜解釋：「我與胡蘭畦其實只見過一二面，並不熟悉，更不瞭解，只是聽別人介紹過她的經歷。她的經歷的確很曲折很動人。我以胡蘭畦爲模特兒，就是借用她經歷——主要是四川那一段經歷編爲故事。而人物的性格，則是從我接觸過、觀察過的眾多時代女性身上綜合而成的。也可以說，胡蘭畦這個模特兒，我主要是採用了她的外殼。作爲模特兒，他們都是我概括了許多同類型的人物的性格特點綜合而成的，然後再根據人物及人物的發展來編故事。編故事則有時採用某個人的某一段現成而又生動的經歷，因爲有些個人的經歷，其奇妙往往是作者想像不出的。常常有人問我，《子夜》中的吳蓀甫的原型是不是盧鑒泉？我回答不是。不過吳蓀甫的身上的確有盧鑒泉的影子，因爲我對中國民族資本家的觀察和瞭解正是從盧鑒泉開始的。」（韋韜　陳小曼《茅盾的晚年生活》〔三〕）

二十五日　作《致姚樹琛》（書信），載百花文藝出版社版《茅盾書信集》。云爲「將來從事文藝創作」而考大學之事，「我以爲如果寫作的話，首先是有革命的幹勁，和馬列主義毛澤東思想爲基礎的世界觀，其次是豐富的生活經驗（投身於熱烈的階級鬥爭和生產鬥爭），而你現在的工作（煤礦），正是達到上述條件的最好環境」，「希望你努力工作，而在業餘搞一點寫作」，「上大學的心，暫時收起」。

二十六日　作《致沈楚》（書信），署名雁冰。載浙江文藝出版社版《茅盾書簡》。云「我在烏鎮，今無一近親，不到烏鎮，亦四十多年。小兒輩去年到南方勾當，順道曾到烏鎮，則謂面目全新，足見祖國社會主義建設猛進之一斑，彌足慶賀」。認爲自己爲政協副主席，「此爲不須日常辦公之職，每週開會一、二次而已。文化大革命時停頓了若干時。前年起，各民主黨派少壯成員，每週有三個半天，在政協學習，老、弱、病者不拘，可以在家自己學習，我亦如此。年老健忘，悟力衰減，雖力求上進而成效甚小，靜言思之，常自慚愧。」還云及抗戰時「金氏兄妹亦爲素識，抗戰時我與德沚僑居桂林一年，與仲華、端苓同賃一房。仲華已去世，聞係自殺，不知何故？」

三十一日　作《致臧克家》（書信），署名沈雁冰。載《文匯報》一九八二年三月二十四日，初收浙江文藝出版社版《茅盾書簡》。云「近來尙無大病，惟因慢性支氣管炎糾纏，不敢窺園耳」，歡迎其來家晤談，「不勝企盼」。

同日　爲侄女沈楚書《戲筆》七絕一首（作於 1945 年），並附《小記》一則寄上，載一九八一年《陝西文史叢刊》。

同日　書《詠史》條幅贈《光明日報》社黎丁。此詩一九七四年改爲《讀〈稼軒集〉》，改動較大的是五、六句，原爲「美芹十論徒傳世，京口壯猷但隔年」改爲「美芹藎謀空傳世，京口壯猷僅匝年」。（黎丁《讀茅公遺墨》，載《光明日報》1981 年 4 月 7 日）

同月　書《詠史》條幅贈山東濟南稼軒祠「稼軒紀念堂」。（《茅盾詩詞鑒賞》）

同月　致陳鳴樹信並書寫《西江月》條幅相贈。這首詞是《西江月·螢火迷離引路》，作於一九六四年五月三日，其中「白骨成精多詐，紅旗之陣堂堂」，云書時有「暗指」「四人幫」之意（1977 年 7 月 18 日《致陳鳴樹》），鼓勵大家與之鬥爭：「九天九地掃攙槍，站出來者好樣。」

當月

日本中野美代子發表《論〈子夜〉——中國近代小說的界限》，載日本《北海島大學人文科學論集》（60）。

本月

《人民日報》發表「北大」、「清華」大批判組的《一百多年來反孔和尊孔的鬥爭。》

同年

臧克家來訪。交談時，臧說：「您至今不出來，社會上都極關心這件事，文藝界的朋友們更不用說了。」茅盾說：「他們把一九二七年的與我不相干的事，安在我的頭上，正待調查清楚。」臧又問：「文學研究會的成立宣言是魯迅起草的，是眞的嗎？」「是眞的。事情是這樣的：魯迅是贊成成立這個會的，他沒有加入，是因爲他當時在教育部做僉事，這樣的身份加入做發起人是有所不便的。」茅盾還說：「前幾天上海復旦大學來人談這件事，我也照實回答了。」（臧克家《往事憶來多》）

韋韜夫婦建議他把長篇小說《霜葉紅似二月花》續寫下去，說：「如今反正沒有事可做，你何不悄悄地寫下來，雖然現在不能發表，我們把它留著也是好的。」茅盾經過認真考慮，終於同意了，決心「來了此30餘年來未曾了卻的宿願。他醞釀、構思新的續寫計劃，寫出一份比較詳細的提綱，積累了一些素材，並且動手寫一些章節段落。」這項寫作計劃斷續進行，直至一九七四年十二月初，他們全家從東四頭條搬到交道口新居後，「因續寫計劃規模宏大」，加之年事已高，精力不濟，又「自忖一時難以完成」，此事就停下來。（葉子銘《心火未滅──「文革」期間茅盾撰寫回憶錄的前前後後》，載《人物》1989年2期）

作《致孔乃茜》（書信），載《百花州》一九八二年第一期。覆孔乃茜來信談讀《子夜》的感受，認為「你對我的作品不要看得太高。我的作品在思想性方面有許多嚴重的缺點，我寫的是抗戰前的一個時期的社會現象。當時雖然主觀上也想『通過現在透視未來』，但無此能力。原因主要在於我當時是『亭子間生活』，沒有投身於實際的火熱的革命鬥爭。」

作《致孔乃茜》（書信），載《百花州》一九八二年第一期。云自己當年如何走上文學道路，「我在二十四歲，就搞文學研究會，一時居然是個活躍的新人物，其實是『因緣際會，名實不副』。乃今思之，每每汗顏。」

補選為四屆人大上海代表。

當年

蘇聯 M·E·施乃德發表《尋求「為人生的文學」──安特烈耶夫作品在中國》，載《中國文學研究在蘇聯》，（莫斯科1973年出版）。本書論述了作家安特烈耶夫對茅盾的影響。指出茅盾在1920年初寫過一篇文章《安德烈夫死耗》（載《小說月報》1月25日），將其推重為本世紀二十年代俄國最傑出的作家。直到1924年寫《歐洲大戰與文學》一文（《小說月報》1924年8月10日）時，茅盾還給予安以「偉大」的稱號。1925年1月商務印書館初版的《鄰人之愛》中還有茅盾寫的《安特烈耶夫略傳》，可見安對茅盾影響之深。

英國出版《卡斯爾世界文學百科辭典》，英國卡斯爾書局1973年出版。書中列茅盾條目云：「茅盾，沈雁冰的筆名，中國的長篇小說和短篇小說家」。認為《蝕》「這部小說使他成為中國最主要的長篇小說家」；「在

其他的長篇小説中，以《虹》和《子夜》最爲傑出。」條目後面還開列了茅盾其他主要作品的名單。本條目作者爲澳大利亞悉尼大學東方研究教授艾伯特·理查德·戴維斯。

美國作家伊羅生翻譯並重編中國現代小説集《草鞋腳》，並在序言中指出：「魯迅是文學革命的創始人之一，傑出而富有創造性的作家；他的青年朋友和同行茅盾當時被公認爲繼魯迅之最重要作家。」（戈寶權《談茅盾對世界文學所做出的重大貢獻》，載《茅盾研究在國外》，湖南人民出版社 1984 年 8 月出版。）

一九七四年（七十九歲）

一月

約月初　接四川胡錫培來信，信中說「在成都流傳著關於茅盾在家裝病，閉門不出，卻偷偷地在寫一部『反黨小說』，要待身後，方肯問世的流言。」茅盾將此信讀給韋韜、陳小曼聽，說：「我還沒有動筆，謠言就先造出來了！這樣一來，我倒要認真對待續寫《霜葉紅似二月花》的事了，一定要把它寫好。」（按：茅盾此後用了半年多時間續寫《霜葉紅似二月花》，為此畫了一張「縣城的平面圖，《霜葉紅似二月花》的故事大部分發生在那裡，圖上畫出了幾個重要人物的宅第，以及縣署、警察局、善堂、輪船公司、城隍廟等等，還有街道、城牆，通往錢家莊的河道和城外的桑林、稻田等。」茅盾說，「有了這張圖，書中的一些細節描寫就有了依據，不至於產生矛盾。」然而寫出了詳細大綱，「一九二七年大革命失敗之前的章節，描寫得相當周密完整，有的段落十分細膩；但是大革命失敗後故事的發展，卻尚未寫出大綱，只有部分提要」，在續篇大綱中，「著重刻畫了正面人物，如張婉卿、錢良材等，以及一位新出場的女主角張今覺。這位張女士最終成為錢良材的終身伴侶，在續篇中大展風采。對於反面人物，大綱中著墨較少……僅僅留下了不少可以展開這些反面人物活動的線索……」，後來續寫由於種種原因，終未完成。（韋韜　陳小曼《茅盾的晚年生活》〔三〕）

七日　作《致巴金》（書信），署名沈雁冰。載百花文藝出版社版《茅盾書信集》。云「從陳瑜清處得知近況，甚慰」，說「承屢函瑜清關心我的近況，又甚感。嫂夫人逝世，想必哀悼過甚，但死者已矣，生者還是要活下去；我於七〇春亦喪偶，初亦咄咄書空，近來漸淡，反覺得她那一身病（糖尿、腎炎、高血壓等等），拖下去也是多痛苦而已。聽說您在翻譯赫爾岑的作品，祝您成功。」

十九日　作《致沈楚》（書信），署名雁冰。載浙江文藝出版社版《茅盾書簡》。云舊體詩創作，指出「《南腔北調話家常》一絕句，乃作於您來唐家沱過訪之前，非記您之來訪」，說沈楚作的七律「意趣盎然，頸、腹兩聯對仗尚佳，惟平仄不調，而其他各句平仄不調亦多，至於失叶，更不用說了。」

認爲「舊體詩格律原不必一定拘守，但既作此體，又不能不遵其傳統的格律，這是作難人的玩意兒。」還說沈有文言文底子，「如要學舊體詩亦不難。」

二十一日　作《致胡錫培》（書信），署名雁冰。載文化藝術出版社版《茅盾書信集》。對其一九五七年受讒言「攻訏」表示同情，「相信中央遲早會公正處理的」，不過「要等文化大革命中的案件解決完了才能處理以前的事」，「所以你還是耐心等著罷」。囑其「找省委負責文藝組的，談談你的工作問題，工資問題，或者有個眉目」。關於艾蕪到了大涼山及寫了短篇又受批評的事，「此間早有所聞」，「不單是艾蕪，還有別人也先受鼓勵寫些什麼，後來又被批評，而且比艾蕪受到的評語還要嚴厲得多呢！看到艾蕪，代我問候。」信中又談到關於自己的眾多的謠言，「東西南北多處都有些，外省過去的相識者，近年因事到京常來看望我，也說謠傳甚多，說我病重，又說我疏懶，不見客，也不回人家的信云云」，解釋說「德沚死後的一年裡，我確實精神悶悒，而且接連生了幾次不大不小的病。去年較好些，上星期又發燒，白血球多至一萬一千，服藥後幸已平復。」

二十二日　作《致姚樹琛》（書信），載百花文藝出版社版《茅盾書信集》。感謝他關心自己的健康，並說「寫字手抖，老年人都有這個毛病，不過我還算好的，不是經常抖而是偶然抖。」「明天就是春節，祝你好。」

同日　作《致宋謀瑒》（書信），署名雁冰。與宋談趙紀彬的《關於孔子誅少正卯問題》。

二十七日　作《致陳瑜清》（書信），載《光明日報》一九八二年三月三十一日。云所寄之舊體詩作，「您改作之《自勉》，較初作大有進步，主要在格律方面，惜全詩意境平平」，認爲「舊體詩、詞如格律不協則不成其爲舊體詩、詞，但詩之高下則重在意境，至於風格，則因人而異，亦有同一人而兼備各種風格，如辛稼軒詞，李、杜、蘇詩而已。附來劉煉虹同志七律二首，從意境方面說，鄙意以爲勝似尊作，其贈我之作，獎飾過當，愧不敢受。生平碌碌，浪得微名，無一專長，眞是一個『三腳貓』耳。乞爲轉向劉同志致敬意並愧惡之忱」。（按：劉煉虹步茅盾《壽瑜清表弟》原韻寫了一首七律，云：「一絲不苟嚴要求，不合要求不點頭。唯大英雄能本色，是眞名士自風流；豈推文苑稱宗岱，即在詩壇亦斗牛；猶憶渝州聆教誨，崇高典範耀千秋。」（載《西湖》1983 年 3 期）還云柳亞子七絕中「記取潮流澎湃日，甘陵敝部著鞭

先」，「甘陵敞部」是藉用《後漢書・黨錮傳序》「由是甘陵有南北部」這一史事。其用意是指「一九二六年國民黨內之鬥爭，西山會議派在北，上海市黨部（左派）在南。」

二十九日　老朋友高汾來訪。（按：高汾爲《人民日報》記者，1941 年在香港文藝通訊社工作。）大家談起「三十年前脫險之事」，感慨繫之。後茅盾作《一剪梅・感懷》「以記之」。（《茅盾詩詞鑒賞》）

同月　作《致單演義》（書信），載《陝西日報》一九八一年四月十六日。就撰寫回憶魯迅的文章，回答對方：「尊囑寫回憶，時刻在懷，但春暖前瑣事絲雜，只能零碎記下若干條，以後再整理」；「將來定稿後如因字數太少（我量不會多），也有一法使其增多，即在兩個口號一題內多抄些當時論爭的雙方文章，作爲節省讀者找資料的時間，那就會增加不少篇幅，至於作爲（書影）在鉛印本插一、二張手跡，也還可以。……春暖後如動手寫，還要勞駕代搜羅一些舊材料。附上新寫字（按：所書《讀〈稼軒集〉》條幅），亦即新寫的一首詩，請教正。」

當月

日本是永駿發表《關於〈蝕〉的修改》，載日本《鹿兒島經濟大學論集》（14）。

本月

一日　《人民日報》、《紅旗》雜誌、《解放軍報》發表元旦社論，提出「要繼續開展對尊孔反法思想的批判」。

三十日　《人民日報》發表評論員文章《惡毒的用心，卑劣的手法——批判安東尼奧尼拍攝的題爲〈中國〉的反華影片》。

二月

四日　作《致沈楚》（書信），署名雁冰。載浙江文藝出版社版《茅盾書簡》。認爲沈楚「不知沈歸愚爲何人，不算無學」，「我以爲在中學教員中，你的文言文比一般爲好，字亦寫得圓潤，你不要自卑」。談到自己的讀書和學外語，「你稱我博古通今，我倒不敢當。博古談何容易，通今亦復不易。二十歲前，我念的是古書，學的第一外國語是英文，第二外國語是法文，但法文底子很差；後來進了商務印書館編譯所只用英文，久而久之，那一點法文就還

了先生了，現在只能講幾句生活上常用的話，也不能看書。新青年提倡文學革命時，我把線裝書擱起，專讀歐洲各國古典文學和近代文學，——自然是通過英文。其後又讀社會科學、馬列主義經典著作（也是通過英文），至今且六十年，並無專長，只是個大雜家。寫了幾本小說，當時只爲稻粱謀，不料薄有微名傳海內，實在名不副實。」談到自己的詩，云：「抗戰時我寫過一些舊體詩，解放後也寫過一些，只是像個舊體詩而已，論功力則差得很。我勸你不必費精力學舊體詩，就因爲那是不必要的，白話要好，實在不易，我看要比寫舊體還難些。」云「三十年代我和魯迅通訊至少有三、四十次」，「當時白色恐怖下，……魯迅和我都不留存來往的信，以免敵人拿去牽連別人或看出我們的謀劃」。

八日　作《致陳瑜清》（書信），署名雁冰。載文化藝術出版社版《茅盾書信集》。云二十七日已覆一信，「指出甘陵部出處及柳詩此句之解釋」，答應爲其同事劉建華及其愛人朱關田寫字，但恐名字有誤，「特請來函正書，以便落款」。

二十一日　作《致陳瑜清》（書信），署名雁冰。載浙江文藝出版社版《茅盾書簡》。云吳戰壘手書《滿江紅》詞「寄託深遠，筆力健舉，甚爲欽佩，書法亦有功夫。此紙兄當寶藏。」告知「近來瑣事栗栗，無暇吟哦，又手顫，怕寫毛筆字，不能答吳同志瓊瑤之投耳」。還告之「春節過了，舍下人少，無多熱鬧」，還告之東北地震，有 6.5 級，大孫女「住在帳篷裡，此在嚴寒季節，稍覺不便。」

二十八日　早晨，作《致胡錫培》（書信），署名雁冰。載文化藝術出版社版《茅盾書信集》。云「近來感冒，常去醫院，又檢查體格」，並於所告「我的謠言，與我從別處得知者大同小異」，「但中央聖明，此等無聊之流言，爲早一笑置之矣！」順告「車子在等候我到醫院複診了」。

同日　晚，與阿沛‧阿旺晉美、周建人等往人民大會堂臺灣廳，出席紀念臺灣省人民「二‧二八」起義二十七週年座談會。（《人民日報》3 月 1 日）

同月　作《一剪梅》（詞），載《西湖》，一九八三年十一月號。現收《茅盾全集》第十卷。詞前有茅盾寫的小記，云：「爲劉建華、朱關田兩同志祝百年之好，敬謹如命並附驥尾同申祝賀」。詞上闋贊這一對新人之自由美滿之結

合，「共也芬芳，菊也傲霜」。下闋祝他們和諧、追求、騰飛：「華也飛翔，關也騰驤」。

下旬　收到陳鳴樹信並浙江書法名家沈定庵贈來的書法墨寶，甚珍惜。（陳鳴樹《茅盾先生囑轉贈字幅》，1989 年 7 月 6 日《文煤炭報》）

同月　作《一剪梅·感懷》（詞），載河北人民出版社版《茅盾詩詞》，現收《茅盾全集》第十卷。詞前小序云：「甲寅人日友某感懷三十年前脫險之事，作此記之」。（按「友某」指高汾；「三十年前脫險之事」，指 1942 年 2、3 月從香港到桂林，脫離險區之事，詳見《脫險雜記》。）

本月

七日　人大常委委員、中科學副院長竺可楨（1890 年生）在北京逝世。十三日舉行追悼會。

十五日　在中國美術館和人民大會堂展出所謂「黑畫展覽」。

三月

三日　作《致沈楚》（書信），署名雁冰。載浙江文藝出版社版《茅盾書簡》。云：「希望今年暑假，您到北京來舍下盤桓若干日，跟我家裡熟悉熟悉，彼此有相當瞭解；不但今年，明年暑假也盼望您來。待及您退休之年，那時或可留您長住。」至於為何不出京遊覽，「一則靜慣了，二則我也有心肌動脈粥狀硬化症，遊覽之事，於此不宜」。同時勸慰沈楚「凡事樂觀，乃養生必要」，「我今七十又七，雖有心臟病，然尚不作隨時有謝世之可能之想」；由養生談到喝酒，云：「因為我素不飲酒，從前常見外賓，祝酒之時，我向來只作文端公而已。上月買了北京產的靈芝藥酒，是用葡萄酒泡製的，除靈芝外，尚有當歸、黃精、枸杞子、貝母、桔梗、紫花地丁等二十種藥，亦主治哮喘性慢性支氣管炎，可久服，謂有特效；因為尚非烈酒，我勉強可服，已連服兩個月……」並囑侄女沈楚「下次不要再寄」紅棗等吃的來，「應當留著自用」。

十二日　上午，與廖承志、許德珩等，往中行公園中山堂，出席孫中山先生逝世四十九週年紀念儀式。（13 日《人民日報》）

十六日　作《致沈本千》（書信），載《文化娛樂》一九八一年第五期，載《茅盾詩詞鑒賞》。云「承惠畫扇，及賀政協召開七律，深為欽佩，並感

謝。碌碌無所建樹，實愧虛名」。告知「精力更衰」，視力「退化」，「學習文件、看書，都大受影響。籍悉大駕老而益壯，敢祝百年長壽，詩畫並茂。」

十八日　作《致陳瑜清》（書信），署名雁冰。載文化藝術出版社版《茅盾書信集》。云「近日目疾及腸胃不調，故前信遲覆。茲寄上爲東舒同志所寫字幅」，望轉交。

十九日　作《致葛一虹》（書信），署名沈雁冰。載文化藝術出版社版《茅盾書信集》。云感謝其「惠贈一九四六年遊西湖時所拍照片兩幀，拳拳之誼，尤深銘感」。感嘆同遊之人洪深、趙清閣（按：係誤傳）、內人已謝世，「今尚在者惟兄與鳳子同志及弟耳」，賀其「玉體健康闔家祥吉」，自己身「患大小各樣病，而氣喘、支氣管炎糾纏不已，血管硬化則見端於步履蹣跚，面部皮膚時感繃緊，以故極少出門」。

二十日　作家葛一虹來訪，交談兩個小時。茅盾還是那麼健談，告訴葛：「上了年紀的人只能寫回憶了，極其偶然也學點舊詩。」還向葛探詢田漢、章泯、戈寶權等的情況，對葉以群的遺族也深表關懷。「不過，涉及到當前的勢局和大動亂中的事情，則所談甚少。似乎對往事尤感興趣」，憶起了一九四六年同遊西湖的還有陽翰笙、陳白塵。對一九四六年十二月應邀訪問莫斯科一事問得很仔細：五日登摩爾尼號送行的有些什麼人？有誰還帶了鮮花來送。想起其時郭沫若和于立群有大把鮮花，葛拿了一束康乃馨。還有啓行前的豪華的歡送酒會，除了作家藝術家外，還有沈鈞儒、顏惠慶、黎照寰、郭沫若賦詩，潘梓年吟詩等，「他是在爲回憶錄搜集資料」。（葛一虹《在那些似該忘卻的日子裡——敬悼茅盾同志》，載 1981 年 4 月 12 日《光明日報》；香港《新晚報》1981 年 6 月 2 日）

二十九日　作《致陳瑜清》（書信），署名雁冰。載文化藝術出版社版《茅盾書信集》。云所寄徐老先生的七律，「妙在脫盡我們各七律的窠臼，不光在於工整也，原詩各韻中最難處理的是『牛』字，徐老用了庖丁解牛的典故，新穎貼切，佩服佩服」。信中由杭州及台、溫發生武鬥，談及了對四川、武漢、北京各地武鬥的看法，敘述了「我寓所附近馬路上即發生了四、五個中學的學生大打出手，多人受傷的事。流氓阿飛攔路搶劫，傷一人命，抓住鬧事者三個，曾開公審」，「陝西西安亦有中學生打群架事」，認爲「這些事背後總還有點背景，非偶然也」。又云「爲沈本千題西湖長春圖，今日寫好，附函請轉。

草草不工，聊以塞責耳」。還告知「目疾常常發作」，「看小字書略多時間，就要發」。

同日　作《爲沈本千畫師題〈西湖長春圖〉》四首（舊體詩），載江西《信江》一九七九年第二期，收河北人民出版社版《茅盾詩詞》，現收《茅盾全集》第十卷。（按，沈本千爲浙江著名畫師，1972 年初春，是他 70 歲生日，作工筆山水《西湖長春圖》紀壽，題了一首詩，尾聯云「七十老人湖上客，畫山愈畫愈年輕」。後聽從胡士瑩教授的建議，將此畫廣泛徵求題詠，以七十歲以上老人爲限，收到茅盾、豐子愷、夏承燾、張伯駒、周汝昌、周谷城、許杰等四十餘人題寫的詩詞。）茅盾作了四首絕句，頭首詩讚其圖繪西湖淋漓盡致，第二首以沈石田畫相對比，第三首以沈南蘋畫相比。以上一山水、一花卉，以襯沈本千畫勝於他們。第四首讚中國畫壇之百花齊放和推陳出新。

同日　作《致沈楚》（書信），署名雁冰。載浙江文藝出版社版《茅盾書簡》。云目疾情況，並談《霜葉紅似二月花》及《清明前後》之創作情況，認爲此二者爲「在重慶時最後之作，亦即我創作中之最後一篇也。此後時局變化，全國解放，任行政工作，又有外事活動，就只能寫點評論文，不能再寫小說等等。亦緣沒有到工農中生活，題材枯窘之故」。並云魯迅回憶錄「我怕是終於寫不成的，而且老實說，近年實在怠於認眞用腦，寫小詩一、二首，偶爾消遣，乃另一回事。若寫回憶，便非可草草從事，何況回憶的又是魯迅，一有乖誤，罪戾不小，因此更覺得躊躇，大概是不會寫的。」又告自己「沒有腳氣病，所謂腳軟，乃老年人常有之現象。」

同月　作《致單演義》（書信），載《陝西日報》一九八一年四月十六日。云不能寫魯迅回憶錄之事，「我的頭暈、目疾等，一如上信所述，有增無減，所謂寫魯迅回憶錄，當時爲您督促不已，漫然應之，如今想來，竟然完全不可能實現了。」

當月

日本松井博光等編輯發表《茅盾創作評論散文目錄（一、二）》（1896～1949），載日本《人文學報》（東京都立大學）（98），1974 年 3 月出版。

日本藤本幸三發表《茅盾雜記——1940 年前後的事》，載《人文學報》（東京都立大學）（98）。

日本林道生發表《茅盾的「藝術」》，載《人文學報》（東京都立大學）

（98）。

四月

三日　作《致姜德明》（書信）。（載《文藝評論》1984 年 2 期）

十一日　下午，出席在八寶山革命公墓禮堂舉行的著名劇作家丁西林（1893 年生）追悼會。（12 日《人民日報》）

二十二日　下午，與葉劍英等黨和國家領導人，前往北京醫院向傅作義（1895 年生）先生的遺體告別。（24 日《人民日報》）

二十三日　上午，往北京醫院診治，「歸途訪克家」。有點氣喘，坐了半小時，臧克家轉交碧野致茅盾信一件。談用了碧野與姚雪垠「宏偉的寫作計劃」，「欽佩之餘，亦祝成功」。（臧克家《往事憶來多》）

同日　下午，與周恩來、葉劍英等黨和國家領導人，出席在八寶山革命公墓禮堂舉行的傅作義先生追悼會。（24 日《人民日報》）

同日　作《致沈德汶》（書信），署名雁冰。載百花文藝出版社版《茅盾書信集》。云外甥人杰分在鍋廠做臨時工，知其「工資一定很少，恐怕只夠吃，而不能解決穿之一事，我打算寄一些錢放在楊老師處，隨時接濟人杰」。又勸她很好檢查身體，「及早診治」，如當地有困難，希望她來北京檢查。信中特別動情地憶及舊事，尤其是祖母除靈之聚會，同族中的姊妹們濟濟一堂，「印象深刻」，「人們都說青年時事到老不忘，而垂老之時所經各事則過眼煙雲，隨時消淡，這真親身體驗到了。」

二十四日　作《致碧野》（書信），署名雁冰。載百花文藝出版社版《茅盾書信集》。云得克家轉來信後之欣慰，並云「抗戰時崛起之文壇健者今日尚老當益壯者，耳目所及，惟兄與雪垠耳。即此彌覺珍貴，謹祝兄等不求近功，假以歲月，對文壇作最寶貴的貢獻」。談到自己的身體狀況，「老而多病，而以冠狀動脈硬化，心律不齊為最可慮」，加上嚴重之「目疾」，「以此種種，壯志稍盡，惟以得故人精進之訊為樂耳。老伴謝世，亦既五年，追思往事，暗自神傷。目下有兒子兒媳伴侍。大孫女在東北參軍……孫兒今夏高中畢業，等待分配工作，又小孫女則在幼兒園，此女明慧，善解人意，賴此稍解寂寞。所自憾者，國運昌隆而個人則衰老多病，不能略施棉薄耳。」

二十六日　作《致陳鳴樹》（書信），載《文匯報》一九八九年七月六日。

覆其二月二十二日來信和沈定庵所書寫魯迅詩句條幅，云：「定庵同志書法高明，承惠賜墨寶，當什襲珍藏，投桃報李，亦書魯迅句贈簽，但自視汗顏耳。字請轉交。」（按：茅盾書魯迅詩句為：橫眉冷對千夫指，俯首甘為孺子牛。又：沈定庵係浙江著名書法家，藝亭書會會長。再：陳鳴樹於 1989 年 7 月 6 日發表《茅盾先生囑贈字幅》，稱茅盾為「一代文宗」、「蕩然長者」。）

　　同月　胡愈之在北京豐澤園請客。茅盾與葉聖陶、楚圖南、唐弢、臧克家等出席。茅盾「神彩奕奕，大異往常」，胡愈之夫人沈茲九對臧克家說：「我告訴你吧，組織上已經通知了他（按：指茅盾），『人大』有他，不日就見報了。」宴會終了，臧克家扶著茅盾向樓下走，路過廁所時，茅盾笑指牌子上一個英文臟說：「這麼寫，不對！」他說出了另一個英文字來，（臧克家《往事憶來多》）

本月

　　三日　北京大學、清華大學大批判組在《人民日報》發表《孔丘其人》，矛頭指向周恩來。

　　十日　國務院副總理鄧小平作中華人民共和國代表團團長，在聯合國大會第六屆特別會議上作發言。

五月

　　一日　下午，與鄧小平等黨和國家領導人在頤和園同首都群眾一起，參加遊園聯歡活動，慶祝五一國際勞動節。（2 日《人民日報》）

　　三日　作《致金韻琴》（書信），載《人民日報》一九八三年四月二十六日。云自己近況，告知「德沚去世後，有一個時期精神消沉，自念恐亦不久於人世」。

　　九日　作《致沈德汶》（書信），署名雁冰。載百花文藝出版社版《茅盾書信集》。云其患腎盂腎炎和心臟病，「仍需留心，平時吃食要多營養」。並匯上一百元，讓她和沉弟婦（朱霞英）各人一半，「這是我作大哥的一點小意思」，還云「以後如遇有急需，手頭不便，請據實告訴我，我能接濟。……自家兄妹不用客氣」。又談到教育外甥人杰之事，對其父祝新民「品德極壞」很氣憤，告知已去信」直捷了當告誡人杰：工作要努力，學習也要努力，爭取做個好工人，不可在父親的壞影響下，只想到錢。我又告誡他：祝新民是

五類份子，雖是父親，你應當和他在政治上劃清界限，不然與你前途不利」。還告訴楊老師：「人杰如因生病等等而有急需，請她告訴我，我當擔負經濟上的全部責任」。也希望其妹退休後一定要到北京來玩。

十一日　臧克家來訪。晤談甚愉，特別談到了詩歌創作，談到了郭沫若和胡繩的詩作。（5 月 13 日《致臧克家》）

十三日　作《致臧克家》（書信），署名雁冰。載《文學報》一九八二年四月一日，初收浙江文藝出版社版《茅盾書簡》。云前天克家「枉顧快談」之樂，感謝其抄示胡繩同志兩詩，云「胡詩甚佳，即以詩論，此二律亦較郭作為勝。日前尊論甚公允也。」「囑勿多示外人，自當恪遵。」

同月　侄女沈楚自陝西來京寓住一週左右，與茅盾所談內容甚多：為馮雪峰病重不安，對馬寅初被誣表示不理解，不相信瞿秋白是叛徒等。並與茅盾全家照了幾張相。（載《陝西文史叢刊》1981 年）

本月

十一日　雲南省昭通地區和四川省涼山彝族自治州境內，發生七點一級強烈地震。

美籍中國物理學家楊振寧博士、李政道博士來華探親和訪問。

六月

八日　作《致胡錫培》（書信），署名雁冰。載文化藝術出版社版《茅盾書信集》。云自己目疾狀況，左目患老年盤狀變形，「這是不治之症」，右目「可勉強看大字書，寫大字」，「醫囑不宜多用目，尤其光線弱的白天及燈光下不可看書作字，否則，右目也將跟左目一樣患此病了」，告之，「周建人與我同病，雙目基本上失明，五尺外不辨人形」。關於家庭情況，又說起女兒在延安「因醫生不慎，消毒不淨」「枉死」之事，「此女居長，我夫妻甚愛之。現只存其弟，當時也在延安，解放後在高等軍事學院工作。」談到治安，認為「大城市青少年犯罪多，幾已普遍，小城市亦不落後。國家大，人多，經濟還落後，這些是青少年犯罪多的一個原因罷？」

十一日　作《致宋謀瑒》（書信）。言目疾年深一年，「非藥石可救」，因此「不敢為人揮毫也。」

約中旬　作家馮雪峰來訪。見狀一驚。原來馮雪峰瘦了很多，原因是病

了一次。他的右目也不行了，他說：看書時右目自動閉上，表面看，右目似比左目凹了一些。「但他的精神還是好的。」（6月16日《致臧克家》）

十五日　作《致金韻琴》（書信），載金韻琴著《茅盾談話錄》。邀請金去北京作客，云「下月我就滿78歲了。竟然活了那麼多年，非始料所及。但最近一年來血管硬化已顯然可見，手指麻木，例如寫這封信，開始時，眼、手指，都還聽指揮，到後來，字跡歪斜，就是眼、手指，都不大聽指揮了。這樣的老年人，甚多；弄得好，還可以活五、六或七、八年。我但願如此，另無奢望。」

十六日　作《致臧克家》（書信），載文化藝術出版社版《茅盾書信集》。云聞楊晦先生的愛人姚先生逝世「不覺慘然」，想起許廣平、丁西林都是突然去世，感嘆「生命無常，我不敢自信必能活到八十歲了」；告之「目疾依然如故」，療效不佳，醫生講，左眼「實無恢復常能之望」，「尚存右目還好，勉強可以看大字書及寫字」，由於血管硬化，「十指尖皆有輕度麻來」，「多寫字手指鬧彆扭，字劃就歪斜不由自主」；囑寫小幅，下月初當可奉上」，還告之馮雪峰來訪情況。

二十六日　作《致胡錫培》（書信），署沈雁冰。載文化藝術出版社版《茅盾書信集》。云「活了七十八歲，各種老年病應有盡有，真所謂苟延殘喘而已」。「晨起寫信看書，尚不太難；一小時後即昏花了；休息半小時，勉強尚可寫字，但半小時又昏花了」。最後請其「代致意艾蕪兄。極願您有時間時常以各地情況見告」。

二十七日　作《致臧克家》（書信），署名雁冰。載文化藝術出版社版《茅盾書信集》。云醫生言「左目是黃斑盤狀變形，即視網退化現象，此為老年病，大抵年老而不惜目力，貪看書，數小時不休息造成，「此為早年多看貪看之報應，亦所謂自作自受也」。「老年病無法根除，此乃自然規律，盡人事只可延緩其衰亡過程而已」。還有「近來常常頭暈」，不過「我們坦然並不戚戚然不可終日」；答應下星期為之寫小幅，「便當錄去年冬所作舊體詩以博一粲也」。

三十日　作《致沈德汶》（書信），署名雁冰。載百花文藝出版社版《茅盾書信集》。云及四川、浙江一些工廠停工「不因缺煤而因鬧派性」和「曾有大規模的武鬥」。如淮南煤礦事件，「其背景遠為複雜也」。談到洵弟的家庭糾紛，認為主要是經濟困難，對兩個侄子，經濟上可以幫助，「工作則無能為力」。

囑其「及早預防血管硬化」,「檢查膽固醇,少吃膽固醇含量高之食物和動物內臟等等」,並寄上一張去年夏天在京寓院子裡拍的照片。

本月

十五日　《人民日報》發表初瀾的文章《塑造無產階級英雄典型是社會主義文藝的根本任務》。

七月

二十五日　作《致胡錫培》(書信),署名雁冰。載文化藝術出版社版《茅盾書信集》。云收到陳大夫(四川著名眼科專家)開的治目疾藥方,並請教幾點用法,囑「艾蕪、沙汀二同志前亦請致意」。

同日　作《致陳瑜清》(書信),署名雁冰。載文化藝術出版社版《茅盾書信集》。談眼疾和處方等。並隨信附全家合影一張。

同月　作《致金韻琴》(書信),載《新民晚報》一九八三年五月十七日。云及自己身體狀況,「但願我能度過『兩個五年計劃』,即再活十年」。

本月

十七日　毛澤東在中央政治局全體會議上批評王洪文、張春橋、江青、姚文元搞幫派活動,第一次提出「四人幫」問題。

夏

將一九六〇年八月二十九日所作舊體詩《聽波蘭少女彈奏蕭邦曲》一首寫成條幅書贈詩人臧克家。題爲《波蘭雜詠》,並有《附記》云:「六〇年訪華沙,在蕭邦故居,聽少女彈琴,少女爲國立音樂高材生,技可參加蕭邦演奏會比賽。……『丹心』云者,謂蕭邦遺命,心臟藏鐵盒,留故居。希特勒征服波蘭時掠去,波蘭解放後,始歸趙。茅盾七四年夏於北京。」(《詩刊》1981 年 5 月號)

八月

八日　作《致金韻琴》(書信),載金韻琴著《茅盾談話錄》。再次邀金北上作客,云「你從照片上看來,我精神很好,然而實際上近來一年不如一年,容易疲勞,走路兩腿發抖,手指麻木,用腦稍久,比方說,半小時許,額上

皮膚繃緊，如貼膏藥。」

十日　作《致陳瑜清》（書信），署名雁冰。載浙江文藝出版社版《茅盾書簡》。云收到葉桔泉編《食物中藥與便方》和浙館編印之《〈紅樓夢〉詩詞注釋》，前者「當於暇日披閱，兒輩對此書甚興趣，搶先閱讀，一個月後當郵還」；後者「見者均甚愛之，以其非賣品，竟囑設法，不知老弟能再惠三、四冊，以供同好否」？關於詩詞，云「我於詩詞，淺嘗而已」，認爲吳作壘作所「《滿江紅・秋興》以高見勝，而《賀新郎・贈陳鳴樹》則以宛約見長；足徵吳郎才調正自不拘一格也」。

二十一日　作《致臧克家》（書信），載《人民文學》一九八二年二期。云已收到來信和碧野函，「你們都稱我爲師，實在不敢當」，並告以嚴重之目疾，右眼還可治，左眼則爲「不治之症」，還有其他嚴重的老年病，因此「知我之懶於動（包括出門），非忙也，非不喜與友人閒談也，力不能行也」。

二十二日　作《致沈楚》（書信），談及《蝕》有肯定人物及對孫舞陽的看法。

二十六日　作《致胡錫培》（書信），署沈雁冰。載文化藝術出版社版《茅盾書信集》。云目疾四個月，「服藥十來帖」，「未見迅速惡化」。又云「我之血管硬化已見於兩退發軟，步屢蹣跚，上樓氣喘之不能說話，又手指麻木，寫字歪曲。用腦半小時即頭皮緊張，如貼了個膏藥」。又「常年失眠」。並云「我一向是吃水果比吃糧食還多些」。關於住房，「原來住的小洋樓，現因兒子們搬來了，也覺得擠，已看定一座四合院，然後要搬進去尚待修理……所以要兩、三個月後再搬。」

二十八日　作《致沈德汶》（書信）署名雁冰。載百花文藝出版社版《茅盾書信集》。告知自己目疾治療情況。

同日　作《致金韻琴》（書信），載金琴韻著《茅盾談話錄》。告知近況，云「我的大患，在於全身血管逐漸硬化，年年有增。即如寫字，最近筆劃常常歪斜，即因手指僵木較前爲甚之故。如用毛筆寫大字倒好些，因爲那是用腕不用指也。」

本月

日中友協會長、自民黨眾議員藤山愛一郎訪問中國。

九月

三日　下午，與聶榮臻等黨和國家領導人，往八寶山革命公墓禮堂，出席化學家侯德榜追悼會，並向侯德榜的子女表示慰問。（4 日《人民日報》）

八日　作《致沈楚》（書信），署名雁。載浙江文藝出版社版《茅盾書簡》。云治病諸事，一替馬寅初辯誣，「有人說馬寅初解放前不走路，家中雇轎夫，但我親見則完全不是。他解放初期任華東軍政委員會副主任時，不顧政府供給他的別墅與小轎車，住在二十四層樓的第十層，上下不用電梯，喜步行；同出國數次，在國外參觀，健步如飛，少壯者追塵莫及，此非耳聞，此目睹也」。二答《子夜》中領導工人運動的黨員似乎「盲動蠻幹」，「那時正是立三路線時期，『盲動者』不但此數個搞工人運動的人也。吳蓀甫、趙伯韜，同樣是否定人物，吳蓀甫以民族資產階級一份子而墮落到買辦階級，善讀書者當能看到，正怒其不爭氣，何得而同情。至於趙勝而吳敗，乃當然之事，因為趙是最大的買辦資產階級的代表人物也；寫他勝利是合乎當時歷史的。當時確有麗娃麗達村，這不是什麼『白俄的桃花源』，而是當時一般頹廢的青年男女消遣光陰、談情說愛之地」。三云「《第一階段的故事》是失敗的作品」。

同日　作《致臧克家》（書信），署名雁冰。載《文藝研究》一九八一年第三期，初收浙江文藝出版社版《茅盾書簡》。云讀過的一些新作，「程光銳同志的詩曾見過，抄示之詞則是第一次見，很好，微嫌結句稍弱」；「尊作三首，均拜讀；詩以寫懷，本貴天籟，鏤章琢句，已落下乘，據此而論，尊詩固不少天然風韻，勝於徐娘半面也」。（按：臧克家三首詩，乃是聽到徐遲同志問題得到解決，即興揮淚而成。）並表示徐遲兄問題解決「喜與兄同」，「便中乞為代致意」，告之「目疾依然，腿腳軟，手指麻木，亦依然；參加追悼會之類不費目力、指力與腳力，尚能為之，苟此而不能，則將僵臥床榻，不能起立矣」。

同日　作《致戈寶權》（書信），署名沈雁冰。載百花文藝出版社版《茅盾書信集》。祝賀其「新婚燕爾」，告知自己身體狀況：「賤軀衰老，百病叢生，而以心臟病、老年性目疾、手指麻木、腿腳軟弱為最討厭」。又云「極思拜讀」戈之《〈馬克思恩格斯選集〉中的希臘羅馬神話典故》一書，「但如為小字印本，那只好請兒孫輩讀給我聽」；還云「如蒙過訪，以下午四時——五時為最適宜。但最好先電話聯繫。」

約中旬　戈寶權夫婦來訪，「多年未見，暢談往事」，後爲范用同志請茅盾寫個扇面，戈也請寫一個條幅。（戈寶權《和茅盾同志相處的日子——從五十年代初直到茅盾同志的晚年》，載《新文學史料》1982 年 4 期）

二十九日　作《致胡錫培》（書信），署名沈雁冰。載文化藝術出版社版《茅盾書信集》。云：十一日正患感冒，「發燒不高，但咳嗽較平時爲劇烈」，「醫生要我住院，我因低燒何必住院」，於是注射慶大霉素，「第二天燒退」，「每天去醫院兩次，直到二十五日似乎穩定了，方停止注射，改服內服藥。因此種種，治目疾的中藥就停服了。」

三十日　晚，往人民大會堂，出席周恩來總理爲慶祝中華人民共和國成立二十五週年而舉行的盛大招待會。（10 月 1 日《人民日報》）

十月

一日　晚，與鄧小平、周建人等黨和國家領導人，前往頤和園，參加首都群眾爲慶祝中華人民共和國成立二十五週年而舉行的遊園聯歡和焰火晚會。（2 日《人民日報》）

五日　作《致臧克家》（書信），署名沈雁冰。載《文藝研究》一九八一年三期，初收浙江文藝出版社版《茅盾書簡》。云近況，「咳嗽較前爲劇烈，大概三十日晚上吹了風，因此晚阻雨也。日來仍服藥」；談舊體詩創作，云「抗戰前我寫過一些舊體詩」，「都丟失了」。抗戰期間寫過一些，解放後在《新觀察》及其它報刊發表過幾首，「其實皆不足觀也。」評述了近代舊體詩詞創作，認爲「清末民元以至解放，詩人如林，然可當此時代之殿軍，將垂不朽者，推亞子先生爲第一人。毛主席與亞子先生信，有『尊詩慨當以慷，卑視陳亮陸游，讀之使人感發興起』云云，此爲定評。至於亞子先生對於毛主席詩詞之推崇，則見於他的和《沁園春》一詞」。告之「日來仍有低燒，故不出門」。

七日　作《致徐重慶》（書信），載《紹興師專學報》一九八一年三期。感謝其所寄湖筆兩支，認爲「筆桿刻字精進，想見妙手，此兩筆弟當珍藏以爲紀念」；對其業餘時間搞《新詩史》，「深佩，謹視必有所」，表示「如有下詢，當盡量自貢其所知」。

十日　作《致陳瑜清》（書信），署名雁冰。載《桐鄉文藝》一九八二年十一期，初收浙江文藝出版社版《茅盾書簡》。云「《浙江文藝》索稿，我實

在為難，無法應之。北京有那麼多刊物，也都來索稿，我亦無法應之。老了，精神不好，又不長進，寫不出東西來。有些刊物，來信來人，窮於應付。近日寫信也不行，精神恍惚，常常寫錯字，真所謂一年不如一年也」；談及《子夜》翻譯，「誤譯鹹肉莊者乃日文本《子夜》。譯者不知此為秘密賣淫所。恐怕外國未必有那樣的東西。譯文要正確，是困難的。」

十一日　作《致戈寶權》（書信），署名沈雁冰。載百花文藝出版社版《茅盾書信集》。感謝其夫婦前來「過訪」，「囑寫小幅，尚無以報命，甚歉」，原因是「九月初曾患氣管周圍發炎，注射慶大黴素十八針（每日兩次），病退而手指麻木，寫字不能控制波磔，故未曾動筆也」；告之目疾「仍然如故」。

同日　作《致宋謀瑒》（書信），署名沈雁冰。對宋所談關於《夢溪筆談》胡道靜注，云：因我為「半盲之人不能再閱，對尊論亦不敢贊一辭矣。」

十七日　作《致姚雪垠》（書信），署名沈雁冰。載文化藝術出版社版《茅盾書信集》。云及詩歌創作，「七律五首讀後甚佩兄之敏捷，圓潤，然對弟之謬許，則不敢當。彼時眼光短淺，而膽大敢為，所謂箭在弦上不得不發。及今思之，常自汗顏。」並告之「渴望一讀」李自成傳內容梗概，告之「月內擬遷居，乃四合院，遷居後當新址地名門牌奉告」；還告之「徐遲兄來京見訪，甚喜，並悉近況」。信中又對其九月一日「來信謂吳三桂降清非為陳圓圓一人之被擄，又論寧武關戰役，具見卓識。由此想見全書中翻舊案必多，愈增早日拜讀梗概之渴望矣」。

二十一日　作《致胡錫培》（書信），署名沈雁冰。載文化藝術出版社版《茅盾書信集》。云目疾治療情況。

二十八日　作《致姚雪垠》（書信），署名沈雁冰。載文化藝術出版社版《茅盾書信集》。云收到油印的《李自成》內容梗概，同時，青年出版社也送來《李自成》第一卷上下冊，云「連日已讀上冊，甚興奮，若非目疾，少讀輒止，則當已讀完全卷。擬讀完第一卷後再讀油印梗概，當以俾見奉告」。並寫下一點讀後感，認為「寫潼關之戰，脫盡《三國演義》《水滸傳》之傳統寫法，疏密相間，呼應靈活，甚佩，甚佩。」

同日　作《菩薩蠻·奉答葉聖陶尊兄》（詞）一首，載上海古籍出版社版《茅盾詩詞集》，現收《茅盾全集》第十卷。這首詞附有小記，云：「聖陶兄以新作《菩薩蠻》見示，謂誌香山同遊之歡。不敢藏拙，次韻奉答，並希

指正」。按，葉聖陶為我國現代著名作家，10 月 28 日是他八十歲生日，其時無法公開舉行紀念活動。茅盾、胡愈之、陳此生、沈茲九等約請葉老同遊香山，聊表祝壽之意。葉老喜作《菩薩蠻》詞，以表達大家相聚的歡快之情，云：「天高氣爽秋雲斂，相攜郊外尋秋艷。不效白香山，聯肩誇老年。亦非不及義，談敍無拘繫。松下仰晴空，連峰染漸紅。」茅盾讀後按照葉老所作原韻填詞「奉答」。）上闋抒發十年來首次遊香山之歡快心情，「遊興豈為高齡斂，童顏鶴髮添明艷」。下闋更乘興抒寫了盼望「解放」的急迫心境：「雲散日當空，山川一脈紅」。

二十九日　作《致陳瑜清》（書信），署名沈雁冰。載文化藝術出版社版《茅盾書信集》。云所收到的詩詞新作、正忙遷居、服藥後胃口不好。

同月　作家徐遲來訪。（十月十七日《致姚雪垠》）。

同月　與葉聖陶等同遊香山。（十月二十八日《菩薩蠻·奉答葉聖陶兄》）

本月

十九日　日本各界人士在仙台市舉行紀念魯迅留學仙台七十週年活動。

十一月

約月初　參加統戰部組織的在京部分入大、政協人士去楊村一整天，參觀一九六師軍事表演，還參觀了北京飯店新樓。（11 日 11 日《致胡錫培》）

十一日　作《致胡錫培》（書信），署名沈雁冰。載文化藝術出版社版《茅盾書信集》。云已給其妹「寄去《三國演義》、《水滸》各一部，明後日將寄《紅樓夢》。《西遊記》一時買不到，只好等再版了」；告知最近參加統戰部組織的參觀活動，「十三日起要參觀郊區兩個人民公社，京內兩個工廠，兩所大學，這樣就忙得連服中藥也沒有時間了（因為早八點就出發，下午回家）」。

十二日　上午，與廖承志、許德珩等黨和國家領導人，前往中山公園中山堂，出席孫中山先生誕辰 108 週年紀念儀式。（13 日《人民日報》）

同日　作《致姚雪垠》（書信），署名沈雁冰。載文化藝術出版社版《茅盾書信集》。云收到後寄的較為清晰的《〈李自成〉內容概要》，「《概要》已讀完，第一卷上下冊亦均讀過。正想寫點感想以供參考，不料中央統戰部組織

人大、政協部分在京人士（約一百五十人）集體參觀京內外人民公社、工廠、大學；從明日起到二十日止，爲第一期」，「每日半天到一天。因此，寫點感想這願望不得不暫時擱起來了」。

十三日至二十日　參加統戰部組織在京部分人大、政協人士集體參觀京內外人民公社、工廠、大學（北京大學、清華大學）。

二十六日　作《致徐重慶》（書信），署名沈雁冰。載《紹興師專學報》一九八一年三期，初收文化藝術出版社版《茅盾書信集》。告訴徐自己的文集「十卷集甚難覓得，我自己也沒有。單行本書，如《夜讀偶記》，或者我尚有之，但因最近擬遷居，所有書籍均已裝箱，一時不能寄奉」；並回三個問題：一「關於文學研究會一文，我無存稿，《徐志摩論》亦然」；二「朱湘是文學研究會會員」；三「徐玉諾也寫小說，但他的詩在當時影響大些。」

二十九日　作《致胡錫培》（書信），署名沈雁冰。載文化藝術出版社版《茅盾書信集》。云「現在已將書籍裝紙箱，此事大累。線裝書、影印古籍，文史都有」，「後人（孫輩）未必有人弄這老古董，然棄之可惜，只好帶走」，並告之「新居老門牌爲後圓恩寺十三號，遷居時當函告」。

同日　作《致陳大夫》、《致林向北》（書信），云服藥後之情況，要求轉方之事。（11 月 29 日《致胡錫培》）

約月底　得姚雪垠信及《〈李自成〉內容概要》最後一部分謄抄稿。（12 月 23 日《致姚雪垠》）

同月　作協秦似來訪，茅盾交談中提到將搬家事，還詳細地講了沈夫人的治療經過，說夫人患的是糖尿病，要打胰島素，靠託香港友人買了寄來，後來不讓寄了，也就只能眼看著她沉疴不起了。數天後，作家駱賓基又約秦似再來拜訪。其時茅盾心情很愉快，還特地和他們在小院子裡拍照作爲留念。（秦似《回憶茅盾》，載《廣西日報》1981 年 4 月 7 日）

本月

二十五日至二十九日　美國國務卿兼總統國家安全事務助理亨利・基辛格博士來華訪問，與鄧小平副總理等進行了會談，並於二十九日發表公告。

二十九日　革命家軍事家、中國人民解放軍卓越領導人之一彭德懷（1898 年生）被迫害致死。

十二月

四日　作《致沈德汶》（書信），署名雁冰。載百花文藝出版社版《茅盾書信集》。關心其身體狀況，覺得「瘤既然可以不開刀」，「何不再爲浮腫請醫生檢查一下？」云及「安徽農村生產不及去年」，指出瀋陽（乃至遼寧地區）已經一兩年很不好，市上供應極差。大孫女參軍，副食品平常只有蔬菜，逢節方有肉吃。北京供應照常」。告知自己「已住了二十五年」的東四、頭條，五號要搬離了，新家「九月中修理，昨天修理完畢，去看了一下，還可以，這是四合院，地址爲『大躍進路七條胡同十三號』，老地名爲『後圓恩寺』，房子大小二十多間，也還夠用。這是因爲飯廳、會客室、車庫（放我的專用小轎車）、下人房、廚房等等，佔用了大小十多間。妹退休後可來京住，玩個把月，大概本月十五號左右搬家。」

七日　下午，與葉劍英、鄧小平等黨和國家領導人，出席政協副主席滕代遠（1904年生）追悼會。（8日《人民日報》）

十二日　由朝內大街文化部後院宿舍遷居至交道口後圓恩寺胡同十三號，並忙於整理書、物至月底。（1月2日《致戈寶權》）

二十日　作《致陳瑜清》（書信），署名雁冰。載文化藝術出版社版《茅盾書信集》。云爲徐重慶找舊作《徐志摩論》，指出該文曾刊載於《小說月報》，望在浙江圖書館托抄一副本寄徐。

二十三日　作《致徐重慶》（書信），署名沈雁冰。載百花文藝出版社版《茅盾書信集》。云已託表弟代抄《徐志摩論》，「但因時屆批林批孔，學習歷史上的儒法鬥爭，我那表弟也忙些；但稍緩終當報命也」；還有《關於文學研究會》一文也找到，「稍緩亦當抄奉」，指出「何其芳等三人詩集雖列爲文學研究會叢書，但他們是不是委員，我也弄不清楚了」。並詳細追憶了卸任《小說月報》主編的原因：「因與商務印書館當局在反對禮拜六派一點上意見不合——我因禮拜六派先對我攻擊，故在《小說月報》上作文反擊，而商務當局則不願其之出版物捲入當時文壇上的爭論，此爲主因；其次則商務董事中頗有與禮拜六派有瓜葛者，雅不願我在《小說月報》上公開反擊禮拜六派。至於我在外邊其它報紙副刊上反擊禮拜六派，那麼，商務當局亦無奈我何！」還告知因嚴重之目疾，故「友朋書札，常稽答覆。」

同日　作《致姚雪垠》（書信），署名沈雁冰。載浙江文藝出版社版《茅

盾書簡》，收入上海文藝出版社版《關於長篇小說〈李自成〉》。云讀完《李自成》第一卷後的意見，一共七點：一、「剪裁極妙」，對崇禎君臣刻畫的「筆畫也是驚人的」。二、「寫戰爭不落《三國演義》等書的俗套」。三、「人物描寫成功，如李自成、張獻忠、劉宗敏、老神仙、高夫人等。」四、「舉不出何處應當改削」。五、對話能「做到合情合理，多樣化，而且加濃了其時其事的氛圍」。六、重要史實之「紛紜歧見」如何取捨，「有取有捨，卻有制斷」是好的，但「知識分子好堅持己見，將來全書問世，一定有不同意見，但此書畢竟是小說，不是歷史，而小說也是一家言，亦非官書，不同意見，聽之可也。」七、「最後一卷之尾聲，總結李自成失敗之原因，甚爲巧妙。」

二十五日　作《致胡錫培》（書信），署名沈雁冰。載文化藝術出版社版《茅盾書信集》。云因搬家而遲覆信。特別談到派性鬥爭，「不僅四川還有，浙江亦有；上月內似乎鬧得凶，中央把兩派的頭頭找來北京，現在大概已經解決了。七四年告終，七五年起，氣象將煥然一新」。對向北言「沙汀兄問題即將解決，殊爲可喜」。告之「目疾不見惡化，即是喜兆」。

同日　作《致碧野》（書信），署名沈雁冰。載百花文藝出版社版《茅盾書信集》。云收到「照片二張，如親晤面」。關於《丹鳳朝陽》，認爲「此稿既經丹江水利工人、技術人員、工程師看過，稱許，又經領導過目讚揚，必將爲文學上第一次反映我國水利建設之鉅著，敬謹預祝出版有日，爲文壇放一光彩」。

二十六日　作《致臧克家》（書信），署名沈雁冰。載文化藝術出版社版《茅盾書信集》。告知參觀、搬家遷居事並新居電話、地址；還云姚雪垠寄來《李自成》「第五卷內容梗概抄本一份，囑閱後轉交吾兄（然後再轉交胡繩同志），我已讀完，寫了點不成熟的意見，已寄雪垠」；還請其「便時請枉駕舍下，以便面交該稿並聆教言」。

三十日　作《致宋謀瑒》（書信），名沈雁冰。云：「尊注魯迅舊體詩油印稿」被人借去，暫「無法交給唐弢」。

約同月　作家駱賓基來訪。駱受好友聶紺弩夫人周穎的囑託，請求茅盾見到周恩來總理時，能提出聶的問題來，以解其囚禁約七年之苦。茅盾說：「聶紺弩這個人我是知道的，魯迅先生也很器重他。讓我向周恩來總理講幾句話，也是願意的。可是，總理正在住醫院，能不能在最近見到還是問題，就是有

機會見到了，是不是能說上幾句話，能提出這個問題，也得看機宜」。茅盾特別談到總理的病情、處境，說得非常懇切。又問起馮雪峰的情況。聽到說馮雪峰之病已確診肺癌，吃中藥必須得麝香配，其家裡人正為此珍貴的藥而犯愁時，茅盾說：「麝香，我倒是有的，是五幾年尼泊爾王族代表團的貴賓贈送給我的禮物，我留著沒有用。不過，我剛從文化部那邊搬過來，東西還待清理。我今天就找，找出來就給他送去！要他安心養病，不要煩躁！」第二天，駱賓基從郊區趕到城裡去告訴馮雪峰這一消息時，不想茅盾早已託胡愈之老人把麝香送到馮雪峰手裡了。馮雪峰一再辭謝，要把麝香送歸茅盾，說：「這藥是珍貴的，應當留給他自己備用，我怎麼好收下呢？」在駱的勸說下，才把麝香留下。（駱賓基《悼念茅盾先生》，載《北京日報》1981 年 4 月 12 日）

同月　臧克家來訪，交談中提到兩件文學史上的疑案，第一件是 1935 年電賀紅軍長征勝利事，茅盾沒加思索就回答說：「是這樣的。關於打電報的事，魯迅曾經對我提及過；但發電時，他並沒有告訴我，當然不會落我的名字了。這是魯迅的細心處。你知道，魯迅是最能體諒人、替別人著想的。他的名頭大，國民黨不敢怎樣他；而我呢，有身家之累，魯迅恐怕給我惹麻煩，就沒邀我參加」。另一件事，是《譯文》停刊的舊帳。茅盾說：「有些小青年來問我這事，硬要把周揚同志拉進去，我不客氣地直說：這事與周揚毫無關係，是因為生活書店想另出版一套《世界文庫》，把《譯文》停了。我們請胡愈老去交涉，沒成功。」還談到三十年代「論爭」時，小報造謠，說夏衍、沙汀拿著棍子上門來，連初中生也不會相信。（臧克家《往事憶來多》）

當月

　　日本南雲智發表《茅盾的婦女解放論》，載日本櫻美林大學《中國文學論叢》（5），12 月出版。

　　日本松井博光發表《「文學研究會」結成前後（茅盾記事之一）》，載日本櫻美林大學《中國文學論叢》（5）。

冬

　　作《讀〈臨川集〉》（舊體詩），載河北人民出版社版《茅盾詩詞》，現收《茅盾全集》第十卷。據常任俠先生一九七五年三月六日日記云，茅盾「來我寓談話，並寫一主軸送我，寫的是他新著的一首七古《讀〈臨川集〉感賦

古風一首》，遣辭勁健，書法力透紙背，犀利挺秀。（《文匯》月刊 1981 年第 5 期）此詩後改題爲《讀臨川集》。（按：《臨川集》爲北宋政治家、文學家王安石所著的詩文集。）本詩藉史抒情，歌頌了王安石的改革精神，云，「天變不足畏，祖宗不足法，人言不足恤。荆公名言，震撼孔孟道統，犬儒聞之皆戰栗」。「新政雷勵而風行，勳戚、權貴、豪强、儒臣、師友聯臂交詬誶。」歌頌了王安石爲變革不屈的意志，「萬般阻力如山嶽，公自夷然終不屈，天下嘩傳拗相公，相公十載心力竭。成敗由來因素多，相公左右無良弼。」斥後儒對王安石的詬罵：「祇今唯物史觀剖幽微，千年積毀一時雪。」

同年

下半年　接表弟家陳瑜清信，知應一擬寫《中國新詩史》的文學青年徐重慶想看茅盾《徐志摩論》論文的要求，陳寄徐的是「抄自《小說月報》第四十期，署名高穆」的文章。即致信徐，望能將「高穆」這篇文章寄來一閱──固云「我似未用過『高穆』筆名」，又「記得當時此文（即茅盾的《徐志摩論》）發表於一九三三年二月出版之《現代》二卷四期，署名仍是茅盾」。後發現有訛，云「高文與拙作內容完全不同」。後陳瑜清又重抄了茅盾的《徐志摩論》寄徐重慶。（徐重慶《懷念茅盾同志》，載《西湖》1982 年第 3 期）

寫成《感事》（舊體詩）一首，載上海古籍出版社版《茅盾詩詞集》，現收《茅盾全集》第十卷。這首七律抒發了對「四人幫」倒行逆施的憤慨之情，云：「豈容叛賊僭稱雄，社鼠城狐一網空。莫謂工農可高枕，須防鬼域暗彎弓。」

當選爲全國人民代表大會代表。

作《致孔衛平》（書信），載《百花洲》一九八二年一期。云關於打招呼幫忙上調事，耐心地給孔講了不能這樣作的道理，「不贊成靠人牌頭達到上調的目的」，並指出這是「不正之風」，同時也告之，經濟上有困難，儘管寫信告訴他。

當年

英國出版《東方文學大辭典》，英國喬治・美倫與昂溫書局出版。内含由捷克東方研究所所長普實克所撰寫的「茅盾」條目，云：「茅盾，中國的長篇小說家、批評家和文藝理論家」，認爲茅盾在《蝕》裡「已經掌握了在一幅寬廣的油畫布上刻畫出複雜眾多的題材的技巧，並且運用了

他處理題材的才能，使讀者能通過主人公的眼睛看他們的行動」；指出茅盾「最偉大的小說是《子夜》，我們就像透過一個萬花筒能看到從一幅巨大壁畫上的眾多的同時發生的交迭的場面。他特別成功的地方，是精確地描繪出當時中國的許多衝突著的力量」，還指出「茅盾的作品標誌著中國文學中現實主義的頂峰」。

蘇聯出版《蘇聯大百科全書》，蘇聯莫斯科百科全書出版社出版。本書第十五卷中由Ｂ·Φ·索羅金撰寫的「茅盾」條目，云：「茅盾，中國作家、社會活動家」。介紹了茅盾的主要作品，特別指出「《子夜》是中國新文學中第一部社會史詩型的優秀作品，它描寫了中國民族資產階級的狀況和工人群眾的鬥爭」。說他解放以後，「從事文學研究和評論工作……文革期間被逐。」

日本太田進發表《茅盾〈第一階段的故事〉的紀事》，載《入失教授·小川教授退休紀念：中國語言文學論文集》，1974 年出版。

美國韓塞發表博士論文《現代中國批評家茅盾》，美國波莫那學院博士論文，1974 年出版。

美國約翰·伯寧豪森發表博士論文《三十年茅盾的小說創作：他的社會主義現實主義立場和風格》，美國斯坦佛大學博士論文，1974 年出版。

一九七五年（八十歲）

一月

二日　作《致范用》（書信），載《新文學史料》一九八二年四期戈寶權《和茅盾同志相處的日子——從五十年代初直到茅盾同志的晚年》（六）。云「寄上所寫條幅四張，兩張為送范用，另兩乞轉戈寶權。」

同日　作《致戈寶權》（書信），署名沈雁冰。載百花文藝出版社版《茅盾書信集》。云「去年十一月廿四日來信及抄附凱塞爾《世界文學百科辭典》中關於我的一條，均悉」。「囑寫之字幅，昨日始寫得，連范用同志的，每人二幅，已送在范用同志處矣」，「字太劣，聊博一粲耳」。

五日至十一日　出席第四屆全國人民代表大會預備會議。（12 日《人民日報》）

六日　作《致秦似》（書信），載《廣西日報》一九八一年四月七日秦似《回憶茅盾》，收入文化藝術出版社版《憶茅公》。云感謝其和駱賓基來探望。告知已搬家，云「身外之物太多了，尤其書，——此等書，情同雞肋，無可奈何」。還告知患眼疾，右目患白障，「現在中、西藥並進」，「左目，則為老年性黃斑盤狀變形，此則國際上尚無治療之術。」

同日　作《致姚雪垠》（書信），署名沈雁冰。載上海文藝出版社一九七九年九月出版的《關於長篇小說〈李自成〉》，收入文化藝術出版社版《茅盾書信集》。云「十二月二十九日長函敬悉。不成熟之見，過蒙重視，不勝慚感。」對已打印完的《李自成》第二卷，「允惠示以快先睹，至為興奮。」表示「讀時有感當隨時記下，以供參考。但明、清之史實，我的知識極為淺薄，在這方面恐不能讚一辭；所可能略貢芻見者，大概是藝術構思及人物描寫方面。」還告以嚴重之目疾治療情況。

九日　與郭沫若等前往北京醫院，向李富春同志遺體告別。（16 日《人民日報》）

十二日　作《致胡錫培》（書信），見三十日茅盾《致胡錫培》云：「十二日曾奉一信，想已收到？」載文化藝術出版社版《茅盾書信集》。

十五日　下午，出席在人民大會堂舉行的國務院副總理李富春同志追悼會，並送了花圈。出席追悼會的有周恩來、鄧小平、郭沫若等。（16 日《人民日報》）

十三日至十八日　出席第四屆全國人民代表大會第一次會議，並爲主席團成員。（19 日《人民日報》）

十九日　作《致臧克家》（書信），署名沈雁冰。載文化藝術出版社版《茅盾書信集》。云「手示及抄示張畢來同志均悉。誠如尊言，張詩前半甚佳。」又云「日來爲咳嗽、腹瀉及牙痛所困，十分狼狽。牙痛乃因舊鑲補處年久磨損，勢須重鑲，則非旬日可了事也。」最後，請臧在「嚴冬，伏維珍攝」。

二十五日　作《致金韻琴》（書信），載金韻琴著《茅盾談話錄》（上海書店出版社 1993 年 12 月版）。云「我的親戚不多，至親就只你們了。」

二十七日　作《致陳瑜清》（書信），署名沈雁冰。載《文學報》一九八二年四月，收入浙江文藝出版社版《茅盾書簡》。云：周建老六六年亦患此目疾，服藥一、二年，「無補於事」，皆「機能退化」之故，唯大忌「多用目力」，注意健身，始爲「長壽之道」。又云「近來學習較忙，因『人大』剛開過，無力旁騖」。

二十八日　作《致宋謀瑒》（書信），署名沈雁冰。云「我之書作如《幻滅》等，雖據當時歷史背景，而故事、人物均屬虛構，足下思欲考證其人、事、竊爲不妥。至所舉《幻滅》中的南湖誓師，非北伐誓師，乃聲討夏斗寅也。三部曲中有回敍部分，但主要線索仍是一九二七年大革命及大革命失敗後。（《追求》是大革命失敗後的知識分子的精神狀態。）」又云：「《虹》後寫，但時代背景在大革命前。《虹》的主人公，當時就有不少猜度，謂是隱射某某，其實皆捕風捉影而已。小說有其時代背景，歷史背景，但仍是小說，不能從中鈎稽史實（至若《孽海花》之有影射，則是例外了）。《紅樓夢》索隱派之終於站不住，正是前車之鑒。」還談到托爾斯泰的《戰爭與和平》，雖將其「親族作爲模特兒」，但此書成書時與書中故事發生時相距數十年，故此書之是歷史小說，不能從中鈎稽史實也。」

三十日　作《致胡錫培》（書信）署名沈雁冰。載文化藝術出版社版《茅盾書信集》。云春節在邇，「祝您闔家春節愉快。同時，寄上糖果一小包，給您的孩子們」。

當月

司馬長風發表《作家四集團──「文學研究會」稱霸》。載香港昭明出版社版《中國新文學史》上卷第十章。認為文學研究會成立以後，從「該會要角沈雁冰接編《小說月報》實行革新、改用白話文之後，才進入活躍時期」，「文學研究會」「幾乎網羅了當時全國所有的作家」「近百人」；其「陣容和聲勢太浩大了，使後起的團體無法與之競爭」。

日本岡田英樹發表《四·一二政變與作家們（一）──葉紹鈞與茅盾的情況》，載日本《大阪外國語學院學報》（33）一月出版。

本月

八至十日　中共十屆二中全會在北京召開。會議選舉鄧小平為中共中央副主席、政治局常委。

十三日至十八日　四屆人大第一次會議在北京舉行。周恩來總理作政府工作報告，提出「在本世紀內把我國建設成為社會主義的現代化強國」。會議通過了《中華人民共和國憲法》。會後，周恩來病重住院，由鄧小平主持黨政日常工作。

二月

十九日　作《致胡錫培》（書信），署名沈雁冰。云：「一月二十九日、二月八日」來信和託四川川劇團高同志帶的信都收到了。告知，高同志還特地送來川劇移植樣板戲戲票四張，「可惜我身體不好，夜間看戲吃不消，而家中人又因工作忙，路遠，都不能去，有負他的盛情，十分抱歉。」同意胡的意見，「送給林向北同志（按：即華鎣山游擊隊雙槍老太婆女婿）一張照片（是十多年前拍的，近年少拍照，而且因為目疾，照出雙目似閉非閉，實在難看）」，「照片簽字」。還準備送胡一部新華書店內部發行的《民國通俗演義》。

二十一日　作《致臧克家》（書信），署名沈雁冰。載《文學報》一九八二年四月一日，現收文化藝術出版社版《茅盾書信集》。云「西北風大作，我也咳得多些了。但幸體溫正常。」對臧來信所說葛一虹、阮章競和常任俠要來探望，表示「甚喜，甚歡迎，但恨體力差，不能劇談耳」。答應臧「俟春暖花開時」帶照相機來「同攝一影」，近則不行，因天寒「體弱易感冒，深恐久

立攝影又將致病也」。還云「徐遲兄所要之字，寫後當即直接寄去，不過字太拙劣，難以爲情」。

二十五日　作《致江暉、魯歌》（書信），載《文教資料簡報》一九八四年三期（總 147 期）。談及自己和魯迅的友誼和「民族革命戰爭的大眾文學」口號問題，云：「距今已四十年，我記憶力衰退，有些又已記不清了。但魯迅確曾同我商量過『民族革命戰爭的大眾文學』口號，徵求我的意見，我感到這口號很好，深表贊同。」

二十六日　作《致常任俠》（書信），載《文化月刊》一九八一年第五期常任俠《我和茅盾先生的交往》。二十三日，常任俠寫了自一九五七年反右以來給茅盾的第一封信，茅盾非常高興，於信中約常於三月二日晤談。

二十七日　作《致單演義》（書信），載《陝西日報》一九八一年四月十六日。談及《子夜》的創作和修改，云：「當時思想水平不高，生活經驗不夠廣泛，錯誤甚多，解放後所以照原本重印，一以存當時自己識見之眞相，一以若多修改則形同作僞，文飾幼稚，故所不取」。談到《子夜》的主題思想時，認爲「此書於暴露民族資產階級之脆弱的兩面性，稍有可取處，或者反映了當時社會的一個方面，而最大的之缺點則在於沒有反映當時革命者之積極方面；此因當時自己未投入革命漩渦，故所見膚淺仄狹；以致認識不深入，對當時劇烈之兩條路線鬥爭，認識極其模糊，貴校（按：指單所在的西北大學）講此書，對此書應力加批判，至於吳老太爺作爲封建頑固思想之一代表、太老僵屍到了買辦資產階級之典型環境立即風化，當時爲了行文之俏麗故如此云云，其實有違於歷史眞實，蓋因當時十里洋場中吳老太爺之流實繁有其徒，並未風化也。如此則萬萬聯繫不上目前之批林批孔，強爲聯繫，我看是不對的」。

二十八日　下午，出席在人民大會堂臺灣廳舉行的紀念臺灣省「二・二八」起義二十八週年座談會。出席座談會的有葉劍英、徐向前、周建人等黨和國家領導人。（3 月 1 日《人民日報》）

同月　作家戈寶權夫婦來訪。茅盾親切接待，並帶領他們參觀了新居，還照了幾張照片。（戈寶權《和茅盾同志相處的日子（六）——從五十年代初直到茅盾同志的晚年》，載《新文學史料》1982 年 4 期）

本月

四日　遼寧省南部地區營口、海城一帶發生 7.3 級強烈地震。

二十八日　著名戲劇藝術家焦菊隱（1910 年生）被迫害致死。

三月

二日　下午，學者常任俠來訪。「十年不見，茅盾身體多病，眼患視網膜硬化，視覺已損。這次與他談了一小時，因恐其過累即告別。」（常任俠《我和茅盾先生的交往》）

五日　作《致戈寶權》（書信），載《新文學史料》一九八二年四期。感謝其來信、和贈來訪時所攝之照片，認爲自己近來拍照「都是兩目無光，而且昏眊」，感嘆「這是無可奈何的」。

六日　下午，往訪常任俠。「談興甚豪，遲暮始歸。時患氣喘，而談話不止。」「還告訴我（按：常任俠）他讀書和工作的經過」，特別講他幼年受母親的教育，培養了國學基礎。青年時代讀書於北京大學，名沈德鴻。預科三年級後由表叔盧學溥推薦進商務印書館工作。先搞英文編譯，譯述卡本特遊記及所著衣、食、住三書，討論人類生活起源問題。後調中文部，助孫毓修編《漢語修辭》，後又研究中國神話、寓言。爲中國的文化遺產的宏揚，盡了很大的力量。茅盾還揮筆寫一立軸送常，寫的是他新著的一首七古《讀〈臨川集〉感賦古風一首》。並且要常寫一詩條送他。當時，常手邊有一幅吳藹紅豬官的五古詩，曾給茅盾看。（常任俠《我和茅盾先生的交往》）

同日　作《致宋謀瑒》（書信），署名沈雁冰。云「來示謂南湖誓師非討夏斗寅，這是我記錯了。剪報周世釗先生詩。拜讀後與您有同感。馮君非詩人，乃哲學家。羅無貞先生前在京時過訪，有近作見示，甚佩。」又云：「我早年學過詩、詞、駢文；五四後都擯棄了。抗戰時偶有作，自視不佳，大都隨作隨丟。」近來目疾，更「懶近筆墨」。

十日　下午，作《致胡錫培》（書信），署名雁冰。載文化藝術出版社版《茅盾書信集》。告知「另掛號寄上《民國通俗演義》一部（八冊）。內附我從前所攝照片一張，都請轉交林向北同志。書與照片都簽了名。」還指出，送以前拍的照片是「因爲近年來沒有拍過一張像樣的照片，神氣萎靡，雙目無光」。又告知還附上一張去年夏天照的小的彩色的闔家歡送胡，云「照片

中只有我兩眼無神」。又云「我的心臟病到了不宜多動，只宜多臥的地步。而氣管炎又一遇冷空氣便會發作（大咳不止），所以在家中也不到院子裡。到院子裡便要用圍巾緊緊圍住脖子，冬天室內暖氣要燒到廿三、四度。兩腿軟，走路抖索；腦血管供血不足，多用腦即腦皮繃緊，如貼上了膏藥。所可自慰者，神智尚青，不致成『老痴呆』而已。」又云「京中預測有地震，謂是本月，八、九、十、三天」，「但八、九兩日並沒地震，今天是十日下午也沒有」。

十二日　上午，出席在中山公園中山堂舉行的隆重紀念孫中山先生逝世五十週年儀式。參加儀式的有葉劍英、周建人等。（13日《人民日報》）

十三日　下午，常任俠來訪。傾興交談。後來常即書寫一首讀王荊公臨川五古立軸，和陳毅新詞的立幅送茅盾，「以答謝他的盛情」。（常任俠《我和茅盾先生的交往》）

十四日　作《致姚雪垠》（書信），署名雁冰。載文化藝術出版社版《茅盾書信集》。云「俟看完九、十兩單元後，再打總看一遍，那時記下讀後感，奉備參考」。又告知：「敝寓已改回原名：交道口，南三條，十三號」。

約中旬　中國青年出版社送來《李自成》第二卷各單元原稿。二十日前，茅盾已讀完原稿各單元一遍。（茅盾4月14日《致姚雪垠》）

二十二日　「忽患感冒，體溫三十九度，不得不住院療治，雖二十四小時後燒退，但醫生謂尚須繼續注射以期鞏固，接著又檢查身體，直至四月三日出院」，「其間參加了兩個活動，實皆住院時為之。」（茅盾4月14日《致姚雪垠》）

二十三日　下午，與葉劍英、華國鋒等接見最近被特赦釋放的全體人員。葉劍英作了講話。（24日《人民日報》）

本月

八日　著名京劇表演藝術家周信芳（1895年生）逝世。
十七日　全國人大常委會決定特赦全部在押戰爭罪犯。

四月

三日　病初癒，出北京醫院回家。（茅盾4月14日《致姚雪垠》）

同日　爲董必武同志治喪委員會委員。（4 日《人民日報》）

七日　下午，出席在人民大會堂舉行的董必武同志追悼大會。（8 日《人民日報》）

十日　作《致胡錫培》（書信），署名沈雁冰。載文化藝術出版社版《茅盾書信集》。對胡贈《保健按摩》一書，表示感謝。但由於「久年積習」，「不能持久，不能經常」。還云「我年青時曾做過各種健身的運動，都是不能持久。如今更其懶散了，無可奈何？」

十一日　作《致陳瑜清》（書信），載《紹興師專學報》一九八一第三期。云「春住院多日，據云尚無大病」。著重談了舊詩詞的創作鑒賞。

十三日　作《致徐重慶》（書信），署名雁冰。載《紹興師專學報》一九八一年三期，收入文化藝術出版社版《茅盾書信集》。云「兩年前早已需人扶掖而行，平日躺臥時多，坐半小時即兩腿麻木，以故懶於作書。」「有人好心勸我散步，活動血脈，此乃未到老年衰境者隔靴搔癢之談」；「或說應服何藥可望痊可，此亦主觀……奈世無靈丹可返老還童何？」還云四屆人大時，還是由人抬扶進人民大會堂的。

同日　作《致沈楚》（書信），載陝西人民出版社版《紀念茅盾》。談魯迅和自己創作時，說：「只有魯迅能從夾縫中直刺敵人要害，我雖極力想學他，奈認識、學力都大不如他，努力追隨，寫了些，此亦只是可憐無補精神而已。」

十四日　作《致姚雪垠》（書信），署名沈雁冰。載浙江文藝出版社版《茅盾書簡》。云因患感冒住院，又「逢董老之喪，又積信待覆，至今未能再讀尊稿」。

十五日　作《致臧克家》（書信），署名雁冰。載文化藝術出版社版《茅盾書信集》。告之身體狀況，「目前仍然偃臥時多，而臉色亦頗憔悴也」。

十七日　作《致金韻琴》（書信），載金韻琴《茅盾和孔德沚》，《隨筆》一九八二年二十二期。談及和孔德沚的婚姻，云「我和德沚雖不是先認識，談戀愛，然後結婚，但我愛之、敬重之。」還云「她（指孔德沚）關心你們，她不幸先我而去世，關心你們的責任自然由我擔任。」

十九日　下午，出席在人民大會堂舉行的慶祝柬埔寨民族解放人民武裝力量完全解放金邊大會。出席大會的有葉劍英、鄧小平、華國鋒等。（20 日《人

民日報》）

二十二日　作《致胡錫培》（書信），署名沈雁冰，載浙江文藝出版社版《茅盾書簡》。詳細談及自己的目疾和服藥後腸胃病大發。還告知，林向北寫「華鎣鬥爭」的手稿，人民文學出版社已經找出來了，據「側面消息，真人真事，現在不行」。舉例說影片《創業》「即因真人真事而引起軒然大波，現在折中辦法是不宣傳，不批評，所以華鎣鬥爭，作為資料，你們整理保存，不會成問題，但恐不能出版耳。」

二十六日　下午，出席在魯迅博物館舉行的魯迅生平座談會，並作了題為《我和魯迅的接觸》長篇發言。講了三十年代在上海參加「左聯」和與魯迅的接觸結束。一共講了八個問題：一、「左聯」的問題；二、關於「左聯」的解散；三、關於兩個口號的論爭；四、魯迅在景雲里情況；五、關於賀長征電；六、關於魯迅的病；七、「文學研究會」和魯迅的關係；八、關於魯迅治喪委員會。此發言記錄稿，一九七六年九月經茅盾修改定稿，發表於《魯迅研究資料》（1976 年第 1 輯，文物出版社 1976 年 10 月出版。）

二十九日　作《致宋謀瑒》（書信），署名沈雁冰。云王岡畫曹雪芹小像原本，藏李祖韓處，其過世後轉藏於其妹李秋君處，文革時被抄去。「至於雪芹琵琶行傳奇詩七律全文，我亦見過，……您及振甫先生疑是吳世昌故弄狡獪，補足此七律，託言發見，那就是上海話所謂天曉得了。」

同月　作家葛一虹聽說茅盾病了，前往交道口新居問候。漫談中涉及到翻譯問題。「翻譯也是件苦差使。」茅盾說，「要在幾天裡頭趕譯出一兩萬字的東西，真有些不好受。」葛回憶到一九四五年六月請茅盾幫助翻譯傳記《高爾基》，三個星期，茅盾在山城蒸熱下，在油燈下，在蚊蟲圍攻中，如期交卷。舊事重提，茅盾微笑著說：「事情就得這麼幹的啊。」又提到一九四六年夏天，在上海愚園路葛一虹家的一次聚會，那次上海文藝界二十來位朋友，聆聽適自張家口來上海的周揚介紹解放區的文藝運動。「當時為了掩人耳目，只說是敝人過生日，招待友好。」「晚上還留下郭老等便餐」。茅盾對這次聚會甚感興趣，問得仔細。茅盾又問：「記得在桂林時曾經有一封信託你帶往重慶，是不是？」葛回答說確有其事。那是一九四九年葛乘機飛往重慶前夕，茅盾夫婦來看望她，交她一封給她愛女沈霞的家書，囑咐葛務必盡快妥交轉去。這次葛再次告訴茅盾，「那信我是面呈總理（周恩來），諒必轉送到延安無疑的。

茅盾於是說：「我一直不能確定帶信人是以群還是你，現在算弄明白了。」告辭時，葛請求茅盾再寫一張字以爲紀念，因爲早年寫的那幅已經給毀了。茅盾點頭同意。過後不久，葛就收到茅盾書寫的七絕《中東風雲》條幅一張。（葛一虹《在那些嚴酷的日子裡——絮話舊遊敬悼茅盾同志》，載 1981 年 6 月 2 日香港《新晚報》）

本月

　　五日　蔣介石（1887 年生）在臺灣病逝。

　　《紅旗》第四期發表張春橋《論對資產階級的全面專政》。

五月

　　一日　參加在頤和園舉行的首都「五一」節聯歡活動。出席聯歡的有葉劍英、鄧小平、朱德等黨和國家領導人。（2 日《人民日報》）

　　二日　下午，出席在人民大會堂舉行的、首都人民熱烈慶祝西貢和越南南方完全解放大會。出席大會的有葉劍英、鄧小平、華國鋒等。（3 日《人民日報》）

　　四日　上午，作《致姚雪垠》（書信），署名沈雁冰。載百花文藝出版社版《茅盾書信集》。「夏長日暖，正好讀書，計劃在此時期通讀第二卷原稿並照見歷次來信所提您躊躇考慮的要點，貢獻淺見」。「我希望盡量竭盡棉薄，邊讀邊記感想，不作泛泛評論，但恨歷史知識有限，這方面不敢亂說耳」。信中談到姚雪垠的六首無題詩和對中國古典小說的評價，認爲姚「無題六首對中國古典文學《紅樓夢》、《水滸》、《三國演義》的評介，甚爲公允。經您指出，始知羅書與地理史實，漏洞甚多。空城計之不合理，常人不易覺察，一經指出，洞若觀火。鄙意以爲羅最大缺點是把孔明寫成一個有點『妖氣』的道士，把劉備寫得近於無能。」還指出「《水滸》中人物寫成功的不多，是確論」。建議「吸收眾長，則外國歷史小說中之《戰爭與和平》似可一讀。」

　　七日　作《致宋謀瑒》（書信，署名沈雁冰。云：托爾斯泰與其夫人的「家庭鬥爭」，「托翁是個失敗者，不過，托夫人不是悍婦」。又云您能有時間讀《日知錄》，亦一樂也），炎武顧氏「在當時自是庸中佼佼者，時代限制，階級限制自屬難免。時代是前進的，百年（或許一代）後視吾輩爲何如，當代匠師又何如，誰知道呢？」又云「承指出《子夜》第四章敗筆，又此章游

離等，甚是。所以『游離』之故，『後記』已略道及。寫農村暴動光是猜擬，沒有體驗。誠如尊言。至於『巧』電同後文吳蓀甫給莫乾丞的便條所署日子不合事實，非您指出，我始終想不到。應當把便條的日子推遲到二十一日」。

九日　作《致金韻琴》（書信），載金韻琴著《茅盾談話錄》。云自己不知道哪一天會「一睡下去就此再也不醒來」，所以要金申請退休，快去北京，不要在經濟上多作計較。又云「至於我的健康狀況的真實情況，醫生已有暗示：一、如果覺得心頭脹悶，切不可動，應打電話到醫院，他們派醫生來診；二、每月要去複查一次；三、在家只宜稍稍散步，覺得心跳，就停止。這都是因為我有心臟病。……我自己知道，一年不如一年，今年比去年差多了。所以很盼望您照原定計劃來京。」

十日　下午，出席在八寶山革命公墓禮堂舉行的、人大常委、著名中醫師蒲輔周追悼會。（11 日《人民日報》）

十一日　下午，出席在北京工人體育場舉行的中國人民解放軍第三屆體育運動會開幕式。（12 日《人民日報》）

十四日　作《致臧克家》（書信），載文化藝術出版社版《茅盾書信集》。云田間來過，他還能「蹲點搞創作，不勝羨慕」。又告知身體狀況，「患冠心病」，「多動則心跳氣喘，而多坐則又兩腿麻木，起立時步履歪斜，搖搖欲倒。平臥在榻則較舒服，因此躺的時候多」。

十九日　作《致臧克家》（書信），署名雁冰。載《文藝研究》一九八一年三期，收入文化藝術出版社版《茅盾書信集》。云「雪峰病可憂。科學雖云發達，遇此等症亦毫無辦法。」對儒家在歷史上的影響，發表了一些看法：「李卓吾之《史綱評要》從前我談過：一來欽佩，一來略覺不夠味。時代限制，階級限制，歷史上批孔崇法之古人，大抵如此，不能苛求也。即如王荊公，也不能徹底。自漢以後封建統治集團以儒家為愚民工具，除了農民起義領袖，文人之批孔崇法最好者不過李卓吾亞流耳。姚雪垠兄謂李自成後來亦不免倒退問道於孔孟，此謂失敗之一因。漢武雄才大略，但董仲舒畢竟是他抬舉起來的。李世民為秦王時與為唐太宗時好像是兩個人。」

同日　作《致胡錫培》（書信），署名雁冰。載浙江文藝出版社版《茅盾書簡》。著重談到了京中社會風氣，云：「信中所說傳抄的壞小說《少女的心》，京中所云有五千抄本，青年搶著看。謀財害命，打群架而殺人，為了男女關

係而殺人等等犯罪行為，仍以青少年為多。京中也不免，至於扒手，司空見慣，而且尤其可慮者，第三者看見了也不敢當面抓住；據云，扒手有黨，你如當面抓破，不旋踵就會受到報復，那就輕則被毒打，重則有性命之憂。此非危言聳聽，有人身經其事。」還指出：「犯罪之青少年，各色人都有，不少高幹子弟，比來函所舉之廠長再高得多的幹部的子弟。父輩為革命不惜拋頭顱，灑熱血，誰又料到子弟會墮落。」其原因「大部分則是身為高幹的父母忙得不可開交，無暇顧及子女的行動，以至進了壞人集團，愈陷愈深，不能自拔」。

同日　作《致趙清閣》（書信），署名沈雁冰。載百花文藝出版社版《茅盾書信集》。（按：女作家趙清閣十二日給茅盾一信，告知文革中情況，外面說她死了是謠傳，只是得了肺氣腫。）云「老年百病叢生，閣下……來函乃謂看新聞紀錄片映像神采不減當年，使我啼笑皆非。其實此乃攝影師之技巧使然，非真我也。」具告以嚴重目疾和多種老年病，云「自念七十九歲，行將就木，服藥不過盡人事耳。閣下花甲甫過，正當盛年，工作上退休，思想上未嘗退休，豪情壯志，聞之令人神旺，敢不拜嘉為座右銘。」信末感慨萬千，云「回憶抗戰時同寓重慶，朝夕過從之友，強半已作古人」。「閣下雖病，但養生有道，偶亦詩畫自娛，預卜期頤」，並歡迎趙「出以新作」。還云「亦思遊滬，拜訪舊友，奈血管硬化，兩足半癱」，「遠遊一舉，不敢奢望」。

二十四日　作《致臧克家》（書信）署名沈雁冰。載《文藝研究》一九八一年三期，收入文化藝術出版社版《茅盾書信集》。評述了一些友人詩詞新作。云「馮至同志五言雜詩似乎勝過那兩首七律」。認為馮至雜詩第六首《題列子》「甚好」，內容上「區分其晉人談玄部分及採自民間傳說部分（愚公移山及鄰人失斧兩故事為例），肯定其精華，自是卓見未經人道者也」。稱讚馮至「學問工夫」，說其雜詩「創了新聲，且不止一語也」。覺得馮友蘭的舊體詩，「就意境、就格律而言，似不及馮至也」。

二十日　作《致宋謀瑒》（書信），署名沈雁冰。云「目疾嚴重」，體力又一年不如一年，因此，「懶於寫信及懶於查書」。「足下正當壯年，我還是勸您勞逸結合，以免將來後悔。我少年時勁頭也還不差。喜看雜書，中文古典文學、中文歷史、外國文學，什麼都想吞下肚去，結果成為『大雜家』，一無專長，如今悔之晚矣。」又云：「脂硯、畸笏是一是二，我無研究，也無發言權。

但就甲戌本第一回的眉批（您信中所引）看來，可以證脂、畸是一人，也可以證其爲兩人。至於您猜想曹雪芹曾爲伊氏幕友，似乎不像，因爲敦誠、敦敏、張宜泉詩中找不到這樣事情的痕跡。尊以爲如何？」

二十五日　晚，出席在首都體育館舉行的中國人民解放軍第三屆運動會閉幕式。出席閉幕式的有葉劍英、鄧小平、華國鋒等。（26日《人民日報》）

同月　作《致孔衛平》（書信），載《百花洲》一九八二年一期《親屬憶茅盾》，云從農村上調事，要孔衛平相信黨，相信社會主義，年輕人是大有可爲的。

同月　書寫條幅《中東風雲·七三年十一月作》（書法）一張，贈送葛一虹。（葛一虹《在那些嚴酷的日子裡》）

本月

二十七日　我國登山隊再次從北坡登上世界最高峰——珠穆朗瑪峰。

六月

二日　作《致金韻琴》（書信），載金韻琴著《茅盾談話錄》。對其辦妥退休手續來京作客表示歡迎。（按，自1974年6月15日始，至本日，茅盾作信十二封，熱情邀請金到北京作客，事見《茅盾談話錄》。）

七日　作《致姚雪垠》（書信），署名沈雁冰。載文化藝術出版社版《茅盾書信集》，又載上海文藝出版社版《關於長篇小說〈李自成〉》。云讀《李自成·商洛壯歌》原稿四冊的六點讀後感：一、肯定結構，云「整個單元十五章，大起大落，波瀾壯闊，有波譎雲詭之妙；而節奏變化，時而金戈鐵馬，雷震霆擊，時而風管鷗弦，光風霽月；緊張殺伐之際，又插入抒情短曲，雖著墨甚少而搖曳多姿。」二、人物描寫成功，云「李闖王、高夫人、劉宗敏、李過等，其性格發展，由淺而深，由淡而濃，如迎面走來，愈近則面目愈明晰，笑貌愈親切，終於赫然渾然一個形象與精神的英雄人物完整的出現了。」其他四點談不足，主要講了時間安排、對話、結構和文字上的一些毛病，很細緻，如指出「對話太長應求文字精簡」，「大段獨白沉悶」，指出「近來修改」的文字「鬆弛」，「不及第三章以前那樣飆悍飛揚」。

八日　作《致胡錫培》（書信），署名雁冰。載浙江文藝出版社版《茅盾

書簡》。云匯錢於胡，請胡代購花圈表示對廖寧君（按：華鎣山游擊隊「雙槍老太婆」的女兒）的吊唁，餘錢作爲胡「動手術後吃點營養品的費用」。囑其勿再購「四川土產」和「枸杞」寄京，「我的身外之物」太多了。又談及南昌起義時的情況，云：二十七年我在漢口《民國日報》任總編輯（董老必武是社長），汪精衛叛變後，我撤出《民國日報》，奉命去南昌，但到九江時鐵路已斷，無法去，又奉命回上海，」還云「黨的元老，我熟識的很多，例如吳老（玉章），二六年我在廣州時就和他相識。認識林伯渠更早。」又提到各大專院校中文系爲《魯迅全集》重注，找三十年代老人瞭解魯迅雜文的寫作背景，「既要會客，也要動筆」，「而因目疾，我近來寫字慢得多了。」

約上旬　爲華鎣山游擊隊雙槍老太婆女兒廖寧君追悼會發唁電，並匯款胡錫培代購花圈，表示對廖之吊唁。「用意是向雙槍老太婆致敬，爲《紅岩》平反。」（金韻琴《茅盾向雙槍老太婆致敬》，載《青海湖》1982 年 3 期）

十二日　上午，作《致姚雪垠》（書信），署名雁冰。載文化藝術出版社版《茅盾書信集》，又載上海文藝出版社版《關於長篇小說〈李自成〉》。談了對姚著《商洛壯歌》以下各章的分卷分章的「新的意見」。

十五日　金韻琴從上海文藝出版社退休，應茅盾邀請，從上海來京住茅盾家中作客五個月。（趙家璧《茅盾給我最後一信想起的幾件往事》，載《新文學史料》1988 年 1 期）當天由韋韜去車站接金。見金，茅盾說：「好了好了，你終於來了。你是我請來的。我要是身體好，應該親自到火車站去接你。」還指著西邊的一間廂房說：「這一間，原是大孫女小鋼的臥室。她參軍後，給孫兒小寧住。現在，小寧讓出來，作爲你的臥室。你看，是不是還需要什麼東西。」還說：「你路上一定很辛苦，先去洗個澡吧。」「我們早已爲你燒好了熱水，等待你來。」（金韻琴《茅盾談話錄》）

十六日　作《致臧克家》（書信），署名沈雁冰。載《文藝研究》一九八一年三期，收入文化藝術出版社版《茅盾書信集》。云「吳世昌弟素識，薛寶釵後嫁賈雨村一事的考證，我早讀過。確如尊論，言之成理，但紅學家們未必都贊成此說也。」對臧得到一本內蒙古大學政治部宣傳組出版的「紅樓夢研究參考資料」——《新譯紅樓夢回批》（蒙族哈斯寶著）表示關注，「不知何處可以買得，倘有所知，乞示爲幸。」

同日　茅盾晤金韻琴。金的印象是「十多年不見的雁姐夫，比起我想像

中的要精神得多，雖說是虛歲八旬的老翁，卻並不衰老，臉色紅潤，不胖不瘦，還是蓄著短短的唇鬚，頭髮雖然稀疏，但很少白髮，不見老。只是沒有腳勁，出門需要有人扶著走。講話多了要氣喘」。但最大的變化是「非常健談」，問之，云「這是我當了十多年文化部長鍛鍊出來的。文化部長嘛，每到一處，人家總是要讓我先說幾句，久而久之，也就練出來了。其實文化部長，我原本是不想當的，只希望做個專業作家，專心搞創作。周總理起先也是同意的，打算請郭沫若兼任文化部長。大概是郭老重任多，難以分身，就讓我擔任。這是黨中央的決定，我只好照辦……」（金韻琴《茅盾談話錄》）

　　十七日　作《致姚雪垠》（書信）署名雁冰。載上海文藝出版社版《關於長篇小說〈李自成〉》，收入文化藝術出版社版《茅盾書信集》。云關於《宋獻策開封救金星》讀後感，認為「此單元於緊湊中見從容，富於抒情味。妙在只從側面寫『救金星』而正面文字卻是宋獻策與李信的『合傳』。又云「在藝術形象方面，這一章是很完整的，跌宕多姿，沒有一筆是多餘的。」

　　同日　作《致姚雪垠》（書信），署名雁冰。載上海文藝出版社版《關於長篇小說〈李自成〉》，收入文化藝術出版社版《茅盾書信集》。云讀《楊嗣昌出京督師》的讀後感，認為「此單元上半部寫崇禎在派楊嗣昌出京一事上猶豫不決」，「把崇禎貌似英明果斷，實際上事事心中無主，舉動乖張，剛愎自用，猜疑多端等弱點作了極細膩的描寫」，「把明朝大官們的庸庸碌碌，植黨營私，其昏庸無能，刻劃盡致。」贊「這一大段宮廷生活也不是閒文，寫得相當深刻，而又波瀾起伏」。亦指出「此單元有一處文字可以求精簡」，「沒有必要寫得那樣繁瑣，無助於表現主要人物的性格或主要線索的發展。」

　　同日　作《致姚雪垠》（書信），署名雁冰。載上海文藝出版社版《關於長篇小說〈李自成〉》，收入文化藝術出版社版《茅盾書信集》。談《瑪瑙山之役》的讀後感。指出「此單元最短，您打算從正面描寫瑪瑙山之戰，我認為必要。因為，在接連兩個單元的曼歌緩舞之後，應當來一點金戈鐵馬，俾節奏有起伏。」對姚信中「論到有人建議結合儒法鬥爭而您不同意這一點，我基本上贊同」。肯定姚雪垠「歷史運動的現象是很複雜的，不出於總的階級鬥爭的軌道，但不一定都在『儒法鬥爭』的範疇之內」之說，表示「將來再另函詳談」。

　　十八日　作《致姚雪垠》（書信），署名沈雁冰。載文化藝術出版社版《茅盾書信集》。告知，掛號寄上《李自成》部分原稿和讀後意見。

十九日　向金韻琴介紹「目前的健康狀況」，說「一年不如一年」，又說：「『健康長壽』，決不是我的目的，這僅僅是我的手段。我的目的是爲了能夠等到那一天，可以讓我繼續握筆爲文，爲人民做些力所能及的事。」（金韻琴《茅盾談話錄》）

二十日　作《致姚雪垠》（書信），署名雁冰。談《李自成突圍到鄂西》、《紫禁城內外》讀後感。認爲前一單元「並無大戰，但通篇緊張，用各種小故事來刻畫李自成及其部下的忠、勇等高貴品質。而中心點則寫李自成在各種考驗中的應變才能，也就把李自成的性格進一步發展，政治上逐漸成熟，不光是一個衝鋒陷陣的軍事領袖，同時也是一個能夠統籌全局、澄清海內、撥亂反正的政治人物」。充分肯定「詳細刻畫宮廷生活」的好處，「正所以充分暴露明統治集團之深刻的內部矛盾及其極端的腐敗糜亂的生活」，「這個單元又把滿朝大臣、勳戚等的各圖私利、互相傾軋、唯唯諾諾的本性，寫得很生動」。也指出本單元「黃道周廷爭一大段文字，稍可精簡」。

同日　作《致姚雪垠》（書信），署名雁冰。載上海文藝出版社版《關於長篇小說〈李自成〉》，收入文化藝術出版社版《茅盾書信集》。談《闖王星馳入河南》的讀後感。認爲「此單元在全書中的作用是繼往開來的轉折點，與《突圍到鄂西》有異曲同工之妙」。並強調：「所記讀後感殊覺草率，聊供參考而已」。

二十一日　作《致姚雪垠》（書信），署名雁冰。載上海文藝出版社版《關於長篇小說〈李自成〉》，收入文化藝術出版社版《茅盾書信集》。談《李岩起義》讀後感。認爲「此單元有金鼓殺伐，又有花團錦簇」。指出「湯夫人的性格在這一單元中是全面、充分用重筆描寫的。」寫湯夫人有步驟，未出其人，先出的一封信，這封信已概括湯夫人的精神世界。」認爲「寫李岩起義極有層次」，還指出紅娘子出場「一段痛快文字，使讀者眼前一亮，如見其人。」

同日　作《致姚雪垠》（書信），署名雁冰。載上海文藝出版社版《關於長篇小說〈李自成〉》，收入文化藝術出版社版《茅盾書信集》。談《伏牛冬日》讀後感。認爲「這個單元是不容易寫好的，因爲只有議論，沒有戰鬥場面。作者也感到必須在長篇的學術性、政治的討論中弄一些插曲，使文氣活潑。」從全局看，「在上一單元火惹惹的文字以後，需要這樣一個單元來調整全書的節奏。」亦指出「本單元中仍有個別段落文字可以更求簡練」。

同日　作《致姚雪垠》（書信），署名雁冰。載上海文藝出版社版《關於

長篇小說〈李自成〉》，收入文化藝術出版社版《茅盾書信集》。談《河洛風雲》讀後感。指出「這個單元是承上啓下，爲全書大關節，亦即闖王事業之大轉折；鄙意凡與此有關者應用重筆濃墨，而與此無關者可盡量簡練，俾能突出本單元之主題」。也提出本單元有兩個毛病：一是「開頭起用郝搖旗一段，文字太長，有喧賓奪主之嫌；二是本單元與《闖王星馳河南》作爲「繼往開來的轉折點」，只隔開另兩單元，仍有重疊之感」。

二十二日　上午，寫條幅三張贈金韻琴（書法），載《茅盾談話錄》。第一幅寫的是一九七三年十一月作的七律《中東風雲》，第二幅寫的是七言詩《讀吳恩裕近作曹雪芹軼事及其傳記材料的發現》，第三幅是一九五九年寫的《西江月・幾度芳菲鶗鴂》詞。

二十四日　作《致趙清閣》（書信），署名沈雁冰。載百花文藝出版社版《茅盾書信集》。讚其詩「情文並茂」，告知，「目疾又添晶體混濁，常有黑點在眼前飄浮，作字更感不便」，故指出趙引李白詩「朱顏君未老」，「在弟爲幻象，而『白髮我先秋』則安知久病之清閣未必不延年也。謹爲禱祝，天從人願。」

同日　茅盾請金韻琴幫忙抄寫南京師範學院請他寫的有關魯迅《花邊文學》中的注解。談到有些人因給魯迅舊體詩詞作注解引起爭論時說：「百家爭鳴嘛，當然是好事。可是有些情況，我不敢斷定他們注解的眞實性究竟有多大，不敢判定誰是誰非。看了一些對魯迅舊體詩的爭鳴文章，總使我感覺到，其中有不少是牽強附會的形而上學說法。」又說：「一些研究者，他們把魯迅的片言隻語，看得十分嚴重，認爲其中都是隱藏著什麼大是大非。我不能把無硬說成是，要實事求是呵！」（金韻琴《茅盾談話錄》，載 1983 年 3 月 17 日《文學報》）

二十五日　早晨，因服安眠藥過多而昏眩，休息了一小時才恢復過來，對金韻琴說：「昨晚我夢見了母親」，接著談到了母親對他的教育，說：「正因母親對我嚴加管束，所以我在幼小時就有艱苦奮鬥，努力向上的動力。一個年幼無知的孩子，沒有嚴師的教導，只能是亂闖瞎碰」。還說：「我的母親不僅是我的母親，而且還是我的老師。沒有她的啓蒙和教導，我成不了才，沒有她鼓勵和幫助，我和弟弟澤民就不會參加革命，或者不會那樣頑強地堅持革命……」又說：「昨天晚上，我想念母親，悲痛得睡不著，到三點鐘後吃紅囊安眠藥，才引起剛才發病。」（金韻琴《茅盾談話錄》，載《新民晚報》1983

年 4 月 14 日）

二十六日　審閱並修正四月二十六日「在魯迅博物館座談會上的發言記錄」，有些地方由茅盾口述，金韻琴筆錄，「然後再念給他聽，加以修改」。（金韻琴《茅盾談話錄》）

二十七日　作《致葉淑穗》（書信），署名沈雁冰。載文化藝術出版社版《茅盾書信集》。云四月二十六日在魯迅博物館座談會上的發言記錄「校改，今日始完畢，茲掛號寄奉。」又云「為求文字簡潔順當，我改的很多」。

同日　晚，與金韻琴閒談中，提到北京盛傳要給瞿秋白翻案時，說：「說瞿秋白是叛徒，我是不能相信的。」講了瞿秋白一九二三年在上海的革命活動，與茅盾的友誼，說：「1931 年時，她們夫婦（瞿秋白和夫人楊之華）兩還到我家避難。瞿秋白是我黨早期的領導人之一，曾經兩次見到列寧，擔任過我們黨常駐共產國際的代表。」說楊之華也不是叛徒，儘管毛主席指示：「予以昭雪，作叛徒處理是錯誤的。」她已在獄中含冤而死了。（金韻琴《茅盾談話錄》（上），載《雪蓮》1982 年第 4 期。）

同月　司馬杰來訪。其時，茅盾正在核對修改四月二十六日在魯迅博物館發言記錄打印稿，對司馬談及魯迅研究，說：「百家爭鳴，這是好事。但是有些情況，我不敢斷定其真實性有多大。尤其是解釋魯迅的舊體詩方面的百家爭鳴，其中有不少牽強附會等形而上學的談法。」他還對大量詢問魯迅研究的來訪、來信的「大而無當」或「小而細膩」，「使人難以解答者」表示遺憾。（司馬杰《茅盾談魯迅研究》，載《中小學語文教學》1981 年 6 期）。

本月

九日　在賀龍同志逝世六週年的時候，中共中央為他舉行骨灰安放儀式，周總理致悼詞。

春夏

約上半年　作《致孔乃茜》（書信），載《中小學語文教學》一九八一年一期。鼓勵其進行業餘創作，囑「不要性急」，指出「寫作必須有相當長的思索醞釀過程的」。高爾基幼年、青年時並無此打算，但他後來走的路是這樣的。人不可有不實際的幻想，但也不可沒有理想——或者說按照實際是可能的一種希望或目標。我想你是完全明白這一點的。」

七月

一日　作《致姚雪垠》（書信），署名雁冰。載文化藝術出版社版《茅盾書信集》。信中著重闡述了李自成與批孔問題的看法，對姚三月七日來信中的四點意見依次談了看法。首先「贊同」姚「重視這個問題，但不強拉硬扯」的主張。認爲「領導農民造反，雖無反儒言論，實質上就是反儒，因爲儒家是反對『犯上作亂』的。但這不等於說，這個農民起義領袖就已思想上肅清了儒家思想的流毒」。還指出「在漢武以後的儒法鬥爭，不能不說是在支持封建制度的大前提下的封建階級的內部鬥爭。」如漢之晁錯，宋之王安石。特別指出「李卓吾，他批判的是漢以後儒家的愈來愈說不通的各種反動論點，他也沒有提出他的哪怕是合乎馬克思主義百萬分之一的社會發展思想——歷史觀。我們不能由此責備李卓吾，因爲他是逃不脫階級和時代的限制的；但我們仍然給李卓吾在中國思想史上的應有的地位」。對李自成受儒家思想很深的毒，認爲「少著墨爲佳」，還不妨虛構李自成殺了幾個反抗他、誹謗他的儒生。

四日　爲八十虛歲壽誕。二日接臧克家來信，內附一對聯云：「盛時雨露蒼松勁，晚節清風老桂香」。三日，碧野發來了祝壽電報。上午，與兒子韋韜、小孫女丹丹和金韻琴一起到中山公園遊園並照像，「中午吃壽麵，晚上吃烤鴨」。（金韻琴《茅盾談話錄》）

同日　戈寶權來訪，特地祝賀茅盾八旬壽辰。（戈寶權《憶我和茅盾相處的日子》）

同日　臧克家來訪，特地贈送題了詩句的宣紙紀念冊，還作了一首祝壽詩相贈，云：「著書豈只爲稻粱，遵命前驅筆作槍。攜手迅翁張左翼，並肩郭老戰文場。光焰炯炯灼子夜，野火星星燎大荒。雨露明時花競發，清風晚節老梅香。」（臧克家《往事憶來多》）

同日　在院子裡照全家福相，也照了個人相，曾寄贈趙清閣一張。1976年2月1日《致趙清閣》）

五日　作《致臧克家》（書信），署名沈雁冰。載文化藝術出版社版《茅盾書信集》。云「賤辰承賜祝聯，既感且愧，薄才涼德，何以克當？惟當題此爲奮進之目標耳」。特別關心臧肺部毛病。還告之已購得李批《水滸傳》，「厚且重」，手持「臥讀頗不易」。

　　同日　晚，茅盾拿出一九四九年二月在北京飯店居住時，一些民主人士題寫的紀念冊給金韻琴看，其中有黃炎培、沈鈞儒、郭沫若、馬敘倫、柳亞子等，還有一九四九年從香港一起到東北解放區時，搭乘同一輪船人的簽名。（金韻琴《茅盾談話錄》，載《新民晚報》1983 年 4 月 5 日）

　　六日　晚，茅盾興致勃勃地拿出好幾本用工整小楷抄錄下來的詩，每首詩後都寫有詳細的注釋。這是一九七〇年，特意給孫女小鋼選注並注釋的古典詩詞教材。茅盾指著一行行詩句，對照著他寫的一段段的注釋，耐心地講給金韻琴聽。講到杜甫，認爲杜甫的「五言，七言詩韻律謹嚴，對仗工穩，字句洗煉，形象鮮明，是唐代五、七律的楷模」。還指出杜甫「在抒寫個人情懷時，往往緊密結合時政，思想深邃，境界寬廣，有強烈的社會現實意義，深刻地反映了時代精神，所以後世稱爲『詩史』」。當晚還談到蘇軾的詩，認爲其詩「對仗工整，差不多句句有典故」，說蘇軾在文學的幾個方面，都有比較傑出的成就：（1）蘇軾的散文，與歐陽修並稱「歐蘇」，是北宋的名家；（2）蘇軾的詩，與黃庭堅並稱「蘇黃」，開創了宋代詩歌的新風氣；（3）蘇軾的詞，與辛棄疾並稱「蘇辛」，一掃當時綺艷柔靡的風氣，成爲豪放詞派的創始人。（金韻琴《茅盾談古典文學賞析》、《聽雁冰姐夫談古典文學》，分別載《隨筆》1983 年 2 期，《社會科學》1982 年 3 期）

　　七日　作《致趙清閣》（書信），署名雁冰。載百花文藝出版社版《茅盾書信集》。告之患腸胃病，潛血等，都因十年前「肉食太多，膽固醇高，血管硬化」，因此對清閣說「素食大佳，望能堅持」。又云所贈《秋江孤帆圖》「甚有飄逸之意致」，「當珍藏之」。

　　同日　晚，與金韻琴談作家駱賓基，說：「解放以後，他曾在農村蹲點，體驗生活，並寫了一些小說，後來卻研究起古金文來了。他大膽得很，能獨立思考，敢於爭鳴，推翻郭沫若、楊雄國的金學理論，自己獨創了一套新的。」（按：據 1982 年 6 月 1 日駱賓基致范泉信中云：「我於 1972 年從事古代典籍及古金文的考證和研究，已逾十年。……於 1975 年將整理的騰清稿先後都送給沈公（茅盾）審閱過。1976 年並以《金文新考》第三輯《兵銘集》（約七萬字）作爲沈公八十誕辰的賀儀，由小女小欣送去。」）（金韻琴《茅盾談話錄》，載《文學報》1983 年 3 月 24 日）

　　八日　上午，收到四川田苗來信，對身邊的金韻琴說，田苗叫胡錫培，

又名胡原，四川省話劇團編劇，一九四五年八月在重慶「茅盾文藝獎金徵文」中當選，因此相識。是他告訴茅盾《紅岩》中「雙槍老太婆」的原型陳聯詩的情況。茅盾認爲《紅岩》中「給人印象最深的」是「雙槍老太婆」，指出「《紅岩》倒不像我寫小說那樣，綜合很多人、很多事而塑造出來的，《紅岩》中確有不少眞人眞事，『雙槍老太婆』就眞有這個人！」就是陳聯詩。所以，上月胡原告之陳之女兒廖寧君逝世消息，即匯錢胡原代辦花圈鄭重吊唁。說，這是藉廖寧君的逝世，爲「雙槍老太婆」昭雪，爲《紅岩》平反。認爲「給《紅岩》平反確實是必要的」。（金韻琴《茅盾談話錄》）

　　同日　晚，與金韻琴談到了自己與魯迅的往來，說：「魯迅和我通過無數次的信，還寫過不少便條。便條是他派人送給我的。可惜這些書信和便條，都已經燒掉了，只留下他逝世以前寫的八封信。」「這些信，我都交給了許廣平，編在魯迅書簡集裡，原件存放在魯迅博物館。」還談到魯迅的喪儀，由於自己在烏鎮探望母親時，痔瘡大出血，錯過了參加魯迅的喪儀活動。（金韻琴《茅盾談話錄》，載《文學報》1983 年 3 月 17 日）

　　同口　作《致胡原》（書信），載金韻琴《茅盾談話錄》。懇切要求胡原別再操心，以防人家議論他貪圖享受，不惜勞師動眾，要人從遠地搜購廣柑吃，給人影響不好。

　　九日　晚，與金韻琴談到臧克家，云「他喜歡串門，勤於寫信，經常有信給我，告訴我一些文藝界的動態，還經常抄一些詩詞給我。他消息來源多，眞可以說是個『靈耳朵』。在我寂寞的生活裡，使我感到快慰」。還說「姚雪垠就是臧克家介紹的，就把《李自成》稿子寄來，要我提意見。」（金韻琴《茅盾談話錄》，載《文學報》1983 年 3 月 31 日）

　　十日　晚，與金韻琴談《琵琶記》與《西廂記》。茅盾談及《琵琶記》男主角蔡伯喈時說：「根據歷史記載，男主角蔡伯喈中郎，原來的名字是叫『王四』，因爲當時的王四有權有勢，作者不敢明說，只能用『蔡伯喈』來頂替。而蔡伯喈也實有其人，但他沒有做過駙馬。爲了影射『王四』，作者把作品定名爲《琵琶記》，『琵琶』兩個字頭，加起來就是『王四』。」談到《西廂記》，說：「據宋人考證，作品男主角張生，實際上就是元稹自己。那時元稹去赴考，宰相愛他的才華，招爲女婿，負了鶯鶯。此後元稹回來看望鶯鶯，並懇求鶯鶯以『外兄』相見，但鶯鶯還是堅決拒絕。她賦詩一章說：『自從消瘦減富光，

萬轉千回懶下床，不爲旁人羞不起，爲郎憔悴卻羞郎。』幾天以後，元稹即將啓程道別，鶯鶯又賦詩一章，謝絕他。」（金韻琴《聽雁冰姐夫談古典文學》，載《社會科學》1982 年 3 期）

十一日　寫條幅《在海口觀海南歌舞團演出》（作於 1962 年的七律詩）和《觀朝鮮藝術團表演扇舞》（爲 1958 年 12 月作的七言詩）（書法），載金韻琴《茅盾談話錄》。前一條幅贈廣東作家周鋼鳴，後一條幅贈金韻琴。

十五日　晚，和金韻琴談西洋畫、國畫，談齊白石。談到齊少年壯年時期生活對成爲山水畫家的重要關係。說他是個多產畫家，總共創作不下一萬一千幅。他不僅精於繪畫，而且也擅長刻印、書法。也極推崇他的品格，講一九三七年日本帝國主義佔領北平以後，他在自家門上貼了一張「畫不賣與官家」的字條。說「這和梅蘭芳蓄鬚明志，同樣具有民族氣節」。談到齊白石的畫，認爲「他在六、七十當時作的畫，最爲成熟，最好。後期的作品就比不上這一時期的」。（金韻琴《茅盾談齊白石》，載《龍門陣》1983 年第二輯）

十六日　晚，作《致包子衍》（書信），載《新民晚報》一九八三年四月五日。（按：包子衍是濟南三中語文老師，他把《魯迅日記》中有關茅盾的事，一一摘錄整理，寄來請茅盾審閱，還問「方保宗」和「明甫」是否爲茅盾當時筆名）。茅盾在信中都作了回答。並對金韻琴說：「『方保宗』和『明甫』這些都不是筆名，而是我的化名。『方保宗』是我在日本時用的化名，『明甫』是我在國內用的化名。因爲我每次搬家，都要改換一個名字。」還談到了「玄」字署名的意思，說：「這是我筆名『玄珠』的簡寫。玄珠是有典故的，出在《莊子》裡。……『玄珠』，意思就是眞理。用智慧得不到，用眼睛也得不到，用聰明也得不到，而無心卻獨得眞理也。莊子的道學是玄虛的，須在遐思中得之。」（金韻琴《茅盾談話錄》，載 1983 年 4 月 5 日《新民晚報》）

十八日　晚，與金韻琴談小說《子夜》，說：「除了吳蓀甫以外，我沒有把資本家寫好。吳蓀甫是我著力描繪的人物，但我覺得還有這樣那樣的不足之處。反正我對過去的習作，都是不滿意的。過去，實在因爲蜀中無將，才把我這個廖化作了先鋒──眞正是矮中取長罷了。」（金韻琴《茅盾談話錄》，載 1983 年 4 月 29 日《新民晚報》）

二十日　晚，與金韻琴談自己母親，告訴金，昨天晚上又夢見了母親。

說：「她通曉文史，有卓識遠見，從小教我學文化，叩啓我幼小心靈的窗扉，疏導我的思想，鞭策我的鬥志，不斷提醒我說，學如逆水行舟，不進則退。還常常鼓勵我，勤奮方能成材，聰明才智是磨煉出來的。在我長大以後，又支持我離開家鄉，離開她，去經風雨，見世面。」（金韻琴《茅盾談話錄》，載 1983 年 5 月 10 日《新民晚報》）

二十一日　晚，與金韻琴談到自己的外祖父，說：「我的外祖父姓陳，名我如，是世傳的名醫，他青年時就考中了秀才。……他有迷信思想，常常這樣想：世代從醫，總免不了會有誤診死人的事，人命關天，造孽深重……因此，他不想當醫生，雖到中年，還是屢屢參加縣試，企圖進入仕途，光耀祖宗，但他卻沒有考上舉人。」（金韻琴《茅盾談話錄》，載 1983 年 6 月 14 日《新民晚報》）

二十二日　茅盾與金韻琴談自己創作上「兩個五年計劃」的「秘密」，並拿出一個咖啡色的大型精緻的公文包，說「已擬好了詳細的提綱，寫了部分草稿」，還「拿出一幅他自己畫的圖，上面畫有房屋、走廊、院子、花園、圍牆等等」。對金說，這裡是「長篇小說《霜葉紅似二月花》的人物活動場景」，囑金勿外傳達的「秘密」。（金韻琴《茅盾談話錄·寫作的秘密（上）》，載 1983 年 5 月 17 日《新民晚報》）接著又對金說，這部書即使寫成了，「也只能像李贄的《藏書》一樣，放在家裡，不能拿出去。」又說，打算改變作品中婉小姐和黃和光一個好結局，恐被責爲「美化了地主階級知識分子」。說完無限感慨。（金韻琴《茅盾談話錄·寫作的秘密（下）》，載 1983 年 5 月 18 日《新民晚報》）

二十三日　作《致趙清閣》（書信），署名沈雁冰。載百花文藝出版社版《茅盾書信集》。告知病情。對趙信中「謙稱後學，而視我爲前輩，不敢當；我輩皆五四產兒，從事文字生涯或有先後，其實爲同一時代人。『收拾鉛筆歸少作』，其時『著書都爲稻粱謀』；待解放後，我則已過中年，才力已盡，了無成就，深自愧恧。但只有力求思想改造稍有寸進，此心想同之也。」並同意爲其寫十幅，不過「容涼後即寫奉致」，又云：「前此曾奉一函，謝清茗之賜，想已收到。」

二十四日　胡愈之、沈茲九夫婦來訪，談及參加全國政協組織的參觀團去西南參觀的新聞。胡、沈走後，茅盾對金韻琴說：「六月初，愈之他們去參

觀時，邀我同去，我因有心臟病、肺氣腫等病，平日多走幾步路就要心跳氣促，醫生警告不可多動，因此沒有參加這次長途又日久的參觀，」「我是不能出遠門，不能多走動的人了。」（金韻琴《茅盾談話錄》）

二十五日　晚，與金韻琴談了幾個冒名親屬詐騙的故事。一是有一個女青年，冒充茅盾的女兒沈霞，到趙丹家裡借錢，趙丹夫人居然親切接待，借給她二十元錢。後來趙丹指出，沈霞在延安時候早死了。還有一個女青年冒充沈霞到紡織部找副部長張琴秋（沈澤民的愛人），她不在，住到招待所，第二天不辭而別，還竊去了一件毛線衫。還有一人冒充孔德沚的乾兒子，誘騙了一個少女，後被公安部抓獲。（金韻琴《茅盾談話錄》，載 1983 年 7 月 6 日《新民晚報》）

二十八日　給金韻琴講評馮至、陳毅、程光銳、胡繩等四位詩人近期創作的詩詞。認爲馮至一九七四年寫的十二首《雜詩》中，十一、十二首「雖然是個人的感興之作，但寫得十分眞切。而寫詩詞，就是貴在達到這個『切』字的境界。魯迅稱許馮至是『中國最爲傑出的抒情詩人』，是有道理的。」認爲陳毅的詞《沁園春·詠石》「氣勢磅礴，有大將風度」，「寫出了那叱吒風雲的將軍性格！」認爲程光銳的詞《沁園春——詠出土文物東漢青銅奔馬》之所以「傳得很廣，博得人們的喜愛」，在於「他把奔馬的神態刻畫得維妙維肖，眞正達到了躍然紙上的地步」。「很讚賞」胡繩 1972 年在幹校作檢查時作的七律《無題》，說他「用典十分自然」。（金韻琴《茅盾談話錄》）

二十九日　給金韻琴講對聯寫作。認爲對聯「是作詩詞的基本功」。指出杭州西湖西泠橋畔寫蘇小小的對聯「湖山此地曾埋玉，風月其人可鑄金」「對得眞好」，「寥寥兩句，意境盡出」，而西湖另一迭字對聯「翠翠紅紅處處鶯鶯燕燕，風風雨雨年年暮暮朝朝」，「作者神思巧想，確見功夫」，但「也就是所謂『一般化』，沒有突出的個性」。談到長聯，列舉了昆明大觀樓的 180 字長聯，成都望江樓的 212 字長聯和武昌黃鶴樓 350 字長聯，認爲昆明那聯「最最難能可貴」的是「寫得一氣呵成，而且天衣無縫，無可挑剔」。言及祖父「沈恩培不僅能寫一手好字，還能創作對聯」，曾給陳渭卿作一聯「仲舉風標，太邱德化；元龍意氣，伯玉文章」，「用了四個陳姓典故」。（金韻琴《茅盾談話錄》）

三十日　作《致臧克家》（書信），署名沈雁冰。載文化藝術出版社版《茅盾書信集》。告知「檢查結果，腸胃無問題，但因齲齒，近來又在磨治填補」。

知馮雪峰「手術後情況頗佳」，「甚慰」；聞馮乃超調來北京與胡繩同管中國科學院社科部表示祝賀，「蓋從此領導有人，工作必將日有成績也。」

本月

毛澤東對爭論激烈的影片《創業》作了「此片無大錯，建議通過發行」的批示。

毛澤東兩次在談話中指出：近幾年「百花齊放都沒有了」，「缺少詩歌，缺少小說，缺少散文，缺少文藝評論」。

夏

美術家劉峴來訪。劉云「談了兩個多小時」，「當他知道我的女兒已經結了婚，並且也學文學，欣喜地點點頭」。後茅盾說：「我已經八十歲了，但自認身體還不壞，夏天很好，可一到冬天，氣管時出毛病……眼睛出過血，我一點都不知道。醫生查看病歷之後告訴我要注意眼睛的休息……」（劉峴《他永遠活著》，載 1981 年 5 月 23 日《羊城晚報》）

八月

一日至三日　茅盾給金韻琴談自己的胞弟沈澤民。談他如何從一個文學青年變成共產黨人。說他一九一七年考取南京水利局河海工程專門學校，努力學習，喜歡文學。入學一年，譯了不少外國文學作品，一九二一年與張聞天一起到日本去半工半讀。在東京認識田漢，常給《小說月報》寫稿。一九二二年回國，加入中國共產黨。一九二三年在《中國青年》撰寫文章，和惲代英等提出「革命文學」的口號。一九三一年一月在六屆四中全會上，當選為中央委員、中央宣傳部長。」澤民死後，母親從國民黨小報《社會新聞》上知悉，說：「我不傷心！老二在三歲的時候，生過一場大病，虧得外公（陳謂卿）一貼中藥救回來。現在，他已做過一番事業，為革命而死，我有什麼傷心的！」十分堅強，沒有流下一滴眼淚。說其生前還在一件襯衣上寫了向黨報告的密件，由成仿吾帶到上海，通過內山完造找到魯迅，又通過魯迅找到茅盾，才和楊之華接上了線。（金韻琴《茅盾談話錄》，載《雪蓮》1982 年第 4 期。）

三日　下午，出席在八寶山革命公墓禮堂舉行的政協常委鄭位三同志追

悼會。(4 日《人民日報》)

六日　上午，到八寶山革命公墓，參加范長江骨灰安放儀式。沒舉行追悼儀式，不登報，不發消息，吊唁的人，向范長江骨灰盒鞠躬，就出來了。出席的有胡喬木等。(金韻琴《茅盾談話錄》，載《雪蓮》1983 年第 1 期)

同日　中午，與金韻琴談范長江。說他是中國著名的新聞記者，以戰地通訊《中國的西北角》震動全國，他第一個衝破了蔣介石的新聞封鎖，公開報導了紅軍二萬五千里長征。文化大革命中，被逼跳井自殺。(金韻琴《茅盾談話錄》，載《雪蓮》1983 年第 1 期)

同日　下午，出席並主持辛志超追悼會。晚飯後，與金韻琴談到了邵力子、丁西林、王稼祥的死。特別對邵、丁忽然之間，無病而終表示感嘆：「生命無常，真叫人難以逆料。」說到自己每天吃藥八種，是「聊盡人事，以俟天命，對生死等閒視之，也就覺得心安理得了」。(金韻琴《茅盾談話錄》，載《新民晚報》1983 年 5 月 23 日)

八日　上午陪金韻琴去內部書店買書，購外面不易買到的書 40 多本，對金說：「現在你買了書，這樣高興地帶回去，如果再被抄走，怎麼辦呢？」(金韻琴《茅盾談話錄》)

九日　與金韻琴談一九六二年年底參觀海南島之事和作詩情況。還當場寫了一張《在海口觀海南歌舞團演出》詩的條幅，送給金韻琴，蓋了雁冰的圖章，和青年時代自刻的「鴻」的圖章。(金韻琴《茅盾談話錄》，載《新民晚報》1982 年 7 月 15 日)

十日　與金韻琴談故鄉烏鎮的歷史沿革，還講解放前後兩次去烏鎮的情況。對烏鎮的名勝古蹟如數家珍。

十日　作《致臧克家》(書信)，署名沈雁冰。載《文學報》一九八二年四月一日，收入文化藝術出版社版《茅盾書信集》。云「劉史子，金瑞苓皆素識」，亦曾為他們作過證婚人，「去年曾託一同鄉(與瑞苓同學)打聽仲華昔年死事」，望臧能「便中乞為轉致拳拳之忱」。

十一日　與金韻琴談脂硯。指出吉林省博物所藏明朝薛素素的脂硯，不是清朝批《石頭記》的「脂硯齋」主人的「脂硯」，並介紹了薛素素的有關生平。(金韻琴《茅盾談話錄》，載《新民晚報》1983 年 4 月 24 日)

十二日　與金韻琴談劉少奇，「不知是否在人間」，回憶到曾參加劉少奇

在紫光閣召集的一次會議。在會上，劉少奇揭露康生在榮寶齋以自己的畫標價換取公家的名畫的事。「當時康生低頭不語，十分尷尬」。茅盾認為：「從處理標價換畫這件事看，劉少奇是大公無私的，他是一位能夠以身作則、勇於維護黨的優良傳統的好領導。」還說：「對於康生我很早就有看法；文化大革命前，他對京劇古裝戲特別感興趣，文化部有什麼古裝戲演出，他總是每場必到，尤其對《李慧娘》等鬼戲，興致更濃，拍手叫好，盛讚不已。哪裡知道，文化大革命一開始，他立即 180 度轉變，跟著江青，批判起鬼戲來了。難道他不應該首先批判他自己嗎？」（金韻琴《茅盾談徐特立及其他》，載《中小學語文教學》1982 年 11 期）

十三日　作《致臧克家》（書信），署名沈雁冰。載《文藝研究》1981 年 3 期，收入文化藝術出版社版《茅盾書信集》。云「雪峰居然能出門，欣慰。但勸他不要出門，到了秋涼後再說。我本要去信，但忘了他的住址，請便中轉告」。告知病況，並由碧野來信談到「派性」，云「派性不但湖北有之，浙江更甚，但據說現在浙江已解決。各省當亦可次第解決。關於影片《創業》，已廣泛傳達（按：指毛澤東批示）」。特別提到篆刻和自己的學習，云「錢君匋篆刻，善矣而未盡善也。這玩意兒，功夫深淺大有講究，不容易盡善盡美。我在中學時玩過這東西。當時中學裡有這門功課，五四後就不玩了。五四前我是完全埋頭於線裝書的。追求博覽，成了個『雜家』，其實一無所得，蓋亦『雲水迷茫未得珠』也。五四後涉獵歐洲近代文學，又讀馬列，然而都不深入，及老既老，悔之無及。」又云：「篆刻亦有派別，中學時教我們篆刻的是鄧派（石如，著有《藝舟雙楫》）」。

同日　作《致臧克家》（書信），署名雁冰。載百花文藝出版社版《茅盾書信集》。特告知，「頃發一信，言及鄧石如，謂其著有《藝舟雙楫》，乃一時誤書，著《藝舟雙楫》者為包世臣（慎伯）。包乃鄧之弟子。」

同日　作《致趙清閣》（書信），署名沈雁冰。載百花文藝出版社版《茅盾書信集》。告知體檢情況，「肺氣腫似有進展。近來小有走動即心跳氣喘」，醫囑「步履動作須慢吞吞，庭園中散步如覺心頭抑塞，即須停止」；「說話也要慢條斯理，並忌興奮。因此種種，出外參觀，只好斷念」。

同日　晚，同金韻琴談《子夜》日譯本和翻譯問題，認為《子夜》「日譯本有錯誤」，比如將「鹹肉莊」「說成是豬肉加工成鹹肉的飯店」。指出「『莊』

譯成『店』是不錯的。」「但是『鹹肉』跟『莊』字一旦聯繫起來，就成了一個不可分割的專有名詞，而且是上海地區特有的專有名詞，它的含義類同妓院，但規模要小得多，有時甚至還有單幹戶的。」指出這種現象外國人難以理解，說：「這位譯者雖在北京大學念書、畢業，對南方的語言卻不甚懂得，對南方的風俗人情也不很理解，至於南方舊社會的一些特有事物，那當然更無從領會了。因此，作為一個翻譯工作者，為了要吃透原著，必須虛心下問，查根究底，僅僅能熟練地掌握兩種文字是不夠的。」還指出翻譯另一種容易出錯的毛病，「是由於譯者粗心大意，偶一疏忽，釀成大錯。」談到有一本日譯本介紹茅盾的生平，「有兩處錯誤：一是說我出身大地主階級；二是說我一九二七年時曾擔任過漢口《國民日報》的主筆。一九二七年時的漢口只有《民國日報》，那裡有《國民日報》？」「別看翻譯比創作容易，要翻譯得貼切，沒有錯誤，也並不容易！」（金韻琴《翻譯和創作》，載《藝叢》1983 年 1 期。）

　　十四日　作《致姚雪垠》（書信），署名雁冰。載上海文藝出版社版《關於長篇小說〈李自成〉》，收入浙江文藝出版社版《茅盾書簡》。提出「一大部書，豈但要把若干風雲人物寫得有聲有色，也將要求貌似陪襯人物，而在當時有典型性的人物給予一定的地位。湯夫人適當其選」。指出「湯夫人雖於史無徵，然於理為必有，得妙筆創造了她，實可補明末『浮世繪』之不足」。又談了是否使用回目的看法：「鄙見以為舊傳統不妨以古為今用的方法而化為神奇。回目的造句形式是舊傳統，屬於形式方面的；但回目的內容，可出奇制勝，不落窠臼。例如魯迅雜文集《偽自由書》、《準風月談》，就形式而言是舊傳統，但讀來新鮮有味；《補天》、《出關》、《理水》等篇名也如此。」為了避免「每章用回目，不勝繁瑣」的毛病，建議可以合併一些章節。

　　十五日　與金韻琴談《李自成》，說「去年我的精神和眼力都比今年好，我把《李自成》的第一、二兩卷仔細地閱讀了，又看了七、八萬字的全書內容概要，尤其是第二卷，約有七、八十萬字的抄稿，抄寫的字跡潦草，看來十分吃力，有時在晚上燈下看，很傷眼睛，常常看得神疲眼痛，流落眼淚……」認為「寫得不錯」，對各個單元都提了意見。有的寫在稿頭稿邊，有的用紙條寫了夾在原稿中。主要是把意見寫在紙條上。這些都是分析和評論的意見，有談藝術技巧問題的，有談某些學術性問題的，有談長篇小說創作共性問題的，也提了一些建議。（金韻琴《茅盾談話錄》，載《文學報》1983 年 3 月 31 日）

　　同日　作《致宋謀瑒》（書信），署名雁冰。云「目疾加劇，醫治無效」。「至於您所盼的校注工作，我看難辦。我無能為力。不在其位，不謀其事。」

　　十六日　與金韻琴談魯迅與馮雪峰。告訴金，曾送一顆麝香給馮雪峰治病，說：「馮雪峰患的是肺癌，開刀以後，情況很好，正在休養」。當金問到馮和魯迅的關係時說：「最初，馮雪峰不認識魯迅……他是由我介紹，在我家裡認識魯迅的。後來，馮雪峰住在魯迅家的三樓上，周揚、夏衍他們也不知道。他以魯迅為師，請魯迅當參謀。……魯迅以馮雪峰為黨的代表，對他信任。馮雪峰從陝北回來以後，魯迅更信任他。」（金韻琴《茅盾談話錄》，載《文學報》1883 年 3 月 17 日）

　　十七日　茅盾在與金韻琴閒談中，說到了上海的著名糕點、北京的著名糕點，特別談到了家鄉烏鎮的特產「姑嫂餅」，說這是「一種比棋子大一點的小酥餅，它有甜中帶鹹的椒鹽味，製作精細，取料考究，吃起來油而不膩，酥而不散，既香又糯，是我童年時愛吃的零食，所以給我的印象特別深。」（金韻琴《茅盾談話錄》，載《新民晚報》1983 年 10 月 17、18 日）

　　十八日　下午帶金韻琴去參觀歷史博物館。「坐著手推車參觀」，「看了兩個鐘頭」，雖很累，卻說：「很有意思，看看我們祖先走過的道路，就好像在看中華民族的家譜。」（金韻琴《茅盾談話錄》）

　　同日　作《致陳瑜清》（書信），署名雁冰。載浙江文藝出版社版《茅盾書簡》。肯定陳瑜清與人合搞《紅樓夢集注》，云「你們的這本書」「別出心裁」，「人人愛讀」。還告知，王芝九考證徐霞客遊黃山在前，遊諸岳在後「是極有說服力的」。

　　十九日　上午，馮乃超夫婦來訪，交談了一個小時。始獲悉新近發現了兩篇魯迅早期的雜文《慶祝滬寧克服的那一邊》等，登在《中山大學學報》（哲社版）1975 年 3 月號上。（金韻琴《茅盾談話錄》，載《文學報》1983 年 3 月 31 日）

　　二十一日　作《致馮乃超》（書信），署名沈雁冰。載文化藝術出版社版《茅盾書信集》。云「日前枉顧晤談甚快」。告知已讀《中山大學學報》第三期，云「我也認為魯迅這兩篇雜文的發現，甚為重要，可以補正向來對於魯迅思想發展階段的說法──即認為魯迅之從進化論轉到階級論乃在一九二八年初。」尤其指出兩文發表之經過：「魯迅此文寫於一九二七年四月十

日，越兩日乃發生蔣介石反革命政變，但魯迅此文卻已預見此政變之必將發生。至於此文何以直到五月五日發表，猜想是《國民新聞》編輯將發此文付排而忽得政變消息，深恐惹禍，於是臨時扣住了。但全集未收此文，想因魯迅後來離穗經港返滬時，行色匆促，未將發表此文之付刊收存，故後來《在鐘樓上》一文中提到的「給一處做文章……」顯指此文，而又云『然而終於沒有印出……』是誤記。」

同日　與金韻琴閒談中，說到爲什麼不去家鄉看看，說：「我已經好久沒有去南方了，心裡老惦念著母親，想去看看她的墓地，可是人老了，總覺得一動不如一靜，懶得旅行，更害怕長途跋涉。這是心理的原因。」還有生理上的原因，害怕多種老年病迸發，「心有餘而力不足，實在有些無能爲力了。」（金韻琴《茅盾談話錄》，載《新民晚報》1983 年 6 月 2 日）

二十三日　下午去工人體育場觀看全運會大型團體操《紅旗頌》預演。就望遠鏡的使用對金說：「看任何事物，都要點面結合，才能看得完備，望遠鏡是解決點的，使你非常精細地觀察到構成偉大場面的點是怎樣的。面，是無數的點構成的；沒有點也就沒有面。我們寫小說，也要抓點，抓不住點，就寫不好面。」（金韻琴《茅盾談話錄》）

二十四日　作《致陳瑜清》（書信）。回答了他提出的幾個問題，並告訴他，自己「近來氣喘加劇」，身體欠佳。（載《茅盾研究》第 2 輯）

二十六日　下午因氣喘，由韋韜夫婦陪用，到北京醫院住院部觀察治療。（金韻琴《茅盾談話錄》）

二十七日　金韻琴到醫院探望。告訴金「主要是肺氣腫，引起了氣短。體溫正常。我想不久就會好起來的。」（金韻琴《茅盾談話錄》）

同日　胡愈之夫婦前來探望。

二十八日　金韻琴到醫院探望，告訴金「我沒有熱度。吃了利尿的藥，氣喘也好得多了。散步時，在走廊裡來回走四趟，也不覺得氣急。」（金韻琴《茅盾談話錄》）

本月

三十一日　《人民日報》轉載《紅旗》第九期短評：《重視對〈水滸〉的評論》。

九月

五日　寫字條一張，託金韻琴幫忙，云「韻嫂：請把八月下半月的《參考資料》捆起來，以便明日或後日送往管理局。雁冰五日」（金韻琴《茅盾談話錄》）

同日　作《致胡錫培》（書信），署名沈雁冰。載浙江文藝出版社版《茅盾書簡》。告知因病又住院消息，云「判定是久年氣管支炎、肺氣腫冠狀動脈硬化等等，加以年老，結果使心臟肥大，肝下垂二指，以致本來有的氣喘病一天天厲害起來。」

十日　出院。「氣喘好得多了，精神也很好」，說：「出外十天，不如在家一天。到了家裡，就覺得自由自在了。」（金韻琴《茅盾談話錄》）

十二日　下午，出席在北京工人體育場舉行的第三屆全國運動會開幕式。出席的有朱德、鄧小平、華國峰等黨和國家領導人。（13日《人民日報》）

十三日　與金韻琴談幾位中央最老的兩位老人是吳玉章和徐特立。告之，徐特立原名叫懋恂，改名爲『特立』，就是取『特立獨行，高潔自守，不隨流俗，不入污泥』的意思。還講了他豁達謙虛、大公無私、不計名位兩次讓賢，「在黨內外傳爲美談，得到大家的尊敬」。（金韻琴《茅盾談話錄》）

十七日　與金韻琴談巴爾扎克。認爲「巴爾扎克是十九世紀法國的文學巨匠，是批判現實主義小說的先驅者」，「他寫出了十九世紀前半葉法國社會史，同時又是一個社會解剖家」。還指出「巴爾扎克有著驚人的藝術成就！他給整個時代塑造了兩三千個出色的人物，而且每個人物形象，即使是同一類型的人物形象，性格各不相同，從來沒有重複的感覺。這是難能可貴的。」認爲可以把所有巴爾扎克的小說，歸結到一個「錢」字，「巴爾扎克把封建貴族的沒落，金融資產階級的興起以及隨之而產生的人情風俗的變態，都好結到萬惡之源——金錢這個怪物身上」。（金韻琴《茅盾談話錄》，載《雪蓮》1983年第1期）

十八日　接到中國人民解放軍總後勤部的公函，說經毛澤東中共中央軍委一九七五年十六號文件批准爲傅連暲昭雪平反，恢復名譽，定九月二十日下午四時，在八寶山革命公墓禮堂舉行安靈儀式，請參加。茅盾由此對金韻琴講了傅連暲早年的事跡。（金韻琴《茅盾談徐特立及其他》）

十九日　茅盾給金韻琴談魯迅的喪儀。說：那時我在家鄉，痔病臥床，

不在上海。德沚參加了魯迅喪儀的全過程。德沚後來告訴我說，是她，陪著宋慶齡，到上海的各家洋行去選購棺材。」「後來看到了一具價值一千餘元的銅棺，是用紅木作框，上面有一層玻璃的，覺得既莊重，又便於人們瞻仰，這就買下來了」。還說，解放後他參加魯迅遷葬儀式（1956 年 10 月 14 日），宋慶齡也去了。把魯迅的棺材從萬國公墓的墓穴裡抬起來時，棺材是完好無損的。（金韻琴《茅盾談話錄》）

二十日　下午，出席在八寶山革命禮堂舉行的傅連暲骨灰安葬儀式。

二十四日　作《致周振甫》（書信），署名沈雁冰。云：「茲奉上為商務八十週年紀念所作詞一首，乞轉交為荷。」此「非普通頌禱之作。」其內容「明眼人是知有所指的。」又云：「我亦苦時間不夠，來訪者多，一也；中央文件應學習，二也，報紙要看，則因字小而只能聽廣播，此亦費時，三也；有些信不得不覆，四也。宋信只好不覆，請代致意為禱。」他又談及歷史長篇小說《李自成》，「謂第一卷勝似第二卷，此說持之者甚多，尊意以為何如？倘蒙便示。」（《茅盾研究》6）

二十五日　購置了 25 英寸彩色電視機，置換了家中原 9 寸黑白電視機。當晚在看電視時說拖拉的羽毛球比賽是「賴台精」（烏鎮土話，意為沒完沒了的演出）。對金講，母親對他這個長子「管教特別嚴」，「只要回家稍遲一些，母親就會查問為什麼遲到」，故那時自刻一個「沈大」的名章，「這是為了提醒自己，要擔當起作為一個長子的責任。」（金韻琴《茅盾談話錄》）

二十六日　金韻琴的三女和女婿旅行結婚到北京，住茅盾家，茅盾聽到豐子愷在上海因肺癌而病逝消息，十分惋惜，說洪深也患肺癌而死。認為洪深創作的特色是「著重人物的心理刻劃，有『心理劇』之稱」。（金韻琴《茅盾談話錄》，載《文學報》1983 年 3 月 24 日）

二十八日　下午，出席在北京工人體育場舉行的第三屆全國運動會閉幕式。出席的有朱德、葉劍英、鄧小平、華國鋒等。（29 日《人民日報》）

三十日　作《致陳瑜清》（書信），署名沈雁冰。載浙江文藝出版社版《茅盾書簡》。告知身體狀況，「現在仍多臥少動」。

同日　作《致臧克家》（書信），署名沈雁冰。載《文學報》1982 年 4 月 7 日，收入浙江文藝出版社版《茅盾書簡》。云「您預祝我八十歲的七律一首，獎飾過當，讀之感愧交併，萬萬不敢承受，你又要許先生刻竹，尤其不敢當，

千萬請不要費心，至囑，至盼！」告知「氣喘病，依然如故」。

　　同日　晚，出席鄧小平的以周恩來總理名義在人民大會堂宴會廳舉行的盛大招待會，慶祝中華人民共和國成立二十六週年。（10月1日《人民日報》座位安排在主席團桌，坐兩邊的是谷牧和王震。谷牧告之：「今晚夏衍也來了，周揚也要分配工作了。」（金韻琴《茅盾談話錄》）

　　約月底至十月初　邀請表侄女孔乃茜（按：金韻琴的三女）和她的未婚夫來北京旅行結婚，與她們生活了一段時間。請他們出席全運會的閉幕式，參加國慶遊園會，還跟她們作娓娓長談，又講了康生盜竊博物館古物、圖書館藏書，遭到劉少奇同志批評的故事。還實事求是地評價了瞿秋白的一生，稱讚了他的博學和多才。（孔乃茜《未盡的心意》，載《中小學語文教學》1981年7期）

　　本月

　　　　四日　《人民日報》發表社論：《開展對〈水滸〉的評論》。

　　　　十五日　著名美術家、文學家豐子愷（1897年生）在上海被迫害逝世。

十月

　　一日　往中山公園，與葉劍英、鄧小平、李先念、陳雲、周建人等和首都群眾一起參加國慶聯歡活動，慶祝中華人民共和國成立二十六週年。（2日《人民日報》）

　　二日　「今天下午去會見外賓的時候，已經有熱度，回家量了體溫，有37.7℃，吃了藥，還是發燒。還拉肚子。」十一點送北京醫院住院治療。（金韻琴《茅盾談話錄》）

　　五日　「不拉肚子，熱度也退了」，「吃中藥調理」。（金韻琴《茅盾談話錄》）

　　十三日　上午，出院。（10月24日《致戈寶權》）

　　十五日　用印有花卉、人物的宣紙信箋，爲金韻琴的三女孔乃茜寫字留念。對一張和尚抓爬的信箋發表議論，說：「這就是人們喜愛的文藝小品！」並說：「文藝創作，是源於生活的。作家必須善於捕捉那些孕藏在生活裡的點滴閃光的東西，加以必要的提煉概括，用線條、色彩，或用包含著形象的

文字表現出來，就會成爲人們喜愛的文藝小品。」（金韻琴《翻譯和創作》，載《藝叢》1983 年 1 期）

十六日　又因低燒到北京醫院看病，驗得白血球過高，而且有盜汗，不思飲食等等，幾乎又要住院了。（9 月 24 日《致戈寶權》）

同日　晚，與金韻琴談翻譯和創作。認爲「好的翻譯，不僅是把原文的意思完全翻譯出來，還要把原作的精神完全表達出來，這是很不容易的。」談到如何看待鴛鴦蝴蝶派作品時說：「鴛蝴派的作品有必須批判的一面，但也有眞實地揭露當時黑暗社會的一面，這是應該肯定的一面。」還說：「任何事物應該是發展的、辯證的。對待具體作品，就不能一概而論，要作具體分析。過去，我在很多問題上往往存在片面觀點。有時候，甚至還或多或少地受到一些極左思潮的影響，這決不是馬克思主義的治學態度。」（金韻琴《翻譯和創作》，載《藝叢》1983 年 1 期）

二十日　與金韻琴談諾貝爾文學獎。金問，巴金有否得這屆諾貝爾獎金的消息。茅盾答：「那是在大參考上有過這條消息」。說：「東方人獲得諾貝爾文學獎的很少，連高爾基和魯迅也沒有得到過，我更談不上了。」當金問到魯迅是自己不願意要諾貝爾獎時，茅盾說：「眞有這件事。那是在一九二七年秋天，一個瑞典人斯文海定到中國來考察時，跟劉半農說起，想提名魯迅爲諾貝爾文學獎金的候選人，請他徵詢魯迅的意見。後來劉半農轉請台靜農向魯迅探詢。魯迅回信說：「我很抱歉，我不願意如此。」又說，「如果得了諾貝爾文學獎金，再寫文章，一定會變成『翰林文學』，一無可觀。所以他寧可窮些，也不要這個『名譽』！」（金韻琴《翻譯和創作》）

二十四日　作《致戈寶權》（書信），署名沈雁冰。載百花文藝出版社版《茅盾書信集》。告之月初住院治療情況。又簡答其來信所問的五個問題：一、想起一九三〇年秋，陪同史沫特萊到茅盾家的那個朋友是徐志摩。二、魯迅五十誕辰聚餐是在法租界的荷蘭餐廳，經辦是洪深，參加者有宋慶齡、史沫特萊等，茅盾還拍了一張照。三、柔石等五位烈士被害後，美國《新群衆》發表中國作家致全世界書，是「史沫特萊和魯迅起草後拿到我處，又作些文字上的修改，然後譯成英文」。四、抗戰時期，朋友們寫給我的信，其中當然有史沫特萊的信，都「統統丟失了」。五、「斯諾在上海的時候，我曾在魯迅家裡見過他。那時他帶了一個中國人替他翻譯的，這個中國人就是幫他翻譯《中

國現代小說集》的，名字我忘記了。魯迅日記中的平甫，恐怕不是我；魯迅日記中也用過仲方、保宗，也都是我。」另外，請戈抄示增田涉《茅盾印象記》。

三十日　知金韻琴將回上海，特贈送其養老金，說：「北京和上海之間交通方便，以後你再來嘛。要是你德沚姐還在，她一定不讓你走，要你陪伴她的。她常常提起你們，掛念你們孩子多。」由韋韜夫婦送金韻琴上了去上海的火車。（金韻琴《茅盾談話錄》）

同月　湖州書法家費在山通過徐遲向茅盾索字，茅盾爲他寫了《一剪梅》詞條幅相贈，在跋文中寫道：「頃徐遲同志爲費在山同鄉索字，不計工拙，聊以索責。」（李廣德《茅盾與湖州關係概述》，載《湖州師專學報增刊》1985年2期）

同月　作《清谷行》初稿（舊體詩），本詩於一九七七年六月定稿，載河北人民出版社版《茅盾詩詞》，現收《茅盾全集》第十卷。

當月

日本小林二男發表《茅盾的〈論魯迅〉》，載日本《季節》1號，1975年10月版。

本月

毛澤東指示：爲聶耳逝世四十週年、冼星海逝世三十週年舉行紀念音樂會。

二十七日　我國又成功地進行了一次地下核試驗。

秋

作《贈趙明》（舊體詩），載河北人民出版社版《茅盾詩詞》，現收《茅盾全集》第十卷。（按，同年秋天，茅盾與葉聖陶、胡愈之等同遊香山，觀賞紅葉。在香山寺的高台階下遇到過去在新疆時的學生、女作家趙明，「許久不遇，一談起來就沒完」，當茅盾知道趙明受迫害無辜坐了六年牢時，「不勝感概」，也講了自己家中孔德沚憂憤逝世、兒孫都不在跟前。臨別趙明索字，茅盾應允。不久，寫成這首七言古風《贈趙明》，並於一九七六年三月寫成條幅，贈趙明。（1981年4月23日《新疆日報》）全詩記述了師生之間三個階段——抗日戰爭、建國後十七年、十年浩劫期間非同尋常的友誼。

十一月

九日 上午，作《致姚雪垠》（書信），署名沈雁冰。載百花文藝出版社版《茅盾書信集》。云七日知道一個好消息：「人民文學出版社奉中央指示，派韋君宜等二人將於今日飛漢口，就《李自成》出版事宜與兄商談。為此我真為兄感到高興。接此信時，想來兄與韋君宜等早見過了。」又云近來「大便有潛血」，「在檢查原因」。

十二日 上午，出席在中山公園中山堂舉行的紀念孫中山先生誕辰一百零九週年儀式。（13 日《人民日報》）

當月

被英法作家等提名為諾貝爾文學獎候選人（按：同時被提名的中國作家還有巴金）。（美國納森‧R‧茅：《〈寒夜〉英譯本序（二）》，載《寒夜》英譯本，1978 年香港中文大學出版社出版）

《明報月刊》第十卷第十一期載文，認為一九四九年以前的中國現代文學，「巴金和茅盾是把中國的社會和政治生活表現得最為出色的兩個作家」。（按：轉引自美國納森‧R‧茅的《〈寒夜〉英譯本序（二）》，載《寒夜》英譯本，1978 年香港中文大學出版社出版）

本月

清華大學黨委召開黨委擴大會，傳達毛澤東對該校黨委副書記劉冰等人的信的指示，隨後，全國開始所謂「反擊右傾翻案風」運動，不點名地批判鄧小平。

《人民日報》連續發表文章讚揚鼓吹「文化大革命」、「與走資派鬥爭」的影片《春雷》、《戰船台》。

十二月

初旬 獲悉葛一虹來信，知去年英國出版了一部《東方文學辭典》，收有中國作家二百人，捷克評論家普實克寫「茅盾」一條。葛說頗有新見解。遂致信索要詳情。（葛一虹《回憶，在那些似該忘卻的日子裡——敬悼茅盾同志》，載 1981 年 4 月 12 日《光明日報》）

四日 作《致陳漱渝》（書信），署名沈雁冰。載浙江文藝出版社版《茅盾書簡》。答覆來信中兩個問題：「一、文學研究會叢書是由鄭振鐸編譯的，

世界叢書與文學研究會沒有關係，《小說月報》叢刊不知是誰編輯的，既不是我也不是鄭振鐸。二、《海上述林》當初是由鄭振鐸介紹到美成印刷所（就是開辦書店的印刷所，不過另起了一個名字）去排版的」。

五日　作《致臧克家》（書信），署名沈雁冰。載《文學報》一九八一年四月一日，收入文化藝術出版社版《茅盾書信集》。云「日漸萎頓」，「暫時無性命之憂」，「現服中藥，以期挽回日趨惡化之心、肺、肝宿疾」。又云：「雪垠小說事，所聞與兄所告大略相同」。還云「《詩刊》下月當可出版，此亦一大事也。預祝其將大放光彩」。

七日　作《致江暉、魯歌》（書信），載《文教資料簡報》一九八四年三期（總 14 期），談到寫回憶魯迅的文章，云「近來身體不好，以前的事情大半也都記不清了」。

九日　作《致葛一虹》（書信），署名沈雁冰。載文化藝術出版社版《茅盾書信集》。云「今年住院已三次」。云捷克普洛塞克博士曾譯《子夜》與《腐蝕》，但未見他為英國版一九七四年《東方文學辭典》寫的「茅盾」條目，「不知所收『五四』以來的人還有哪些」？

十日　下午，劉中樹、李鳳吾（吉林大學）、陳瓊芝、章新民（延邊大學）等來訪，談魯迅著作注釋等問題。關於一九三五年魯迅給黨中央賀電事，茅盾說：「解放後，有人說電報上還有我的簽名，其實，有哪些人簽名，我也不清楚。」還談到自己加入左聯的經過，那是一九三○年四月從日本回到上海後，茅盾住在楊賢江家裡，「馮乃超來找我，我知道他的名字，卻不認識。他談起成立了左聯，問我知道不知道。我說知道，不大詳細。他拿出一本雜誌，登著左聯綱領，上面還有一些人名，三四十個。他讓我看看，然後問我怎樣。我說當然不錯。他說你參加不參加？我說我還達不到標準。他說這是奮鬥目標，沒有什麼妨礙。我說既然如此，那還可以參加。」還談到參加左聯後，有一次在跑馬廳附近一幢三層樓洋房，參加過一個二、三十人的會，「陽翰笙作開場白，說這裡保密，時間不能長，所以只請魯迅講話。魯迅講些什麼，忘記了，大概是講國內情況，文化界情況，左聯應做什麼，半個鐘頭左右。記得魯迅說：『也許是有人從左邊上來，將來從右邊下去啦』。此外，還講了《申報》的背景、歷史，《自由談》的沿革，黎烈文革新《自由談》的情況，說，由於這個副刊太紅的文章也不許登，就化名寫些文章等。」

「現在《魯迅全集》裡沒有收這篇講話。」(劉中樹《交相輝映的兩顆巨星──追憶和茅公的一次談話》,載《芒種》1981 年 7 期)

十一日 作《致陳瑜清》(書信),署名雁冰。載浙江文藝出版社版《茅盾書簡》。著重談書法研究,云:「朱關田同志的論文(按:《論顏真卿書體形成的歷史原因》)讀過,得益良多」。認為「我於書法素無研究,字亦沒有寫好。從前(青年時期)既無名人指授,只憑自己所好瞎摸,中年後忙世事,無暇及此,今垂垂老矣,目力、腕力都日益衰竭」。

十六日 列為康生治喪委員會委員。(17 日《人民日報》)

二十一日 下午,與葉劍英、鄧小平等黨和國家領導人,出席在人民大會堂舉行的康生追悼會。(22 日《人民日報》)

約下旬 因患肺炎,住進北京醫院治療。(茅盾 1976 日 1 月 13 日《致戈寶權》)

本月

四日 《人民日報》轉載《紅旗》第十二期刊登的北京大學、清華大學批判組文章《教育革命的方向不容篡改》。

十六日 康生(1898 年生)在北京去世。

十七日 我國又成功地發射一顆人造地球衛星。

約年底

大孫女沈邁衡從部隊復員回來,原想跟祖父再學習古典文學,但茅盾身體不太好,於是改學英語。替她找了位老師,但無適合課本,後來借到一本香港出版的英語教材。茅盾還專門為孫女抄了兩本字跡秀麗的英語課本。(葉子銘《茅盾文革期間賦閒生活》,載《江蘇教育學院學報》1988 年 1 期)

茅盾開始寫回憶錄的準備工作。近幾年,茅盾深感不安,他和兒子沈霜(韋韜)分析形勢,感到一場新的災難又將來臨。沈霜又提出搞回憶錄的問題。經過商量,他們決定採取口述錄音的方法。當時,他們利用家裡從舊貨店買來的,一台舊錄音機,由茅盾一段一段地口述,兒子、兒媳幫他錄下來。茅盾從家庭和童少年時代的事說起,他一直講到解放為止,表示解放以後的事,就不用講了。由於沈霜建議,又講述了一些解放後的重要經歷與交往情況,如建國初期是怎樣當上文化部長的;一九五七年同毛澤東訪蘇情況及一

些知交故舊的情況。每天講一點，錄一點。就這樣，從一九七五年底起，直到一九七六年底才結束，先後錄製了二十多盤磁帶。（葉子銘《心火未滅──「文革」期間茅盾撰寫回憶錄的前前後後》，載《人物》1989 年第 2 期）

一九七六年（八十一歲）

一月

約月初　在北京醫院治癒肺炎後出院。（13 日《致葛一虹》）

八日　爲周恩來治喪委員會委員。（9 日《人民日報》）

十日　與朱德、鄧小平、宋慶齡等黨和國家領導人以及首都群眾代表，前往北京醫院向周恩來遺體告別，並向鄧穎超表示親切的慰問。（12 日《人民日報》）

約上旬　作《敬愛的周總理挽詞》二首（舊體詩），載《人民文學》一九七七年第一期，收入河北人民出版社版《茅盾詩詞》，現收《茅盾全集》第十卷。其一寫驚悉總理逝世的痛苦心情：「萬眾號咷哲人萎，競傳舉世頌功勳。靈前慟極神思亂，揮淚難成哀挽文。」其二頌總理卓著功勳，千古永存，云：「衣冠劍佩今何在？偉績豐功萬古存。錦繡江山添異彩，骨灰撒處見忠魂。」

十一日　作《致趙清閣》（書信），署名沈雁冰。載百花文藝出版社版《茅盾書信集》。告知，上月「因肺炎住院治療」，「此次住院爲去年第五次，上週才出院，現在體溫正常」。「此次病後，手抖，寫字不聽指揮」。云其相贈的小幅畫「晚荷逸趣」，「極清麗而又俊逸，含意耐咀嚼；我所寶藏之故人手跡中又得一珍品」。信後特別抒寫了自己對周總理逝世的哀痛之情，云：「周總理終於去世，如晴天一霹靂，不勝哀感，從此中國及世界失一偉大的無產階級革命戰士。」

同日　作《致胡錫培》（書信），載《四川文學》一九八一年六期。告知生病住院情況，對周恩來逝世不勝哀痛，云「總理逝世，舉國悲痛，國際反響之大，前所未有，在這悲痛氣氛中，我不勝多寫。」

十三日　作《致陳瑜清》（書信），署名雁冰。載浙江文藝出版社版《茅盾書簡》。云「近則思想遲鈍，記憶力銳減」，還告知「目疾依然，近又手抖」。

同日　作《致戈寶權》（書信），署名沈雁冰。載百花文藝出版社版《茅盾書信集》。云，已收到手抄英文本《東方文學大辭典》中「茅盾」條目。指出，「普實克是捷克的所謂『漢學家』，此人曾在燕京大學（抗戰前）中文

系學習幾年，思想上是個『莫名其妙』的人。」

十四日　參加首都吊唁周恩來儀式。（15 日《人民日報》）

十五日　下午，出席在人民大會堂舉行的周恩來追悼大會，並獻了花圈。（16 日《人民日報》）

二十日　《人民文學》編輯周明來訪，贈給茅盾五本《人民文學》復刊號。茅盾「立即仔細地翻閱著刊物，興奮地說，唔，我還是《人民文學》第一任主編呢」。接著興致勃勃地向周明講述了一九四九年八、九月間在北京籌辦《人民文學》的情況，後又問復刊號封面上毛澤東的題字是什麼時候寫的，周明說：「一九六二年四月寫的。這次經毛主席批准，第一次公開用。」茅盾說，當初創刊時，「他就請毛主席題詞和題寫封面，結果主席只是題了詞——『希望有更多更好的作品問世』，而封面字，主席提議由郭沫若或我寫，他便請郭老寫了」。還拿出了毛澤東一九四九年九月二十三日給他的親筆信。（周明《記憶，駛進往事的海洋》，載《朔方》1981 年 6 月號）

同日　作《致臧克家》（書信），署名沈雁冰。載《文藝研究》一九八一年三期，收入文化藝術出版社版《茅盾書信集》。云近來「懶於作書，興趣蕭索，而去年夏秋尚不至於此極也」。認為臧克家《抒懷》詩「狂來欲碎玻璃鏡，還我青春火樣紅！」「豪情勝概，詩思潮湧，勝似青年」，「令我神往而艷羨」，而「此兩句倘易一字，——易『狂』為『愁』，則正適合我的現狀。」

二十三日　作《致臧克家》（書信），署名雁冰。載《文藝研究》一九八一年三期，收入浙江文藝出版社版《茅盾書簡》。云「趙樸初悼總理詩，我先曾見抄件，詩寫得好，五言仄韻，讀時自然有沉痛之感。趙詩用典，恐一般讀者不能盡解」，指出如第四句中「齡夢」，「想是為了押韻而把黃山谷、神宗皇帝挽詞『憂勤減夢齡』尾二字顛倒用之；『夢齡』出處在《儀禮》文王世子篇，作『夢齡』較順」。認為臧克家悼總理詩「用字句，既典則而沉痛，亦慷慨以激昂，後二節尤佳。」提出「哀挽總理如從敘述總理豐功偉績，品德風采方面著筆則千萬言亦不能盡，實寫不如虛寫，趙作與尊作都妙在此，然尊作大眾化，則勝於趙也。」告知，「我也曾搜索枯腸，擬誌哀思，但終於不成，才短思滯，而眼界卻高，真無奈何也。」

約月初　作《讀毛主席詞有感》絕句三首（舊體詩），前二首收入河北人

民出版社版《茅盾詩詞》，改題爲《學習毛主席詞二首》，現收《茅盾全集》第十卷。（按：這三首絕句係爲學習毛澤東元旦正式發表的、寫於一九六五年夏秋之間的《水調歌頭・重上井岡山》和《念奴嬌・鳥兒問答》二首詞而作的，原詩附在爲《人民文學》編輯部舉行「學習毛主席詞二首座談會」寫的書面發言後）。其一頌毛澤東的政治才能和文學天賦，云：「深謀遠慮制機先，爲保江山紅萬年。獻歲春雷震寰宇，新詞光焰燭雲天。」其二讚毛澤東反潮流的偉大氣魄，云：「鯤鵬蓬雀喻翻新，預見風雲捷報頻。反帝反修威力猛，世界終究屬人民。」其三云：「新生事物前程大，碩果琳琅舉世驚。或爲推崇或詆毀，立場路線記分明。」（丁茂遠《茅盾集外佚詩學習札記》，《茅盾研究》第五輯）

約年初 開始口述回憶錄。「那時，一九七五年所看到的希望，又渺茫起來。……他要寫出自己的回憶錄，留下歷史的見證，讓家人將來公之於世。」茅盾「憑記憶，每天口述，用錄音保存」，準備身後發表回憶錄，直到「一九七七年二月，回憶基本口述完畢」。一九七八年春夏，決定交將創刊的《新文學史料》發表後，又陸續翻閱舊報刊、書籍，「重新寫過」。「一九七九年」，「又讓陳小曼同志專程到廣州」收集資料，有《文學》、《小說月報》、《文藝陣地》、《譯文》、《北斗》、《文學週報》、《東方雜誌》二、三十年代刊物，及《漢譯西洋文學名著》、《衣、食、住》、《騎士文學 ABC》、《雪人》、《小說研究 ABC》、《神話雜論》等舊作，「在這兩三年間，都經茅公翻閱過」。（徐民和、胡穎《巨匠的遺願——茅盾在最後的日子裡》，載《瞭望》1981 年 2 期；本刊編輯組：《記茅公爲本刊撰寫回憶錄的經過》，載《新文學史料》1981 年第 3 期）

當月

日本小林二男發表《關於〈子夜〉》，載日本《人文學報》（東京都立大學）112 期，（1976 年 1 月）

日本南雲錫發表《1922 年 1923 年間茅盾對通俗雜誌批判的意義》，載日本櫻美林大學《中國文學論叢》（6）期（1976 年 1 月）

本月

一日 《詩刊》復刊。

八日 中華人民共和國國務院總理周恩來（1898 年生）在北京逝世。

二十日 《人民文學》復刊。

三十一日　著名詩人、文藝理論家馮雪峰（1903 年生）逝世。

二月

一日　作《致趙清閣》（書信），署名沈雁冰。載百花文藝出版社版《茅盾書信集》。云「我不能注射，因不能吸收，兩針即硬塊作疼，久久不能作復」。隨信寄上一九七五年七月四日八十歲時在家所攝相片一張，「意在催促尊影早來也。不見已卅多年，我印象中還是在重慶的您。」

十日　作《致陳瑜清》（書信），署名雁冰。載浙江文藝出版社版《茅盾書簡》。告知北京悼念周恩來盛況，云「總理追悼會前一週的期間，京中工廠、機關、學校等，差不多人人都戴黑紗、白花；天安門廣場上人民英雄紀念碑前，群眾自動送來的花圈總有數千，——這都是不能送進勞動人民文化宮的。四川、上海友人來函也說如此。不知杭州如何？陳曉華的悼詩是好的。京中友人寫的也不少，但聞上面決定，一律不登。」還談到身體狀況「氣短，精神倦怠」，「手抖加甚，目疾依然，走路不但要用拐棍，還要人扶。不能用腦，用腦稍久，體溫立即超過三十七度。」

十五日　與胡愈之出席並主持在八寶山革命公墓禮堂舉行的馮雪峰追悼會。「這是一次沒有悼詞的追悼會」。「在追悼會上，許多近十年互不見面的文藝界朋友們見面了！」「默默地、無比親切地握手；在哀樂前，低聲相互問候、致意」。他們有的來自遙遠的南方，是剛剛下飛機就趕來的；還有紅軍、「左聯」時期的老戰友，以及文藝界的著名人士」，「茅盾和胡愈之同志，無視『四人幫』給戴上的罪名，和同志們一一握手」。（駱賓基《悼念茅盾先生》，載《北京日報》1981 年 4 月 12 日）

十七日　作《致趙清閣》（書信），署名雁冰。載百花文藝出版社版《茅盾書信集》。云「手書及玉照均悉」，「細看之後，神采不減當年，僅稍清減耳」。

同月　作《丹江行——為碧野兄六十壽作》（舊體詩），載河北人民出版社版《茅盾詩詞》，現收《茅盾全集》第十卷。全詩三十八句，從碧野年青時「鉛華小試便名場」寫起，到老年完成長篇小說《丹鳳朝陽》為止，對其一生的創作活動作了具體評價。

本月

七日 《人民日報》發表社論：《學理論，評〈水滸〉，批判投降派》。

二十一日 美國前總統尼克松和夫人應邀訪華。

江青、張春橋等分別下達關於寫「與走資派鬥爭」的作品的指令。

三月

七日 作《致臧克家》（書信），署名沈雁冰。現收文化藝術出版社版《茅盾書信集》。云來函談「爲靖華八旬大壽及雪垠鉅著問世」，「補行去年之盛會」，認爲「甚恰當」，如「今年七月不出大事（例如盛傳之地震，今晨有少震），則「屆時」我將步後塵也得熟友一敘」；云「爲賤辰補行，則不敢當」。

十二日 上午，往中山公園中山堂，出席首都各界人士紀念孫中山逝世五十一週年儀式。出席的有許德珩、廖承志、王崑崙等。（13日《人民日報》）

同月 將新作《贈趙明》寫成條幅，送給趙明。趙明也經常在下午或晚上來看望。「一談起來，就滔滔不絕」，話題多半是由趙明提出來的，「不論是文學的、歷史的、哲學的、中國的、外國的」，只要趙明一提出問題來，茅盾「都從頭到尾，說個清清楚楚，人名地名都不含糊」。（趙明《峻坂鹽車我仍奮》）

當月

司馬長風發表《茅盾的子夜》，載香港昭明出版社版《中國新文學史》中卷，第十九卷第五節，認爲茅盾「也是多產的小說家」，在茅盾的諸多小說創作中「以《蝕》和《子夜》最受文壇重視」；又指出《子夜》「推舉爲三十年代的代表作」「是不負責任的浮誇」，並引用朱自清、魯迅的一些「評論」來說明《子夜》在三十年代「也並沒有獲得內行人的好評」；但文末仍承認，《子夜》「是最早的一部有規模的長篇鉅著」，「把複雜萬端的人物、情節」「濃縮」在作品中，「構思」確「有創意」，所以《子夜》的「聲望和影響」是「不可忽略的」，是一部「名著」。

司馬長風發表《茅盾的散文》（按：此標題係筆者所擬），載香港昭明出版社版《中國新文學史》中卷第二十一章第十四節《魯迅·茅盾·郭沫若》。認爲「茅盾的散文」「倒不錯」，有些篇章「不沾任何教條，頗有詩意」，推崇《速寫》兩篇，讚其寫得「純情」。

司馬長風發表《茅盾的〈徐志摩論〉》，載香港昭明出版社版《中國

新文學史》第二十三章第四節。認爲茅盾「在文學批評方面的成就遠勝於他的小說」，並從茅盾「醉心」於「爲人生而藝術」的主張、「與魯迅站在一起」參加兩個口號的「激烈論戰」、「潛心寫評論」等方面肯定了茅盾在文學批評方面取得的成就；進而指出茅盾文學批評的特點：「他所評的都是較具影響力的大作家」，批評的「能度誠懇、文思細緻、分析深入，也足以引人入勝」，「在許多場合頗能表現藝術家的良心，在獎掖後進上尤不遺餘力」。

本月

十日 《人民日報》發表社論：《翻案不得人心》

《紅旗》雜誌第三期發表初瀾的文章《堅持文藝革命，反擊右傾翻案風》。

《人民戲劇》、《人民電影》、《人民音樂》、《美術》、《舞蹈》等五種全國性藝術刊物創刊或復刊。

四月

四日 胡錫培（按：即田苗）由四川來訪，轉達了沙汀和艾蕪等的問候和希望。「沙汀請您寫回憶錄」，艾蕪「也認爲這最需要，也最恰當」。因爲三十年文藝界的情況，只有茅盾最有發言權。茅盾很高興，「只是說身體不允，目力不行」。並要胡轉問艾蕪、沙汀兩人好。（田苗《您——還在朗朗笑談》，載《四川文學》1981 年 6 期）

十三日 下午，出席在政協禮堂舉行的愛國人士的集會，並發言。（14日《人民日報》）

二十二日 作《致王亞平》（書信），署名王亞平。載文化藝術出版社版《茅盾書簡》。云文聯作協尚未成立。「我精力日衰，並不想多管事」。又如實告知「黨外人有什麼要求，我代爲說說，有時會有點結果。至於黨員，則情況不同，我亦知不應多嘴」，「所以我勸您直接上書申訴，當能發生效力」。

當月

日本松井博光發表《魯迅、瞿秋白、茅盾》，載日本《尤利卡》「魯迅特集」（1976 年 4 月）。

日本野原四郎發表《日中戰爭前夜——探析茅盾主編的〈中國一

日〉》，載日本《文學》（44）（1976 年 4 月）

日本太田進發表《試論茅盾的〈第一階段的故事〉》，載日本《野草》
（18）（1976 年 4 月）

本月

五日 丙辰清明，成千上萬的人自發地來到天安門廣場獻花圈，誦詩詞，悼念周恩來總理，後遭「四人幫」一伙血腥鎮壓。此即震驚中外的「四五」運動。

七日 中共中央發佈決議，任命華國鋒爲中共中央第一副主席、國務院總理；鄧小平黨內外一切職務被撤銷。

十九日 傑出的京劇表演藝術家尚小雲（1899 年生）在西安逝世。

五月

一日 與朱德、葉劍英、郭沫若等黨和國家領導人，同首都群眾、各國朋友一起遊園聯歡，共慶「五一」節。（2 日《人民日報》）

四日 作《致胡錫培》（書信），署名沈雁冰。載浙江文藝出版社版《茅盾書簡》。云已收到艾蕪四月十八日來信，「現在我寫封回信附在此信中請你便中交給他」，關於「『五一』節遊園，看焰火這是不用費什麼精神的，也不用走什麼路」，「如果連這種小活動也不能參加，那麼即便不馬上就死，也倒如馬寅初和劉文輝了」。（按：馬、劉皆癱瘓在床）「當然也有上午還參加活動，晚上突然死去的（如丁西林）」。「所以我也不把死生放在心上。」

八日 下午，出席在八寶山革命公墓禮堂爲中共中央統戰部長舉行的追悼會，並向其家屬孫明同志表示慰問。出席追悼會的有朱德、葉劍英等。（9 日《人民日報》）

本月

六日 著名詩人、劇作家孟超（1902 年生）被迫害致死。

十六日 《人民日報》、《紅旗》雜誌、《解放軍報》發表編輯部文章《文化大革命永放光芒——紀念中共中央 1966 年 5 月 16 日通知發表十週年》

六月

五日 作《魯迅說：「輕傷不下火線！」》（散文），載《人民文學》第六

期。本書是篇回憶性文字。回憶了一九三五年十一月八日後，茅盾勸說魯迅去蘇聯療養的經過，讚揚了魯迅的不屈的戰鬥精神。

二十四日　作《致王亞平》（書信），署名沈雁冰。載文化藝術出版社版《茅盾書信集》。云「目疾乃老年官能退化之結果」，「現左目已失明」，「右目尚有 0.3 視力」。今年「臥床時多」，「不知尚能拖幾年耳」。

同日　作《致陳瑜清》（書信），載《西湖》一九八三年三期。云歡迎他來京探親訪友，而對自己因多病，沒陪同玩玩表示歉意，希望他返回杭州前，一定來談談。

二十七日　作《致臧克家》（書信），署名沈雁冰。載《大地》一九八一年三期，收入文化藝術出版社版《茅盾書信集》。云「奉讀手書及賀賤辰錦冊，既感且愧，獎飾過當，更增內疚。虛度八十，回顧昔年，雖復努力，求不落後，但才識所限，徒呼負負」，對其信中提議七月四日茅盾八十大壽約一些朋友如葉聖陶、曹靖華、張光年、馮至、唐弢、何其芳、李何林、嚴文井、姚雪垠、葛一虹等宴集一下，表示婉拒，云「杯酒話舊，於今不宜，當俟異日」。還同意並相約臧於七月三日下午三時光臨，同時也告知，已復請雪垠兄於三日或五日下午來。

同日　作《致陳瑜清》（書信），載《西湖》一九八三年三期。云「廿六日信今晨收到，欣悉你遊玩了頤和園等處。你能多住些時，那就很好。」並相約：「七月四日下午請與伍禪慧英同來，即在我家吃夜飯」。

二十九日　下午，出席在八寶山革命公墓禮堂舉行的劉文輝先生追悼會，並送了花圈。（30 日《人民日報》）

同月　廣東作家于逢來訪。向于逢詢問歐陽山、周鋼鳴、杜埃、陳殘雲、蕭殷、新波、易鞏諸同志的情況。並詳細詢問周鋼鳴、新波的健康和治療情況。分別時，于請寫條幅。（于逢《不滅的光輝》，載《羊城晚報》1981 年 4 月 11 日）

當月

日本古谷久美子發表《論〈蝕〉》，載日本《伊啞》六期。

本月

十四日　中國外交部發言人受權聲明，南沙群島正如西沙群島、中

沙群島一樣，歷來是中國領土的一部分。

七月

三日　下午，臧克家訪，祝賀八十壽辰，「暢談甚歡」。（茅盾7月6日《致臧克家》）

四日　戈寶權訪，祝賀八十大壽，並相贈茅盾一九四六年寫的一篇自傳的抄本作爲紀念。（戈寶權《和茅盾同志相處的日子（六）》）

同日　姚雪垠寄贈一詩賀八十壽辰，推崇茅盾在我國現代文學史上的崇高地位，云「筆陣馳驅六十載，功垂青史仰高岑。」還談到茅盾對自己的教育和幫助「平生厚誼兼師友，晚歲書函說古今。少作虛邀賀監賞，暮琴幸獲子期心。手澆桃李千行綠，點綴春光滿上林」。（姚雪垠《一代大師，安息吧！》，載《中國青年報》1981年4月21日）

同日　下午，小雨。表弟陳瑜清、慧英及小女兒阿琳來家祝壽，並帶來作家黃源七月一日來信囑轉達的一些話。黃源信云向雁老「致敬意，祝他長壽」。「他在一九二一年主持革新《小說月報》，我即是讀者之一。卅十年代我也在他家裡，得到他的扶植，與魯迅先生接上了工作關係。近年來，雖未通音訊，而對他的早年教導，未嘗一日或忘也」。當晚，茅盾只邀了陳瑜清等四人與他一家人共度八旬壽宴，還由韋韜拍了很多張值得紀念的照片。還拿出自己著作的冰島文、俄文、日文等譯作給陳看，說：「文學作品要譯得正確，眞不容易。《子夜》裡面鹹肉莊這個詞被注解爲『肉類加工店』，顯然錯得可笑。」吃晚飯後，還抱著小孫女興致勃勃地陪陳瑜清他們看電視。（陳瑜清《緬懷沈雁冰表哥》，載《西湖》1983年3期）

同日　作《八十自述》（舊體詩），載河北人民出版社版《茅盾詩詞》，載一九八一年三月三十日《人民日報》，現收《茅盾全集》第十卷。感嘆歲月之匆忙，逝者如水，云「忽然已八十，始願所未及。俯仰愧平生，虛名不副實。」憶及年幼時母親對自己的教育，抒發了對慈母思念、尊敬的深情，云「苦我少也孤，慈母兼尊職。管教雖從嚴，母心常戚戚。」詩中有「大節貴不虧，小德許出入」，「俯仰愧平生，虛名不副實」。

六日　爲朱德治喪委員會委員。（7日《人民日報》）

同日　上午作《致臧克家》（書信），署名雁冰。載文化藝術出版社版《茅

盾書信集》。云「日前暢談甚歡。」又云「徐遲兄自宜昌來電賀賤辰，厚誼既感且愧」。請示徐遲通信地址。

　　同日　作《致王亞平》（書信），署名沈雁冰。載文化藝術出版社版《茅盾書信集》。云捧讀來信和五古祝壽詩，「既感且愧」，「乃蒙獎飾過當，彌增慚愧」。云「虛度八十，早年浪得虛名」，「中夜內疚，撫膺自悲」。「惟有加緊學習，改造世界觀，以冀風燭餘年，少犯錯誤」。

　　七日　作《致荒蕪》（書信），署名沈雁冰。載百花文藝出版社版《茅盾書信集》。云來信和《祝茅公八秩大慶》七律四首收到，云評價過高（按：荒蕪詩其四有句云「聲價早年空大宛，文章今日動寰瀛」）。自云「斗筲之器，不過如此」。又告知：「今晨知朱總司令逝世，不勝哀感。一個月前在電視中看到他接見外賓，精神矍鑠，真想不到忽然棄世也。」

　　八日　到北京醫院，與葉劍英、宋慶齡、郭沫若等黨和國家領導人向朱德遺體告別。（12 日《人民日報》）

　　十日　作《致碧野》（書信），署名沈雁冰。載百花文藝出版社版《茅盾書信集》。云來信及丹江水壩罄照片收到。認為「來信對我八十年來工作的估價，實在太高了，使我十分慚愧，當視為故人對我的鼓勵，努力學習毛澤東思想，改造世界觀」。

　　約上旬　戈寶權來訪，談起他於二日找過郭沫若，藉知他身體健康，還談到最近正忙於收輯魯迅在國外材料及與魯迅來往之國際友人情況。（茅盾 7 月 14 日《致臧克家》）

　　十一日　下午，出席在人民大會堂舉行的朱德同志追悼大會，並送了花圈。出席追悼會的有宋慶齡、華國鋒、葉劍英等黨和國家領導人。（12 日《人民日報》）

　　十四日　作《致臧克家》（書信），署名雁冰。載文化藝術出版社版《茅盾書信集》。告知戈寶權來訪情況和近期的研究工作。亦告知郭沫若未參加十一日朱總司令追悼大會，「想來仍不能久立之故（追悼會二十分鐘結束）。」希望臧「多臥少動」。

　　十九日　作《致葛一虹》（書信），署名沈雁冰。載文化藝術出版社版《茅盾書信集》。感謝葛來信祝壽，但「對我獎飾過分，我萬不敢當。早年寫了些東西，浪得虛名；然而膚淺錯誤，在在皆是」。

二十一日　作《致胡錫培》（書信），署名沈雁冰。載浙江文藝出版社版《茅盾書簡》。談及氣候和精神狀況，云「北京近來多雨，天氣不熱」，「可是陰沉潮濕，人心精神很不好」。

二十三日　作《致王亞平》（書信），署名沈雁冰。載浙江文藝出版社版《茅盾書簡》。云北京「連日陰雨，神思昏昏」。還告知，「小幅尚未寫就，天陰目昏，曾寫一張，自視太劣，已廢置，容再寫請正」。

二十四日　下午，王亞平與克頓來訪，談詩說情，甚為熱烈。王亞平擬介紹一著名中醫眼科大夫給他診治，他說：「不行了，我的這隻眼睛，經過名醫診斷，已無法救治。」（王亞平《人比峰岩峻，文似西江吼》，載《鴨綠江》1981 年 7 月）

二十九日　上午，驚悉唐山大地震後，表弟陳瑜清辭行回杭州，由於唐山大地震波及北京，四合院裡已搭防震的綠色帆布大篷帳。茅盾贈陳幾張生日拍的照片，並共進午餐。告訴陳瑜清，眼睛是由於六十七歲到七十歲那段時期夜裡看小字書看壞的。吃安眠藥幾十年都未中斷過，還說：「我就是聽傅連暲的話，才安心地吃安眠藥的！」囑陳瑜清「下次到北京時一定來啊！」（陳瑜清《緬懷沈雁冰表哥》）

同月　書寫條幅《西江月‧幾度芳菲鶗鴂》（書法），贈詩人鄒荻帆以寄懷。（《詩刊》1981 年 5 月號）

本月

一日　《歡騰的小涼河》開始上映。

六日　中國人民解放軍總司令朱德（1886 年生）逝世。

二十八日　河北省唐山、豐南一帶發生了震級為 7.5 級的強烈大地震。傷亡、破壞慘重。

八月

三日　作《致江暉、魯歌》（書信），載《文教資料簡報》一九八四年三期（總 147 期）。告之北京地震情況，云：「我亦過著帳篷生活。」關於他們研究魯迅的稿子，認為「你們很用了些功夫，寫得不錯，我提不出什麼意見，現掛號寄還，祝你們繼續努力下去，取得更好的成績。」

六日　作《致趙清閣》（書信），署名沈雁冰。載百花文藝出版社版《茅

盾書信集》。告知目前狀況，「廿八日凌晨地震，家中沒有損壞任何東西，房子尚牢靠。但爲防萬一，公家在我院子裡搭了個帳篷，住了一個星期。現雖未解除警報，但已可在屋內居宿。市民露宿於街上者仍多。有些老舊磚牆房子或倒了牆。或坍了頂，然未傷人，且多在僻遠小街。據云：餘震可能要延至個把月，但不爲害。」又云「京中熟人都平安，請放心」。

十八日　作《致曹辛之》（書信），載文化藝術出版社版《茅盾書信集》。云「前託代繪之叢書封面，不知已繪就否？現在叢書即待出版，專候封面，請見示後即擲下爲荷」。

約月尾　因住房受震後需要大修，暫搬到北京西郊、阜外、三里河、南河溝九號居住。（1977 年 2 月 9 日《致高莽》）

本月

十六日　四川省松潘、平武一帶發生震級在 7.2 級的強烈地震。

二十三日　《人民日報》發表社論：《抓住要害，深入批鄧》。

九月

一日　下午，出席在人民大會堂舉行的唐山、豐南地震抗震救災先進單位和模範人物代表會議。（2 日《人民日報》）

九日　爲毛澤東治喪委員會委員。（10 日《人民日報》）

十一日　與葉劍英、宋慶齡等黨和國家領導人瞻仰毛澤東遺容，參加了吊唁和守靈，並敬獻了花圈。（12 日《人民日報》）

十七日　再一次參加毛澤東的吊唁和守靈。（18 日《人民日報》）

十八日　出席在人民大會堂舉行的毛澤東追悼大會。（19 日《人民日報》）

十九日　作《致陳漱渝》（書信），署名沈雁冰。載浙江文藝出版社版《茅盾書簡》。承詢答「新猶太」，云「是指當時流行的用 Yiddish（伊第緒語，——猶太人使用的一種國際語，和『希伯來語』大不相同）寫成的文學作品。當時美國的猶太人曾用伊第緒語出版了一個刊物，上面登有文學作品，但不多。」茅盾云他接編《小說月報》，「徹底改革」，「將《小說月報》作爲文學研究會的代用機關刊物」；其時「魯迅雖非文研會會員或發起人，但他對文研會事業是支持的」，所以茅盾請他爲《小說月報》撰譯文稿。茅盾指出，這並不「可作魯迅與文學研究會關係之一種材料」。

同日　作《致臧克家》（書信），署名沈雁冰。載百花文藝出版社版《茅盾書信集》。云「前得尊書，正值毛主席之喪，悲痛之情實與兄同，了無作覆心緒」。知臧二女俱分在工廠工作「甚慰」。

同月　將自己一九七五年四月二十六日參加魯迅博物館座談會發言記錄稿，整理修改定稿爲《我和魯迅的接觸》一文（《我和魯迅的接觸》編者前言，載《魯迅研究資料》1976 年第 1 輯，文物出版社 1976 年 10 月出版）

同月　作《致于黑丁》（書信），載《莽原》一九八一年二期。告知自己身體不好，暫時住在一個新地方，什麼東西也沒帶，答應等搬回舊居後就給寫字。

本月

九日　中共中央主席毛澤東（1893 年生）逝世。

三十日　爲紀念魯迅誕生九十五週年、逝世四十週年而攝製的大型彩色文獻紀錄片《魯迅戰鬥的一生》上映。

十月

一日　上午，出席全國政協國慶座談會。會上，趙樸初向茅盾出示其寫的散曲《永難忘》，茅盾認爲「意甚好之」。（10 月 5 日《致臧克家》）

五日　上午，作《致臧克家》（書信），署名雁冰。載《文學報》一九八二年四月一日，收入浙江文藝出版社版《茅盾書簡》。讚其「悼詩《豐碑心頭立》較其它兩首爲勝」。亦告知葉君健下午要來訪，詢問一些事。

同日　上午，作《致荒蕪》（書信），署名沈雁冰。載香港《文匯報》一九七九年七月二十三日，收入百花文藝出版社版《茅盾書信集》。告訴他「暫住三里河已一月餘」，大約於月底可遷回舊居。說他的詩《和茅公〈稼軒集〉》（其詩云：剩拋心力作詞雄，同病放憐陸放翁。豎子安能墮大業？使君失計返江東。但操白梃撻強虜，何必牛刀向義農。遙想帶湖風月夜，美芹書罷更書空。）「爲稼軒翻案，未經人道，風格清新。」亦提出了自己的看法，認爲「稼軒當時屬望南朝，認爲有中興氣象，以爲收復中原不能捨此基礎而他圖，蓋亦中儒家尊王之毒，然南渡君臣不都金陵而都臨安，即此可見缺少進取之心，稼軒於此失察，難逃千年後我輩之譏，尊詩云云猶爲稼軒惜也。」也提自己的詩《讀〈稼軒集〉》「無新意，只是替他抱恨」。云「結局以陳亮、陸游

相比」，「三公者實當時翹楚也」。還云「鄧廣銘先生著作（指《稼軒詞編年箋注》）亦曾細讀。對稼軒作如此深刻研究者未見其論，自是傳世之作，可惜已多年不重版矣」。

同日 下午，葉君健來訪。

八日 作《致臧克家》（書信），載《十月》一九八一年三期。（按：八日，臧克家生辰，臧作《自壽答友人》舊體詩贈茅盾）。茅盾云，「您自壽詩甚好。樂天之自稱樂天，其實乃遁世；因爲他到老年，已經『勿作直折劍，寧爲曲金鉤』了。感慨年華不再之牢騷，似爲此種內心矛盾之折光。」還云「尊詩說樂天不樂天，實一針見血」。

十日 沈霜（韋韜）得悉「四人幫」已被抓獲的消息，興匆匆趕回家告訴茅盾。茅盾聽後十分興奮，說：「這是件大好事，他們該有那麼個結果」。有好幾天，全家都爲此事興奮不已。（葉子銘《心火未滅——『文革』期間茅盾撰寫回憶錄的前前後後》，載《人物》1989 年第 2 期）

十二日 聽取黨中央關於粉碎「四人幫」的重要講話傳達。

十六日 作《致陳瑜清》（書信）。（按：待查）

二十二日 出席首都軍民在天安門廣場的盛大集會，熱烈慶祝粉碎「四人幫」篡黨奪權陰謀的偉大勝利。（23 日《人民日報》）

約同日 作《粉碎反黨集團『四人幫』》（舊體詩），載河北人民出版社版《茅盾詩詞》。本詩爲七言古風，盡情抒發了歡慶粉碎「四人幫」這場鬥爭勝利的心情，先寫一九七六年夏秋之間的政治形勢，云「寰宇同悲失導師，四凶逆謀急燃眉。烏雲滾滾危疑日，正是中樞決策時」。中間部分歌頌黨中央一舉粉碎「四人幫」所建立的不朽功勳，云「一舉粉碎『四人幫』，爲黨除奸，爲國除害，爲民平憤，赫赫功勳如岳之高如漠之廣。後世萬代，子孫共仰」。結尾四句寫出全國人民熱烈歡慶勝利的盛況，云：「霎時喜訊傳全國，兆民歌頌黨中央，長安街上喧鑼鼓，歡呼日月又重光！」

二十六日 下午，出席在京各界愛國人士爲慶祝華國鋒同志任中共中央主席、中央軍委主席、慶祝粉碎「四人幫」反黨集團篡黨奪權陰謀的偉大勝利，在政協禮堂舉行的慶祝大會，並講了話，說：「我堅決擁護以華國鋒主席爲首的黨中央對『四人幫』反黨集團所採取的英明果斷的措施！以華國鋒同志爲首的黨中央及時粉碎了『四人幫』的篡黨奪權陰謀，充分表達了全黨

全軍全國各族人民的共同心願。歷史的證據就是全國各地廣大群眾連日舉行的慶祝遊行。這樣的遍及全國各地的心情暢快、欣喜鼓舞的數千萬人的遊行，將永遠載入史冊，鼓舞我們沿著毛主席的革命路線，乘勝前進！」還說：「王張江姚是埋伏在黨內的蛀蟲。粉碎了這個反黨集團，就是挽救了中國革命，保證了我國在無產階級專政下的繼續革命。」（27 日《人民日報》）

三十日　作《致臧克家》（書信），署名沈雁冰。載浙江文藝出版社版《茅盾書簡》。告知收到兩次來信和于黑丁的來信。又云「一個月來，氣管炎發作」，服藥打針「稍見效，但未痊癒」，咳有低燒，「夜不能安枕」。因此于黑丁信尚未覆，要寫字，「筆硯俱不帶在身邊，只好俟搬回交道口時再說了」。說臧創作甚旺，「想來『青春火樣紅』，敬祝返老還童」。

同月　作《粉碎反革命集團『四人幫』》三首（舊體詩），載《廣東文藝》一九七七年九月號，收入河北人民出版社版《茅盾詩詞》。（按，這三首詩和 11 月寫的另一首為一組詩，係在七古《粉碎反黨集團「四人幫」》基礎上改寫、增補而成。其中一、二首即七古《粉碎反黨集團「四人幫」》的開頭四句和結尾四句，只是將「霎時喜訊傳全國」改成「驀地春雷震八方」，內容基本相同。三、四首詩為增補之作）。第三首詩深刻揭示「四人幫」的反動本質，云：「畫皮剝落見原形，功罪千秋有定評。馬列燃犀照妖孽，成精白骨看分明。」

同月　發表《我和魯迅的接觸》（雜論），載《魯迅研究資料》第一輯。含八個問題。文中有「茅盾曾參加過一次秘密集會，由魯迅作報告，其中有一句話印象極深，魯迅說：「我們有些人恐怕現在從左邊上來，將來要從右邊下去的。」還談到自己曾擔任過一個月「左聯」執行書記，以及周揚加入『左聯』的經過情況。關於『左聯』的解散，說，當時魯迅是「不贊成解散『左聯』的」，魯迅認為「統一戰線要有個核心，不然要被人家統了去，要被人家利用的」。關於兩個口號的論爭，說，當時魯迅覺得「『國防文學，這個口號太籠統，意義含糊不清」；又說他們擬了一個新的口號「民族革命戰爭的大眾文學」。以後此口號是胡風瞞著魯迅寫文章首先提出的。關於「文學研究會和魯迅的關係，「『文學研究會』成立前，是鄭振鐸寫信給我徵求我和胡愈之做發起人」。關於魯迅為什麼沒有參加文學研究會，云因為「魯迅在教育部工作。按『文官法』規定：凡政府官員不能和社團發生關係。魯迅雖不參加，但對文學研究會是支持的，他為改革後我負責編輯的《小說月報》撰稿。」最後

講孔德沚參加魯迅喪儀的一些細節，包括陪同宋慶齡爲魯迅挑選壽材。

　　同月　作《致金韻琴》（書信），載《百花州》一九八二年一期。云及金的兒子孔衛平「堅決要回江西插隊落戶」，及不少已插隊的青年「消極」、「苦悶」、「看不到生活的意義和目的」。

本月

　　六日　黨中央一舉粉碎了王洪文、張春橋、江青、姚文元反革命集團（按：即「四人幫」）。

　　十八日　著名詩人郭小川（1919 年生）逝世。

　　《魯迅書信集》、《魯迅日記》由人民文學出版社正式出版。

十一月

　　約八日　從北京西郊三里河南河溝九樓二號搬回交道口南三條十三號原址居住。（十六日《致荒蕪》）

　　十二日　上午，出席在中山公園中山堂舉行的、首都各界人士紀念孫中山先生誕辰一百一十週年紀念儀式，並代表政協全國委員會向孫中山先生遺像獻了花籃。出席紀念儀式的有周建人、鄧穎超、王震等。（13 日《人民日報》）

　　十六日　作《致荒蕪》（書信），署名沈雁冰。載百花文藝出版社版《茅盾書信集》。云諷刺江青的三首詩均收到，認爲「打倒四人幫的詩、詞等」，「概括爲七律、曲子、詞，實在不容易」。

　　同日　作《致胡錫培》（書信），署名雁冰。載浙江文藝出版社版《茅盾書簡》。云《人民文學》上回憶魯迅一文，「本爲《人民中國》日文版魯迅專號寫的。《人民文學》要了去轉載」。問及「消滅四人幫後，想來四川之派性鬥爭，可以解決了罷！」

　　二十三日　作《致荒蕪》（書信），署名沈雁冰。載百花文藝出版社版《茅盾書信集》。云荒蕪諷刺江青的三首舊體「詩都拜讀了」，認爲這些詩「相當正經」，不是「打油」詩。還告知「近日又要防震了，前、昨兩日相當緊張」。

　　二十四日　往天安門廣場，出席毛澤東主席紀念堂奠基儀式。出席奠基儀式的有華國鋒、葉劍英、李先念、郭沫若等黨和國家領導人。（25 日《人民日報》）

三十日　下午，出席在人民大會堂舉行的第四屆全國人民代表大會第三次會議。（12 月 1 日《人民日報》）

同月　作《粉碎「四人幫」》其四（舊體詩），載《廣東文藝》一九七七年九月目，改題爲《粉碎反黨集團「四人幫」》，初收河北人民出版社版《茅盾詩詞》，現收《茅盾全集》第十卷。憤怒斥責「四人幫」妄圖謀害老一輩革命家的罪行，云：「眞相於今大白，謀害創業柱石。黨紀國法難容，國人皆日可殺。」

本月

十八日　我國成功地進行了一次新的氫彈試驗。

二十四日　北京舉行毛澤東紀念堂奠基儀式。

二十三日　《人民日報》發表文化部批判組文章《「四人幫」鼓吹「寫與走資派鬥爭的作品」的反動實質》。

十二月

二日　下午，出席第四屆全人民代表大會常務委員會第三次會議。大會通過了鄧穎超爲人大副委員長的決議。（3 日《人民日報》）

同日　作《致碧野》（書信），載一九八六年六月十四日《光明日報》。云「現在長吃中藥，以期有所裨益」。「還告知姚雪垠正在修改《李自成》第二卷。並問及《丹鳳朝陽》第五次修改情況。隨信寄上七月所拍的兩張照片：一張是剛搬到交道口南三條在院子裡照的。一張是茅盾和他的孫女的合影。

三日　作《致陳瑜清》（書信），署名雁冰。載浙江文藝出版社版《茅盾書簡》。云「西湖蘇小小墓對聯下聯是『風月其人可鑄金』，非『花月』，來信誤」。指出「我欣賞此聯因其簡賅，勝於其它長聯。尤其是下聯，點出蘇小小身份及其可貴處。鑄金用句踐鑄范蠡金像說」。又補述六二年赴杭大講學情況，「我當時不知孫爲杭大教授，我是應杭大校長林淡秋之約，去講了一次，亂談而已。」

十八日　下午，往八寶山革命公墓禮堂，出席人大常務委員會吳德峰追悼會，並向吳德峰家屬表示親切慰問。出席追悼會的有李先念、鄧穎超等。（19《人民日報》）

十九日　作《致姚雪垠》（書信），署名雁冰。載百花文藝出版社版《茅

盾書信集》。云「打倒『四人幫』使《李自成》出版更爲順利，也使您在前言中能夠痛快地把江青之流的歪曲、叛變了毛主席文藝思想的惡霸行爲盡情指責，爲典型環境中的典型性格學說及毛主席號召的革命現實主義與革命浪漫主義相結合的創作方法詳加闡述，真是大好事。」指出「二年前儒法鬥爭史的研究，經『四人幫』別有用心地攪亂了，一些問題，不容有不同意見，實行棍子政策。您就李自成之例辯明農民起義領袖之非必反孔，也打倒了一個公式，但是估量還會有讀者不贊成，甚至說您歪曲了農民起義領袖的。不過，可以擺事實講道理來展開辯論的。」

二十日　晚，出席在人民大會堂舉行的全國農業學大寨會議。出席會議的有華國鋒、葉劍英、李先念、鄧穎超等黨和國家領導人。(21日《人民日報》)

二十四日　作《〈敬愛的周總理挽詞〉附記》(散文)，載《人民文學》一九七七年第一期。云作詩緣由：「兩詩作於周總理追悼會後，其時反黨集團『四人幫』不許發表哀悼總理的一切詩文。現在，黨中央粉碎這個反黨集團，這兩首小詩的刊出，既以悼念敬愛的周總理，亦以慶祝粉碎『四人幫』的天大喜事。」

二十五日　晚，出席在人民大會堂舉行的第二次全國農業學大寨會議。出席會議的有華國鋒、葉劍英、宋慶齡、李先念、鄧穎超等。(26日《人民日報》)

二十七日　晚，往人民大會堂，與華國鋒、葉劍英、李先念、鄧穎超、郭沫若等黨和國家領導人接見出席第二次農業學大寨會議的上山下鄉知識青年代表。(28日《人民日報》)

二十八日　作《致姚雪垠》(書信)，署名沈雁冰。載浙江文藝出版社版《茅盾書簡》。關於《李自成》搬上銀幕問題，認爲「最好您爭取第五卷初稿已付排，可以騰出較多的時間來協助改編及導演上一些事情，例如不要把明朝士大夫的對話弄成現代話，起義將士及勞動人民的對話中也要防止出現新名詞」。由於有小說原本，「改編有所依據，這是有利條件，但也因此有所拘束，這是不利之處。而況您這部分人物如此之多，故事如此之繁重而曲折，有戰爭場面，有宮廷描寫，改編者的任務實在很重，我覺得若非通讀原作數遍，對原書的伏筆、關目，都了然於心目，幾乎不知如何改編。而且有原作在，觀眾是要對照原作看影片的。」提請影片要處理好「原作的抒情的描寫

人物內心活動的場面」。關於「目前文藝評論、文藝創作上一些積重難返的弊病，慨乎言之，實有同感。在這方面肅清『四人幫』的流毒，還有許多工作要做，得慢慢來」。還指出「論《紅樓夢》一段話，正是『四人幫』，尤其是江青，歪曲主席原意的又一個例證。把曹雪芹當初腦子裡一點影子也沒有的資產階級上昇期的意識形態和封建地主階級滅亡期的意識，兩者之間的鬥爭，硬套上大觀園的痴嗔愛憎，眞是集公式化、概念化之大成，非形而上學而何？」

三十日　作《致曹辛之》（書信），署名沈雁冰。載百花文藝出版社版《茅盾書信集》。（按：曹辛之，筆名杭約赫，詩人、畫家）感謝其贈自製的賀年片，云「新奇大方，當永藏以爲寶」。告知，覆信所用乃「新得趙清閣自製詩箋」，「亦投桃報李之意，不過我這李是借來的。」

同月　作《致吳作人》（書信），署名沈雁冰。載百花文藝出版社版《茅盾書信集》。告以眼疾，「一目已半失明，另一目又只有零點三視力」。云「我很愛好您的畫（國畫）。我以爲從油畫而轉國畫有特殊成就者，徐悲鴻先生而外，您是一位——也許是碩果僅存的一位了。」擬請他「爲我隨便寫點什麼，以爲紀念，賜呼雁冰。」並請其「孫女專誠拜謁，奉上宣紙一幅」。

同月　作《迅雷十月布昭蘇》（自由詩），載《詩刊》一九七七年第四期。這是一首自由體的長詩，含一百一十二句，先點明「四人幫」的反動本質：「畫皮剝落，驗明眞身，果然是超級的牛鬼蛇神！三個老牌，一個新生，都是封、資、修的孝子賢孫。」繼則以滿腔憤怒，具體揭露「四人幫」反黨集團在十年浩劫期間篡黨奪權禍國殃民的罪行，最後縱情歡呼粉碎「四人幫」這一偉大歷史性勝利。（按：本詩原題爲《十月春雷》，後屢經修改，發表時易題名《迅雷十月布昭蘇》。這是茅盾僅有少數自由詩歌中最長的一首。）

約月底　作《十月春雷》（舊體詩），載上海古籍出版社《茅盾詩詞集》，現收《茅盾全集》第十卷。全詩爲七言，二十句，爲揭露「四人幫」之作。

本月

二十三日　新發現魯迅先生寫下的十三封佚信。

一九七七年（八十二歲）

一月

二日　作《致王亞平》（書信），署名沈雁冰。載文化藝術出版社版《茅盾書信集》。告以病情。認爲來信所「論新詩的思想感情，語言的『收』與『放』的問題，切中時弊，與有同感」。云「在工農兵作品之餘，有無時間乃至興趣注意一個老作家所寫的長篇小說（按指姚雪垠的《李自成》）也。」

八日　作《敬愛的周總理永垂不朽》（散文）。（按：本文係譜主參加紀念周恩來總理逝世一週年集會的講話稿，未公開發表，現據手稿收入《茅盾全集》第十七卷。懷著「極其敬仰和誠摯的心情」緬懷了周恩來總理的「豐功偉績」。

九日　上午，作《致葉子銘》（書信），署名沈雁冰。載浙江文藝出版社版《茅盾書簡》。云「大函由政協轉來，已爲八日下午，您已上車久矣，而且想來已過天津」。認爲「失此晤面機會，極爲可惜」，云「不知您在南京大學工作，有暇請來信」，並寫上了自己的地址。

同日　作《致呂劍》（書信），署名沈雁冰。載文化藝術出版社版《茅盾書信集》。向其致以新年敬禮。

同日　作《致碧野》（書信），載一九八六年六月十四日《光明日報》。云「粉碎了四人幫，各方面都是欣欣向榮之大好氣象。祝兄之《丹鳳朝陽》不久當可完稿。」

同日　作《致趙清閣》（書信），署名雁冰。載百花文藝出版社版《茅盾書信集》。云「粉碎四人幫，人心大快」，並告以北京揭批四人幫的近況，談到「上海鬥四人幫甚猛烈，可笑他們經營多年，自以爲是根據地者，實則失盡人心也」。告知身體狀況，云「兩腿則漸不能立，非人扶不能走」。

十九日　作《致葉子銘》（書信），署名沈雁冰。載浙江文藝出版社版《茅盾書簡》。解釋「政協秘書處不以舍下地址見告，乃例行之事，幸勿介意。此次失卻晤談機會，可惜。」安慰其「或者還會有機會來北京」，「至於我，衰老多病，憚於行動，未必能到南方」。再次告以自己北京的地址，並

望「有暇尚祈通訊」，並奉上「去年所攝小影一幀」。

二十日　發表《周總理輓詩二首》並附記（詩歌），載《人民文學》一月號。本詩作於一九七六年一月，附記云：「這兩首詩今天才得以發表」，「既以悼念敬愛的周總理，亦以慶祝粉碎『四人幫』的天大喜事」。

二十三日　作《致王亞平》（書信），署名沈雁冰。載浙江文藝出版社版《茅盾書簡》。云「近來嚴寒，我已氣管炎發作，三天兩頭大咳，甚至引起低燒」，「十分困頓」。云「友人們或謂我將寫回憶魯迅成一小冊，其實非也」。

同日　作《致姚雪垠》（書信），署名沈雁冰。載浙江文藝出版社版《茅盾書簡》。云「尊論過去寫的歷史劇、電影等缺點，很中要害」，認為「它們的作者實未完全掌握史料是其毛病之一，而若干歷史劇寫作時即有借古事以強調當時之政治的需要，就顧不得委屈古人或誇大其歷史的作用了，此其毛病之二。深盼《李自成》之出版，將在此等方面開一新徑」。也認為自己關於《李自成》藝術方面所論，「只是泛泛而論，無甚深刻見解。抄出來發表會引人發笑」。

同日　作《致呂劍》（書信），署名沈雁冰。載《文獻》第八輯，初收浙江文藝出版社版《茅盾書簡》。談及自己的舊體詩創作，云「實在惶愧。我是學步未成，膽大巡為；此非謙遜，真情如此，譬諸我的字，也是不成氣候的。友人既有嗜痂之好，我亦聊覆為之，以為紀念」。

同月　作《致于黑丁》（書信），載《莽原》一九八一年二期。告知近況，並手書一條長幅相贈，內容為「江青自稱過河卒子，蓋謂有進無退，打油一律，揭其陰謀」。

同月　作《致陳雨田》（書信），載一九八一年四月十一日《羊城晚報》。對其來信索字表示道歉，云「近來較忙，手常常發抖，很久不寫字了，只能容後再說」。（按：約五月寫成手幅《過河卒》贈陳雨田。）

本月

七日　《人民日報》、《紅旗》、《解放軍報》發表社論《學好文件抓住綱》，首次公開提出「兩個凡是」即「凡是毛主席作出的決策，我們都堅持維護；凡是毛主席的指示，我們都始終不渝地遵循」。

音樂舞蹈史詩《東方紅》以及《洪湖赤衛隊》、《小兵張嘎》、《平原

游擊隊》等六部影片重新上映。同時，話劇《萬水千山》、組歌《紅軍不怕遠征難》、評彈《蝶戀花‧答李淑一》等重新上演。

二月

一日　作《致碧野》（書信），載一九八六年六月十四日《光明日報》。云《丹鳳朝陽》稿「已多次修改，足見用力之勤，現在不如先交給人文社，看他們有什麼意見，是否要修改，然後再定」。關於身體，認爲「非不要練功，奈已不可能」，「醫生勸我不能多動」，「心臟病日漸嚴重」，醫囑「我以多臥」，「意謂不能求返老，只能求不猝然出事」。

七日　上午，到北京醫院治腹疾，「灌腸拍照，又驗血」。（11 日《致臧克家》）

八日　作《致江暉、魯歌》（書信），載《文教資料簡報》一九八四年三期（總 147 期）。云收到他們寄來的《中山大學學報》（社科版）一九七六年五期，上面載有新發現的魯迅軼文和他們的評論，對他們要買有毛澤東、周恩來照片專輯的《人民畫報》，告之「北京早已脫銷，買不到了」。

九日　作《致高莽》（書信），署名沈雁冰。載百花文藝出版社版《茅盾書信集》。始得知在外國文學研究所工作，「喜出望外」。云「朋友們要我寫字留念者多，都積壓在這裡」，包括與高同所的朱海觀，望高見面時應代問候，也請代向陳冰夷致意。

同日　作《致葉子銘》（書信），署名沈雁冰。載文化藝術出版社版《茅盾書信集》。詢及葉家庭情況，也談了自己的家庭情況：「大孫女參軍後現在我身邊工作，孫子在師範大學學無線電，小孫女是小學生。兒媳是在人民文學出版社，兒子是解放軍」，並寄贈一張去年攝的全家的照片，又詳細談到了《子夜》英譯本。

十日　作《致王亞平》（書信），署名沈雁冰。載文化藝術出版社版《茅盾書信集》。云「大概光年同志勢非負責《文藝報》主編及文聯、作協實際工作，但他感到爲難的是缺乏幫手，舊人或老或散，人手缺乏，他一個人跳獨腳戲是困難的。」又云「可笑我掛名作協主席，……十年之久，當年秘書處還有誰在，我都無所知」。

同日　作《致呂劍》（書信），署名沈雁冰。載文化藝術出版社版《茅盾書信集》。告知「新年匆匆過去，來了幾個朋友，但非熟人」，又云「近來氣

短日劇，友人謂吸氧氣可少好。胡愈老（按：胡愈之）每周到醫院吸一次，擬效之」。

約上旬　臧克家來訪，談詩約稿，「晤談甚快」。（十一日《致臧克家》）

十一日　作《致臧克家》（書信），署名沈雁冰。載百花文藝出版社版《茅盾書信集》。云「日前晤談甚快」，又告以腹疾，「懶於出門，未作徹底治療，三日前到醫院灌腸拍照，又驗血，同時中西醫並進，日來似有效」，同時告知「寫了慶祝粉碎四人幫的一首詩。（按，即《迅雷十月布昭蘇》，載《詩刊》1977 年 4 月號）

十三日　作《過河卒》並小序（舊體詩），載《廣東文藝》一九七七年九月號，初收《茅盾詩詞》，現收《茅盾全集》第十卷。本詩嘲笑江青猖狂跳竄，最終落個千古罵名，詩云：「卒子過河來對方，一橫一縱亦猖狂。非緣勇敢不回頭，本性難移是老娘。潛伏內庭窺帥座，跳竄外地煽風忙。春雷震碎春婆夢，叛逆曾無好下場。」按：5 月茅盾以此詩書贈畫家陳雨田，詩前小序爲：「江青自稱過河卒子，蓋謂有進無退，打油一律，揭其陰謀」。（1981 年 4 月 11 日《羊城晚報》）一九七八年一月，又將此詩書贈瑪拉沁夫，詩前小序爲：「江青自稱過河卒子，打油一首揭其陰私。」第六句由原來的「裡通外國借恩光」改爲「跳竄外地煽風忙」。（《朔方》1981 年第 6 期）

同日　得姚雪垠贈《李自成》二卷上冊一本。（十七日《致姚雪垠》）

十七日　除夕，作《致姚雪垠》（書信），署名雁冰。載文化藝術出版社版《茅盾書信集》。告知「腹瀉」病況，感謝其贈《李自成》二卷上冊一本。祝其春節愉快，歡迎來訪，但大年初一（十八日）下午三時「政協舉行聯歡會我要參加，這個時間我不在家」。

十八日　年初一，下午，出席在北京飯店宴會廳舉行的全國政協春節聯歡會，並致詞，說：「今天，在粉碎了『四人幫』反黨集團以後的第一個春節舉行這個聯歡會，表示了安定團結、心情舒暢的新氣象。」出席春節聯歡會的有華國鋒、葉劍英、李先念、鄧穎超等黨和國家領導人。（19 日《人民日報》）

同日　得姚雪垠寄贈詩《春節感懷》七律一首，前有小序，云及《李自成》創作之維艱，五卷只完成了兩卷，中有《雄心勃勃山河壯，筆力遲遲歲月催》詩句。後茅盾步韻奉和一首以勵。（姚雪垠《一代大師，安息吧！》，載 1981 年 4 月 2 日《中國青年報》）

二十八日　下午，出席在人民大會堂舉行的紀念臺灣省「二・二八」起義三十週年大會，出席大會的有華國鋒、葉劍英、鄧穎超等黨和國家領導人。（3月1日《人民日報》）

同月　作《聞歌有作——爲王昆、郭蘭英重登舞臺》（舊體詩），載河北人民出版社版《茅盾詩詞》，現收《茅盾全集》第十卷。讚王、郭早年英姿颯爽，今歌喉尤亮，「新人舊鬼白毛女，陝北江南大墾荒」。憤怒控訴「四人幫」對文藝戰士的迫害和摧殘，云：「白骨妖精空施虐，丹心蘭蕙自芬芳。若非粉碎奸悲四，安得餘韻又繞梁。」

本月

七日　著名作家徐懋庸（生於 1908 年）逝世。

十八日　粉碎「四人幫」後，第一屆全國美術作品展覽，在北京中國美術館開幕。

三月

一日　晚，出席政協秘書處和體總臺灣省體育工作聯絡處舉行的紀念臺灣省「二・二八」起義三十週年文藝晚會。演出結束後，走上舞臺，同演員親切握手，祝賀他們演出成功。出席文藝晚會的有烏蘭夫、王震等。（2 日《人民日報》）

二日　《詩刊》編輯來訪，並帶來臧克家信，因來人要馬上拿走《迅雷十月布昭蘇》詩稿，「匆匆修改」。（3 日《致臧克家》）

三日　作《致臧克家》（書信），署名雁冰。載百花文藝出版社版《茅盾書信集》。云昨天來人帶回詩稿「匆匆修改，未及推敲」，「今日奉函，擬作修改如下」。

同日　作《致馬子華》（書信），署名沈雁冰。載百花文藝出版社版《茅盾書信集》。云「久疏音訊，忽奉手書，欣慰何如？」告知作家協會「久無活動，大概已經撤銷。各地分會亦不復存在。現在無所謂作協會員。三十年代之文藝工作者在京者恐不多，經常於公開活動場所見面者三、四人而已。」歡迎他「暇時來信，得知近況」。

六日　下午，茅盾研究專家葉子銘來訪。茅盾由大孫女沈邁衡攙扶、陪同著，同葉交談了兩個多小時。關於解放後是否寫電影劇本與小說，茅盾

說：「是搞過兩個東西。頭一個是電影劇本。」「當時的形勢需要反特題材方面的東西」。「我曾經和蔡楚生一起到上海瞭解這方面的素材，後來寫了一個初稿」，袁牧之說寫得太長，拍起來有困難，「就這樣擱下來了」。「後來，我又曾想寫一部長篇小說，主要反映工商業的社會主義改造的。曾經作過一些調查訪問，搜集了一些材料，也開了個頭，寫了些章節。以後也擱下來了」。「我也曾經考慮寫知識分子，也是同樣的原因，沒能寫成。」在談到《子夜》裡吳蓀甫與榮氏家庭的關係時，茅盾說：「有一點關係，但不全是。吳蓀甫這個人物，不是以生活中的哪個資本家的原型創造出來。」還說：「《子夜》裡的工人沒有寫好，當時主要想寫他們受左傾盲動主義的影響，材料是間接聽來的。」（葉子銘《夢回星移》）

　　同日　詩人鄒荻帆來訪，論詩談文，並談及高莽畫的馬恩戰鬥生活組畫。（七日《致高莽》）

　　同日　作《致高莽》（書信），署名沈雁冰。載百花文藝出版社版《茅盾書信集》。感謝他「惠書畫用之墨汁」，又云「向來磨墨寫字，寫信則用一般墨汁，今知有此專用於書畫之墨汁，就比磨墨方便了」。

　　十二日　上午，往中山公園中山堂，出席孫中山先生逝世五十二週年紀念儀式。出席紀念儀式的有許德珩、廖承志等。（13 日《人民日報》）

　　同日　下午，葉子銘來訪，就文學研究會成立時的情況，以及茅盾在武漢、新疆的經歷，交談了一個半小時。談到目前魯迅研究現狀時指出：「有些人思想方法不對頭，先有個『假設』，然後到處找證據，也找到我這兒來了。他們的『假設』實在太牽強了，不是實事求是的科學態度。這樣並不是真正尊重、學習魯迅，比如，有的人把魯迅的《湘靈歌》說成是悼念楊開慧的，這就太牽強附會了。」因為「魯迅並不認識楊開慧，對她的情況也不瞭解。」還說文學研究會「是在北京的一些人先搞起來的，主要人物是鄭振鐸」，「葉聖陶、郭紹虞也是發起人」。說自己「到新疆，和杜重遠有關」，他「寫了本小冊子叫《盛世才與新新疆》」，「把新疆說得很好」，「實際上我到新疆後，不光是教書，這後來成了附帶的事，主要搞新疆文化協會了。」「盛世才要我當這個協會的總負責人，張仲實是副的。」但「盛世才這個人是個封建軍閥，想在新疆當土皇帝」，「後來我是藉故離開新疆的。」（葉子銘《夢回星移》）

　　十四日　作《奉和雪垠兄》並小序（舊體詩），載一九七九年一月二十八

日《河南日報》，載河北人民出版社版《茅盾詩詞》，現收《茅盾全集》第十卷。小序云：「雪垠兄以春節感懷（姚詩作於 1977 年 2 月 18 日）見示，步韻奉和並請指正。」讚其年老心不老，凌雲壯志，筆耕不輟。

同日　作《〈滿江紅〉祝〈毛澤東選集〉第五卷出版》（詞），載《人民文學》一九七七年四月號，載河北人民出版社版《茅盾詩詞》。詞的上片讚頌毛澤東著作似「東風」、「艷陽」，「消冰雪，春水浩瀚，腥穢蕩滌」，使「革命狂飆新階段，滄桑演變舊規律」。下片讚頌國內將會出現一片大好形勢，云：「天下事，爭朝夕；『四人幫』，猛批揭。喜宏圖四化，人人奮激。十大關係樹準則，雄文五卷揚馬列。聽九州弦誦遍城鄉，勤學習。」六月寫成條幅贈葉子銘。

十八日　作《致江暉、魯歌》（書信），載《文教資料簡報》一九八四年三期（總 147 期）。云「所謂魯迅與我同電祝賀，乃是誤傳，魯迅有電，我知此事，但除魯迅外，大概沒有別人聯名。現在找不到魯迅原電，且老幹部中無人曾見此電，故原電全文亦不可得。」

二十日　作《致陳瑜清》（書信），署名雁冰。載浙江文藝出版社版《茅盾書簡》。云「人之長壽與否，有各種客觀主觀原因，具體人與事不同，壽夭各別。以我之經驗則絕嗜欲，樂觀，不自討煩惱，亦長壽之一道也。我一生碰到的事變不少，但從不著急，一般人所謂『急得睡不著』，我從未有過。只是青年時代埋頭寫作，少運動，得了失眠病，至今離不開安眠藥，但此亦非病也。」

三十日　作《致臧克家》（書信），署名雁冰。載《紅岩》一九八一年三期，初收浙江文藝出版社版《茅盾書簡》。云今春「老年人氣管炎發作，如此纏綿者不止我一人也」。又云「黑丁同志索字，時刻在心」，「請轉告，下個月內總可寫好寄去」。稱讚臧之「自壽詩正好」。

同月　作《贈陽太陽》（舊體詩），載河北人民出版社版《茅盾詩詞》，現收《茅盾全集》第十卷。詩讚揚了畫家陽太陽的高超畫藝。

同月　廣東作家周鋼鳴來訪。交談中，周提到畫家陽太陽向其問好，茅盾「提到陽太陽其人其畫，舊友之情揚溢眉宇」，「對陽太陽這個名字印象很深，很有感情，如是即席揮毫，贈詩一絕」。茅公興致勃勃，以挺秀的筆鋒書成屏條交周鋼鳴同志帶回廣州給陽太陽。（《茅盾詩詞鑒賞》）

本月

十日　魯迅先生生前好友，日本著名魯迅著作翻譯家和研究者增田涉先生（1903 年生）在東京逝世。

三十一日　《人民日報》發表上海人民出版社批判組文章《評反革命兩面派姚文元》。

春

作《致瑪拉沁夫》（書信）。云看了瑪寫的一部電影之後，知其劫後餘生，特地寫信詢問近況。（瑪拉沁夫《巨匠與我們》，載《朔方》1981 年 6 期。）

四月

約月初　杜宣、嚴文井和周而復來訪，茅公「從屋子裡迎了出來。他戴著睡帽，穿著西式晨袍，把我們讓進他作為客廳的廂房裡坐下」。杜宣「看到他顯然衰老了」，就問起有關他的傳聞：「閉門不出，埋頭寫作，寫好的稿子，鎖進抽屜裡，誰也不給看」。茅盾聽了之後，「就仰起頭來一陣哈哈大笑」。「他興致極好，談鋒極健，用他淵博的歷史知識，談了許多關於李自成的問題」。傍晚時告辭，「他一直送我們到大門口，看到我們上了汽車後，才進去掩門。」（杜宣《雨瀟瀟》，載 1981 年 4 月 2 日《文學報》創刊號）

八日　作《致孔羅蓀》（書信），署名沈雁冰。載浙江文藝出版社版《茅盾書簡》。云「多年未通訊，忽得四月五日來函，欣慰何如」。告以身體狀況。又云「巴金近況早有所聞，亦曾同他通過信，但願他譯的赫爾岑文集能告成。杜宣來京已見過。」並另附紙答王杏根所問七個問題，中心是與魯迅聯名電賀紅軍長征勝利事。

十七日　作《致王亞平》（書信），署名沈雁冰。載文化藝術出版社版《茅盾書信集》。稱「大作《讀李自成二卷贈雪垠》甚好」。

同日　作《致葉子銘》（書信），署名沈雁冰。載文化藝術出版社版《茅盾書信集》。云「七日來信及魯迅《集外集拾遺》注釋鉛印油印稿等共四件均收到」。

十八日　作《致馬子華》（書信），署名沈雁冰。載百花文藝出版社版《茅盾書信集》。云知其患胃癌「不勝駭念」，「望善自排遣，如來函所謂『蒔花養

魚以遣興，讀書作詩以自娛」。並告知三十年代在上海之舊友目下情況：「天翼久病，艾蕪在成都，周而復現在北京，克家爲《詩刊》顧問，至於周穎……今不知何往。」囑寫小條幅，「緩日當寫好寄奉」。

　　同日　作《致司馬杰》（書信），載《中小學語文教學》一九八一年六期。云「魯迅研究者紛紛從他們研究中所碰到的問題函詢其因果及背景，不覆不好，但答覆呢，也實在沒有多少話可說，事隔數十年，我都記不起來了。而且有此問題在當時並不像現在之魯迅研究者所認爲的那樣有甚重大的背景，我也不能將無作有。但魯迅研究者是不相信的，在他們看來，魯迅的片語隻詞都有微言大義，那就老和我糾纏不清了。信又長，字又細，眞傷目力，無可奈何。」

　　同日　作《致高莽》（書信），署名沈雁冰。載百花文藝出版社版《茅盾書信集》。云「日來天長，打算每天寫幾個字，以了積欠之字債」。

　　二十九日　作《致馬子華》（書信），署名雁冰。載百花文藝出版社版《茅盾書信集》。感謝其惠贈普洱茶，云「可使肥人稍減體重，或不再加肥。賤軀向來不肥，尊惠當珍藏以俟需要減輕體重時用之」。告之「五一節後得稍閒，當寫字一幅請政」。

　　同日　作《致趙清閣》（書信），署名雁冰。載百花文藝出版社版《茅盾書信集》。云其所寄贈「山水畫甚好」，連同從前的尊作，珍藏以爲永久紀念。云「文聯實沒有多大事情可作」，「私意……似不必再建」。

　　約月底　周而復來訪。當談起各人文化大革命中的遭遇時，茅盾說：「我還好，只是老人，你這幾年日子不好過吧？」當聽完周講了十年經歷後，茅盾嘆息了一會說：「我也多少知道你一點情況，但不詳細，想來你一定吃了不少苦頭」。臨別，周索字，茅盾欣然應允。（周而復《永不殞落的巨星——痛悼茅盾同志》，載 1981 年 4 月 12 日《光明日報》）

當月

　　田繪蘭發表《評三十年的優秀長篇小說——〈子夜〉》，載《華中師範學院學報》一九七七年四月。這是粉碎「四人幫」後第一篇正式評論茅盾小說的評論，充分肯定了《子夜》的思想藝術成就，及其在中國現代小說史上的地位。

本月

十五日　《毛澤東選集》第五卷正式出版。

五月

一日　往中山公園音樂堂，與黨和國家領導人同首都群眾一起歡慶「五一」勞動節，參加了遊園聯歡活動。（2 日《人民日報》）

四日　下午，出席在人民大會堂舉行的全國工業學大慶會議，出席會議的有華國鋒、葉劍英、鄧穎超等。（5 日《人民日報》）

上旬　美國作家邁克斯、格藝尼奇來訪，與茅盾作「長談」，兩位作家對三十年代在上海的美國作家「史沫特萊極為不滿」。（茅盾 8 月 6 日《致荒蕪》，載文化藝術出版社版《茅盾書信集》）

八日　作《致臧克家》（書信），署名雁冰。載《文藝研究》一九八一年三期，收入浙江文藝出版社版《茅盾書簡》。云「有些中學教師鑽研魯迅著作，熱情可嘉，但他們誤以為我有不少關於魯迅的秘聞，時常來信詢問，或在魯迅作品中不得解時又來信詢問」，「字寫得小又難認」，「頗費精力」。特別指出有兩個青年教師「極力想證明魯迅的某幾首舊體詩是悼念楊開慧烈士的，屢次來信，希望我支持他們的論點，但我卻以為他們的論點不免穿鑿」。

八日至二十一日　八日「突發高燒至三十九度五」，住北京醫院治療，二十一日才出院。（5 月 22 日《致葉子銘》）

十四日　下午，往人民大會堂，與黨和國家領導人接見了全國工業學大慶會的全體代表。（15 日《人民日報》）

二十二日　作《致葉子銘》（書信），署名沈雁冰。載《中國現代文學研究叢刊》一九八一年四期，收入浙江文藝出版社版《茅盾書簡》。云「八日突發高燒至三十九度五，幾乎送了老命。住院半月餘，昨始出院」。告知「已將《集外集》注釋校完，有意見可供參考者均剪取原件隨函奉上，草草了事，聊以塞責。無法查原文，只就注釋及專家所提修改意見，表示取去而已」。

二十七日　作《致周而復》（書信），署名沈雁冰。載百花文藝出版社版《茅盾書信集》。云收到五月十五日大函及乾隆書一幅。云「乾隆紙珍品也，我之惡劣書法實在不配，但敢不從命，請轉告今非（按：原商業部副部長魏今非）同志，稍緩數日當為寫好奉上。兄之書法實勝於我，投之木瓜，報以

瓊璩，我有奢望焉」。（按：後來，周書寫了一幅曹操的詩「神龜雖壽」相贈）。

約月底　《光明日報》編輯陳丹晨、黎丁來訪並約稿，要求發表茅盾致姚雪垠關於《李自成》的信，茅盾同意。云「平時來的人不多，我倒很喜歡朋友們來談談的。」

又過了幾天，陳丹晨拿了姚雪垠抄寫，由他精選的六千字《關於長篇小說〈李自成〉的通訊——致姚雪垠》，親自送請茅盾過目。茅盾當時就看完，表示同意。並執意留陳丹晨多坐一會，說到了最近到處都在演《楊開慧》，云「在電視中看過一個，沒有看完」；陳說，現在這些戲中把一位「深明大義、端莊、賢淑的革命知識分子」，「寫成一個開槍打仗、浴血搏鬥的女游擊隊長了，與實際生活中的楊開慧距離太遠了」。茅盾說：「還是這幾年那一套寫法吧！『三突出』的一套寫法吧！文藝創作要上正路，恐怕要有個大的改變才行。」接著談了當年（1926 年）曾與毛澤東、楊開慧夫婦相處的一段歷史：「我在那裡大概住了三個月。毛澤東同志幾乎經常外出工作，而楊開慧帶了兩個小孩在家。我們住在樓下，幾乎聽不到樓上一點聲響。她是一個非常嫻雅沉靜的女人。即使有時毛澤東同志和我們在一起談工作、聊天，她坐在一旁，無論是做家務活計，還是專心凝神諦聽，都很少插嘴發言。你讀書得到的印象是對的。她是一個恬靜賢淑的女人，是一個很好的女人。至於她後來是否做過那些事情，打過仗，我倒不知道了。現在這些戲恐怕還是沒有擺脫老的一套創作方法吧。」談了一個多小時。（陳丹晨《漫憶茅公二三事》，載《新港》1981 年 8 期）

同月　作《〈聽波蘭少女彈奏蕭邦曲〉附記》（散文），載上海古籍出版社《茅盾詩詞集》。云及寫作這首詩歌的情景與心態，少女彈奏蕭邦曲「時細雨蒙蒙，院中綠草分外精神。少女為波蘭國立音樂學院高材生，論技術足可參加國際蕭邦鋼琴比賽，而學院中保守派以為資淺屈之。又據聞，蕭邦遺命以心臟珍藏故居，希特勒侵波時劫去，波蘭解放後始復迎歸云」。

同月　書寫《粉碎反黨集團『四人幫』七絕二首》（書法），贈周而復。（周而復《永不殞落的巨星——痛悼茅盾同志》，載 1981 年 4 月 12 日《光明日報》）

同月　書寫條幅《舊作〈紅樓夢〉辯論紀事》（書法），贈《長江文藝》編輯部的駱文、淑耘，載《長江文藝》一九八一年六月號。（按：《〈紅樓夢〉辯論紀事》這首七律詩，實為茅盾一九六三年九月二十二日所作《題〈紅樓夢〉十二釵畫冊》（二首）的異體，是將此兩首詩去掉了其中八句後合為一

首詩，故稱「舊作」）全詩對眾說紛紜的紅學研究表明了自己的估價和期望，云：「紅樓艷曲最驚人，取次興衰變幻頻。豈有華筵終不散，徒勞色空指迷津。百家紅學見仁智，一代奇書訟偽真。唯物史觀燃犀燭，浮雲淨掃海天新。」茅盾於一九八○年六月又將此詩書寫成條幅，贈給發起和籌備國際《紅樓夢》研究會的美國威斯康星大學的周策縱教授。（《〈紅樓夢〉學刊》1981 年第五期）

本月

十八日　《人民日報》發表文化部政策研究室批判組文章《評「三突出」》。

二十四日　首都舉行盛大演出大會，隆重紀念毛澤東《講話》發表三十五週年，北京市京劇團選演了歷史劇《逼上梁山》中的三場戲。這是自文化大革命以來第一次上演古裝戲。

六月

五日　作《致周而復》（書信），署名沈雁冰。載百花文藝出版社版《茅盾書信集》。云「囑寫之字（連同魏今非同志的）均已寫得」。並告「九日後無事，當在家恭候」。

同日　作《致高莽》（書信），署名沈雁冰。載百花文藝出版社版《茅盾書信集》。云「囑寫之字已經寫得」，「因紙大且厚，郵寄摺縐，反為不美」，「乞便中來取。」

八日　作《致馬子華》（書信），署名沈雁冰。載百花文藝出版社版《茅盾書信集》。云京中「熱得驟然」，「囑寫之字，茲附上，書法惡劣，不足道」。

同日　作《致周鋼鳴》（書信），署名沈雁冰。載百花文藝出版社版《茅盾書信集》。云「您介紹為于逢、洪猷、陳雨田、陽太陽寫字，頃已寫得，字殊拙劣，聊以表意。陽太陽實非素交，但您受其託，我亦寫了一小幅。」「把字都掛號寄給您，請轉發」。

九日　作《致姚雪垠》（書信），署名雁冰。載文化藝術出版社版《茅盾書信集》。關注姚找助手之事，「照信上看，合條件者恐怕不多」。「祝您在八○年前完成《李自成》書初稿。您全力以赴，一定能成。」

約九日　周而復、高莽來訪，並取走小幅。

十二日　作《致葉子銘》（書信），署名沈雁冰。載《中國現代文學研究叢刊》一九八一年四期，收入浙江文藝出版社版《茅盾書簡》。云「字寫好一張，隨函奉上」。告以「左目失明，右目僅 0.3 視力」，「寫字如暗中摸索，點劃都不匀稱，自覺吃力不討好。如有人看見了，轉請您索書，請爲婉辭」。詳述了魯迅電賀紅軍的經過，云「現在沒有人曾見此電全文，只留下那一句而已。而此一句的出處則在晉冀魯豫《解放日報》，時爲抗戰初年。聽說該報是《人民日報》的前身，《人民日報》社中藏有該報全份」。

十三日　作《致沙汀》（書信），署名雁冰。載百花文藝出版社版《茅盾書信集》。云「您的問題之所以拖了那麼久方能弄清，同四人幫不無關係，巴金最近也完全沒有事了」。

十六日　《光明日報》社送來《關於長篇小說〈李自成〉的通信》校樣和編輯陳丹晨的信。信云：考慮到小說中湯夫人性格的複雜性，認爲不宜全盤否定，建議可否酌情稍改。（陳丹晨《慢憶茅公二三事》，載《新港》1981年 8 期）

十八日　改好《關於長篇小說〈李自成〉的通信》校樣，連同致陳丹晨信一封，掛號郵寄給陳丹晨。信云：「來信及清樣兩份均收悉。已在清樣上略作文字上的改正。關於湯夫人的一段評語，尊慮極是，已加寫一段作進一步分析」。（陳丹晨《慢憶茅公二三事》，載《新港》1981年 8 期）

同日　作《致陳丹晨》（書信），署名沈雁冰。載百花文藝出版社版《茅盾書信集》。云修改關於長篇小說《李自成》信稿事。

十九日　作《致周鋼鳴》（書信），署名雁冰。載百花文藝出版社版《茅盾書信集》。談約寫稿件事，並附上寫的字四張。

二十一日　作《致陳瑜清》（書信），署名雁冰。載浙江文藝出版社版《茅盾書簡》。云及魯迅研究，「《集外集拾遺》後面的舊體詩詞注釋」，「將來一定會聚訟紛紛」。「自題小像一詩現亦有人提出新的解釋，蓋咬住一、二字，刻舟求劍以駁難，似已成風氣。眞令人啼笑皆非」。

二十二日　作《桂枝香・詠時事》（詞），載上海古籍出版社版《茅盾詩詞集》，現收《茅盾全集》第十卷。全詞用象徵手法寫出了「四人幫」的興風作浪和他們必然滅亡的命運。

二十三日　下午，姚雪垠和于黑丁等武漢三客來訪，「洽談甚歡」。（24

日《致臧克家》)

　　同日　作《致江暉、魯歌》(書信)，載《文教資料簡報》一九八四年三期(總 147 期)。云他們研究魯迅的文章「亦有不足」，但還不是「教條主義傾向」。認爲「文章、作品只要認眞地進行修改，就會有提高」。指出「稚嫩會逐漸走向成熟，這是一個規律」。

　　二十四日　作《致臧克家》(書信)，署名雁冰。載百花文藝出版社版《茅盾書信集》。答應出席補行聚會，「但爲靖華兄壽則極應該，容弟亦爲祝壽者廁於發議之列如何？」並且認爲日期「以星期一爲宜，因爲每個星期二例往北京醫院治療也」。

　　同日　作《致魯歌》(書信)，載《文教資料簡報》一九八三年三期。云「自顧以往走過的從事文學的道路，充滿了幼稚與錯誤，不值得你們年靑有爲者化心力去研索」。

　　二十五日　發表《關於長篇小說〈李自成〉的通信》(評論)，載《光明日報》。該文共收茅盾一九七四年十月至一九七五年八月給姚雪垠的六封覆信，約六千餘字，內容主要爲對《李自成》第二卷的意見，包括對第二卷的十八個單元的具體意見和對全書章回格局的建議。文字瀟灑秀勁，見解獨樹一幟。本書是茅盾自一九六五年擱筆以來，公開發表的第一篇評論文章，它的發表預示著茅盾文學評論寫作一個新的春天的到來。評論發表後，全國許多省市報紙紛紛轉載，反響極大。

　　二十六日　作《致王亞平》(書信)，署名沈雁冰。載文化藝術出版社版《茅盾書信集》。云「爲寫小幅事不敢忘，思湊俚句，久久不成；今當努力，不論工拙，湊成寫就即便奉上。」

　　二十八日　出席在北京八寶山革命公墓禮堂擧行的阿英同志(1900 年生)追悼會。出席追悼會的有郭沫若等。(29 日《人民日報》)

　　同月　作家馮至與《世界文學》編輯部幾位同志來訪。告知，停刊已有十幾年的《世界文學》將要復刊(先在內部發行)。聽到這個消息，茅盾非常高興，「好像看見他精心培育過的花木在枯槁多年以後，又生出來青枝嫩葉」。當提到請他給《世界文學》寫文章時，「毫不遲疑，立即答應了」。(馮至《無形中受到的教益》，載 1981 年 4 月 23 日《中國青年報》)

　　同月　作成《清谷行》《舊體長詩》，載河北人民出版社版《茅盾詩詞》，

現收人民文學出版社版《茅盾全集》第十卷。該詩原作於一九七五年十月，爲贈作家趙清閣的。兩年後又修改，六月定稿，十月書寫到一本玲瓏精緻的袖珍冊頁上，贈趙清閣。編入河北人民出版社一九七九年十月版《茅盾詩詞》時，又作了一次推敲潤色。長詩概括地追憶了四十多年來，幾個歷史時期的國事、人情；抗日戰爭的同舟撻伐；勝利後重返上海；接著國民黨發動內戰到全國解放；「文化大革命」到粉碎「四人幫」。是一首迂迴曲折、壯闊絢麗的歷史詩篇。詩篇也寄託友情和祝願：「萬里鵬程期共奮，願人長壽月長圓」。

當月

三十日 巴金應邀請往復旦大學與留學生座談，在講話中指出：「我認爲中國現代文學除了魯迅外，茅盾的影響最大，在三十年代僅次於魯迅。」（唐金海、張曉雲主編：《巴金年譜》）

本月

二十日 中國科學院召開工作會議，黨中央負責同志到會號召向科學技術現代化進軍。

柳青的長篇小說《創業史》第二卷上部由中國青年出版社出版。

上半年

寄贈廣西作家、教授林煥平一幀小照，照片背面寫著：「你看我是多麼老態龍鍾呀！」（林煥平《記茅盾兩件事》，載 1985 年 4 月 2 日《羊城晚報》）

七月

一日 作《致臧克家》（書信），署名沈雁冰。載百花文藝出版社版《茅盾書信集》。云「您一定要請客，屆時奉陪」。還告知，「葉聖陶兄近患眼底出血，五尺外不辨人物，亦須人扶以免碰衝」，「他的眼睛怕不能恢復原來視力了，甚爲擔憂」。

同日 作《致馬子華》（書信），署名沈雁冰。載百花文藝出版社版《茅盾書信集》。云「病後有後遺症，食物禁忌甚多」，「千萬不要」寄「滇特產雞棕」。並云「千里致珍羞，今爲資產階級法權，千萬請兄勿以愛我而使我受誹議也。至囑至囑」。重申「我年老多病，在京老友，亦少往來，殊不願與素昧平生者通訊」。望能便中向溫功文先生「轉達鄙意爲禱」。

　　同日　作《致王德厚》（書信），署名雁冰。載浙江文藝出版社版《茅盾書簡》。指出「魯迅日記之贈畫家一詩即爲贈王君」。畫師「望月先生肯定沒有到過蘇區，或想去；魯迅贈詩時，他正要回日本。詩中『春山』似可泛指，不要指定爲革命根據地也」。

　　四日　作《致陳小曼》（書信），署名爸爸。載百花文藝出版社版《茅盾書信集》。（按：陳小曼係茅盾的兒媳婦）。云最近雖然「沒有生病」，卻「意外地忙，把積欠的字債都還了，寫了大小二十多張，這不算；意外的來訪者甚多，差不多兩三天有一、二人或一批四、五人。這些來訪者多半是外地來的，例如上海來了兩批，一批是上海某電影製片廠擬拍攝以楊開慧烈士爲主角的電影，要我提供一九二六年春我在廣州時所知道的毛主席與楊開慧的活動情況。另一批是上海話劇團，他們要排演八一南昌起義的劇本，也來找材料，北京黃鋼他們打算編個詩劇，也以開慧烈士爲主角，也來找我談。此外就是魯迅作品的一些注釋組紛紛來要求爲他們注釋中遇到的問題提供解答。這方面最多。外地寫信來問的也不少，至今未有盡期」。特別提到北京魯研室的一些人（好像他們雖同屬一室而各自爲謀找過幾次），提了許多問題，四、五人同時記錄，費時兩小時至三小時，結果把記錄稿整理後寄來，一看是莫名其妙，記錯的不說，最糟的是文理不通，至於原來是不肯定的語氣都變成肯定而生硬，那就更多了。而他們還說有許多問題未曾談到，要求再談。只好寫信告訴他們不如把問題書面寄來，書面答覆，「不必來訪了」。還談到上海一話劇團擬編一個魯迅的劇本，「周遊了省市七、八處，找到我及北京其他人。其實他們在別處找的人不過從前聽過魯迅一、二次講課或通過一、二次信的人，現在卻夸夸其談，以魯迅『戰友』面目出現，實在令人啼笑皆非」。還告知，公安部找到了「魯迅給我的九封信原稿」，魯迅博物館「又來找我兩次，要我解釋信中說到的人（只用一個姓或化名）和事」，但他們「程度高，沒有誤記，不比魯迅研室的人是各省調來比較龐雜也」。還說到約稿，「有《世界文學》，總算寫了一篇，是他們出的題目，魯迅介紹外國文學的寶貴經驗」。「又有文化部文藝研究室來約，則我打算不寫了」。

　　同日　盛夏，灼熱，「茅公於薄暮時分」，「穿白綢上衣，著黑便鞋，拄著手杖」，往豐澤園由臧克家提議，爲曹靖華八十壽辰，爲茅盾八十壽辰補壽，在座的有茅盾、葉聖陶、曹靖華、張光年、馮至、唐弢、何其芳、李何林、

嚴文井、姚雪垠、葛一虹、臧克家等十二位，「大家舉杯起立，爲黨中央一擊而打倒了四凶慶賀；爲茅盾、靖華兩位長者健康長壽祝賀。大家傾心暢談，百無禁忌」。「且碰杯，且吃，且言笑，時間在歡樂中飛逝，不覺過了三個鐘頭，而茅盾先生談鋒正健，樂而忘倦了。」「晚上九點了，才留留戀戀地起身散去。」（臧克家《往事憶來多》，載《十月》1981 年 3 期；葛一虹《回憶，在那些難以忘卻的日子裡——敬悼茅盾同志》，載 1981 年 4 月 12 日《光明日報》）並在臧克家送給曹靖華的錦冊上題寫了祝詞：「崖畔芙蓉，澗底青松，願人長壽，願同長榮。」（彭齡《斜雨春風幾度過》，載《隨筆》1984 年 2 期）

五日　接巴金來信，信云「對您（按：指茅盾）的關心，我十分感謝。我最近身心都好，能翻譯，也能寫點文章。『四人幫』垮台，我頭上那塊大石頭也搬走了，關了十年的房間和書櫥也啓封了」；提出「想請您寫幾行字作爲紀念，讓我經常看到您的手跡，好像就在您身旁聽您談話一樣」；最後，告訴他女兒李小林在杭州編《浙江文藝》，並向茅盾約稿。（《致茅盾》，載四川文藝出版社版《巴金書簡》）

七日　作《致臧克家》（書信），署名雁冰。載一九八一年四月十二日《解放日報》，初收百花文藝出版社版《茅盾書信集》。答謝他四日晚的宴請，云：「那晚老友們歡聚，十分難得。」也告知「于黑丁要的字也早已寫得，但去信聯繫後不見覆，所以尙未寄出」，望告他的地址。

八日　作《向魯迅學習》（評論），載《世界文學》第一期，收入四川人民出版社版《茅盾近作》。比較全面地評價了魯迅先生一生翻譯和介紹外國文學的情況，認爲他「表現了始終一貫的高度革命責任感和明確的政治目的性」。如一九○七年前後寫的《文化偏至論》、《摩羅詩力說》和《域外小說集》，「在當時是曠野的呼聲」，「像普羅米修斯偷天火給人類一樣，給當時中國知識界運輸了革命的食糧」，並以此來參加洋務派和保皇派的鬥爭。此後十年，他的翻譯介紹目的在於「喚醒人民，使其知道病根何在」，也指出，魯迅由於傍徨和探索的矛盾心情，「他所翻譯介紹的作品中的消極成分或者未能進行批判，或者雖然批判了而不夠有力」。最後十年，是魯迅由進化論轉向馬克思主義，「他可以說是把馬克思主義文藝理論著作和十月革命後蘇聯文藝界的論爭和結論等等，第一次介紹到中國來」。總之，「魯迅的翻譯和介紹工作，是緊密地配合了各個時期中國革命的需要」。

十日　作《致周鋼鳴》（書信），署名沈雁冰。載百花文藝出版社版《茅盾書信集》。同意他們在《廣東文藝》上發表舊體詩《過河卒子》，「但配以漫畫則可，原詩製版，似乎太招搖了，乞酌。」談到幾個地方約寫稿。覺得「都是《光明日報》文學版登了我兩年前給姚雪垠論《李自成》第二部的通信摘錄而引起來的，其實，精力日衰，怕寫稿，且亦寫不出差強人意的東西。《世界文學》那篇東西只是闡述魯迅介紹世界文學的業績，沒有新意見。」

同日　作《致陳丹晨》（書信），署名沈雁冰。載百花文藝出版社版《茅盾書信集》。將胡秀英《狗啃小傳》稿寄回，「我怕同不相識的人通信，蓋往往糾纏不清，我實在精力不濟也。況且對這《狗啃小傳》也無話可說」。

同日　作《致馮至》（書信），署名沈雁冰。載《世界文學》一九九六年第三期。請馮至對「囑寫之文」《向魯迅學習》加以「審核和斧正」。

十一日　作《致巴金》（書信），署名雁冰。載百花文藝出版社版《茅盾書信集》。覆其五日來信，云聽人言，「您要出來走走」，告訴他北京現在氣候不好，唐山大地震後一年，還可能會有餘震，所以「您還是等十、十一月來會好些」。又告「囑寫字，緩日寫好後再寄上」。

同日　作《致孔羅蓀》（書信），署名雁冰。載百花文藝出版社版《茅盾書信集》。感謝他寄來治哮喘藥方，「但我不是哮喘而是氣短，乃心臟病之故」。在談到魯迅著作注釋問題時指出，「我大多數不能解答。有些是我本來不知道的，有些是我理應知道的，但年久忘記了。因為注釋務求精細，而當時有些事過眼雲煙，年久就不留印象」。

同日　作《致王德厚》（書信），署名沈雁冰。載浙江文藝出版社版《茅盾書簡》。云收到來信及《魯迅舊詩新詮》一書，云「我看了此詩每條按語，覺得此人（按：指上述《新詮》之作者司空無忌）理解魯詩的能力很差。甚至可以說是全然不理解」。「我大膽猜度，這是個妄人，寫這本《新詮》是為了騙人，卻在『引』及『按』中故意拉入一些文藝界人以示其交遊之廣闊，也是為了騙人」。

十七日　作《致碧野》（書信），署名沈雁冰。載百花文藝出版社版《茅盾書信集》。云收到兩信及玉照，認為「『丹』（按：即長篇小說《丹鳳朝陽》）書在天津社出版，很好。人民文學出版社方面因循自誤，怪不得老兄也。」另外擬用我寫的長詩的題目製版作為書題，我沒有意見。但擬為另寫，如果

不急的話」。

十八日 作《致陳鳴樹》（書信），署名雁冰。載浙江文藝出版社版《茅盾書簡》。云「拙作《西江月》蒙謬賞甚愧」。同意陳對詞的理解：「詞作於六四年，乃刺蘇修者，上片開頭三句喻此輩不敢活動於光天化日之下，只能在黑夜施其鬼蜮，鼓吹兩部直指此輩。下片正面寫，白骨成精多詐，引毛主席『一從大地起風雷，便有精生白骨堆』，正指蘇修」。並指出「站出來者好樣」，爲「我黨與蘇修就無產階級專政之歷史經驗展開大論戰」時，嘲諷蘇修「不敢將我方之駁斥使其本國人民知道」，並云「率爾塗抹，實在淺薄，今日觀之，似可加之『四人幫』，其實不是。但七三年寫給您，卻有暗指之意。」

十九日 作《致周而復》（書信），署名沈雁冰。載文化藝術出版社版《茅盾書信集》。云「動手寫回憶錄……工作量大」，「必須查閱大量舊報刊」，「需要有人幫助搜集材料，筆錄我的口授」，「已寫信給中央軍委羅瑞卿秘書長，希望他能同意借調」「在解放軍政治學院校刊當編譯」的我的兒子韋韜，希望周「從中大力促進」。又告本月七日半夜「在臥室中摔了一跤」，「腰部酸痛」。

二十四日 下午，出席並主持在京愛國人士座談會，慶祝黨的十屆三中全會勝利召開。（25 日《人民日報》）

二十七日 下午，馮至來訪。一見面茅盾便說：「我的那篇文章《向魯迅學習》有什麼不妥的地方，你們可以修改，我沒有意見」。馮至說明來意，告之著名詩人、評論家何其芳於二十四日逝，同他商議開追悼會之事，茅盾聽後，「爲何其芳的逝世不勝悲傷」。（馮至《無形中受到的教益》，載 1981 年 4 月 23 日《中國青年報》）

二十八日 作《致姚雪垠》（書信），署名沈雁冰。載文化藝術出版社《茅盾書信集》。云「丁力同志囑寫字，自當奉命」。並云何其芳逝世，心情「傷感」，說「學部定於八月四日開追悼會」，「想來兄要去的。屆時，一些老朋友又可晤面」。最後建議姚「徹底檢查」身體。

同日 作《致姜德明》（書信），載《文藝評論》一九八四年二期，收入百花文藝出版社版《茅盾書信集》（按：姜德明，作家，當時編輯《人民日報》副刊《戰地》，後改爲《大地》）。云「囑爲《戰地》寫稿，手頭並無現成短箋，只好緩日另圖。潮悶兼旬，頭腦昏暈，寫封信也語無倫次」。另又回答了關於

一九三六年魯迅給茅盾的八封信及史沫特萊關於《子夜》英譯本之事。

二十九日　下午，往八寶山革命公墓禮堂，與烏蘭夫等出席政協委員周竹安同志追悼會，並向周竹安同志家屬表示親切的慰問。（30 日《人民日報》）

三十一日　下午，出席中共中央、國務院和中央軍委召開的中國人民解放軍建軍五十週年慶祝大會，聽取了葉劍英的重要講話。出席會議的有華國鋒、鄧小平、鄧穎超、郭沫若等黨和國家領導人。（8 月 1 日《人民日報》）

同月　作家林煥平教授夫婦從桂林來北京看望茅盾，「隔絕十多年後第一次見面，大家有說不出的高興。」（林煥平《記茅盾兩件事》，載 1985 年 4 月 2 日《羊城晚報》）

同月　爲茅盾研究者孫中田的《茅盾筆名（別名）箋注》初稿作了校正。《箋注》共收茅盾筆名 103 個，辯識數個。《箋注》云：孔常、佩韋、元枚、洪丹、四珍、韋等，茅盾認爲是他早期使用的筆名；記者、形天、惕、陶然也是他使用的筆名；而馮虛，認爲這是他一九二六年前使用的筆名之一；方，認爲這是他三十年代使用的筆名之一。（孫中田《論茅盾的生活和創作》，百花文藝出版社 1980 年 5 月出版）

當月

王陽松發表《〈白楊禮讚〉試析》，載《安徽師範大學學報》1977 年。

本月

十六日至二十一日　中國共產黨第十屆中央委員會第三次會議在北京舉行，全會一致通過《關於恢復鄧小平職務的決議》和《關於王洪文、張春橋、江青、姚文元反黨集團的決議》。

二十四日　著名文學批評家、詩人何其芳（1912 年生）在北京逝世。

八月

一日　晚，出席國防部爲慶祝中國人民解放軍建軍五十週年，在人民大會堂宴會廳舉行的盛大招待會。（2 日《人民日報》）

二日　作《致沈德汶》（書信），署名鴻。載百花文藝出版社版《茅盾書信集》。（按：沈德汶是茅盾的堂妹）告訴她今年來北京「不行」，「明後年行」。因爲「僅有的一間客房早有人住了」，小曼今年五月底就到幹校勞動，期爲一年。請小曼的親戚來照顧我的小孫女丹丹。還告知「今年尚未解除地震警報」。

　　同日　作《致沙汀》（書信），署名沈雁冰。載百花文藝出版社版《茅盾書信集》。云對《魯迅研究》第一期所刊馮雪峰《有關一九三六年周揚等人的行動以及魯迅提出『民族革命戰爭的大眾文學』口號的經過》一文，「不勝駭驚」，認爲「不知馮雪峰從何得此怪誕不近人情的讕言而且信以爲眞，我是不相信的。打我一頓以出氣，中學生或者可能有些怪念，而謂周揚及您與有這個念頭，稍有理智的人是不會相信的。」還指出，很可能是胡風造謠，「然而馮雪峰還當他是好人。我根本不相信，請勿介意。《魯迅研究》登出此條，也欠考慮」。建議沙汀與周揚、周立波、夏衍「可以寫信給《魯迅研究》，聲明並無此事」。

　　同日　作《致王亞平》（書信），署名沈雁冰。載文化藝術出版社版《茅盾書信集》。云「霉雨季節」，「終日昏昏然」，「秋高氣爽時一定寫。積壓字債又已不少，屆時當以數日之力一併償還」。

　　四日　作《致姜德明》（書信），署名沈雁冰。載百花文藝出版社版《茅盾書信集》。云「魯迅的九封信，我想來沒有更多的回憶可寫了」，「俟十月魯迅逝世紀念」，「《戰地》出個小特輯」，「預先約稿，屆時我多少寫千把字寄給你」。

　　同日　上午，出席在八寶山革命公墓禮堂舉行的何其芳同志追悼會。出席追悼會的有王震、郭沫若和馮至、姚雪垠等文藝界人士。（5日《人民日報》）

　　五日　作《致趙清閣》（書信），署名沈雁冰。載百花文藝出版社版《茅盾書信集》。云天氣極不正常，「剛抗了旱又要抗澇。衣物則要抗霉，我是人也發霉了，終日昏昏然」。談到《李自成》一書之暢銷，已印二十萬「又已賣完。聞今多或明春新版將印五十萬。書自有其可貴處，但亦足見『四人幫』統治文藝十年，造成書刊之枯索呆板，故見新書有新風格，群趨之如大旱逢甘霖也」。還云「發願寫點東西以爲壽，不料寫得長了，一時無力寫成冊頁（按：指長詩《清谷行》）。秋涼後當努力爲之」。附言云「曹靖華健在」，「能吃，能走」，「不像我，幾乎是半個身子躺在棺材裡」。

　　六日　作《致臧克家》（書信），載一九八二年四月一日《文學報》，收入浙江文藝出版社版《茅盾書簡》。云四日參加「何其芳同志追悼會人多，我被弄到一個休息室，滿屋子人（我遲到了些），看到許多料想不到的朋友，卻沒有看到您，料想被安排在另外休息室了。」並代爲轉上一個不認識的孫某所寫的歌頌毛主席的詩稿，「請詩刊社代爲寄還他」，說此人「消息閉塞，

使人驚訝。因爲他還以爲有全國文聯，有《文藝報》也」。

　　同日　作《致荒蕪》（書信），署名沈雁冰。載文化藝術出版社版《茅盾書信集》。云美國作家伊羅生夫婦三十年代編譯的中國現代短篇小說集「《草鞋腳》譯本遲至七四年始出，又有長序，料想是尼克松訪華後美國有一陣中國熱之故」。知其在翻譯該長序，「並允以抄本見惠，甚感」；提及「三十年代在上海辦刊物的一些美國朋友，自伙淘裡常鬧矛盾，伊羅生與史沫特萊當時即有矛盾，而今年五一節來北京訪問之邁克斯、格蘭尼奇曾訪我長談，則又對史沫特萊極爲不滿，所述之事有非常情所可能者」。

　　十日　作《致王崑崙》（書信），署名沈雁冰。載百花文藝出版社版《茅盾書信集》。爲作家老舍平反問題進行討教，云「日前胡絜青同志（按：乃老舍夫人）談到老舍未有結論，影響孫兒女及外孫女入團等等問題，她寫了個書面，要求轉交統戰部，並謂您也幫過忙，歷年她奔走請求等情況，您都知道」，因此，爲了解決老舍的問題，「您和我寫個信給烏蘭夫部長，並將胡絜青的書面附呈」；「此事估計不能馬上有結果，但胡絜青奔走交涉多年，其急迫之情足可以理解。我等從旁推動，義不容辭。如蒙賜覆，請寄交道口」家中。

　　同日　作《致姜德明》（書信），署名沈雁冰。載百花文藝出版社版《茅盾書信集》。云徵及「毛主席逝世一週年」稿，「年老精力衰頹」，時間又緊「容努力爲之……到期沒有，成望原諒」。（按：後作《沁園春‧毛主席逝世週年獻詞》二首）。

　　十二日　作《滿江紅‧歡呼十一大勝利召開》（詞），載一九七七年八月二十一日《光明日報》，初收河北人民出版社版《茅盾詩詞》，現收入人民文學出版社版《茅盾全集》第十卷。歌頌了中共「十一大」的勝利召開。

　　二十四日　作《致周而復》（書信），署名沈雁冰。載百花文藝出版社版《茅盾書信集》。云收到信及高麗灑金紙，同意爲林默涵及孫樂宜（當時爲廣州市副市長）寫小幅。容緩，「此因十一大勝利召開，學習就比較多了」。

　　二十六日　作《毛主席的文藝路線萬古長青》（評論），載《人民文學》一九七七年第九期。本文謳歌了毛澤東文藝路線，指出毛澤東《在延安文藝座談會上的講話》「就是教導我們如何爲工農兵服務，爲無產階級政治服務的萬寶全書」。

二十八日 作《致杜宣》（書信），署名沈雁冰。載一九八一年四月二日《文學報》，收入浙江文藝出版社版《茅盾書簡》。云「『上海戰歌』既在『八一』上演，想來不久我們也可在京看到」。答應爲他寫小幅。

同日 作《致荒蕪》（書信），署名沈雁冰。載文化藝術出版社版《茅盾書信集》。云收到他譯的《草鞋腳》長序和茅盾小傳，指出「那個小傳是我特爲《草鞋腳》寫的，其中『我被送進我們地區的第一初級學校』一語，應是『……我們鎮上開辦的第一座小學校』，想來伊羅生譯錯了。還指出自己也「進過私塾——家塾，但父親嫌那個老師太多烘，只教母親教我」。另外還指出：「伊羅生說尼克松七二年訪問北京時，我參加了宴會，這是他弄錯了，這不是事實。」

同月 作《毛主席文藝路線永放光茫》（詩），載《人民戲劇》一九七七年第九期。

本月

十二日至十八日 中國共產黨第十一次全國代表大會在北京舉行。大會清算了「四人幫」的罪行，選舉了新的中央委員會，討論和修改了黨章。

二十九日 毛澤東主席紀念堂建成。

全國高等學校招生工作會議在北京召開。會議決定恢復招生統一考試制度。

夏

鳳子來訪，約寫一篇關於貫徹雙百方針的文章爲《文藝研究》用。希望編者給一些有關創作問題的資料。（鳳子《難忘的回憶——敬悼茅盾同志》，載《文藝報》1981年4期）

九月

二日 作《致臧克家》（書信），署名沈雁冰。載《文藝研究》一九八一年三期，收入浙江文藝出版社版《茅盾書簡》。云：「在《光明日報》刊出的《滿江紅》，內行見了是要笑掉牙齒的」。告之碧野等將下去體驗生活，碧野「將去成都，而重慶，而沿江直抵武漢。雪垠是爲著地形而去山海關，還要

去松山，以便《李自成》第三卷作時在地形方面不出錯。他這認眞的精神實可佩服。那一帶，與明末相比，大概山川依舊，雖然城郭全非」。

六日　作《致姜德明》（書信），署名沈雁冰。載《文藝評論》一九八四年二期。關於約稿，云「紀念毛主席的文章不好寫。說些實話，不行；寫的有內容，我沒有這能力；回憶一兩件事？沒有材料，因爲我沒有在毛主席身邊工作過。這樣，今後想寫也想不出來」。只能寫詞，寫成《沁園春‧毛主席逝世週年獻詞》二首。

九日　下午，往天安門廣場，出席紀念毛澤東逝世一週年暨毛主席紀念堂落成典禮大會。獻了花圈，會後瞻仰了毛澤東遺容。出席大會的有華國鋒、葉劍英、鄧小平、宋慶齡、郭沫若等黨和國家領導人。（10日《人民日報》）

同日　晚，往首都體育館，與烏蘭夫等出席觀看了由文化部、總政文化部等聯合舉辦的紀念毛主席逝世一週年文藝演出大會。（10日《人民日報》）

十日　發表《沁園春‧毛主席逝世週年獻詞》二首（詞）載《人民日報》，後收入河北人民出版社版《茅盾詩詞》，現收人民文學出版社版《茅盾全集》第十卷。本詞原題《沁園春‧毛主席逝世獻詞》。

十二日　作《致臧克家》（書信），署名沈雁冰。載百花文藝出版社版《茅盾書信集》。云人民文學出版社將重印《子夜》，「但又要求寫一個新的『後記』，這可使我爲難了，至今不知道寫什麼好。舊有之『跋』，已把該說的話都說完了。事隔四十多年，能說些什麼呢？有之，則是四個大字：自悔少作。」

同日　作《致姜德明》（書信），署名沈雁冰。載百花文藝出版社版《茅盾書信集》。認爲陳昊蘇（按：陳毅的大兒子）的長詩《記導師》「很好。我先不知爲何所作，以爲乃出於哪個老先生之手。此詩首用仄韻，因是悼念，情緒與音節正吻合，後轉平韻，且轉韻多次，皆求吻合詩情，即此便不易做到。」云及自己學詩的歷史，「至今仍是一知半解，今茲妄論，幸一笑置之」。關於自己所寫「紀念魯迅之作，擬題如前函所述，盡量破形而上學——在魯迅研究中仍然存在的形而上學」。

十八日　作《致單演義》（書信），署名沈雁冰。載百花文藝出版社版《茅盾書信集》。（按：單演義是西北大學中文系現代文學教授）云「魯迅和我編選的中國現代短篇小說集《草鞋腳》編選、出版情況」。關於中選篇目，認爲

「比斯諾的那本（按：指《活的中國》）純些，斯諾是他自己與人（大概是懂英文的中國人）選好了，請魯迅寫個序。但斯諾辦法多，他的選本在三十年代後期就在美國出版了。」

二十四日 作《致姚雪垠》（書信），署名雁冰。載百花文藝出版社版《茅盾書信集》。云關於《李自成》的評價「近來常聽說第一卷勝似二卷，又謂二卷文筆不如一卷簡練等等」，告知「有個宋謀瑒（我不識其人，前數年他以注釋魯迅舊詩通過信，是個好立異說的人，克家也知此人），來信謂歷史學者不同甚多」，「不知兄有所聞否？」爲之，準備在下個月「擬就歷史人物之現實性與虛構性之合理的結合一端寫隨感式短文數則，以破一般對尊作之形而上的議論」。並請姚協助，將「閱讀之史料（除《明史》、《網寇記略》等而外）」，「見告」，「我寫該文時可有點底」。祝賀他考察旅行的成功，認爲「寫歷史小說而如此認眞者，我看尚無第二人。這一點，將來我寫的短文中代爲標出」；還告訴他，「我現在有兩起文債要還。一是《子夜》重印，出版社一定要我寫新的『後記』；二是《人民日報》『戰地』約寫關於魯迅研究之形而上作風，也要求破。這兩者下個月內要交卷。關於《李自成》的，也是早已答應了《光明》的」。還云，徐民和爲寫茅盾傳記來訪，茅盾「告以不值得，但他堅持，只好談了一些」。

同日 作《致臧克家》（書信），署名雁冰。載《人民文學》一九八二年二期，收入百花文藝出版社版《茅盾書信集》。云老舍的平反問題，「老舍的政治結論看到了，家屬提了點意見，我以爲也好」。

同日 作《致劉英》（書信），署名沈雁冰。載浙江文藝出版社版《茅盾書信集》。（按：劉英是張聞天的夫人）。云答應爲湖南人民出版社「擬出的聞天同志紀念冊」寫回憶。

二十五日 發表《毛主席文藝路線永放光芒》（詩），載《人民戲劇》第九期。本詩熱情讚揚了毛澤東革命文藝路線。

二十六日 作《致姜德明》（書信），署名雁冰。載百花文藝出版社版《茅盾書信集》。云所要小幅「字已寫好，甚拙劣，聊博一笑」；告之「魯迅逝世紀念短文俟國慶後即寫」；請其幫忙找一找抗戰末期，即四十年代在重慶，胡風與何其芳、林默涵等關於文藝創作理論論戰之資料。

同日 作《致丁力》（書信），載一九八一年四月十一日《長江日報》。云「前得雪垠同志轉來大作和姚詩七律（按：九月，姚爲茅盾八十大壽寫詩祝

賀，寄丁力徵求意見，丁力即和詩一首寄贈茅盾），拜讀之餘，不勝感慨，本思奉和，久久不能，只好寫呈舊作西江月兩首請教。二詞所刺，均為蘇修，至於我的字，實在拙劣，朋友既有嗜痂之好，姑寫來以博一粲。」

二十七日　作《致江暉、魯歌》（書信），載《文教資料簡報》一九八四年三期（總 147 期）。云所寫研究魯迅的稿件，「多有新見，皆可自備一格，其中解說也不必人人同意」，「不必強歸於一說」。「如能持之有故，亦應允許各抒己見」。

三十日　晚，出席中共中央國務院為慶祝中華人民共和國建國二十八週年，在人民大會堂舉行的盛大招待會。出席招待會的有華國鋒、葉劍英、鄧小平、李先念、鄧穎超等黨和國家領導人。（10 月 1 日《人民日報》）

約月底　作《桂枝香·為商務印書館建館八十週年紀念作》（詞），載商務印書館香港分館版《商務建館八十週年紀念集》，載上海古籍出版社版《茅盾詩詞集》，現收《茅盾全集》第十卷。極力讚揚商務印書館對我國出版事業的巨大貢獻，中有「維新大業。數出版先驅，堪推巨擘」。

同月　發表《粉碎反黨集團「四人幫」過河卒》（舊體詩）手跡，載《廣東文藝》第九期。

本月

十七日　我國成功地進行了一次核試驗。

《人民戲劇》第九期發表白樺的劇本《曙光》。

十月

一日　下午，往中山公園出席國慶遊園活動，與首都軍民一起歡度國慶節。出席遊園活動的有鄧小平、葉劍英、郭沫若等黨和國家領導人。（2 日《人民日報》）

同日　晚，與黨和國家領導人登上天安門城樓，觀看國慶焰火。（2 日《人民日報》）

三日　作《致巴金》（書信），署名雁冰。載百花文藝出版社版《茅盾書信集》。云「知近況佳勝，精神煥發，力疾寫作，甚佩甚慰」；至於為《浙江文藝》寫稿，「竟不知寫什麼好」，又「雜事甚多」。寄去「委寫之字」，「聊作紀念耳」。

同日　作《致臧克家》（書信），署名雁冰。載百花文藝出版社版《茅盾書信集》。云「委寫書名」奉上。又云「九月三十日晚參加國慶招待會，在休息室候車時，「看見于立群」，「郭老等他同走。她說沒有什麼病，但郭老則抵抗力差，易感冒」。

五日　作《致葉子銘》（書信），署名沈雁冰。載《中國現代文學研究叢刊》一九八一年四期，收入浙江文藝出版社版《茅盾書簡》。答覆其來信詢問的四個問題：一、解釋一九三○年中國社會性質論戰的起因；二、解釋了《子夜》中的「多頭、空頭、賣空」；三、解釋一九二五年底到一九二六年四月在廣州情況，「當時，毛主席擔任國民黨中宣部代理部長，我任中宣部秘書，做毛主席的助手。中山艦事變後，汪精衛出國，毛主席也不擔任代理部長，我遂回上海」；四、「商務印書館有個罷工委員會，我是其中之一」。

七日　作《魯迅研究淺見》（論文），載十月九日《人民日報》。文章鮮明地指出「某些熱心於魯迅研究的青年，思想上還深受『四人幫』散佈的形而上學的流毒」。比如「對魯迅一些舊體詩的解釋」，「是先立『假說』，然後在魯迅日記、書簡乃至同時的報刊文章中廣求例證」。指出「『四人幫』搞的歷史研究，用的正是這個方法」。

九日　作《再來補充幾句》（序跋），載《子夜》人民文學出版社一九七七年重印本。這是爲《子夜》重印本寫的「後記」，重申了寫作此書的意圖。

十日　作《致姜德明》（書信），署名沈雁冰。載百花文藝出版社版《茅盾書信集》。云「關於研究魯迅短文（按：「即《魯迅研究淺見》），算是寫好了。沒有寫好。恐不能用，請審核，不必客氣，改削得像樣些」。

同日　作《致碧野》（書信），署名沈雁冰。載百花文藝出版社版《茅盾書信集》。稱道碧野去西北黃河、成都等體驗生活，予創作很好。

同日　作《致金韻琴》（書信），載一九八三年四月二十六日《人民日報》。云「眼力大不如前，腕力也易倦」，又云，「寫信時不斷出錯」，即使寫「短信，錯字百出」。

同日　作《致陳瑜清》（書信），載《西湖》一九八三年三期。云「英文版、法文版《子夜》，『鹹肉莊』這個詞，皆譯成『妓院』」，並沒有譯錯。

十一日　作《致姜德明》（書信），署名沈雁冰。載百花文藝出版社版《茅盾書信集》。對寄出的《魯迅研究淺見》一稿作改正。

十二日　作《致姜德明》（書信），署名沈雁冰。載百花文藝出版社版《茅盾書信集》。云將《魯迅研究淺見》一文「清樣」，「改後奉上」。

十六日　作《致王亞平》（書信），署名沈雁冰。載文化藝術出版社版《茅盾書信集》。云「悼念偉大領袖和導師毛主席的詩是不容易寫好的，『太實了，詩情不暢，太虛了，又感空疏』」。

十七日　作《致臧克家》（書信），署名沈雁冰。載百花文藝出版社版《茅盾書信集》。告之「巴金來京三日，因是集體來的（按：《巴金年譜》云：巴金於 10 月上旬隨上海幹部、群眾赴京代表團到北京，下榻西苑旅社，第二天前往毛澤毛紀念堂，瞻仰毛澤東遺容；下午離京。），日程緊，未來我處。文化部方面，未聞其他消息，僅知搞運動甚緊張而已」。

十八日　下午，茹志鵑、趙燕翼來訪，晤談二十分鐘。說「四人幫」時期的小說，「看了開頭，就知道結尾，——他們的幫文藝也是公式化、概念化，在解放初期也曾有過。」指出「他們所製造的，則是以『左』的外衣掩飾起來的爲他們反動的政治目的服務的公式化、概念化」。（趙燕翼《學而不厭誨人不倦——悼念敬愛的茅盾先生》，載 1981 年 4 月 9 日《甘肅日報》，又見茹志鵑《說遲了的話》，載 1981 年 4 月 1 日《文匯報》）

約十九日　得巴金來信，巴金感謝所贈字幅，云「看見您的字，就彷彿在您面前和您交談一樣，……我很喜歡您給我寫的這一張字，詞好，字也好」。

二十二日　下午，往東城禮士胡同五十四號，會見《人民文學》編輯部召開的短篇小說創作座談會全體與會代表與作者，並發表了熱情洋溢的講話。云「短篇小說要短而精」，此外，還對革命現實主義和革命浪漫主義相結合的問題，發表了寶貴的意見。還爲《人民文學》短篇小說創作討論專欄題寫了刊頭：「促進短篇小說的百花齊放。」（周明《記憶，駛進往事的海洋——悼念茅盾先生》，載《朔方》1981 年 6 月號）

二十五日　下午，會見由《人民文學》編輯部召開的短篇小說座談會全體代表，發表了即席講話，對與會者勉勵有加。講話記錄經整理後，題名《老兵的希望》，十一月十二月發表於《人民日報》，後又載於《人民文學》十一期。會上，馬烽提了個問題：十七年文藝界究竟是紅線佔統治地位，還是黑線佔統治地位？茅盾聽後毫不猶豫地說：「十七年文藝創作成績是巨大的，當

然是紅線佔統治地位了。」（馬烽《懷念茅盾同志》，載《汾水》1981 年 5 期），最後與全體代表合影留念。

　　同日　作《致姜德明》（書信），署名沈雁冰。載百花文藝出版社版《茅盾書信集》。云「讀書雜記之類，過去是記了一點，但散漫無中心，也無暇整理。漫談魯迅舊體詩之解釋，仍想一試」。

　　同月　發表《向魯迅學習》（評論），載《世界文學》第一期，收入《茅盾文藝評論集》，時，改題爲《學習魯迅翻譯介紹外國文學的精神》。

　　同月　彝族作家李喬來訪。談了一個多小時，說到了自己的身體狀況，「有時頭昏，連書也不能看。每晚臨睡前要服鎮靜劑和安眠藥才能入睡。可是，不到一點半鐘要起來解手，每晚要解三、四次，因此，睡眠不大好。」李喬告之雲南作家文化革命中受迫害的情況，和李廣田、劉澍德等同志的噩耗。茅盾說：「北京作家老舍死了，楊朔也死了；楊朔死，叫他弟弟來收屍，發現他哥哥身上有傷痕，可見楊朔不是病死的……」（李喬《感激和悲痛》，載《大地》1981 年 3 期）

本月

　　二十九日　著名語言學家、復旦大學校長陳望道（1890 年生）在上海逝世。

秋

　　廣東作家思慕來訪，談約半小時；茅盾親切地問起思慕在十年浩劫中的遭遇；思慕談到想把舊譯《歌德傳》修訂重版時，茅盾表示讚許。（思慕《羊城北望祭茅公》，載 1981 年 4 月 20 日《羊城晚報》）

　　老作家陳學昭應魯迅紀念館之邀，由亞男陪著赴京，到交道口南三條往訪茅盾，「沈先生微笑著和我談天」，還談到《紅樓夢》，陳說「很多書都買不到了，《紅樓夢》現在也買不到」。後來陳一回到杭州，就收到茅盾掛號郵寄的一部《紅樓夢》。「這天午飯，沈先生爲了陪我，也到吃飯間裡同桌吃。平常，他總是獨個人在他的工作室裡吃的。在吃飯的時候，我看到沈先生身體比過去差多了，只吃了一點點飯和一點點菜。吃完，他要休息——他每天一大早起來寫作——就回他的臥室去了。」陳學昭回杭前又去向茅盾告辭。（陳學昭《痛悼我的長者茅盾同志》，載《收穫》1981 年 3 期）

十一月

二日　作《致姜德明》（書信），署名沈雁冰。載百花文藝出版社版《茅盾書信集》。云寄上「關於詩、詞」的讀書雜記。又談了魯迅詩詞研究中的不良傾向。告之《魯迅研究淺見》發表後的反應，有一遼寧青年農民來信指出，他就是用「先立假說，後求倒證」之法研究魯迅作品及其舊詩，「但他認為他的解釋是正確的，雖非唯一」；「最妙者，他以『假設』與真說對舉，謂不用『先立假設』之法者，必有真說，然則『真說』何來？倘是靈感，乃魯迅所斥責者。真不知他纏夾到哪裡去了。」另，「黑龍江愛輝縣教師進修學校寄來該校所編《讀點魯迅叢刊》第一輯，內收魯迅舊體詩解釋多篇（皆從各省大專院校學報上輯來）」，以此「可知魯迅舊詩解釋爭鳴之盛」，有的確是「認真搞點研究，」也有不良研究風氣，如硬將《湘靈歌》套上楊開慧，雖曾指出「例證薄弱，論點不可靠。但他們不以為然」，仍四處投稿發表。最後談及寫《呼蘭河小傳》時的心境，云「寫時有沉痛的情緒，如您所感受，其中一段是紀念亡女，現在寫不出這樣文字了，因這要一氣呵成，而今日則寫略長之信也要休息一二次。目力與精力兩不濟也。」

約月初　《光明日報》編輯吳泰昌來訪，送《老兵的希望》講話整理稿校樣來請茅盾審核；「只改動了幾處」。（吳泰昌《刻在心上的記憶——哀悼茅公》，載《收穫》1981 年 3 期）

十二日　往中山公園中山堂，出席首都紀念孫中山先生誕辰一百一十週年儀式，並代表政協全國委員會獻花圈。（13 日《人民日報》）

同日　作《致周而復》（書信），署名沈雁冰。載百花文藝出版社版《茅盾書信集》。問默涵不知「他以後是調京呢或仍留贛？」並告近來治牙病之苦。

同日　發表《老兵的希望》（評論），載《光明日報》，又載《人民文學》11 月號。文章稱讚《人民文學》編輯部及時舉辦了短篇小說創作座談會，批判了「四人幫」的幫文藝，充分肯定了幾十年來新文學的「主流是好的」，希望改變文革中創作「一花獨放」，評論「一言堂」的局面，真正做到「百花齊放，百家爭鳴」，創作出「無愧於時代的作品」。

十三日　作《致臧克家》（書信），署名沈雁冰。載百花文藝出版社版《茅盾書信集》。云「近來寫的一些短文都是被逼出來的。關於魯迅研究一

文，是有感而發，不料反響不小。我已收到七、八封信：從這些信上，足見形而上學十分猖狂」；指出有個別研究者「邏輯」之荒謬：「徐懋庸既為魯迅斥為『打上門來』，而且反對魯迅的正確文藝路線，那麼，與暗藏的反革命份子胡風該是一伙，怎麼又在給魯迅的信中對胡風懷疑呢？」知識也淺薄，竟「以為石一歌（按：係文化大革命中，『四人幫』在上海的寫作班子）是三十年代人」，茅盾氣忿地指出「像這樣的信，我處向來很多，真傷腦筋」，「只好不覆」。

二十一日　下午，由孫女陪同，出席《人民日報》編輯部舉行的批判「四人幫」文藝黑線座談會；出席座談會的有劉白羽、張光年、賀敬之、謝冰心等。在會上作了題為《貫徹雙百方針，砸碎精神枷鎖》的長達十八頁的書面發言，載十一月二十五日《人民日報》。發言是一篇聲討「四人幫」的戰鬥檄文，憤怒揭露了「文藝黑線專政論」的反動實質，並以事實進行批駁。（25 日《人民日報》）「他聽過好幾位同志的發言以後才講了幾句，留下發言稿便先退了」。又是由姜德明「扶他走過長廊，送下電梯，扶他上了車」。又說「這樣重要的會我還是要來的」。（又見姜德明《因茅盾同志逝世而想起的》，載 1981年 4 月 12 日《文匯報》）

同日　作《致陳瑜清》（書信），署名沈雁冰。載浙江文藝出版社版《茅盾書簡》。希望陳「譯巴爾扎克或其它歐、美古典著作」。

二十五日　發表《貫徹雙百方針，砸碎精神枷鎖》（評論），載《人民日報》，初收四川人民出版社一九八○年五月版《茅盾近作》。本文係茅盾十一月二十一日在《人民日報》編輯召開的批判「四人幫」文藝黑線座談會上的書面發言。

二十八日　作《致孔羅蓀》（書信），署名沈雁冰。載百花文藝出版社版《茅盾書信集》。云「腦力滯鈍，寫點什麼，慢得很」。「《向魯迅學習》一文」，「寫了將近三個月」。故對《上海文藝》「暫時沒有任何文稿可以奉政」；

同日　作《致胡錫培》（書信），載《四川文學》一九八一年六期。云寫回憶錄之事，「有心無力」。

同月　高莽和詩人鄒荻帆來訪。茅盾「手中拿著一副眼鏡，時而擺弄它，說話時常常高興地仰靠在沙發背上」，頭髮「沒有蒼白，鬍子卻斑白了」。高莽取出筆記本來「畫茅公的速寫像」，「茅公看見我又在畫他，對荻帆同志

笑著說：『我們談，讓他畫吧！』」「畫了八張，請茅公過目，他對每一幅畫都發表了意見」。（高莽《給茅公畫像》，載《文藝報》1981 年 13 期）後來，高莽根據那一天的速寫像用水墨又畫了一幅，寄給了茅公，希簽名留念。

當月

日本下村作次郎、古谷久美子發表《日本和中國茅盾研究參考資料目錄》（初稿）（資料），載日本《呷啞》9，1977 年 11 月出版。本部初稿較完整、系統地收錄了日本研究茅盾的各種資料目錄，反映了日本茅盾研究已達到一個相當高的水平。

本月

《人民文學》編輯部在北京召開短篇小說創作座談會。

《人民文學》十一月號發表劉心武短篇小說《班主任》。

十二月

一日　作《題高莽爲我所畫像》（舊體詩），載《文藝報》一九八一年十三期，初收河北人民出版社版《茅盾詩詞》，現收《茅盾全集》第十卷。感慨自己後半生的創作情況，又讚揚了高莽出神入化的繪畫藝術：「多謝高郎妙化筆，一泓水墨破衰顏。」此詩題寫在高莽所畫水墨畫像上，蓋上了自己的圖章，還注明了日期「一九七七年十二月一日」，寄還高莽，並附短信一封。

同日　作《致〈中國文學家辭典〉編輯組》（書信），載《解放軍文藝》一九八一年五期。云：「此是一件大事，條目收羅廣博」，並同意題簽書名」，後寄來了《中國文學家辭典》書名題簽，還接見了編寫組閻純德同志。（閻純德《哭茅公》，載《解放軍文藝》1981 年 5 期）

四日　作《致黃中海》（書信），載《紹興師專學報》一九八一年三期。回答魯迅電賀黨中央紅軍長征勝利。云「當時我亦未見原電」。

同日　作《致臧克家》（書信），署名沈雁冰。載百花文藝出版社版《茅盾書信集》。對其來信中云遭人攻擊「甚爲驚異」，云「不平之事，固知難免，不意兄竟受之，尙望寬懷」。特別提到「知識分子自有千秋事業，兄著作等身，此則不能以好惡而抹煞也」。還告知牙病，「已成無齒之徒，說話漏風，聲音不清，飲食不便，只能進流質，不知何日可了」。

七日　下午，往八寶山革命公墓，出席吳有訓（1897 年生）同志追悼會

（按：吳有訓是中國科學院副院長）並送了花圈。出席追悼會的有鄧小平、烏蘭夫等。（8日《人民日報》）

八日　作《致臧克家》（書信），載《文藝研究》一九八一年三期，初收文化藝術出版社版《茅盾書信集》。云其七絕《有感》「詩貴眞情，格律未足拘也」。規勸其「看得遠些，不以小小得失爲懷，致傷身體；你亦七旬老人，攝生之道，幸加注意」。

九日～十四日　在山東省第五屆人民代表大會第一次會議上，被選爲出席全國人民代表大會代表。（15日《人民日報》）

十二日　作《致姚雪垠》（書信），署名沈雁冰。載文化藝術出版社版《茅盾書信集》。請代爲轉交作家李准託寫的「鄭州文藝」四字給李。

十三日　出席中共中央宣傳部舉行的宣傳文化界黨內外人士座談會，並發言。

十四日　作《致胡錫培》（書信），署名沈雁冰。載浙江文藝出版社版《茅盾書簡》。云姚雪垠寫作《李自成》「用於考史的時間不少於寫作」。「姚於一九七五年曾上書毛主席，陳述其寫作計劃及困難情況，毛主席曾批示給予方便，鼓勵他寫下去」。

十五日　作《致趙清閣》（書信），署名沈雁冰。載百花文藝出版社版《茅盾書信集》。云魯迅研究中「類似漢儒考經」式的瑣碎考證「無乃浪費筆墨」。對於趙索要的天安門詩抄云「聞有內部印行的，不易得，蓋並無出版單位名稱印在書上，我見過一本，聽說是部隊方面印的」。

同日　作《致周而復》（書信），署名沈雁冰。載百花文藝出版社版《茅盾書信集》。告知「病牙已拔去，明日可裝假牙」，認爲魯迅作品注釋中「爭議亦不少，非喬木同志主其事而默涵等實際負責，將不能妥善解決也」。指出多年來魯迅研究中形而上學風，「非有霹靂手，不易拉枯摧朽也」。

同日　作《致康濯》（書信），署名沈雁冰。載百花文藝出版社版《茅盾書信集》。云「老年病應有盡有，而冠心病及肺呼吸量不夠最低標準，尤爲麻煩」。

二十日　作《致趙家璧》（書信），署名沈雁冰。載百花文藝出版社版《茅盾書信集》。云病況及關於魯迅支持木刻展覽事。

同日　作《致高鶴雲》（書信），署名沈雁冰。載百花文藝出版社版《茅

盾書信集》。云關於魯迅長征賀電事，「無法打破砂鍋問到底」，「我以爲重要者是魯迅曾有此賀電，其餘枝節既然搞不清楚，只好暫時任之」。

同日　作《致袁良駿》（書信），署名沈雁冰。載浙江文藝出版社版《茅盾書簡》。云袁信指出自己文章《向魯迅學習》中「論魯迅對尼采之評價時有片面性」，「關於魯迅思想發展之提法有不妥處等，具見精審」，「極爲感佩」。建議袁「寫成一文寄給《世界文學》以正視聽」。自云「老病交迫，左目失明，右目亦僅 0.3 視力，且有白內障，閱讀困難；寫論文時未能細讀魯迅當時論文，致有此誤」。

二十一日　給陳少敏同志追悼會送了花圈。（按：陳少敏是全國總工會副主任）。（22 日《人民日報》）

二十六日　晚，往人民大會堂，出席中共中央宣傳部和文化部爲紀念毛澤東誕辰八十四週年而舉行的文藝晚會。出席文藝晚會的有華國鋒、鄧小平、李先念等黨和國家領導人。（27 日《人民日報》）

二十七日——二十九日　出席全國政協第四屆常委第七次擴大會議，並在會上作了發言。（30 日《人民日報》）

二十七日　作《致姜德明》（書信），署名沈雁冰。載百花文藝出版社版《茅盾書信集》。云「近來忙於開會，久不作詩」。

二十八日至三十一日　出席《人民文學》編輯部舉行的作家、詩人、文藝評論家、翻譯家和文學編輯等參加的大型座談會。（1 月 17 日《人民日報》）

三十日　作《駁斥「四人幫」在文藝創作上的謬論，並揭露其罪惡陰謀》（評論），載一九七八年八月《十月》第一期。本書義正詞嚴地批判了「四人幫」的「文藝黑線專政論」，「三突出三陪襯」的創作原則，「從路線出發論」；認爲解放後的文藝，「在我國悠久的文學史上翻開了新的篇章」。

三十一日　上午，出席《人民文學》編輯部在東城海運總參一所禮堂舉行的文學工作者座談會，云要以「作家協會主席的身份來講幾句話。要求恢復文聯和各個協會，恢復《文藝報》！」（周明《記憶，駛進往事的海洋——悼念茅盾先生》，載《朔方》1981 年 6 月號）

同月　美國學者陳幼石來訪，並作長談。陳問及關於二十年代末三十年代初，茅盾所寫小說與當時中國革命運動形勢的關係，他說：「那段時期的文

學論爭與當時革命形勢的不同觀點聯繫密切……原因是當文學爲政治服務時，黨內不同政治路線必然會反映在文學創作的主題和方法上。」還指出黨的政治對左翼文學和批評有直接影響。(陳幼石《茅盾與《野薔薇》：革命責任的心理研究》，原載英國倫敦《中國季刊》1979 年第 78 期，由雨寒譯成中文，收入湖南人民出版社版《茅盾研究在國外》)

同月　作《西江月·故鄉新貌》(詞)，載《東海》一九七九年一月號，初收河北人民出版社版《茅盾詩詞》，現收《茅盾全集》第十卷。(按：同月，桐鄉縣委王解沖、李渭鈁來訪，給茅盾送上了一套攝有桐鄉化肥廠、烏鎮水泥廠、新開的烏鎮市河、水稻和蠶繭的豐收場面，以及唐代銀杏樹等名勝古蹟的照片，一張張向他介紹了城鎮、農村的變化。他也不時地回憶起幾十年前的情景，同來訪者暢敘友情。)「看完照片，他還問我們現在種幾季稻，養幾季蠶，文化事業方面有哪些發展，昭明太子讀書處還在不在？我們一一回答以後，他的臉上露出了喜悅的神色。」他們在離開北京前夕，寫信向茅盾「敬求墨寶」，茅盾立即回信「自當應命」，爲他們寫下了這兩首《西江月》。(王解沖、李渭鈁《難忘的親切會見》，載《桐鄉文藝》1981 年「悼念茅盾同志專輯」)詞原題《西江月二首》。詞充分表達了對故鄉的深厚感情，熱情洋溢地謳歌了家鄉的巨變。

同月　重版長篇小說《子夜》，人民文學出版社出版。全書含十九章，有一九三二年十二月寫的後記和一九七七年十月九日寫的新後記──《再來補充幾句》。

本月

二十四日　《解放軍文藝》編輯部邀請駐京部隊部分文藝工作者座談，憤怒批判林彪委託江青炮製的「文藝黑線專政論」、和全盤否定毛主席的革命路線、陰謀篡黨奪權的反革命罪行。

二十六日　文化部撤銷中央五七藝術大學建制，恢復中央音樂學院、中央戲劇學院、中央美術學院、北京電影學院、北京舞蹈學校、中國戲曲學校的校名。

同年

同年　爲馮驥才、李定興兩位青年作家的長篇小說《義和拳》題寫了書名。因爲題書名所用的都是繁體字，人民文學出版社總編輯韋君宜便提

出要改寫，隨即寫下十多條簡體字的「義和拳」，說：「用哪條好，隨作者挑。」（馮驥才《緬懷茅盾老人》，載《天津日報》1981年4月2日）

約夏　收悉周而復書寫的條幅，係曹操的一首詩「神龜雖壽，猶有競時。螣蛇乘霧，終爲土灰。老驥伏櫪，志在千里。烈士暮年，壯心不已。盈縮之期，不但在天，養怡之福，可得永年。幸甚至哉，歌以詠志」。（周而復《永不殞落的巨星——痛悼茅盾同志》，載1981年4月12日《光明日報》）

當年

美國陳幼石發表《〈牯嶺之秋〉與茅盾小說中的隱喻的運動》，原載哈佛大學出版社一九七七年版《五四時代的中國現代文學》（由麥爾克·戈爾德曼主編）一書，漢譯中文載湖南人民出版社版《茅盾研究在國外》，康林譯。作者認爲《蝕》連同茅盾在一九二八年至一九三三年間發表的幾篇短篇小說，都出自作者的同一段生活經歷，並有一個共同的主題：共產主義運動在現代中國所扮演的角色。此外，所有這些作品都使用了相似的象徵手法；「《蝕》是縮影式地表現二十年代中國共產主義運動的複雜進程」；「《牯嶺之秋》呢？反映的是一九二七年的南昌起義」。可以說，「茅盾早期的文學著作，都是當時歷史事件的文學表現，他在這些著作中所使用的文學技巧還不是純現實主義的，而是具有廣義的隱喻性質」即「運用政治隱喻於現實主義之中」。

美國約翰·伯寧豪森發表《茅盾早期小說的中心矛盾》，原載哈佛大學出版社一九七七年版《五四時代的中國文學》（由麥爾克·戈爾曼德主編）一書，漢譯中文載湖南人民出版社版《茅盾研究在國外》，王培元譯。本書對茅盾早期小說中主人公的矛盾性有著相當出色的理解和深刻的分析，這是作者研究和把握茅盾早期思想狀態的一個途徑。他指出了茅盾早期小說中的主人公大都處於個性解放與政治責任這樣一種矛盾狀態。他通過對茅盾早期一系列小說的分析，認爲這種矛盾乃是茅盾早期絕大多數作品的中心矛盾；這種矛盾表現出茅盾本人處理一種矛盾的心理狀態。還指出，「茅盾小說的風格以一種冷觀的格調和冗長的有時乃至是拙澀的語句，清楚地顯示出歐洲批判現實主義文學的影響。」

艾揚發表《茅盾名、號、別名、筆名輯錄》，載《文教資料簡報》總一九七七第六十四期。云茅盾曾就石萌是否自己筆名答艾揚說：「大概是我作，因爲錢杏邨在《北斗》的論文中提起此篇說是我作。」

一九七八年（八十三歲）

一月

一日　《人民文學》編輯周明來訪，祝賀新年時，希望爲他題寫一幅字。「過了不幾天，便打電話通知我於下午三點去取字」，所題寫的爲一九七七年二月舊作《過河卒子》。（周明《記憶，駛進往事的海洋──悼念茅盾先生》，載《朔方》1981 年 6 月號）

四日　作《關於中山艦事件》（雜論），載《歷史教學》一九七八年第六期。

同日　接待劉燦、戴鹿鳴、秦燕士來訪，回答了關於中山艦事件的經過。

五日　上午，爲政協常委閻寶航同志骨灰安放儀式送了花圈。（6 日《人民日報》）

八日　往八寶山革命公墓禮堂，出席並主持政協全國委員王葆眞先生追悼會，送了花圈。（9 日《人民日報》）

十五日　作《關於長篇歷史小說〈李自成〉》（評論），訂正於三月十五日，載《文學評論》一九七八年第二期，收入四川人民出版一九八〇年五月版《茅盾近作》。本書計五個部分，從題材來源、思想、結構、人物、藝術等方面比較系統地評述了姚雪垠的長篇歷史小說《李自成》一、二部所取得的成就。認爲《李自成》「是『五四』以來第一部長篇歷史小說」，書中無論是寫戰爭，還是寫「錯綜複雜的內部鬥爭」「都有歷史根據，在這裡，歷史眞實和藝術眞實，完全一致。」認爲『『五四』以後也沒有人嘗試過，作者是填補空白的第一人。他的抱負是值得稱讚的。」

十七日　作《致葉子銘》（書信），署名沈雁冰。載《中國現代文學研究叢刊》一九八一年四期，收入文化藝術出版社版《茅盾書信集》。云爲「『鍾山文藝叢刊』寫稿事，短期內恐無以應命，因已有兩稿待寫也」；告之「另掛號寄上《子夜》一本，此新版後有新後記，略述當時寫作意圖，或可供參考也。」並回答其來信所提三個問題：「一、我是一八九六年七月四日生的（農曆丙申五月二十五日）。二、故鄉，在清末爲青鎮，屬桐鄉縣，解放後兩鎮合併，名烏鎮，仍屬桐鄉縣。三、一九四八年底從香港赴大連（時已解放），又

從大連到瀋陽，居一個月，即一九四九年陽曆二月中旬由瀋陽赴北京……記得是在瀋陽過陰曆年，那時北京剛剛解放。是一列專車，同車赴京者百餘人，大都是香港赴東北，等候赴京者。沈鈞儒、李濟深，以及民盟民革其他成員多人，又郭沫若夫婦，皆同車赴京。」

十九日　作《致莊鍾慶》（書信），署名沈雁冰。載百花文藝出版社版《茅盾書信集》。云「尊著（按：即莊鍾慶所著《茅盾的創作歷程》，人民文學出版社 1982 年 7 月第 1 版）對《子夜》評價過高，不勝慚愧」；云「當時我曾讀過馬列著作，具體是哪些」，「記不起來了。」當時馬列的重要著作，尚無譯本，有些從日本譯本轉譯的，亦甚少。」

同日　作《致姜德明》（書信），署名沈雁冰。載百花文藝出版社版《茅盾書信集》。云「精力就衰，長篇小說實在不能寫，力不從心也。」

二十三日　作《致姜德明》（書信），署名沈雁冰。載百花文藝出版社版《茅盾書信集》。云「陳毅同志在贛粵邊堅持游擊時曾多次寫信給魯迅及我，欲與中央聯繫事」：「一、信是收到的，魯迅和我各收到一二封。信中自言『我是史鐵兒的朋友』，史鐵兒是瞿秋白三十年代在上海時用過的筆名，魯迅和我都知道。」但由於陳毅在信中用了化名，使魯迅和茅盾『不知是誰』。「二、曾經照他信中化名寄了回信，想來一定收不到。」

二十五日　作《致葉子銘》（書信），署名沈雁冰。載《中國現代文學研究叢刊》一九八一年四期，收入浙江文藝出版社版《茅盾書簡》。同意葉在修訂《論茅盾四十年的文學道路》一書時，「可以採用我們通信中的一些材料」；還云「如來京，當謀一面」。

同日　作《致高鶴雲》（書信），署名沈雁冰。載百花文藝出版社版《茅盾書信集》。云魯迅長征賀電時間「無法確定，理由有四點：一、中央檔案中無此賀電原件；二、許廣平交給魯迅博物館的文件中無此電文底稿；三、迄今為止，無人曾見賀電全文；四、今所引之一句，乃據晉冀察根據地黨報所載。我問過孫夫人（好多年前），她不知。」

同月　發表《詩詞二首》，載《浙江文藝》一九七八年第一期，現收《茅盾全集》第十卷。

同月　書寫條幅寄贈蒙族作家瑪拉沁夫，條幅中有說明文字，云：「江青自稱過河卒子，打油一首揭其陰私。七七年舊作。」（瑪拉沁夫《巨匠與我們

——緬懷茅公〉，載《朔方》1981 年 6 期）

同月　重新發表《白楊禮讚》（散文），載《鴨綠江》一九七八年一月號。

當月

舟欲達發表《〈白楊禮讚〉的意境美》，載《遼寧文藝》一九七八年第一期。認爲《白楊禮讚》「通過對白楊『性格』的刻畫，深刻揭示了它的象徵意蘊。」

孫中田發表《茅盾著譯年表》，載《吉林師大學報》一九七八年一～四期。這是國內第一部較系統收集整理茅盾著譯的目錄索引。

日本是永駿教授發表《何謂歷史劇——讀茅盾〈關於歷史和歷史劇〉》，載日本《中國語》1 月號。

本月

十一日　《人民日報》發表文化部批判組文章《一場捍衛毛主席革命路線的偉大鬥爭——批判「四人幫」文藝略線專政論》。

二十六日　我國又成功地發射了一顆人造地球衛星並勝利返航。

《人民文學》1 月號發表徐遲的報告文學《哥德巴赫猜想》。

二月

二日　作《致葉子銘》（書信），載《中國現代文學研究叢刊》一九八一年四期，初收浙江文藝出版社版《茅盾書簡》。云已收到信和修改後的《論茅盾四十年的文學道路》一書，並「就書中有關事實方面之小小錯誤，另紙書呈，供參考。至於全書論點，我無意見。」云「書中引陳伯達語，似乎可刪」。（按：隨信附錄茅盾的審閱意見，計有十五處）

三日　發表《文字改革工作邁出了新的重大的一步》（雜論），載《光明日報》。

六日　作《〈茅盾評論文集〉前言》（序跋），載一九七八年十一月人民文學出版社版《茅盾評論文集》。

同日　爲《讀書雜記》再版寫注一條，署名雁冰。載人民文學出版社一九七八年十一月版《茅盾評論文集》。

十日　作《致荒蕪》（書信），署名雁冰。載百花文藝出版社版《茅盾書信集》。問「文研所自何其芳故世後，繼任爲誰？」還云「聞周揚爲學部顧問，

爲擬研究規劃，忙得不亦樂乎。」

　　同日　作《致呂劍》（書信），署名沈雁冰。載百花文藝出版社版《茅盾書信集》。自己身體因「大風降溫」、「氣短日劇」，準備仿效胡愈之「每周到醫院吸一次氧氣。」

　　十六日至十八日　出席中國人民政治協商會議第四屆全國委員會第八次政協常委會議。（19 日《致葉子銘》，載《中國現代文學研究叢刊》1981 年 4 期）

　　十九日　作《致葉子銘》（書信），署名沈雁冰。載《中國現代文學研究叢刊》一九八一年四期，收入浙江文藝出版社版《茅盾書簡》。云近來忙於開會。並答覆其來信所提的八個有關自己生平和作品的問題。

　　約中旬　著名學者李一氓來訪，請題幾條書簽。閒談中，提起清代女詞人顧太清的《東海漁歌》「他大感興趣，說『在商務印書館時，同事王西神怎麼怎麼有一殘本』《東海漁歌》秘不示人」；李告之他有《東海漁歌》藏本經他抄配後的全書，請茅盾爲這個藏本寫幾句話，茅盾答應了。（李一氓《瑣憶》，載《文藝報》1981 年 9 期）

　　二十日　作《〈東海漁歌〉李一氓珍藏本跋》（序跋），載《文藝報》一九八一年九期。（按：《東海漁歌》乃清代女詞人顧太清的詞集，有西泠印社活字本）跋云：「今讀一氓兄所得西泠印社活字本，並手抄配第二卷，輯錄王序及太清軼事若干則，幸得誦讀，快何如之。」

　　二十二日　作《致姜德明》（書信），署名雁冰。載百花文藝出版社版《茅盾書信集》。云感謝其贈《戰地》增刊三冊。

　　二十四日　下午，出席全國政協五屆一次會議，被選爲主席團常務主席之一。（25《人民日報》）

　　二十五日　下午，出席五屆人大第一次會議預備會議，當選爲大會主席團成員之一。（26 日《人民日報》）

　　二十六日　下午，出席在人民大會堂舉行的五屆人大第一次會議開幕式。（27 日《人民日報》）

　　二十六日至三月九日　出席五屆人大第一次會議。出席政協五屆一次會議。在會議期間，與葉聖陶、巴金、冰心等老友歡聚。

二十八日　下午，出席政協爲紀念臺灣省人「二·二八」起義三十一週年，在人民大會堂臺灣廳舉行的座談會。出席座談會的有烏蘭夫、周建人等。（3月1日《人民日報》）

當月

日本是永駿發表《古爲今用的歷史劇》，載日本《中國語》2月號。

本月

二十六日至三月六日　五屆人大第一次會議在北京舉行，會議通過《中華人民共和國憲法》，選舉葉劍英爲人大委員長，任命華國鋒爲國務院總理，鄧小平等十三人爲國務院副總理。

三月

三日　下午，出席五屆人大一次會議閉幕式，葉劍英當選爲人大委員長。（7日《人民日報》）

八日　下午，出席在人民大會堂舉行的五屆政協第一次會議閉幕式，爲大會執行主席之一。在閉幕式上當選爲政協副主席，主席爲鄧小平。（9日《人民日報》）

九日　下午，與葉劍英、鄧小平、李先念等接見了出席五屆政協第一次會議的全體委員，並同大家一起照了像。（10日《人民日報》）

十一日　晚，出席中共中央統戰部爲招待各愛國民主黨派和工商聯的中央和省、市、自治區組織的負責人而舉行的宴會。出席宴會的有鄧小平、烏蘭夫、趙紫陽等。（12日《人民日報》）

十二日　上午，往中山公園中山堂，出席紀念孫中山先生逝世五十三週年儀式。出席紀念儀式的有烏蘭夫、廖承志等。（13日《人民日報》）

十七日　作《致姜德明》（書信），載《文藝評論》一九八四年二期。云黎烈文往事，「黎烈文，我本不認識；黎接編《自由談》，換人約我們寫稿，並謂決心改革，《申報》老闆也全力支持。黎是湖南人，留法，剛回國，他進《申報》乃親戚介紹，他與史量才也不相識。那時《自由談》正連載張資平之三角戀愛長篇小說，不但內容庸俗，文筆亦劣，黎毅然腰斬此小說，張資平揚言要打官司，而與張臭味相投之《禮拜六》派，在他們的刊物上推波助

瀾，並造謠謂黎之所以得史量才信任乃因其姊爲史妾之故，黎因此登報闢謠，但亦警告對方，如再造謠，將訴之法律。」

　　同月　作家韋君宜和人民文學出版社兩位編輯來訪，爲人民文學出版社即將創刊的《新文學史料》這個大型刊物，希望茅盾支持，帶頭寫點文壇回憶錄。茅盾笑著說：「要回憶，那不止文學研究會，還要比那早些，怕要從我到上海談起」，「打算從中學寫起」，因爲「中學那幾年他接受了民主革命思想，對他的一生，有很大的影響；他還講到回憶錄的重點將放在三十年代。」題寫了《新文學史料》刊名。談了將近三小時。（韋君宜《敬悼茅盾先生》，載《文匯月刊》1981 年 5 期）（《新文學史料》編輯組《記茅公爲本刊撰寫回憶錄的經過》，載《新文學史料》1981 年 3 期）

當月

　　莊鍾慶發表《三十年代初期舊中國的鏡子——讀茅盾的〈子夜〉》，載《福建文藝》1978 年 3 期。

　　方緒源發表《現代文學史上的一部光輝鉅著——論茅盾的長篇小説〈子夜〉》，載《山西大學學報》1978 年第 2 期。

　　陳翰發表《茅盾的〈子夜〉》，載《語文學習》1978 年第 3 期。

　　劉國清發表《試論〈子夜〉的社會意義》，載《江西大學學報》1978 年第 2 期。

　　白友棠發表《反映民族資產階級歷史命運的一面鏡子——讀茅盾的長篇名著〈子夜〉》，載《哈爾濱師院學報》1978 年第 2 期。

　　吳登植發表《〈白楊禮讚〉淺説》，載《北京師大學報》1978 年第 2 期。

　　顧景祥發表《俄國工人階級的智慧和力量——讀〈第比利斯地下印刷所〉》，載《語文戰線》1978 年第 3 期。

　　查國華發表《關於茅盾的筆名》，載 1978 年 3 月《山東師範學報》第 3 期。

　　包子衍發表《新發現的魯迅致茅盾書信中的幾件史實》，載 1978 年 3 月《文教資料簡報》第 75 期。

　　廖起初發表《中國現代作家簡介（2）茅盾》，載《中學語文》1978 年 2 期。

　　日本是永駿發表《史實和虛構之間》，載日本《中國語》3 月號。

本月

十八日　全國科學大會在北京隆重開幕。

二十七日　著名語言學家黎錦熙（1889年生）在北京逝世。

四月

二日　作《致陳白塵》（書信），載文化藝術出版社版《憶茅公》。云收到其來信和七萬字的劇本《大風歌》，稱讚並提了具體修改意見。

十四日至十五日　出席五屆政協常委會舉行的第一次會議。（16日《人民日報》）

二十二日　作《致沈德汶》（書信），署名雁冰。載百花文藝出版社版《茅盾書信集》。告之北京醫院沒有板藍根注射液。云汶妹「左臂疼，面部浮腫，是太勞累之後又缺乏營養的結果。」

同日　作《致莊鍾慶》（書信），載人民文學出版社一九八二年七月版《茅盾的創作歷程》。回答其所問生平事，解釋「丫姑爺」，云「在烏鎮一帶戲稱丫鬟的丈夫為丫姑爺，但並非貶意，也有把丫鬟看作女兒的意思，所以叫姑爺」。茅盾童年時與「丫姑爺」關係較密切。

二十六日　作《致康濯》（書信），署名雁冰。載百花文藝出版社版《茅盾書信集》。云「囑寫小幅，茲已寫好，字體拙劣，聊以為紀念耳。」還告之，北京「連續召開數千人之全國性大會，目前教育大會正在進行。」

二十七日　作《也算紀念》（雜論），載《北大校刊》一九七八年五月號。此文為應「北大」校刊籌備「北大」校慶八十週年出版專利之約而寫。回憶了自己青年時期在北京大學的學習生活，特別憶述了北大一位歷史教師陳漢章令人難忘的幾件事，讚其治學精神。

同日　作《致姜德明》（書信），署名雁冰。載百花文藝出版社版《茅盾書信集》。云姜所見文壇掌故之書「我都沒有見過」，「馮亦代，我認識，已索函借閱。唐弢處亦去函索。其餘各書……如謝六逸之書，曹聚仁、包天笑、葉靈鳳之書」，能否借一二種看看，並隨信寄贈讀稼軒集條幅一幀。

同日　作《致宋謀瑒》（書信），署名沈雁冰。談魯迅贈蓬子一詩和「雲車雙輛」的注等問題。我意此詩解釋以《魯迅集外集拾遺》為妥。注拾遺者有高等院校中文人系教授若干人，歷時兩三年，採訪甚廣，取捨嚴謹，是其

長處。」

二十八日　作《致北京大學校刊編輯》（書信），載《團結報》一九八三年五月七日。云「紀念日……恕不能出席，因身體不好。兩腿漸成癱瘓，臥時多於坐時。」

三十日　中午，出席全國政協爲歡送以馬林・采蒂尼奇代主席爲首的南斯拉夫人民社會主義聯盟友好代表團舉行的宴會。（5月1日《人民日報》）

同月　作《祝全國科技大會》一首（舊體詩），載《湘江文藝》一九七八年第六期，載河北人民出版社版《茅盾詩詞》，現收《茅盾全集》第十卷。

同月　桐鄉烏鎮中學教師章柏年來訪。談到寫字，茅盾說，我看你的行書和隸書，隸書要比行書強，我喜歡你的隸書。又說：「書畫本是相通的，如果集中學字，多看看畫，提高自己的審美力，對字亦有好處。」「我對書法不通，但學書法，還是先學一二種碑帖爲好，前人的優點學到手後，再加以發揮，就有繼承有創新了。不要自滿，學習要有更上一層樓的志向。」（章柏年《「您以爲對麼？」——憶沈老對我的親切教誨》，載《浙江日報》1981 年 4 月 4 日）

當月

葉子銘發表《三十年代初期中國的畫卷——重讀茅盾的〈子夜〉》，載《光明報》1978 年 4 月 15 日。

內蒙古師範學院中文系發表《茅盾》條目，載《語言文學》1978 年第 2 期。

本月

五月　中共中央批准中央統一戰線部、公安部《關於全部摘掉右派分子帽子的請示報告》。

十二日　文化部決定恢復所屬藝術團體的建制和名稱。

文化部舉行揭批「四人幫」萬人大會，賀敬之副部長代表黨組宣布爲張海默、羅靜予、王昆等一大批受迫害的文藝工作者平反。

五月

三日　發表《漫談文藝創作》（文論），載《紅旗》五月號，初收四川人民出版社版《茅盾近作》。云這篇漫談式的文章，著重談小說的創作過程，

一共談了「世界觀的決定性作用」、「生活的深度與廣度」、「創作方法」、「關於技巧問題」、「百花齊放、百家爭鳴」等問題。

同日 作《致胡錫培》（書信），署名沈雁冰。載浙江文藝出版社版《茅盾書簡》。云「新版《子夜》去年即出版，久已脫銷。『五一』節又在北京出現」增印本，「聽說購者排隊，第二天就沒有了。」

六日 發表《也算紀念》（雜論），載《北京大學校刊》五月號。

同日 下午，往八寶山革命公墓禮堂，出席政協常委、最高人民法院副院長張志讓先生追悼會，並送了花圈。（7 日《人民日報》）

七日 作《致葉子銘》（書信），署名沈雁冰。載《中國現代文學研究叢刊》一九八一年四期，初收浙江文藝出版社版《茅盾書簡》。談《林家舖子》、《春蠶》等作品的寫作背景。認為《林家舖子》、《春蠶》、《當舖前》「這些短篇是憑我在上海定居前過去所見所聞所寫的」；云「一·二八」上海戰爭後，「我因事奔喪回烏鎮一次，……那是當時寫文時的『託詞』。」（按：據葉子銘信中注，「後來經韋韜同志幫助沈老回憶，確認 1932 年『一·二八』上海戰爭後沈老一家回過老家烏鎮奔喪，時間約一個多星期。」）信中否認說過「吳老太爺之死是一種隱喻」的話，否認說過「『經濟傑作』云云」，「當時我只說一九三○年中國經濟問題之論戰」。云「瞿（即瞿秋白）的問題有時間我可多說一點，也待見面時說罷，因為牽涉多人。」還告之「近二個月的忙、亂，前所未有。」

九日 出席人民文學出版社召開的兒童文學創作座談會，並致書面賀詞《外行人的祝賀》，載六月一日《人民日報》。賀詞熱情洋溢「祝賀兒童文學的百花齊放，兒童文學家將寫出更多更好的作品。」

十日 作《致臧克家》（書信），署名沈雁冰。載文化藝術出版社版《茅盾書信集》。云「我近來忙於開會」，又有各地文學期刊編者和教師等提出一些問題「不得不答」。

十一日 上午，往北京車站歡迎華國鋒主席訪問朝鮮圓滿成功，回到北京。出席歡迎儀式的有鄧小平、葉劍英等黨和國家領導人。（12 日《人民日報》）

十五日 列為人大常委、政協副主席歐陽欽（1900 年生）治喪委員會委員之一。（16《人民日報》）

二十二日 下午，出席在八寶山革命公墓禮堂舉行的歐陽欽同志追悼

會。出席追悼會的有鄧小平、葉劍英等黨和國家領導人。(23日《人民日報》)

二十四日　作《致姜德明》(書信)，署名雁冰。載百花文藝出版社版《茅盾書信集》。云《白楊禮讚》的寫作情況，「當時爲了不使國民黨書刊檢查官扣押，故不直說華北抗日根據地在黨領導之下，而只讚美白楊。然當時讀者皆心會神領，知其所指也。」還指出「此篇是從延安回重慶時所寫」，而《風景談》「亦寫延安，但亦不指名，讀者亦一望而知說的是延安。」

同日　作《致劉麟》(書信)，署名沈雁冰。載百花文藝出版社版《茅盾書信集》。云爲籌辦的《外國文學研究》雜誌題寫刊名事，同意碧野和劉麟的提議，「囑寫之字茲隨函奉上，拙劣之至，恐不能用。」

二十七日　出席中國文聯第三屆全國委員會第三次擴大會議，並致開幕詞。宣布這次會議的四大任務，指出「這是粉碎『四人幫』以後，我國文藝界舉行的一次具有重大歷史意義的會議」，根據黨中央的批示，宣布：「中國文學藝術界聯合會、中國作家協會和《文藝報》，即日起正式恢復工作。」

二十七日至六月五日　出席在北京舉行的中國文聯第三屆全國委員會第三次擴大會議。「上午下午都在開會，晚上十一時方回家。」(6月9日《致沈德汶》，載百花文藝出版社版《茅盾書信集》)

二十九日　出席文聯三屆三次擴大會議大會，在大會發言時，向張光年同志建議應由周揚同志作閉幕詞，張光年說，此事由孔羅蓀聯繫。(5月30日《致孔羅蓀》，載百花文藝出版社版《茅盾書信集》)

三十日　晨，作《致孔羅蓀》(書信)，署名沈雁冰。載百花文藝出版社版《茅盾書信集》。云請周揚作文聯三屆三次擴大會議閉幕詞事，「請您對光年同志說明我的意見就完了，不必再來我寓了。」

同月　作《重印〈中國神話研究 ABC〉感賦二絕》，(舊體詩)，載一九七八年十月八日《人民日報》，載河北人民出版社版《茅盾詩詞》，現收《茅盾全集》第十卷。

本月

十一日　《光明日報》發表特約評論員文章《實踐是檢驗眞理的唯一標準》，引發了關於眞理標準問題的全國性大討論。

中旬　恢復全國文聯及各協會籌備組成立，林默涵任組長，張光年、馮牧任副組長。

六月

一日 發表《外行人的祝賀》（雜論），載《人民日報》。此為五月九日在人民文學出版社召開的兒童文學創作座談會上的發言。

同日 上午，會見由法中友好協會副主席莫里斯‧蒙熱率領的法國友好人士代表團，同他們進行了熱烈友好的談話。參加會見的法國朋友有蒙熱夫人、法國著名小說《大海的沉默》的作者維爾高爾和夫人，法國著名作家艾里阿和夫人。會見時，維爾高爾把他的作品《變性的動物》，艾里阿把他的作品《驕傲的馬》分別贈給主人。茅盾表示感謝法國朋友為法中友好所作的努力。（2 日《人民日報》）

三日 出席在八寶山革命公墓禮堂舉行的著名作家老舍〔1899 年生〕先生骨灰安放儀式，送了花圈，並致悼詞，高度評價了老舍對於中國文學貢獻和他的崇高品德，說：「老舍先生是著名愛國作家。他把一生貢獻給了祖國的文學藝術事業。他在創作上積極勤奮，著作豐富。在國內外享有崇高聲譽，被榮稱為『人民藝術家』」。茅盾又憤怒地控訴了林彪、「四人幫」迫害老舍，使他身心遭到嚴重摧殘，被迫害致死的罪行。出席骨灰安放儀式的有鄧穎超、廖承志和首都文藝工作者。（4 日《人民日報》，又見黃苗子《老舍之歌》，載《新文學史料》1979 年第 3 期）

五日 出席文聯三屆三次擴大會議閉幕式，並就培養文藝新生力量問題作了《關於培養新生力量》的專題發言，中心講了「如何培養又紅又專的文藝接班人。」（載《文藝報》1978 年 2 期）

七日 中央人民廣播電臺記者來採訪，錄了茅盾在文聯三屆三次擴大會議上「簡單講話」的錄音。（9 日《致孔德汶》，載百花文藝出版社版《茅盾書信集》）

八日 中央人民廣播電臺放送茅盾在文聯三屆三次擴大會議上講話錄音兩次。（9 日《致孔德汶》，載百花文藝出版社版《茅盾書信集》）

九日 作《致彭守恭》（書信），署名沈雁冰。載浙江文藝出版社版《茅盾書簡》。（按：彭守恭是安徽省蕪湖市十三中語文教師）云《白楊禮讚》中有關詞語的解釋，認為彭來信中關於「楠木」一詞的第一種解釋「為妥」，指出「貴族化的楠木象徵國民黨反動派，我寫此散文時也是這樣想的。」而有人來信說：「楠木也是有用之材，可製高級木器，出口賺外匯，說我不該

貶它」，「這真叫人啼笑皆非了。錄供一笑。」

同日　作（致孔德汶）（書信），署名雁冰。載百花文藝出版社版《茅盾書信集》。云開會，外侄經安「來我寓三次，均未見。」

十一日　作《致林默涵》（書信），載《文藝報》一九八九年三月十七日。云對十七年文藝工作的看法，對林參加文學理論批評的工作座談會，聽到一些人發言說「文化大革命前十七年已經形成一條左傾文藝路線，『四人幫』的極左路線，只是集中了十七年左傾錯誤之大成」的看法，強調指出「這是不符合歷史發展的實際的內在因果的。」又云「誠如你的發言所說，您和周揚不想推卸責任，這是光明磊落的態度。但如果把十七年說成已經形成『左傾』路線，那就會把人們的眼光引向毛主席」，這是不許可的。

同日　作《致姜德明》（書信），署名沈雁冰。載百花文藝出版社版《茅盾書信集》。云「兩信及魯迅書信集三本都收到了」，「曹聚仁及孫陵所寫回憶錄早收到，正在看，一時還無法看完。」

十三日　會見以薇薇·略夫斯太特爲團長的瑞典文化界友好人士訪華團。（14日《人民日報》）

十五日　與鄧小平、葉劍英、李先念、宋慶齡、周揚、巴金等列名於由七十五人組成的《人民日報》公佈的《郭沫若同志治喪委員會名單》。

十七日　與鄧小平、葉劍英、李先念、宋慶齡等黨和國家領導人往北京醫院，向郭沫若遺體告別。告別儀式後，與許德珩、方毅以及郭沫若家屬護送郭沫若遺體到八寶山革命公墓火化。（18日《人民日報》）

十八日　下午，出席在人民大會堂舉行的郭沫若同志追悼大會，並送了花圈。追悼大會由葉劍英主持，鄧小平同志致悼詞。（19日《人民日報》）

二十日　作《跋顧太清〈東海漁歌〉》（序跋），（按：本文係譜主爲清代女詞人顧太清的《東海漁歌》所作，未公開發表，現據手稿收入《茅盾全集》第十七卷。）說明以前商務印書館同事王西神，僅有《東海漁歌》「殘本」，就「視爲至寶」，而目前讀到李一氓「所得西泠印社活字本，「並手抄配第二卷，輯錄王序及太清軼事若干則，幸得讀之，快何如之。」

二十一日　作《致葉子銘》（書信），署名沈雁冰。載《中國現代文學研究叢刊》一九八一年四期，初收浙江文藝出版社版《茅盾書簡》。談《林家舖

子》寫作時間，云「我於一九二七年前，即從我進商務到大革命失敗蔣介石通緝『要犯』數十人之後，這大約十年內，最初每年回家兩三次至四五次，後移家上海（大約是進商務後的第四年），即不常去。『奔喪』在一九二七年以前。二七年以後，偶爾去一、二天（因我母親有時回鄉我送她去，她要來滬寓，我去接）。一九三六年十月我因病回家，自己也發痔瘡，故未能參加魯迅喪事。《林家舖子》決非回家一次所寫，正如《阿Ｑ正傳》不是魯迅回家一次所寫而根據回憶也。」

三十日　作《致孔羅蓀》（書信），署名雁冰。載百花文藝出版社版《茅盾書信集》。云：因為想寫一篇文章，引用一份材料，（按：指「上海傳抄一份一九六六年八月十日馮雪峰寫的長篇交代材料」）來借關於「民族革命戰爭的大眾文學」口號的提出與魯迅、周揚、馮雪峰、胡風的關係。請孔代為回憶和尋找。

同日　下午，出席在八寶山革命公墓禮堂舉行的商震（1888年生）先生骨灰安放儀式，並送了花圈。出席骨灰安放儀式的有鄧小平、烏蘭夫等黨和國家領導人。（按：商震為原國民黨第六戰區司令長官、總統府參軍長、駐日代表團團長）（7月1日《人民日報》）

同月　發表《過河卒》、《祝全國科技大會》詩二首手跡，載《湘江文藝》第六期。

同月　為《革命烈士詩抄》題詞：踏著先烈們的血跡前進，學習他們的無產階級革命家的忠於共產主義、寧死不屈的崇高品德和壯烈的實踐，為實現共產主義而貢獻微薄的力量。載《詩刊》七月號。

當月

鄭乙（孫中田）發表《論茅盾的散文創作》，載上海文藝出版社版《文藝論叢》一九七八年第三輯。本文詳盡、系統地論述了茅盾解放前散文創作發展的軌跡和特色。認為茅盾是以散文起步，開始創作生涯的。他的散文都是「感受著時代的脈搏，與社會鬥爭相聯繫著的。」如，二十年代，主要寫小品；三十年代主要「是速寫與隨筆」，藝術上「揮灑自如，不拘一格」；四十年代散文創作「走上了成熟的道路」，以《白楊禮讚》、《風景談》等為代表，藝術上也是「苦心經營」，「莫不考究，力求盡善盡美的。」結論是，茅盾的散文「是以明顯的『個人筆調』展現在『五

四』以來的文學發展史上的。」

孫中田發表《論茅盾的長篇〈子夜〉》，載上海文藝出版社版《文藝論叢》一九七八年第三輯。本文是新時期國內第一篇較全面地評論它的論文。認爲作品在思想內容上「揭示出三十年代初社會生活中錯綜複雜的社會矛盾，表現出在帝國主義的橫暴侵襲和國民黨反動派的統治下，國家日益危難，民族工業日益破產的景象；與此同時，也對上層社會的道德、倫理等現存關係的許多側面進行了揭露和抨擊。它揭示了舊中國的社會性質，把許多黑暗現象，集中、典型地突現出來，從而有力地否定了國民黨統治下的現存秩序，回擊了敵人。」作品的藝術形象畫廊中，「塑造出一系列的具有生命力的藝術典型」，如「主人公吳蓀甫，是第二次國內革命戰爭時期民族工業家的典型」，「在紛紜複雜的客觀情勢中，作品豐滿地顯示出他的性格特點和無法擺脫的歷史悲劇」；「趙伯韜的形象也是深具典型意義的」，「揭示出買辦資產階級的野蠻、狡猾以及精神空虛的腐朽特質」；長篇在「結構、情節的配置上是縝密的」，以吳蓀甫爲中心，「展開了工廠、農村、公債市場三條大線的鬥爭」，「情節是既複雜又統一」；語言藝術上「比較準確地揭示出自己人物的思想、情感、教養、心理狀態」，「更加成熟地發展了早期作品中細膩的心理刻畫的本領。他把特定環境下人物的心理狀貌和詳密的評斷性的分析往往結合起來」；因此，《子夜》「是在新的歷史階段上左翼革命文學運動的重大收穫」，「標誌著作家走上了新的里程，《子夜》基本是屬於社會主義的現實主義最初的創作範例的。」

孫犁發表《裝書小記——關於〈子夜〉的回憶》，載《光明日報》一九七八年六月二十五日。

黃源發表《關於魯迅先生給我信的一些情況》，載《杭州文藝》6期。文中談及茅盾一九三五年用的二個化名沈仲方、沈仲芳的情況。

家明明發表《生活和創作——談〈子夜〉重印本後記》，載《哈爾濱文藝》一九七八年第六期。

李愷玲發表《〈春蠶〉的思想意義》，載《中學語文》一九七八年三期。

本月

十二日　中國文學藝術界聯合會主席郭沫若（1892年生）在京逝世。

十三日 著名作家柳青（1916 年生）逝世。

夏

蒙族作家敖德斯爾、斯琴高娃和一位攝影師來訪。其時，中央人民廣播電臺的同志正跟茅盾談話。他與他們談到文化大革命中的遭遇，說：「在黨中央和周總理關懷下，比起別的同志輕多了。」他沉痛地提到那些遭迫害的老同志，感慨萬分！敖告訴他，他們正在修改反映騎兵戰鬥生活的長篇小說《騎兵之歌》時，茅盾問：你們倆是不是當過騎領？敖說：我是騎兵出身，打過仗。斯說：我是騎兵部隊的宣傳隊員。茅盾聽了高興地說：「我國少數民族的作家太少，繁榮我國多民族的文學，你們的責任更重。你們對自己民族的生活比誰都熟悉，應該努力寫作，不斷創作出更多好作品。」最後愉快地同大家合影留念。（敖德斯爾《關懷——深切悼念茅盾同志》，載《民族團結》1981年 5 期）

七月

三日 作《致莊鍾慶》（書信），載人民文學出版社版《茅盾的創作歷程》。

七日 給原電影局長、著名電影藝術家袁牧之（1909 年生）同志送了花圈。（9 日《人民日報》）

同日 半夜，「那晚由於服安眠藥過了量，半夜起身小解時因頭暈而摔倒了」，腕骨受傷，「不願意深夜叫醒別人，便用雙手撐持著身體，一寸一寸地挪到床前」，「但他站不起來，只能用手臂緊握床欄，才撐起身軀爬上床去。」（陳白塵《中國作家的導師——敬悼茅盾同志》，載文化藝術出版社版《憶茅公》）

八日 會見外賓。《陳白塵《中國作家的導師——敬悼茅盾同志》》

九日 上午，往北京醫院檢查身體，醫生說是「肌肉扭傷」，「在家休養。」（陳白塵《中國作家的導師——敬悼茅盾同志》）

約上旬 周而復來訪。周其時在全國政協分管文史資料委員會工作，他建議茅盾為《文史資料選輯》寫回憶錄。茅盾說：也有人向他提過同樣的建議，只是時間久了，有些人和事記不大準確了，寫起來不容易。周建議找個助手或採用口述。茅盾搖搖頭說：「我不習慣口述，我一生的文章都是自己親

筆寫的，每一個字都是從我的筆尖下出來的。助手倒可以考慮，不過適當的也不容易找。」（周而復《永不殞落的巨星——痛悼茅盾同志》，載《光明日報》1981 年 4 月 12 日）

十日　發表《為〈革命烈士詩抄〉題詞》手跡，載《詩刊》七月號。

十一日　作《致王西彥》（書信），署名雁冰。載浙江文藝出版社版《茅盾書簡》。云寫條幅事，因為「北京乾旱而熱，揮汗寫字，實在不便，」「請俟秋涼時再寫如何？」

十五日　發表《祝全國科技大會》（七絕）手跡，載《作品》七月號。

同日　發表《在中國文學藝術界聯合會第三屆全國委員會第三次（擴大）會議上的開幕詞》，載《文藝報》復刊第一期，七月十五日出版。

十六日　下午，在寓所會見葉子銘。因跌了一跤行動不便，就在臥室裡接待葉。告訴葉七日夜裡跌跤的事。還說：「現在要開始考慮寫回憶錄，更需要安靜」，所以睡覺不讓家人陪。葉云當年批判電影《林家舖子》時，茅盾說：「這件事，莫名其妙！《林家舖子》，我是有感而作的，針對的是當時國民黨當局。夏衍改編成電影，徵求過我的意見，也是為了重現歷史，這有什麼不好？江青他們那樣搞，自然是有他們的目的的。不過，現在的問題成堆，大約得一步步來解決。」葉帶來一份《上海地方兼區執行委員會紀事錄》（1923年 7 月至 1925 年 10 月 7 日）的摘抄件，作為早期上海地下黨領導機關的會議記錄，其中記載了青年時代的茅盾參與地下黨領導機關活動的原始材料。這份材料引起茅盾極大的興趣。當時他就向葉透露正在著手撰回憶錄的消息，他說：「我的回憶錄，準備從我的家庭寫起，從外祖父、外祖母，我的父親、母親寫起，然後寫我的學校生活和文學生涯、社會活動等等。打算寫到解放前為止。目前我先寫進商務編譯所後的一段經歷，準備作為內部資料發表。你的這份材料，對我寫回憶錄倒是很有用處的。能給我抄留一份最好。」葉還告知，手頭還保存一份一九六二年訪問記錄稿的抄件，其中有許多茅盾的朋輩與戰友，張靜廬、葉聖陶、胡愈之、邵荃麟、馮雪峰等，談到茅盾過去的文學活動及社會活動的情況與線索。茅盾聽後很高興，當即表示希望能寄給他看看。然後逐一回答葉提出的關於大革命失敗後他如何上牯嶺和一九四○年離開延安等問題，當葉提出「郭老解放後又重新入黨了，您為什麼不提

出要求呢？」茅盾答：「這件事，說來話長。三十年代初我跟秋白同志提過，當時正是王明路線統治時期，秋白自己也被排擠出中央，他勸我還是像魯迅那樣，留在黨外同樣可以發揮作用。後來在延安也提過。解放後也有人向我提過，但我沒有再提。人世紛擾，這事留待以後再說吧！」談話持續了兩個多小時。由於談話時間過長，茅盾當晚就有點低燒。（葉子銘《夢回星移》）

十九日　作《致周而復》（書信），載《光明日報》一九八一年四月十二日。云為寫好回憶錄，急需借調兒子韋韜（沈霜）到身邊工作一、二年之事。（按：其時韋韜在解放軍政治學院任校刊編輯）

同日　作《致羅瑞卿》（書信），載《光明日報》一九八一年四月十二日。云借調韋韜之事，「希望他能同意借調」，幫助他寫好回憶錄。

二十日　發表《化悲痛為力量》（悼文），載《人民文學》7月號。沉痛哀悼郭沫若。云：「郭老是詩人、劇作家、文藝評論家、歷史學家、考古學家。他的等身著作，是我國文學史、學術思想史的寶貴財富。」特別指出他對中國新詩的巨大貢獻，「郭老是我國文壇上的慧星」，《女神》「是五四運動在詩歌方面最熱情而豪放的反映，可說是舉世無雙。」

二十一日　作《致袁寶玉》（書信），載《中國人民大學學報》一九九一年一期。（按：袁寶玉為徐州四中教師，為教學需要，正撰寫《茅盾傳略》，就有關生平事跡求教茅盾。）云「內蒙師院《語言文學》中的《茅盾小傳》，我沒有意見。我只能告訴你我的出生年月是一八九六年七月四日（陽曆）。」

二十五日　下午，葉子銘來訪，茅盾一見面就問那份《上海地方兼區執行委員會紀事錄》的事，葉馬上把抄好的一份材料交給他。茅盾談了一些二、三十年代有關他的政治活動、文學活動的往事，以及有關陳獨秀、俞秀松、瞿秋白、馮雪峰的事。茅盾說自己是一九二〇年夏天成立的上海馬克思主義小組成員，一九二一年七月黨的「一大」後，「所有從前各地的馬克思主義小組成員，也就成為最早的一批黨員，我也是這樣的。」說和秋白「認識很早，後來交往也多。」秋白為了躲避敵人搜捕，「在我那裡住了十來天。因家裡擠，他睡的是地鋪。那時，我正在寫《子夜》，秋白看過寫好的幾章，我們談得很多，他提了許多意見，對我很有幫助。因為他瞭解全局，特別是對當時黨內的鬥爭知道得多。後來，馮雪峰到我家裡來，他當時還不認識瞿秋白，我就作了介紹。」（葉子銘《夢回星移》）

二十六日　作《致王西彥》（書信），署名雁冰。載浙江文藝出版社版《茅盾書簡》。云七月七日半夜摔跤扭傷，題寫條幅「只好等秋涼後手完全恢復再寫了。」

二十七日　作《致周而復》（書信），署名沈雁冰。載百花文藝出版社版《茅盾書信集》。云對其「患膀胱癌動手術住院，大吃一驚」，不過看到他的「手書跟平常一樣，身體逐漸恢復，也就放心了」；關於借調兒子韋韜一事，由於羅瑞卿秘書長「已經離開北京，只好等他回來再說」，此外還託劉白羽同志「從中促進」。

三十一日　上午，出席國防部爲慶祝中國人民解放軍建軍五十一週年而舉行的盛大招待會。出席招待會的有鄧小平、葉劍英、李先念等黨和國家領導人。（8月1日《人民日報》）

約月底　作《致劉白羽》（書信），載百花文藝出版社版《茅盾書信集》。（7月27日致周而復）。因爲「解放軍政治學院校刊編輯除何長工同志調走一人外還有八人」，故託劉白羽「從中促進」借調韋韜一事。

當月

曾光燦發表《關於茅盾早期的一篇文藝論文——〈論無產階級藝術〉》，載《破與立》第4期。

薛綏之發表《〈子夜〉與「中國社會史淺論」》，載《語文教學研究》第4期。

謝本良發表《略談〈子夜〉中的人物形象》，載《江西師範學院學報》第4期。

本月

十五日　《文藝報》復刊。

中國被迫停止對越南的援助，調回中國工程技術人員；中國被迫停止對阿爾巴尼亞的援助，接回中國專家。

八月

四日　上午，爲我國著名攝影家張印泉同志骨灰安放儀式送了花圈。（6日《人民日報》）

同日　下午，爲愛國人士賈伯濤先生骨灰安放儀式送了花圈。（5日《人

民日報》）

五日　作《致馬子華》（書信），署名沈雁冰。載百花文藝出版社版《茅盾書信集》。云作品《同志加兄弟》「早已轉《人民文學》，這樣久不登出來，可能他們不用了。」

七日　作《致姜德明》（書信），署名沈雁冰。載百花文藝出版社版《茅盾書信集》。云其來信中附件關於邏輯思維的那封信悖謬，指出其「好像把邏輯思維理解作概念了，其實，邏輯思維不同於概念」，認爲姜之文章「論證無懈可擊。」隨信寄回孫陵、曹聚仁兩部回憶錄。云「心情」「一年不如一年」。

十一日　往中國人民解放軍總醫院，與鄧小平、葉劍英、李先念等黨和國家領導人向羅瑞卿（1906 年生）同志遺體告別。（13 日《人民日報》）

十二日　爲在上海革命公墓舉行的原上海市副市長金仲華（1901 年生）骨灰安放儀式送了花圈。（19 日《人民日報》）

同日　下午，出席在人民大會堂舉行的羅瑞卿同志追悼大會。出席追悼大會的有華國鋒、鄧小平、葉劍英、李先念等黨和國家領導人。（13 日《人民日報》）

十四日　上午，往首都機場，歡送中共中央主席華國鋒乘飛機離開北京，前往羅馬尼亞、南斯拉夫、伊朗訪問。前往機場歡送的有鄧小平、葉劍英、李先念等。（15 日《人民日報》）

十五日　發表《關於培養新生力量》（論文），載《文藝報》復刊號第二期。本文係爲茅盾在中國文聯三屆三次（擴大）會議上的發言。

十六日　爲在上海革命公墓舉行的傑出京劇表演藝術家周信芳（1895 年生）同志骨灰安放儀式送了花圈。（26 日《人民日報》）

同日　作《致葉子銘》（書信），署名沈雁冰。載《人物》一九八九年第二期。云要葉代爲查借他的第一部翻譯作品《衣》、《食》、《住》的舊版本。

同日　作《致胡錫培》（書信），署名沈雁冰。載文化藝術出版社版《茅盾書信集》。云七月七日半夜摔跤事。告知，胡寫的稿子收到了「還沒有看」，認爲「重慶談判很難寫。」並囑「千萬不要再帶東西來了。」

十七日　列席五屆人大常務委員會第三次會議。（19 日《人民日報》）

十九日　上午，爲在上海革命公墓舉行的著名電影藝術家鄭君里（1909

年生）骨灰安放儀式送了花圈。（25 日《人民日報》）

二十五日　下午，劇作家陳白塵來訪。陳「看見他右手扶著手仗，左臂由人攙扶著挪步而出」，微笑著歡迎陳，交談逾一小時。（陳白塵《中國作家的導師——敬悼茅盾同志》，載《青春》1981 年第 5 期，收入文化藝術出版社版《憶茅公》）

二十九日　作《致葉子銘》（書信），署名沈雁冰。載《中國現代文學研究叢刊》一九八一年第四期，收浙江文藝出版社版《茅盾書簡》。云感謝葉寄來一九六二年上海作協訪問記錄稿的抄件和茅盾研究的資料目錄。

同月　重新發表《春蠶》（短篇小說），載《十月》創刊號（1978 年 8 月出版）。

同月　出版《林家舖子》，為人民文學出版社出版的文學小叢書之一。本書共選入四篇小說：《春蠶》、《秋收》、《殘冬》、《林家舖子》。

同月　作《為三聯書店成立三十週年作》（五言舊體詩），初收河北人民出版社版《茅盾詩詞》，現收《茅盾全集》第十卷。

同月　周而復來訪，談到回憶錄的寫作，茅盾胸有成竹地告訴周，準備從進入商務印書館開始寫起，準備一直寫到新中國成立。說，新中國成立以後的事，當代人都知道我做了些什麼，不必自己來寫了。他還抱歉地對周說：因為事先答應給即將出版的《新文學史料》，不能先在《文史資料選輯》上發表，但可以選擇有關革命活動的章節交給《文史資料選輯》。（周而復《永不殞落的巨星——痛悼茅盾同志》，載《光明日報》1981 年 4 月 12 日）

同月末　作完《需要澄清一些事實》（隨筆）。載《新文學史料》一九七九年第二輯。（按：係讀了馮雪峰於 1966 年 8 月 10 日寫、1972 年親筆修改訂的交待材料《有關一九三六年周揚等人的行動以及魯迅提出「民族革命戰爭的大眾文學」口號的經過》傳抄本而作）駁斥「國防文學口號是王明右傾機會主義路線的產物」的觀點，指出「王明右傾機會主義路線是在抗戰後形成的，而國防文學的口號卻在大概兩年前提出來的。」又針對馮文中的另一些觀點駁斥，認為「魯迅對『國防文學』這個口號是不完全滿意的，認為它不完善，但並無否定它或者另提一個新口號的意見」，「魯迅對『左聯』一些人的作風也是不滿的」，認為「暗藏的反革命分子胡風（編者按：其時「胡風冤案」尚未平反）正是利用了魯迅的這些不滿」；胡風「恰恰在馮雪峰在

上海後的第三天就炮製了這個口號」，是來「製造混亂、分裂當時左翼與進步文藝界的罪惡目的」，「不但馮雪峰爲胡風所利用，魯迅亦爲胡風所利用。」又說，大約魯迅作《答徐懋庸》前一年，周揚等約魯迅在內山書店談話時，「就告訴魯迅，胡風是國民黨派來的，消息來源是被捕自首後釋放出來的穆木天。魯迅……斷然不信」，又云一九三五年下半年自己也曾對魯迅講過胡風「形跡可疑，與國民黨有關係」，「消息是從陳望道、鄭振鐸方面來的，他們又是從他們在南京的熟人方面所來的。」認爲「馮是很自信的，我們深知：他又是同胡風素來密切，並曾共同反對周揚。」最後提出，「應當研究」「這一份傳抄的六六年馮雪峰寫的材料是不是眞的。」重申：「民族革命戰爭的大眾文學」「這個經過魯迅同意的口號當然是好的，可與『國防文學』口號相輔相成」。（文末有附注——寫於 1978 年 9 月 29 日。云馮文「原稿已找到，大概要發表，請等著看原文罷」）

當月

唐沅發表《三十年代初期中國農村社會生活的眞實圖畫——讀〈春蠶〉》，載《十月》創刊號。本書以社會學的方法研究了《春蠶》的思想意義，認爲它「從一個側面眞實而深刻地表現出三十年代初期中國農村社會生活的某些側面」：「豐收成災」、「農村破產」。認爲小說的功，「歸根到底是由於人物形象刻畫得成功。在小說裡圍繞著主要衝突刻畫了兩種不同類型的農民：老通寶和多多頭。」多多頭作爲「農村這一代的形象」，他和老通寶是「兩代人的衝突，展示了兩種不同的生活道路」。

人民文學出版社文學小叢書編輯發表《〈林家舖子〉前言》，指出所收的《春蠶》、《秋收》、《殘冬》、《林家舖子》四篇小說中所刻畫的我國農村小鎮中民族工商業的破產，與作者在《子夜》中「勾畫的我國大都市裡民族資本家在帝國主義和官僚買辦階級雙重壓迫下的破產，便構成了一幅完整的我國民族工商業的衰敗史。這是二十世紀三十年代初期我國社會生活的生動畫卷。」

馬良春發表《淺談〈子夜〉的歷史意義》，載《南開大學學報》一九七八年四、五期。

彭守恭發表《介紹茅盾同志對〈白楊禮讚〉中「楠木」的解釋》，載《人民教育》第八期。

本月

十二日　中日和平友好條約在北京簽訂。

十四日　《人民日報》發表社論《中日兩國人民要世世代代友好下去》。

十一日　《文匯報》發表復旦大學中文系學生盧新華的短篇小說《傷痕》，在社會上引起了「傷痕文學」的討論熱潮。

九月

一日　上午，爲在八寶山革命公墓禮堂舉行攝影家鄭景康追悼會送了花圈。(5日《人民日報》)

同日　晚，出席我國十一個人民群眾團體在人民大會堂舉行的盛大招待會，熱烈慶祝中日和平友好條約的簽訂。(2日《人民日報》)

三日　發表《爲關良畫〈晴雯補裘〉題詩》(舊體詩)，載《文匯報》。詩讚頌了關良的畫，稱讚他畫出了一個具有反抗精神的女性形象。

五日　下午，往首都機場，與鄧小平、葉劍英、李先念等黨和國家領導人迎接訪問羅馬尼亞、南斯拉夫、伊朗三國的華國鋒主席從烏魯木齊乘飛機回到北京。(6日《人民日報》)

六日　作《致孫中田》(書信)，署名沈雁冰，載浙江文藝出版社版《茅盾書簡》。云收到所寄《文藝論叢》一冊(按：上載有孫中田的兩篇論文：《論茅盾的散文創作》、《論茅盾的〈子夜〉》)，並答其所問，不知《大眾文粹》旬刊這樣一個刊物，指出「《腐蝕》是發表在香港出版的《大眾生活》週刊上的。」又云：「我在延安時曾應周揚同志之約在魯藝講過三、四次課，題目大概是：關於市民文學，並未舉辦『文藝講座』，講『中國文學運動史』。講稿當時曾油印成一冊。」另外還詢問了《茅盾著譯年表》發表情況。告之此信由人代筆。

八日　下午，出席在人民大會堂舉行的中國婦女第四次全國代表大會開幕式。出席開幕式的有華國鋒、葉劍英、李先念等黨和國家領導人。(9日《人民日報》)

九日　往北京和平賓館，出席中國作家協會組織一批作家去大慶油田參觀訪問而舉行的歡送會。很多作家都到了。「那一天，他滿面春風，精神抖

撤，頻頻點頭，一一握手，很多同志要扶他走路，他都謝絕了，自己拄著紅色的手杖，走在光滑的地板上。茅盾被讓到正席入座」。高莽再次爲茅盾畫了速寫像。茅盾還講了話，說：「作家不下去，創作上不來。」（高莽《給茅公畫像》、蹇先艾《悲痛與回想》，分別載《文藝報》1981 年 13 期、《山花》1981 年 5 期）

十三日　列席五屆人大常委會第四次會議。（14 日《人民日報》）

十五日　作《致姜德明》（書信），署名沈雁冰。載百花文藝出版社版《茅盾書信集》。云「近來雜事甚多。」「要稿，只好暫時違命」。

同日　作《致李文浩》（書信），載文化藝術出版社版《茅盾研究》（2）。云《白楊禮讚》入選中學語文課本事。

十六日　爲在杭州舉行的傑出的京劇表演藝術家蓋叫天（1888 年生）先生骨灰安放儀式，送了花圈。（18 日《人民日報》）

十七日　下午，與烏蘭夫、鄧穎超等出席中國婦女第四次全國代表大會閉幕式。（18 日《人民日報》）

二十日　作《致北京大學團委、學生會》（書信），載《團結報》一九八三年五月七日。云爲「北大」恢復學生文藝社團——五四文學社，並擬定辦一個內部文學刊物——《未名湖》題簽和撰寫發刊詞事，「今日始收到來信，想因轉輾稽延。刊名另紙寫呈。至於發刊詞，還是你們自己寫的好。日後我可以投寄一點短文，如雜感之類。」並隨信附上《未名湖》刊名題簽。

二十一日　作《致姜德明》（書信），署名沈雁冰。載百花文藝出版社版《茅盾書信集》。云當年辦《小說月報》時，「是一個編輯」，只有一個助手「登記稿件，校看初樣」；「至於海外文壇消息，是我一人包辦。每期多少條不等，來源是英、美、法、日的文學刊物或綜合性刊物而常有之文藝消息者，還有倫敦《泰晤士報》及《紐約時報》的書評專刊等等，共十來種」，其時掌握英文和法文兩種外語，還云：「海外文壇消息都是每期現找、現譯，於雜誌出版前二十日發稿。當時商務各雜誌自發稿至出版，規定爲四十天，從不脫期，不像現在，出版周期之長驚人。而且現在辦雜誌，一稿須經數人層層審核，方能確定用不用，那時是一人『獨裁』，閱稿快，發稿亦快」；還感慨現在文藝刊物沒有海外文壇消息，「以至現在讀者不知世界文藝動態，知識貧乏得可憐」，原因是編輯部中沒有懂外文的人，但懂外語的《世界文學》也不做。「文

化部有內部發行」，不足是「選材還有點縮手縮腳，無非怕將資本主義國家文藝的不健康帶進來發生副作用，此事要解放思想，非一朝一夕之事。」

同日　作《致臧克家》（書信），署名雁冰。載《文藝研究》一九八一年三期，初收浙江文藝出版社版《茅盾書簡》。云：近期身體狀況，「我是勉強支持著出席各種會議的，實在為難，不能不去。」

同日　作《致胡錫培》（書信），署名沈雁冰。載《四川文學》一九八一年六期。云七月七日摔倒之事，「腰疼漸可，可真像四川鄉下說法（多少歲就痛多少天），要八十二天才完全復原。我是七月七日跌跤，至今也將滿八十二天了」；還云自己是「苟延殘喘」，「死神已在門外」。

二十二日　作《致林煥平》（書信），載《羊城晚報》一九八五年四月二日。云《子夜》出版後，上海左翼作家黨員不知是否討論過。「彼時黨員之為左聯成員者，其行動十分保密，他們有什麼討論（任何事情的討論），從不向黨外作家匯報，只將需要黨外作家做的事（例如介紹他們的作品到並非他們能指揮的書店出版等等），下達命令而已。」（按：後來，就此事林煥平又寫信向樓適夷同志詢問，他說的確討論過，而且周揚同志還做了總結。這件事對茅盾尚且要保密，亦可見左聯內部的關門主義和宗派主義傾向多麼嚴重。）（林煥平《記茅盾的兩件事》，載《羊城晚報》1985年4月2日）

二十五日　上午，會見由著名劇作家圖·柴特霍姆率領的瑞士文化人士代表團，高興地同他們進行了交談，並回答了瑞典朋友提出的有關中國文藝的現狀、前景和文藝創作等方面的問題。（27日《人民日報》）

二十八日　作《題〈紅樓夢〉畫頁》七絕四首（舊體詩），載《詩刊》十一月號，載《社會科學戰線》一九七八年第四期，初收河北人民出版社版《茅盾詩詞》，現收《茅盾全集》第十卷。（按：1978年秋，《社會科學戰線》雜誌社為編印《1979年〈紅樓夢〉圖詠月曆》，特請國畫家劉旦宅繪製《紅樓夢》故事圖十二幅，約請茅盾、姚雪垠、吳世昌、周汝昌、張伯駒分別為這些畫頁題詩。這本月曆後由吉林人民出版社正式出版，暢銷全國。直到一年之後，香港還繼續翻印這套月曆。茅盾應約為其中的四幅題詩，每題緊扣圖中故事，側重歌詠一兩個人物。」四首詩分別題詠晴雯、林黛玉、賈寶玉、妙玉。

二十九日　作《致葉子銘》（書信），署名雁冰。載文化藝術出版社版《茅

盾書信集》。告知「《衣》、《食》、《住》三書當日掛號寄奉。」云回憶錄寫作之難在於「有些事難以核實」。還指出研究中出現的一些不良傾向：「一些大專院校近來搞了些茅盾著作年表等，錯誤很多，皆因他們未查著原件，只知篇名之故。對於我的家庭及其它活動也有以耳代目之病。」還告知「近來雜事甚多」，如要爲路易・艾黎譯的白居易詩集「寫篇序之類。」

同日　作《致陳荒煤》（書信），署名沈雁冰。載百花文藝出版社版《茅盾書信集》。云發表《需要澄清一些史實》事，「同意按照你們的布置，在《新文學史料》第二輯發表。」還指出如發表，要在自己文章末尾加一附注：「按：最近知道，馮雪峰所寫材料原稿已經找到，大概要發表，請等著看原文吧。」「如果不打算發表，則請在文後加編者按，謂原稿業已找到。我的文章不作改動。」並強調「我認爲馮的六六年材料應當發表。」

同日　作《致畢塑望》（書信），署名沈雁冰。載百花文藝出版社版《茅盾書信集》。云爲路易・艾黎譯白居易詩集序的困難；「因不知他選擇的是哪些詩」，因爲「白詩分類爲新樂府」，「希望您叫人抄個目錄來」。

同日　作《致魏紹昌》（書信），署名沈雁冰。載浙江文藝出版社版《茅盾書簡》。云他們所編茅盾篇目索引有「漏編者」，指出「因爲我早年用的幾個筆名，你們不知道，將抄交海珠轉交你，以便叢刊發表索引時補進去。」

三十日　晚，出席華國鋒主席爲慶祝中華人民共和國成立二十九週年在人民大會堂舉行的盛大招待會。出席招待會的有鄧小平、葉劍英、李先念、鄧穎超等黨和國家領導人。（10 月 1 日《人民日報》）

同月　作《爲香港〈文匯報〉作》（舊體詩），載一九七八年九月五日香港《文匯報》，載上海古籍出版社版《茅盾詩詞集》。（按：1978 年 9 月 5 日，爲香港《文匯報》創辦三十週年紀念日，茅盾應約欣然題詩祝賀。）

秋

胡喬木親自到茅盾家中拜訪，代表中央首長，關懷回憶錄的寫作，希望茅盾能早日把歷史的眞實情況寫出來。（劉文勇《他，永遠活在人們心中——記與茅盾先生的兩次會見》，載《廣西文藝》1981 年 9 月號）

法國作家蘇珊娜・貝爾納來寓所來訪，在幾小時的談話中，回答了關於《子夜》的創作過程，對於現實主義的基本認識以及同魯迅的交往等諸多提

問。(蘇珊娜・貝爾納《走訪茅盾》，載《新文學史料》1979 年第 3 期)

本月

八日　鄧小平率黨政代表團訪問朝鮮。

《文藝報》編輯部在北京、上海分別組織討論《班主任》、《傷痕》等小説。

十月

一日　晚，出席在首都體育館舉行的首都各界人民慶祝中華人民共和國成立二十九週年慶祝晚會。出席慶祝會的有華國鋒、鄧小平、葉劍英、李先念等黨和國家領導人。(2 日《人民日報》)

四日　作《致王西彥》(書信)，署名沈雁冰。載浙江文藝出版社版《茅盾書簡》。云寫條幅事，「囑寫字，久未報命。茲已寫得，字極拙劣，姑奉上請正爲幸。」

同日　作《致周雷》(書信)，署名沈雁冰。載《社會科學戰線》一九七八年第四期，收入文化藝術出版社版《茅盾書信集》。(按：周雷當時係《社會科學戰線》編輯) 云寄上四首《題〈紅樓夢〉畫頁》手跡。

五日　作《致袁寶玉》(書信)，載《中國人民大學學報》一九九一年一期。云自己的籍貫，「在青鎮」，清朝以來歷經變化，烏、青兩鎮解放後「統稱烏鎮」，所以自己又是烏鎮人了。

八日　發表《重印〈中國神話研究 ABC〉感賦二絶》(舊體詩)，載《人民日報》。

十一日　作《致姜德明》(書信)，載《文匯報》一九八一年四月十二日。要求姜在發表他的詩作時，「借編者附記說明我左目失明，右目僅 0.3 的視力，對我大有便益，因爲有些不認識的青年常常來信，其實並無正經事，不過說他們有個大的計劃寫一部幾十萬言的長篇小説，徵求意見，或者要寄稿 (也是長的)，要我提意見。眞是不勝其煩，附記一出，大概此類信會少些了。」

同日　下午，出席在人民大會堂舉行的中國工會第九次全國代表大會開幕式。出席開幕式的有華國鋒、鄧小平、葉劍英等黨和國家領導人。(12 日《人民日報》)

十六日　下午，出席在人民大會堂舉行的中國共產主義青年團第十次全

國代表大會開幕式。出席開幕式的有華國鋒、葉劍英、鄧小平等黨和國家領導人。(17 日《人民日報》)

十七日　下午，爲在八寶山革命公墓禮堂舉行的著名作家趙樹理（1906年生）骨灰安放儀式送了花圈。(21 日《人民日報》)

十八日　爲在杭州舉行的中國美協副主席、浙江美術學院院長、著名畫家潘天壽先生追悼會送了花圈。(22 日《人民日報》)

二十日　作《作家如何理解實踐是檢驗眞理的唯一標準》（論文），載《文藝報》第五期，又載《人民日報》十二月五日。認爲「作品之能否站得住，能否經受時間的考驗，關鍵在於上面所說的反覆的檢驗與反覆的修改」，特別指出「在實踐是檢驗眞理的唯一標準面前，不存在什麼『禁區』，不存在什麼『金科玉律』」。

二十四日　作《致周揚》（書信），署名雁冰。載百花文藝出版社版《茅盾書信集》。云：「郭老追悼會時，黃華外長適自伊朗回，對我說起伊朗早知郭老譯《魯拜集》（按：此乃波斯詩人歐瑪爾・海亞姆的四行詩集，郭沫若於一九二八年由英文轉譯），謂伊朗有插圖，我國如再印《魯拜集》時，願以插圖相贈云云。請考慮是否通過友協辦理此事。」又告知，因傷風咳嗽，「明天的會只好請假了」。

二十七日　上午，郭沫若著作編輯委員會正式成立了，並召開了第一次編委會議，被推舉爲委員，主任爲周揚。(28 日《人民日報》)

三十日　作《致陳瑜清》（書信），署名雁冰。載浙江文藝出版社版《茅盾書信集》。云爲病狀和雜事所苦。

同月　作《題趙丹白楊合作紅樓夢菊花詩意畫冊》（舊體詩），載一九七九年一月十四日《解放日報》，初收河北人民出版社版《茅盾詩詞》，現收《茅盾全集》第十卷。〔按：1978 年春夏之間，著名電影員趙丹、白楊應上海作協魏紹昌的要求，合作一幀《〈紅樓夢〉菊花詩畫冊》（此冊趙丹畫菊、白楊寫菊花詩十二首〕茅盾於十月應魏之約爲這一畫冊親筆題詩。這首五言古詩原題爲《題白楊、趙丹合作〈紅樓夢〉菊花詩意圖冊》。全詩因詩及畫，由畫頌菊，以菊喻人，融爲一體。首先吟讚《紅樓夢》中的菊花詩，云：「至今一展誦，齒頰猶餘芳。」再讚兩人之畫和不屈人格，云：「曾耐九秋凍，傲骨欺風霜。」「俯仰天壤間，長留晚節香。」

同月　上海《收穫》雜誌編輯部到北京組稿，來訪。對方見茅盾正在寫路易‧艾黎英譯《白居易詩選》的序，即堅求以中文稿交他們發表，茅盾「不得已允之」（按：此文發表於《收穫》1979 年第 1 期，題爲《白居易及其同時代的詩人》）。（1978 年 11 月 21 日《致畢朔望》）

同月　手書七律《題〈紅樓夢〉十二釵畫冊》其一「紅樓艷曲最驚人」，曹雪芹逝世二百週年時作「條幅贈作家黃鋼、家琨同志。」（黃鋼《他留下了珍貴的囑告——茅盾老師對我們講了最後一課》，載《解放軍文藝》1981 年第 5 期）

當月

葉子銘出版《論茅盾四十年的文學道路》修訂本，由上海文藝出版社重版。

日本下村作次郎發表《茅盾研究筆記（1）——從文藝批評家到作家》，載日本《千里山文學論集 20》，1978 年 10 月出版。

本月

二十二日至二十九日　鄧小平訪問日本。二十三日在東京舉行互換中日和平友好條約批准書交換儀式，友好條約正式生效。

十一月

二日　下午，往八寶山革命公墓禮堂，出席中共中央統戰部副部長齊燕銘（1907 年生）同志追悼會，並獻了花圈。出席追悼會的有鄧小平、李先念、宋慶齡等。（3 日《人民日報》）

四日　作《致金韻琴》（書信），載《人民日報》一九八三年四月二十六日。云馮雪峰一九六六年所寫兩個口號爭論的長篇資料，「據陳荒煤說，雪峰所寫該材料原件，業已找到，我主張發表，但不知他們最後如何處理」；云「魯迅研究中形而上學泛濫，我在前年魯迅逝世紀念時在《人民日報》發表短文，漫談魯迅研究，即已指出，不過考慮到各種關係，只是點了一下。」

五日　作《致趙清閣》（書信），署名沈雁冰。載浙江文藝出版社版《茅盾書簡》。云魯迅研究中的一些不良現象，「近來看到一些圍繞著魯迅寫的回憶，有些魯迅在北京讀書時的青年作者（現在也都七十左右了），寫的回憶，真好玩。而一些解釋魯迅舊體詩的文章則形而上學泛濫。」對此感到「說話

困難。說實話呢，將以爲我潑冷水。叫好呢，那不是說謊麼？」

六日　作《致康濯》（書信），署名沈雁冰。載百花文藝出版社版《茅盾書信集》。云寫條幅，「寫了三次，都不好，請選擇其一將就用罷」；感謝李立同志刻圖章，「但我圖章已有不少，請李立同志不要再費神了，千萬千萬。」

十日　發表《題〈紅樓夢〉畫頁》四首（舊體詩）。（按：即「補裘、葬花、讀曲、贈梅」）載《詩刊》十一月號。

十二日　上午，往中山公園中山堂，出席孫中山先生誕辰一百一十二週年儀式。出席儀式的有廖承志、許德珩等。（13 日《人民日報》）

十四日　作《致姜德明》（書信），署名沈雁冰。載《文匯報》一九八一年四月十二日，收百花文藝出版社版《茅盾書信集》。云「常常想爲《戰地》寫稿」，但多病，「而最糟的是事雜。莫名其妙的事都找到我，以爲我是『萬寶全書』」，「要我回憶，或來信，或來寓，坐著不肯去，眞沒辦法。」

十五日　作《致姜德明》（書信），署名雁冰。載百花文藝出版社版《茅盾書信集》。云「早期《小說月報》所刊文章，注有『留』字者，是保留版權之意。」

同日　爲浙江桐鄉烏鎮中學題寫校牌「浙江桐鄉烏鎮中學」、校徽「桐鄉烏鎮中學」。（王加德《茅盾與烏鎮中學》，載《湖州師專學報》1985 年 3 期）

十五日　致曹禺信一件。告知「囑寫小幅」，已寫好並已寄文聯轉交。（載《茅盾研究》第 2 輯）

十六日　《中國婦女》雜誌社記者呂璜和中國婦聯等三位同志來訪，請他講述「五四」時期婦女解放啓蒙運動的情況。一九一九年他擔任《婦女雜誌》主編，以很大的氣力將一個宣傳封建節烈、賢妻良母的刊物，改革成爲五四新文化運動中宣傳婦女解放的喉舌，第一期上他一人就發表了八篇文章，他說：那時他還辦《小說月報》，一個人同時搞兩個刊物的革新，眞夠忙的啊！一九二一年以後，他又是《婦女評論》的積極撰稿人，他和陳望道等左翼文人一起，通過該刊積極宣傳馬克思主義婦女運動的觀點，翻譯和介紹馬克思主義論婦女問題的著作。爲了研究中國婦女問題，他博覽了中外各種流派對婦女解放問題各種不同的觀點和主張。他對大家說：「當時不管是外國的還是中國的，凡是有關婦女問題的文章、著作、材料我都看，看了就寫文

章，發表自己的見解，大造婦女解放的輿論。」（呂璜《茅盾與五四時期婦女解放運動》，載《中國婦女》1981 年第 5 期）

同日　下午四時二十分葉子銘來訪，把一份關於《文學的基本原理》徵求意見提綱交給茅盾，請他提提意見。茅盾說，「『四人幫』把文藝理論上的一些基本問題都搞渾了。比如，創作方法總是在創作實踐過程中形成和提出來的，不是先有個什麼創作方法，定幾條什麼框框，然後去套。這樣是寫不出什麼好作品的。他們鼓吹的所謂『三突出』，就出不了好東西，也扼殺了作家的個性與才能。我看你們還是著重把道理說清楚，不必逐章逐節地去糾纏。」還說「教材總要給學生一些最基本的東西，而且應該盡量避免絕對化、簡單化。比如共同美的問題，『文化大革命』前我也說過。」「兩結合的創作方法的提法，比社會主義現實主義好，不過毛主席的詩詞，也不都是兩結合的。」「『兩結合』也應該以現實主義爲基礎，不能隨意拔高，脫離生活去搞虛假的東西。」對《原理》是否點名說：「我看能不點的盡量不要點。運動中涉及的人和事比較複雜。你們寫文藝理論教材，也不都要去扯那些問題。」談到丁玲，說「她被捕在南京監獄裡，聽說後來是張天翼幫助她逃離南京的」，「後來，是黨派人（聽說是聶紺弩）把丁玲送到了延安。」還說「我同陳毅副總理有些來往，不過不是詩詞上的來往，而是工作上的關係。陳老總是外交部長，也關心文藝。」「陳老總喜歡找人談詩詞，自己也寫得不錯，他是能文能武。」（葉子銘《夢回星移》）

十九日　發表《一點感受》（雜論），載《人民日報》。即十一月十四日《致姜德明》信中的一部分。

二十一日　作《致畢朔望》（書信），署名沈雁冰。載百花文藝出版社版《茅盾書信集》。云作路易・艾黎譯《白居易詩集》序事，「託寫之序，因事作而復輟者三、四次，至今始完成」；也告之，此序已被上海《收穫》雜誌「堅求發表」，「不得已允之」，「現在請老兄勿將中文稿示人，以防別的刊物也要，使我爲難」；同時又指出「我這序寫得長了點，掉書袋多，恐外國人未必有興趣，且翻譯爲難，請勘酌大加減削可也。如何刪削，一任尊便，不必再求我同意。」約月底，收到路易・艾黎二十四日寫的信，云「對中國當代文學卓有影響的您，爲拙作寫了如此有分量和明晰的序言，確實是我莫大的榮耀，也是對我巨大的鼓舞。」（李標晶《茅盾傳》）

二十四日　作《爲介紹及研究外國文學進一解》（論文），載《外國文學評論》第一輯。著重指出，「我以爲既然要從外國文學求借鑒，那就不應劃地爲牢，自立禁區，而是對於凡在一個時期發生巨大影響的作家，都應當作爲或正或反的借鑒對象。這樣才能達到取精用宏的目的，才能擴大眼界，解放思想，在文藝園地實現百花齊放。」

二十六日　作《致林默涵》（書信），署名沈雁冰。載百花文藝出版社版《茅盾書信集》。云關於長征賀電，請其讀《魯迅研究資料》第 1 輯，並提出「在賀電原稿未發現以前，長征賀電以魯迅署者爲妥。此亦實事求是的態度」；特別提到「建國初年，魯迅陳列館中，有一幅圖畫，畫的是魯迅坐著執筆，我站在他後面，畫下題爲《魯迅與茅盾起草長征賀電》。當時我見了，即告陳列館人，此非事實」，「他們也回答不出所以然，後來就把這幅畫撤除了。」

同日　作《致德國讀者》（序跋），載德國柏林歐伯爾包姆文學政治出版社一九七八年出版的德譯本《子夜》，又載湖南人民出版社版《茅盾研究在國外》。云：「歷史書籍可以使各國人民從理智上互相認識，而文學作品則使各國人民從感情上加強團結。現實主義文學作品反映了光明與黑暗的搏鬥，反映了人民革命的主流，它是時代前進的號角。……在這個意義上，《子夜》如果能夠幫助德國讀者對於本世紀三十年代中國人民所經歷的艱苦卓絕的革命鬥爭有一個大概的瞭解，那將是我的絕大榮幸。」

同日　作《致臧克家》（書信），載《人民文學》一九八二年第二期。云刊物「要選我的舊體詩，那不是開玩笑？我的舊體詩只是打油詩，聊以自娛，或因友朋雅屬，寫以存念。豈能廁於三十年詩選？」又告之近況：「事極壞，身體又極壞——您是想像不到的，我簡直是行數步即氣喘不止，不能說話。」

二十七日　下午，出席對外友協爲慶祝南斯拉夫國慶舉行的電影招待會，與譚震林、南斯拉夫大使奧斯托奇等一起觀看了南斯拉夫彩色故事影片《南方鐵道之戰》。（28 日《人民日報》）

二十八日　作《致鮑祖宣》（書信），載浙江文藝出版社版《茅盾書簡》。云葉紫說魯迅與茅盾聯名賀長征勝利一事「不足信」，鮑聽葉紫是口說，而且「當時，這件事誰也沒形之於筆墨，因爲這將冒砍頭的危險」；所以還是堅持自己在《我與魯迅的接觸》一文中的觀點，「應以魯迅發電爲妥，不必再牽連我了。」

　　同日　晚，出席南斯拉夫駐華大使奧斯托依奇和夫人爲慶祝南斯拉夫成立三十五週年而舉行的招待會。出席招待會的有李先念、譚震林等。（19 日《人民日報》）

　　同月　作《贈樓煒春》（舊體詩），載河北人民出版社版《茅盾詩詞》，現收人民文學出版社版《茅盾全集》第十卷。

　　同月　作《贈曹禺》（舊體詩），載《人民日報》一九七九年一月二十八日，收入上海古籍出版社版《茅盾詩詞集》，現收人民文學出版社版《茅盾全集》第十卷。本詩爲七絕，有作者附注，云：「三十年代末，《雷雨》在上海演出，震驚劇壇。《明朗的天》爲曹禺同志解放後所寫第一個話劇，《膽劍篇》是他所寫的第一個歷史劇。」本詩全面地評價了曹禺對中國話劇奠基式的貢獻和里程碑式的成就。同月，茅盾將這首詩寫成橫幅贈給曹禺。（中央電視台、上海戲劇學院 1990 年 9 月拍攝的電視片《曹禺》）

　　同月　作《爲〈大衆電影〉復刊題詩》（舊體詩），載《大衆電影》復刊第一期（1979 年 1 月 20 日），收入河北人民文學出版社版《茅盾詩詞》時改題爲《爲〈大衆電影〉恢復刊名作》，現收《茅盾全集》第十卷。這首六言古風盛讚《大衆電影》爲推進我國電影事業的貢獻。

　　同月　出版《茅盾評論文集》（上、下）（論文集），人民文學出版社出版。（按：本文集係茅盾 1977 年應人民文學出版社之約所編，收入他建國以來所寫的主要文學論文，計 57 萬字。其中 1978 年 2 月 6 日寫的前言，是初次發表。）

　　同月　發表《茅盾回憶錄——商務印書館編譯所生活之一》（散文），載《新文學史料》一九七八年第一期（11 月出版），初收人民文學出版社版《我走過的道路》。本書回憶自己一九一六年八月從北京大學預科一類畢業後，由表叔盧鑒泉推薦到上海商務印書館編譯所工作的情況。文中指出，商務印書館作爲我國最早的「完全中國人資本、中國人管理新式出版企業，常開出版事業風氣之先」，也指出其弱點：「編譯所中有好多人月薪百元，但長年既不編，也不譯，只見他每天這裡瞧瞧，那裡看看，或則與人咬耳朵說話；這些人都有特別後台，特殊社會背景，商務老闆豢養這些人，是有特殊用心的」，「眞料不到這個『知識之府』的編譯所也是個變相的官場」。

　　本月

十四日　經中共中央政治局常委批准，中共北京市委宣布爲一九七六年清明節發生的「天安門事件」徹底平反。

十六日　宣布全國全部摘掉右派份子帽子（凡不應劃而錯劃了的，應實事求是地予以改正）

十九日　《人民日報》發表張光年《駁「文藝黑線」論》，這是第一篇公開批判「文藝黑線論」的署名文章。

十二月

一日　作《致中國作家協會廣東分會》（書信），署名沈雁冰。載《作品》一九七九年二期，初收文化藝術出版社版《茅盾書信集》。云「身體不好」，不能出席廣東省文學創作座談會。

同日　作《致姜德明》（書信），署名雁冰。載《文匯報》一九八一年四月十二日，收入百花文藝出版社版《茅盾書信集》。云不能擔任《人民日報》「徵文顧問」事，怕「有人會來信問這問那」，「我這裡每天收到莫名其妙的來信已經夠多了。」「我近來精神恍惚，故極願減少雜事，不然，過半年將成精神分裂，根本不能用腦了。」

二日　下午，給八寶山革命公墓禮堂舉行的公安部副部長、政協常委楊奇清（1911年生）同志追悼會送了花圈。（3日《人民日報》）

十五日　作《致浙江師範學院湖州分校》（書信），載《湖州師專學報》一九八六年六月增刊二輯。云寫《教與學》刊頭和《一剪梅》詞事，刊頭已寫好，今寄上。同時掛號寄上《教與學》刊頭一張，和《一剪梅》詞一首。

同日　作《致杜埃》（書信），署名沈雁冰。載浙江文藝出版社版《茅盾書簡》。云寫條幅之事。

十六日　作《致黎丁》（書信），署名沈雁冰。載浙江文藝出版社版《茅盾書簡》。云其詩「書懷十六句甚好。此是古體（舊詩一般分古體近體，近體指律詩），……古體詩可長可短，不限句數」。

十七日　向新華社記者發表談話，熱烈祝賀中美關係正常化，說：「中美建交是符合兩國人民利益的，也是中美兩國人民長期盼望的。」懇切希望「臺灣軍政人員」「爲臺灣歸回祖國、完成國家統一出力。」（18日《人民日報》）

同日　下午，由中國少年兒童出版社在北京舉辦的兒童文學創作學習會的四十幾位同志，前來看望茅盾。跟他合影留念。云「有些人看不起兒童文學，認爲是『小兒科』，其實，在醫科中，小兒科最難弄；在文學中，兒童文學也是最難的。你們看，從古到今，全世界有名的作家有多少，其中兒童文學作家卻只有寥寥可數的幾個人呀。可是，兒童文學又最重要。」云過去「對於『童心論』的批評，也應該以爭鳴的方法進一步深入探索，要看看資產階級學者的兒童心理學是否還有合理的核心，不要一棍子打倒」。（楊羽儀《訪茅公》、金振林《懷念文學巨匠茅盾同志》、陳模《我的心是向著孩子的——緬懷敬愛的沈老》，分別載《南方日報》1980 年 7 月 18 日、《長沙日報》1981 年 4 月 15 日、《哈爾濱日報》1981 年 4 月 23 日）

二十三日　出席《文藝報》、《人民文學》、《詩刊》編委會舉辦的文藝如何爲「四化」服務的聯席會議，並作了書面發言。云：在實踐是檢驗眞理的唯一標準面前，「不存在什麼禁區，不存在什麼『金科玉律』，這就爲文藝事業開闢了廣闊的道路。」

二十五日　作《致姜德明》（書信），署名沈雁冰。載百花文藝出版社版《茅盾書信集》。云《人民日報》副刊徵文專欄用「丙辰清明紀事」爲名，「文章就該是紀事」，「應徵者怕不多」。

二十六日　列席五屆人大五次常委會議，聽取了黃華外長關於中美關係正常化談判的結果。（27 日《人民日報》）

二十七日　下午，爲在八寶山革命公墓禮堂舉行的全國科協副主席、記者范長江同志追悼會送了花圈。（28 日《人民日報》）

同月下旬　因發燒，住進北京醫院治療。（1979 年 1 月 7 日《致〈湘江文藝〉編輯部》，《致托乎提·巴克》）

當月

德國沃爾夫岡·顧彬發表《德文版〈子夜〉後記》，載德國柏林歐伯爾包姆文學政治出版社 1978 年出版的、由德國英格爾德和沃爾夫岡·顧彬翻譯校訂的德譯本《子夜》。認爲「《子夜》是迄今爲止沒有喪失它的意義和影響的第一部傑出的中國現代小說。」概括小說主題爲「中國在外國資本主義的侵入面前……更加充滿了從殖民地走向完全殖民地的危險。」總結茅盾的藝術風格特點是「對於當前事件的描寫與評析」，「是

將中國傳統的說書藝術和對於社會的、圍繞某一中心的幅射式描寫結合起來。」文章最後特別指出：「中國現代文學作家如茅盾、巴金、魯迅、老舍等屬於世界文學之列的作家，德國漢學家、出版界有責任大量地翻譯介紹他們的作品。」

司馬長風發表《戰時戰後的文壇》，載香港昭明出版社版《中國新文學史》下卷第二十五章。簡介了茅盾戰時的「流轉」經歷，以及「經常有作品發表」，又在主編《文藝陣地》時「靠茅盾的關係發表了好多名著」的史實。

司馬長風發表《茅盾‧丁玲》，載香港昭明出版社版《中國新文學史》第二十六章第十三節。指出在戰時「流轉」的「疲於奔命的日子裡」，茅盾「這位精於處理寫作與生活的老手」「竟寫下了驚人數量的作品。」其中《腐蝕》則「由於體裁不俗、情節入微，竟成為一部相當堅實的作品」，表現了茅盾藝術技巧達到「圓熟」階段。

日本下村作次郎發表《茅盾的長篇小說〈鍛煉〉》，載日本《季節》雜誌（7），1978 年 12 月出版。

本月

十六日　中美正式建交，並同時發表兩國建立外交關係的聯合公報。《人民日報》發表社論《歷史性的大事》。

十八至二十二日　中國共產黨第十一屆中央委員會第三次會議在北京舉行。會議討論了文化大革命中發生的一些重大事件和「文革」前遺留下來的一些歷史問題；審查和糾正了過去對彭德懷、陶鑄等所作的錯誤結論，全會堅決地批判了「兩個凡是」的錯誤方針，充分肯定了必須完整地、準確地掌握毛澤東思想的科學體系，高度評價了關於真理標準問題的討論，確定了解放思想、開動腦動、實事求是、團結一致向前看的指導方針，作出了把全黨工作重點轉移到社會主義現代化建設上來的戰略決策。

二十四日　中共中央在彭德懷、陶鑄追悼大會上，為他們恢復了名譽。

《文藝報》、《文學評論》編輯部在北京舉行座談會，討論落實黨的文藝政策，給批錯的作品和受害的作者平反，如李建彤的《劉志丹》、王蒙

的《組織部新來的青年人》、劉賓雁的《在橋梁工地上》，以及電影戲劇作品《阿詩瑪》、《不夜城》、《海瑞罷官》、《李慧娘》等。

同年

茅盾應詩人田間的要求，編選了《茅盾詩詞》，由河北人民出版社出版，但因編選得倉促，有些詩詞尚未定稿，又因用了簡體字排印，易致歧意產生，茅盾不甚滿意，想另行編選一本比較完整的詩詞集。（沈霜、陳小曼《〈茅盾詩詞集〉後記》，載上海古籍出版社版《茅盾詩詞集》）

作家康濯、張僖、李准曾一起來訪，談了一個多小時，「談興甚濃；茅盾還拿出一批收到的信、稿，交給張僖同志轉作家協會處理，說他實在忙不過來。」（康濯《熱淚盈盈的哀悼》，載《芙蓉》1983 年第 3 期）

獲悉並同意由德國英格爾德和沃爾夫岡・顧彬翻譯校訂德譯本《子夜》。（按：德國柏林歐伯爾包姆文學政治出版社出版）

作《致德國讀者——德文版〈子夜〉序》（序跋），載德國柏林歐伯爾包姆文學政治出版社版《子夜》。

為《湘江文藝》題寫刊名。（《致〈湘江文藝〉》）

為嘉興師專中文科的刊物題字——「教與學」，並隨信寄去《一剪梅》詞。（李廣德《茅盾與吳興》，載《浙江日報》1981 年 4 月 12 日）

一九七九年（八十四歲）

一月

一日下午　出席全國政協舉行的座談會，並作了書面發言，說：「臺灣科學文化界的人士中有好多是我們多年的老朋友」，我們願與他們一道，「爲祖國統一大業共同努力。」

五日　發表《讀吳恩裕近作〈曹雪芹佚著及其他〉》（舊體詩），載《河北文藝》第一期。這首七律作於一九七三年四月，收入一九七九年十一月河北人民出版社版《茅盾詩詞》時，改題爲《讀吳恩裕〈曹雪芹佚著及其傳記材料的發現〉》，現收《茅盾全集》第十卷。

七日　作《致托乎提·巴克》（書信），署名沈雁冰。載文化藝術出版社版《茅盾書信集》。云出版維文版《子夜》需參資料等事，告知「《子夜》俄文版，我手邊倒有一本，是俄文校閱者贈送作爲紀念的，現掛號寄上，用完請寄還給我保存。」指出：「《〈子夜〉是怎樣寫成的？》一文，是我在新疆學院的一篇講話稿，由別人記錄整理的。」認爲「如果維文版需要用，我想可以採用這一篇。」

同日　作《致〈湘江文藝〉》（書信），載《湘江文藝》一九八一年五期，收入文化藝術出版社版《茅盾書信集》。云身體病狀。云爲題寫《湘江文藝》刊名而寄贈《詞綜》、《唐詩別裁》，「太客氣了」，「寫四個字何必報酬」。

十三日　作《致姜德明》（書信），署名沈雁冰。載百花文藝出版社版《茅盾書信集》。云「奉上近作《贈曹禺》七絕一首，看能否作爲《戰地》的補白」；又特別談及人民教育出版社擬採用《風景談》作中學語文教材事，認爲用「文革」前亂改別人作品的教育出版社比，「究竟還『徵求』意見，民主得多了。」

十四日　上午，東北師範大學副教授孫中田來訪。孫說：「沈老，多次蒙你教誨，這次把《茅盾著譯年表》又修訂了，請您再給提提意見！」茅盾說：「狄福是徐調孚！茅盾的筆名是一九二七年以後使用的，在這以前具 MD 的作者當是另外的人了」；「還有《語絲》上署名多芬的作者也不是我」，告之，他還有兩個未曾出版的長篇《少年印刷工》、《走上崗位》，「前者開明書店點名讓寫的，是給兒童看的通俗讀物，在《新少年》創刊號開始連載；《走上

崗位》是一九四三年寫的，發表在《文藝先鋒》上。」又談到《子夜》的出版情況，「《子夜》原來名叫《夕陽》。初稿《小說月報》要發，不敢用茅盾的筆名，所以起了逃墨館主的名字。」接著他拿出原稿給孫看，封面上大意便是黃昏，「太陽落山的時候，發生在一九三〇年的故事」。「文章發排後，『一二・八』戰火起來了，結果商務印書館被炸毀了。……《子夜》的原稿幸存，現在完整的保存下來。」「當初叫《夕陽》，可是開明書店出版時，由於他們不懂，所以在改題的《子夜》下邊補上了英文。」還談到大革命失敗後，去日本、去延安等情況，最後談到自己一家的情況。一共交談了二個小時。（孫中田《我見到的沈老》，載《吉林日報》1981 年 4 月 14 日）

二十日　發表《爲〈大眾電影〉恢復刊名作》（舊體詩），載《大眾電影》復刊第一期。

二十二日　作《致施蟄存》（書信），署名沈雁冰。載文化藝術出版社版《茅盾書信集》。云「忽奉手書，驚喜交集」，告知：「《金石百詠》兩本收到。二十年蟄居乃有此收穫，亦可謂因禍得福也。」云自己的字，認爲「不成什麼體，瘦金看過，未學，少年時曾臨董美人碑，後來亂寫。近來囑寫書名、刊名者甚多，推託不掉，大膽書寫，都不名一格，《新文學史料》五字，自己看看不像樣。現在寫字手抖，又目力衰弱（右目 0.3 視力，左目失明）。寫字如騰雲，殊可笑也。」並答應「寫唐詩，容過了春節再寫。」

二十四日　下午，出席中外文學家在新僑飯店禮堂舉行的春節茶話會，並致辭向大家致春節的祝賀，說：「林彪、『四人幫』中斷了我們之間的接觸，今天我們又歡聚一堂了。」出席茶話會的有楚圖南、周揚、劉白羽、曹禺、冰心等。（25 日《人民日報》）

同日　下午，爲張際春、徐海東、吳芝圃、劉長勝、張霖之、王世英、南漢宸、劉裕民平反昭雪追悼會送了花圈。（25 日《人民日報》）

二十五日　下午，爲廖魯言、徐小榮、胡錫奎、劉錫五、王其梅同志平反昭雪追悼會送了花圈。（26 日《人民日報》）

同日　發表《白居易及其同時代的詩人——爲路易・艾黎英譯〈白居易詩選〉而作》（序跋），載《收穫》一九七九年第一期。本文係粉碎「四人幫」後，茅盾第一篇長篇古典文學作家論，它以漫談方式充分肯定了唐朝詩人白居易、元稹是「蔑視僵死的傳統、鼓吹革新的偉大作家」，指出，他倆之所以

在唐朝受到杜牧的指責和攻擊，除了「私人的怨恨」外，還有「創作意圖和創作實踐上的分歧」。那麼，為什麼後代詩人對白居易持否定者居多呢？認為主要是對白居易「堅持詩歌對世道人心的大作用」不理解。文章還用比較方法對白、元作品進行了探討，認為在詩的思想性和藝術性上，白有些作品比元的好，元的有些作品也比白的好。論文讚揚了路易·艾黎的翻譯技巧，「翻譯方法是不拘形式，而注力於神似」，指出他對中國的歷史、風俗、習慣，有深刻的知識和親身的體驗，「從而保證了他的譯作能把原作的精神充分地、準確地表現出來。」

二十七日（除夕）　晚，出席在人民大會堂舉行的首都人民春節聯歡晚會，歡渡春節。出席晚會的有葉劍英、李先念等和首都三萬多各界人士。（28日《人民日報》）

二十八日　發表《贈曹禺》（舊體詩），載《人民日報》。收入河北人民出版社版《茅盾詩詞》。

同月　作《自傳》（散文），載《文獻》第一輯，又載《丹東師專學報》一九七九年第一期。

當月

　　劉綬松發表《〈子夜〉的構思特點》，載《武漢大學學報》（哲社版）一九七九年一期。

　　陳漱渝發表《魯迅與茅盾早年交往的幾件事》，載《錦州師院學報》一九七九年第一期。

　　王旋發表《〈白楊禮讚〉解析》，載《山東師院學報》1979年第1期。

本月

　　十一日　中共中央作出關於地主、富農份子和反革命份子、壞份子摘帽問題的決定。

　　二十八至二月四日　國務院副總理鄧小平和夫人應美國總統卡特和夫人的邀請，對美國進行正式訪問。這是中華人民共和國成立後中國領導人第一次對美國的訪問。

　　大型文學刊物《收穫》復刊。

二月

月初　人民文學出版社社長韋君宜來訪，同意為人民文學出版社召開的

中長篇小說部分作者座談會講一次話，看了韋送來的材料，其中有馮驥才的
《鋪花的歧路》，竹林的《娟娟啊娟娟……》和《冬》等三部長篇未定稿。並
再三囑咐：「一定要和青年作者座談，不要作報告。」（韋君宜《敬悼茅盾先
生》，載《文匯月刊》1981 年第 5 期）

四日　作《致鍾偉今》（書信），載《湖州師專學報》一九八六年六月增
刊二輯。（按：鍾偉今是浙江省湖州市文聯幹部）云「囑寫刊名《莫干山》，
已寫好，現掛號寄上。」告知，因爲忙，爲《莫干山》題辭或寫詩，都不可
能了。

六日　下午，爲在八寶山革命公墓禮堂舉行的五屆政協常委龍潛追悼會
送了花圈。（10 日《人民日報》）

六日至十三日　出席人民文學出版社在北京友誼賓館大會議廳舉行的
中長篇小說部分作者創作座談會，並作長篇講話，對中長篇小說的題材、人
物及創作方法，都發表了很好的看法。這次講話採取座談會形式。主動邀請
青年作者馮驥才談談《鋪花的歧路》的創作意圖。茅盾「即刻肯定了馮的創
作意圖，並即刻給了他小說的結尾一個藝術上頗有見地的修改意見。」然後
又云「在題材問題上，應該是什麼都可以寫」；「寫人物也沒有什麼可顧忌的。
什麼人物都可以寫，只要寫得深刻」。認爲文化大革命這段歷史「寫出來是
好的，寫出來給後人一種經驗教訓。這種歷史是很慘痛的，只要寫得深刻，
教育意義也是很大的。像《傷痕》那樣的作品也需要……它的思想不深刻」，
指出劉心武「寫的小說《班主任》比《傷痕》來得深」。還對小說創作中字
數越來越長的傾向提出了批評，當有的作家問到抗美援朝題材時，茅盾說「外
交官在公開場合講話，是一回事，作家寫作品是另一回事。外交官要迴避的，
作家沒有必要也去迴避。」「重要的是不要歪曲歷史。」最後呼籲「出版方
面應當放寬尺度，盡量多出新書。」（《在中長篇小說座談會上的講話》，載
《新文學論叢》1979 年第 1 期；竹林《春暉寸草》、馮驥才《緬懷茅盾老人》，
分別載《羊城晚報》1981 年 4 月 27 日、《天津日報》1981 年 4 月 2 日）

八日　作《致聶華苓》（書信），署名沈雁冰。載文化藝術出版社版《茅
盾書信集》。云聶舉辦的「國際寫作計劃」是「十分有意義的工作」，對「去
年你們全家來京，我因事未能會見，十分遺憾」；又表示支持邀請中國作家一、
二人到「國際寫作計劃」一事，並將與文化部黃鎮部長和對外友協王炳南會

長商議後,「再給具體的答覆。」

　　同日　作《致黃鎮》(書信),載文化藝術出版社版《茅盾研究》第3輯。云美國伊俄華大學教授聶華苓邀請中國作家參加「國際寫作計劃」事,寄聶華苓給茅盾的和她託交的信兩件,並「我給聶教授寫了封回信,也附上,請過目,並請教這樣寫是否妥當。如您認為可以,則請您連同您的覆聶華苓教授的信一併寄出。因為我還不知怎樣往外寄信呢!」還告知「另外還有關於『國際寫作計劃』畫冊一本,及剪報兩頁亦請收閱存查。其中一張剪報是聶教授與其丈夫去年來京訪華時與姚雪垠會見時的攝影及訪問記。」

　　同日　下午,往首都機場,迎接鄧小平同志訪問美國圓滿成功回到北京。(9日《人民日報》)

　　九日　作《致莊鍾慶》(書信),載莊鍾慶《茅盾的創作歷程》,人民文學出版社一九八二年七月出版。談《動搖》的人物和思想。

　　十日　作《致馮亦代》(書信),載香港《大公報》一九七九年二月二十四日。云「約撰稿,一時實抽不出時間。」特別強調「現在我首先是寫回憶錄。此事甚化時間,因必須查閱舊報刊,而此則數量極多。精力一年不如一年,如果不能在兩年內寫好,則恐不能完此心願。」

　　同日　作《致林煥平》(書信),署名沈雁冰。載百花文藝出版社版《茅盾書信》。云感謝其寄來羅漢果治氣管炎,「現正服食。如需要,當再麻煩您」;認為林所編「《馬恩論文學與藝術》……能出版,則嘉惠學子,殊非淺也。」同時提到「現在的三十至四十的治文學的人,對本國及外國文學之知識似不夠淵博,此亦過去禁區太多之故也。」

　　十一日　作《致徐重慶》(書信),載《紹興師專學報》一九八一年第三期。云為新建的湖州劇院題寫院名事,又云杜牧在湖州的「風流韻事」,「犯不著費神去寫小說。」(按:後徐聽從了茅盾的忠告,將杜牧在湖州的有關史料,寫了篇《杜牧在湖州》)

　　十五日　發表《茅盾同志的信》(書信),載《作品》一九七九年第二期。(按:此信即1978年12月1日茅盾《致中國作協廣東分會》)

　　同日　下午,出席在人民大會堂舉行的蘇振華同志追悼會。出席追悼會的有華國鋒、鄧小平、葉劍英等黨和國家領導人。(16日《人民日報》)

十六日　作《致林默涵》（書信），署名沈雁冰。載百花文藝出版社版《茅盾書信集》。云即將召開的第四次文代會，「將是文藝界空前盛大的一次會議。」「一次文藝界向二十一世紀躍進的會議」，建議「特邀」「所有的老作家、老藝術家、老藝人」「不漏掉一個」，因爲這些同志中間，由於錯案、冤案、假案的桎梏，有的已經沉默了二十多年了！還強調指出：「應盡快爲這些同志落實政策。」對浙江「像黃源、陳學昭這樣的同志，五七年的錯案至今尚未平反」，表示不滿。

十七日　作《致胡錫培》（書信），署名沈雁冰。載文化藝術出版社版《茅盾書信集》。告之「春節前後來訪的人多，會議、雜事也不少，一些單位又催著要稿子，我精力有限，實在應接不暇。」

二十一日　作《對於〈兒童詩〉的期望》（雜論），載《兒童詩》雜誌一九七九年第二期。云「在百花園中，兒童詩是個嫩牙。」認爲「兒童詩也是對兒童進行共產主義教育。它的描寫要深入淺出，適合於兒童的理解能力。它的題材應該是宇宙萬物，無所不包。它的體裁，應該有比、興、賦，有幻想。」

二十二日　下午，爲在八寶山革命公墓禮堂舉行的著名馬克思主義史學家、原北京大學副校長翦伯贊（1898 年生）追悼會送了花圈。（按：翦伯贊同志在林彪、「四人幫」迫害下於 1968 年 12 月 8 日不幸逝世）（25 日《人民日報》）

二十三日　作《致徐重慶》（書信），載《紹興師專學報》一九八一年三期，收入浙江文藝出版社版《茅盾書簡》。問是題寫「湖州劇院」還是「湖州影院」？

同月　發表《茅盾回憶錄——商務印書館編譯所生活之二》（散文），載《新文學史料》第二輯。本文回憶了在商務印書館開始的最初的文學生涯和文學思想。云「《學生與社會》」「是我的第一篇論文」，「對二千年來封建主義的治學思想發了一通議論。」承認其時「進化論思想」對我有影響。云「不過那時對我思想影響最大，促使我寫出這兩篇文章的，還是《新青年》。」云登載在《時事新報・學燈》上的「契訶夫的短篇小說《在家裡》就是我那時翻譯的第一篇小說，也是我第一次用白話翻譯小說，而且是盡可能地忠實於原作。」云「也譯過尼采的東西，登在《解放與改造》上，」寫了《尼采

的學說》，登在《學生雜誌》上，認爲「我那時對尼采有興趣，是因爲尼采用猛烈的筆觸攻擊傳統思想，而當時我們正要攻擊傳統思想，要求思想解放；尼采也攻擊市儈哲學，而當時的社會，小而言之，即在商務編譯所本身，市儈思想和作風就很嚴重。」還指出，一九二〇年初爲《小說月報》部分改革而寫的《小說新潮欄宣言》「是我最早的一篇文學論文，這篇文章加上當時陸續寫的另外幾篇文學評論，如《新舊文學平議之評議》，《爲新文學研究者進一解》、《文學上的古典主義浪漫主義和寫實主義》等，基本上表述了我在沒有接觸馬克思主義的文藝思想以前的文藝觀點」，即：（1）「新文學要拿新思潮做泉源，新思潮要藉新文學做宣傳」；（2）「先要大力地介紹寫實主義自然主義，但又堅決地反對提倡它們」；（3）「我以爲新文學就是進化的文學；」（4）提倡「爲人生的藝術。」

　　同月　發表《爲介紹與研究外國文學進一解》（論文），載《外國文學評論》第一輯，收入四川人民出版社版《茅盾近作》。

　　同月　爲浙江省湖州中學實驗大樓題字：「科學館　茅盾七九年二月。」（李廣德《茅盾與湖州關係概述》，載《湖州師專學報》一九八六年增刊二輯）

　　同月　得江蘇書法家許虹生書寫的一副郭沫若詩句對聯「胸藏萬匯憑吞吐，筆有千鈞任歙張」，其時正生病，在床上邊看邊說：「好啊，好啊！」其孫子說：「爺爺你要還禮呀！」茅盾連連頷首，說：「哎呀，我寫些什麼呢？好，過幾天就寫。」並將此對聯掛在客廳裡。過了幾天，將一九四〇年的舊作《新疆雜詠》第一首寫成條幅，贈許虹生，落款爲「虹生同志兩正　茅盾一九七九年二月北京。」

當月

　　葉子銘發表《延安禮讚——讀茅盾的散文〈風景談〉》，載《語文教學》第二期。

　　耳聆（按：王爾齡）發表《〈林家舖子〉從生活到藝術》，載《東海》第 2 期。本書以茅盾 1932 年寫的《我的回顧》和《故鄉雜記》與同年創作的小說《林家舖子》相比較。

　　周榕泉、徐應佩發表《三十年代舊中國農村悲慘生活的縮影——讀茅盾的〈春蠶〉〈秋收〉〈殘冬〉》，載《奔流》第 2 期。

　　傅正乾發表《〈白楊禮讚〉的藝術特色》，載《天津教育》第 2 期。

羅高林發表《茅盾的〈子夜〉》，載《長江日報》2 月 25 日。

本月

四日　《人民日報》發表周恩來《在文藝工作座談會和故事片創作會議上的講話》。

馮雪峰寫於一九六六年八月十日的《有關一九三六年周揚等人的行動以及魯迅提出「民族革命戰爭的大眾文學」口號的經過》發表，載本年第二輯《新文學史料》。（按：該文在文藝界引起強烈反響。）

十四日　中共中央發出《關於對越進行自衛反擊、保衛邊疆戰鬥的通知》。

二十八日　中共中央宣傳部批准文化部黨組決定，對所謂解放後十七年「舊文化部」、「才子佳人部」、「帝王將相部」、「外國死人部」這一大錯案，以及因所謂「十七年文藝黑線」等錯案受到迫害、誣陷者徹底平反。

《人民日報》發文爲《三家村札記》、《燕山夜話》恢復名譽。

吳晗的歷史劇《海瑞罷官》重新上演。

三月

一日　晚，畫家高莽來訪，茅盾和往常一樣，「問及好多同志，談到了幾位同志的死亡與病情。」那天，高帶去了在不同時期畫的一些作家肖像，其中包括一張茅盾肖像。當時請茅盾簽名，他的手有些抖，但還是接過了鋼筆，在畫上簽上了自己的名字。他一邊寫一邊說：「今年七月就滿八十三歲了……」（高莽《給茅公畫像》，載《文藝報》1981 日 13 期）

約月初　被推舉行《人民文學》編輯部舉辦的一九七八年全國優秀短篇小說評選委員會二十三人委員之一，爲主任委員，其他委員爲周揚、巴金、劉白羽、孔羅蓀、馮牧、劉劍青、孫犁、嚴文井、沙汀、李季、陳荒煤、張天翼、周立波、張光年、林默涵、草明、唐弢、袁鷹、曹靖華、謝冰心、葛洛、魏巍等。並閱讀預選作品。（《人民文學》記者《報春花開時節——記一九七八年全國優秀短篇小說評選活動》，載《人民文學》1979 年第 4 期）

六日　出席一九七八年全國優秀短篇小說評選委員會評選會議，並首先講話，熱情熱讚揚了粉碎「四人幫」以來短小說創作的新收穫、新突破。最後評選出優秀短篇小說二十五篇。（《人民文學》記者《報春花開時節》，載《人

民文學》1979 年第 4 期）

上旬　爲新建的湖州劇院題字，共兩張「湖州劇院」以供選擇。（王克文《茅盾同志二三事》，載《浙江日報》1981 年 4 月 7 日）

七日　作《敬題〈鄧雅聲烈士遺詩集〉》（舊體詩），載《長江文藝》一九七九年十月號，收入河北人民出版社版《茅盾詩詞》，現收《茅盾全集》第十卷。〔按：鄧雅聲（1902～1928 年）烈士，湖北省黃梅縣人，中國共產黨早期優秀代表之一〕。李先念爲該書題詞，茅盾、趙樸初爲此書題詩，茅盾還爲書名題簽。這首六言古風對於鄧雅聲烈士其人其詩以很高的評價。

同日　作《致柳尚彭》（書信），署名沈雁冰。載《中學語文教學》一九七九年三期，收入文化藝術出版社版《茅盾書信集》。云《白楊禮讚》的寫作情況，告之「《白楊禮讚》寫作時間大概是一九四一年，於重慶。赴延安是一九四〇年六月，於西安遇見朱總司令，搭他的車到延安的。」

同日　作《致徐重慶》（書信），載《湖州師專學報》一九八六年增刊二輯「茅盾研究」。對徐因題寫「湖州劇院」而寄來湖州特產「震雲同酥糖」除表示感謝外，提出「請你以後千萬不要再給我寄東西了。」云「甜東西尤其不吃的。」

十二日　作《致于逢》（書信），載《羊城晚報》一九八一年四月十一日。告以近況，並囑其將《讀〈鄉下姑娘〉》中的幾個錯字訂正。

同日　作《致莊鍾慶》（書信），載莊鍾慶《茅盾的創作道路》，人民文學出版社一九八二年七月版。談《春蠶》、《秋收》、《殘冬》的寫作。

十三日　作《致莊鍾慶》（書信），載人民文學出版社版《茅盾的創作道路》。談《秋收》的創作。

二十日　作《致姜德明》（書信），署名沈雁冰。載百花文藝出版社版《茅盾書信集》。答其來信所問：「一、曉凡是陳望道。二、文學研究會叢刊不是我主編的，代表文學研究會與商務簽訂叢刊合同者，是鄭振鐸。《小說月報》只一人主編，我編時如此，鄭振鐸編時也是如此。後來，才有徐調孚，算是有兩個人。徐最初是助編《兒童世界》的。

二十二日　下午，法國文學工作者蘇珊娜‧貝爾納再次來訪，一共談了《子夜》的寫作前後、現實主義問題、同魯迅的交往、中國文學的前景等問題。云茅盾的話「充滿了熱情、活力與歡快。眞是一位天生的辯才，侃侃而

談，有聲有色，歷數小時之久而毫無倦意。」說：「《子夜》寫作的準備工作用了一年，正式寫用了一年不到一點的工夫。」「《子夜》的寫作方法頗得益於巴爾扎克，尤其得益於托爾斯泰」。云「《子夜》是我的代表作。」云與魯迅「第一次會面是在上海。一九二七年九月，我們再度在上海相遇，兩人都住在景雲里，於是得以促膝長談」；從日本「回國後，我參加了左聯，同魯迅的往來就愈益密切，直到他去世。……有許多事情我們是一起做的。」認爲「文學如果不能反映生活，指導生活，那就沒有什麼用處」！自云「因爲沒有做成革命家，所以就做了作家。」〔法國蘇珊娜・貝爾納《走訪茅盾》，載《新文學史料》1979 年第 3 輯，又載《中國文學》（英、法文版）1979 年第 2、3 期〕

二十六日　發表《中國兒童文學是大有希望的——對參加『兒童文學創作學習會』的青年作者的談話》（評論），載《人民日報》。

同日　出席並主持《人民文學》編輯部舉辦的 1978 年全國優秀短篇小說評選發獎大會，並在會上作了重要講話，說「得獎的二十五位同志中……絕大部分是年青人，是文化大革命以後開始寫作的，是我們文學事業將來的接班人。他們在文藝上跨上了長征的第一步。我相信，在這些人中間，會產生未來的魯迅、未來的郭沫若（李季同志插話：也產生未來的茅盾），李季同志把我把拉上來，實際上我是不足道的，沒有出什麼好的作品。我們應該向魯迅、郭沫若學習。」又與李季分別把印有魯迅頭像的紀念冊和獎金發給了二十五位得獎的作者。發獎大會後，還出席了《人民文學》編輯部召開的獲獎作者和評委座談會。（《人民文學》記者《報春花開時節》，載《人民文學》1989 年第四期）

三十日　列爲中科院副院長童第周治喪委員會委員之一。（31 日《人民日報》）

同月　著名作家巴金來訪，傾心交談一小時。（唐金海、張曉雲《巴金年譜》）

同月　廣東作家于逢來訪，談了一個半小時。（于逢《不滅的火焰——悼念沈雁冰同志》，載《羊城晚報》1981 年 4 月 11 日）

同月　發表《一剪梅》（詞），載《人民日報・戰地》增刊第 2 期。

同月　爲山東淄博市「薄松齡故居」，將清代著名詩人王漁洋贈蒲松齡的

七言絕句——「姑妄言之姑聽之，豆棚瓜架雨如絲。料應厭作人間語，愛聽秋墳鬼唱歌」——題寫成條幅，落款為「沈雁冰書，一九七九年三月。」將條幅刻石立於故居院內。（按：僅從 1979 年起，「這兩、三年來，沈志老先後爲山東撰寫的詩詞、匾額、碑文和書眉就有三十多件。」有：省博物館、省圖書館、山東藝術學院、齊魯書社、辛稼軒紀念祠、景陽崗獅子樓文學戲劇紀念館、聊城師範學院、魯可北革命回憶錄、斯坦尼斯拉夫斯基張、蒲松齡年譜、蒲松齡故居等，以及題贈一些詩人、教授的詩等。）（李士釗、于友發《殷殷心血灑齊魯——沈雁冰同志爲山東文化事業所作的貢獻》，載 1981 年 4 月 5 日《大眾日報》）

當月

莊鍾慶發表《茅盾的〈雷雨前〉等三篇散文作於何時？》，載《文學評論》一九七九年第二期。

臺灣何欣發表《茅盾及其創作——中國現代小說的主潮》（第一講第二節），載一九七九年三月臺灣遠景出版社出版的《中國現代小說的主潮》一書。

日本南雲智發表《關於〈婦女評論〉》，載日本《櫻美林大學中國文學論叢》（7），一九七九年三月。

日本佐伯慶子發表《論〈盧隱〉》，載日本《櫻美林大學中國文學論叢》（7），一九七九年三月。

柳尚彭發表《〈白楊禮讚〉非取材於一時一地》，載《中學語文教學》1979 年 3 期。

吉林師範大學中文系現代文學史教研室出版《中國現代文學史》（上冊），吉林師範大學出版社出版。其中設有專章評述茅盾的生平與創作。

本月

二十六日　一九七八年全國優秀短篇小說評選發獎大會在北京舉行。劉心武的《班主任》、盧新華的《傷痕》等二十五篇作品獲獎。

三十日　鄧小平同志在黨的理論工作務虛會上講話《堅持四項基本原則》。

四月

二日　作《致莊鍾慶》（書信），載人民文學出版社版《茅盾的創作歷程》。

云《少年印刷工》這篇小說「是有了人物、主題，再編故事。」

九日　往北京醫院，向童第周遺體告別，並向童第周子女表示親切問候。前往醫院的有華國鋒、鄧小平、胡耀邦等。（12 日《人民日報》）

十日　作《致林煥平》（書信），署名沈雁冰。載百花文藝出版社版《茅盾書信集》。云其輯錄《馬恩論文學藝術》，「要的是時間，大駕積數年時間完成，光這一點，就叫我欽佩。」並云自己「於此道完全外行。」

十一日　下午，出席在八寶山革命公墓禮堂舉行的童第周追悼會。出席追悼會的有華國鋒、鄧小平、李先念、胡耀邦等。（12 日《人民日報》）

十七日　作《致姜德明》（書信），署名沈雁冰。載百花文藝出版社版《茅盾書信集》。云當年編副刊，「新詩長不過十幾行，短評每篇三、四百字。現在新詩動輒一、二百行，評論亦萬字左右。」

十八日　作《致于逢》（書信），署名沈雁冰。載浙江文藝出版社版《茅盾書簡》。云於寫茅盾傳之事，「您要寫我的傳」，「沒有現成材料可以供給您。」

同日　下午，《中國青年報》記者舒展、顧志成、潘英前來採訪，談話一個半小時，並攝影留念。茅盾將三本《茅盾評論文集》上下集分贈三人，並在扉頁上親筆題寫了「××同志惠正　茅盾　一九七九年四月」，還加蓋了自己的篆字印章。交談中指出：「六十年前為什麼能產生魯迅、郭沫若？除了時代造就巨人這一歷史條件之外，他們二位進入文學界之前，有了思想上、文學上和社會知識、科學知識的一系列的相當充分的準備」，他們「學貫中西，博古通今。學識、生活的地基打得深厚、博大，所以才能建造出宏偉作品的豐碑」；還說：「青年人之所以後勁不足，恐怕是由於基礎較差。這要補課。」談到自己寫作時的思想時說：「我那時候寫東西思想上沒有什麼負擔，不怕負什麼政治責任，敢於把自己有深切感受的東西寫出來。用今天的話講，就是思想很解放。比如寫愛情的東西。」關於寫作現狀，認為「我們的一些作品把人寫成了清教徒。如果情節需要，作品裡怎麼不可以寫接吻呢？問題是要寫得高尚健康，不要流於庸俗、低級趣味。」（舒展《憶拜訪茅公》，載《新聞研究資料》1984 年 27 輯，又舒展《永記心頭的一小時——憶拜訪茅公》，載《隨筆》85 年 6 期）

約中下旬　鳳子為田漢同志追悼會辦公室專程來訪。茅盾答應參加田漢追悼會並致悼詞。（鳳子《難忘的回憶——敬悼茅盾同志》，載《文藝報》1981

年 9 期）

二十日　發表《在 1978 年全國優秀短篇小說發獎大會上的講話》（雜論），載《人民文學》四月號。講話大力讚揚了這次評選活動，認爲「在這些人中間，會產生未來的魯迅、未來的郭沫若。」

二十四日　上午，爲在北京八寶山革命公墓禮堂舉行的鄧寶珊先生追悼會送了花圈。（25 日《人民日報》）

二十五日　下午，出席在八寶山革命公墓禮堂舉行的原文聯副主席、戲劇家協會主席、黨組書記田漢同志追悼會，送了花圈，並致悼詞，說：「田漢同志是我國革命戲劇運動的奠基人和戲曲改革運動的先驅者，又是我國早期革命音樂、電影的傑出的組織者和領導人。」譴責「四人幫」一伙在文化大革命中對田漢同志肆意摧殘，百般凌辱，致使田漢同志於 1968 年 12 月 10 日屈死獄中。出席追悼會的有宋慶齡、廖承志、周揚等。（26 日《人民日報》）

同日　爲浙江方伯榮老師主編的《中學語文教材教法研究》一書題寫書名。（按：後方伯榮寄上書五冊，十元錢稿費，但錢由銀行退還）（方伯榮《於細微處見精神——憶沈老》，載《紹興師專學報》1981 年 3 期）

二十六日　作《致王立誠》（書信），署名沈雁冰。載浙江文藝出版社版《茅盾書簡》。云爲王統照文集題書名和寫序事，「爲尊翁劍之（王統照）兄之文集寫題簽，茲已寫得，隨函附上。……至於爲文集寫序，則待文集原稿確定後，知其內容，乃可考慮下筆。」

同日　作《致陽翰笙》（書信），署名沈雁冰。載百花文藝出版社版《茅盾書信集》。云四次文代會召開前，就盡快爲錯劃右派的文藝工作者平反，並推薦林煥平作四次文代會代表。

同日　作《致林煥平》（書信），署名沈雁冰。載百花文藝出版社版《茅盾書信集》。云「我把您的情況反映給第四屆文代大會籌備組，且看如何處理。」另外委託林購藥，「現匯上二十元，請代購羅漢果沖劑，來京時帶來可也。」

同日　下午，作家趙清閣來訪。趙是專程來北京參加田漢追悼會，看到茅盾不顧年邁體弱，一口氣念完悼詞，「怕他累病了」，茅盾當即表示：即使累病了，也在所不計。還激動地說：「爲田漢念悼詞，也是代表所有被迫害致死的作家，向『四人幫』控訴！」暌違十八年後的重逢，倆人談了長久

時間，很多話。從個人談到國家，從南昌起義談到抗日和解放戰爭；從「文化大革命」談到正在籌備的第四屆全國文代會。茅盾海闊天空地侃侃而談，當談到「四人幫」的倒行逆施，「他不是氣惱地尖銳叱吒，便是冷嘲熱諷地縱聲笑罵，表現出一種嫉惡如仇正氣軒昂的風貌」；還對趙談了舊體詩詞的創作，認為「舊體詩詞優點是概括力強，用辭含蓄，意味無窮。」（趙清閣《哀思茅盾先生》、《茅公說舊體詩詞》，分別載百花文藝出版社版《茅盾詩詞集》、《解放日報》1986 年 11 月 6 日）

二十七日　作《致朱棠》（書信），署名沈雁冰。載百花文藝出版社版《茅盾書信集》。云「各奉一冊」自己已出版的四種書，並云病狀。

同月　為九院校編寫組的《中國現代文學史》題寫了封面。（九院校編寫組《中國現代文學史》後記，江蘇人民出版社 1979 年 8 月出版）

同月　為徐州四中教師袁寶玉所寫的《茅盾傳略》作了訂正。（按：袁寶玉所撰《茅盾傳略》，載《中國人民大學學報》1991 年 1 期）

本月

二十四日至二十八日　美國前國務卿基辛格和夫人訪問我國。

二十六日　著名翻譯家傅雷同志（1908 年生）追悼會在上海舉行。

《上海文學》發表評論員文章《為文藝正名——駁『文藝是階級鬥爭工具』說》。

五月

三日　下午，出席由共青團中央舉辦的在人民大會堂舉行的紀念「五四」運動六十週年大會。會前，與華國鋒、鄧小平、李先念等黨和國家領導人，接見了出席全國青聯第五屆全國委員會第一次全體會議全體委員和全學聯十九大的全體代表。（4 日《人民日報》）

同日　作《致邵伯周》（書信），署名沈雁冰。載《上海師範學院學報》（社哲版）一九八二年第一期，初收浙江文藝出版社版《茅盾書簡》。（按：邵伯周是上海師範學院中文系教授，茅盾研究專家。）云「我最早的文學論文，從發表的時間來看，是登在《東方》雜誌第 17 卷 1 號上的《現在文學家的責任是什麼？》」署名佩韋。但《新舊文學平議之評議》因為登在『小說新潮』欄，所以容易引起人注意。至於《社會主義下的科學和藝術》不是論文而是一篇譯文」；並隨函寄上一張自己「文革」前的照片。

　　四日　下午，出席座談會，作《在「五四」時期老同志座談會上的發言》
（講演）。（按：此篇未公開發表，現據手稿收入《茅盾全集》第十七卷。）
針對在會上聽到有人講陳獨秀的《新青年》的一些社論是在妓院裡寫的說
法，發表了「不同意見」，表示此說法「我是第一次聽到」；繼指出對陳獨秀
要「一分為二」，認為陳獨秀「當時是一個革命家」，他對馬克思主義的「捍
衛」和「傳播」的功績「文獻俱在」，「不應抹煞」，承認自己「思想解放」
確實受了《新青年》的影響，建議寫一本五四以來的歷史。出席座談會的有
葉聖陶、鄧穎超、胡愈之等。（6日《人民日報》）

　　同日　上午，出席政協常委會第五次會議，聽取張海峰副外長的國際形
勢報告。（5日《人民日報》）

　　五日　獲悉前不久來寓所採訪的記者舒展、顧志成發表《未來的魯迅與
郭沫若將在新時期誕生──「五四」節前訪問老作家茅盾同志》（訪問記），
載《中國青年報》。（按：記者寫明：本採訪記發表前經茅盾核對修改，題頭
為茅盾親筆撰寫。）

　　四日至七日　出席五屆政協常委會第三次會議，會上聽取並討論了有關
國際形勢、工業交通形勢、政協工作報告，為五屆政協委員會第二次全會籌
備工作作了準備。（8日《人民日報》）

　　八日　下午，與周揚聯合發起成立「魯迅研究學會」，並出席第一次籌備
會議，成為籌備小組成員，其他成員有周揚、林默涵、巴金、曹靖華、沙汀、
陳荒煤等。籌委會決定出版《魯迅研究集刊》。（11日《人民日報》）

　　同日　作《致陳荒煤》（書信），署名沈雁冰。載百花文藝出版社版《茅
盾書信集》。云成立「魯迅研究學會」，「先成立籌備小組事，我完全同意。魯
迅研究學會章程草案也看了，沒有意見。」

　　同日　作《致歐陽山》（書信），署名沈雁冰。載百花文藝出版社版《茅
盾書信集》。云廣東出席四次文代會代表事，云「我已將尊函及我同意您的建
議等，轉告周揚、夏衍等同志了。」

　　十日　作《致臧克家》（書信），署名沈雁冰。載《文匯報》一九八二年
三月二十四日初收浙江文藝出版社版《茅盾書簡》。感謝「惠贈大作詩選」；
還告之，碧野「擬來京住」，「但房荒的北京市，恐不易解決。」

十一日　接見外賓。（茅盾8日《致陳荒煤》）

初旬　出席香港《文匯報》在北京新僑大廈舉行的招待會。

十二日　作《致湖南人民出版社》（書信），署名沈雁冰。載浙江文藝出版社版《茅盾書簡》。云「你們要的《我與魯迅的接觸》一文的修改稿，現已修改好了。」

十四日　作《致陳鐵健》（書信），署名沈雁冰。載《歷史研究》一九七九年第九期，初收浙江文藝出版社版《茅盾書簡》。云陳在《歷史研究》上發表的《重評〈多餘的話〉》「持論極公平」，對《多餘的話》中有些語言作了推己及人的剖析，比如對瞿自謂搞政治是「歷史的誤會」，「深有體會。我告訴您一件軼事。三十年代他與魯迅來往時，寫信有時署名『犬耕』，魯迅不解其意，問他，他說：『我搞政治，好比使犬耕田。』他當時靠邊，但此語並非發牢騷而是自我解剖。我和他相識多年，一九二三～一九二四年且為鄰居，感到他是詩人氣質極為濃厚的人，對他以犬耕自喻，只能認為是冷靜的自我解剖。」

二十日　出席《紅樓夢學刊》編委會成立會，茅盾作為學刊顧問，並親筆為學刊題寫了刊名。（劉夢溪《茅盾同志與紅學》，載《紅樓夢學刊》1981年3輯。）

二十一日　為浙江省桐鄉縣石門中學和石門鎮完全小學題寫了好幾條校名真跡，供學校師生挑選錄用。（張劍鎔《茅盾夫婦與石門灣》，載《桐鄉茅盾研究會刊》（1））

二十五日　在建國以來首次全國少年兒童創作評獎第一次會議上，推選為評獎委員會委員。（30日《人民日報》）

同月　發表《和〈春節感懷〉》（舊體詩），載《滇池》第五期。（按：本詩係一九七七年三月十四日作《奉和雪垠兄》）

同月　丁玲平反回到北京，第一次看望茅盾。茅盾熱情地留她坐在身旁親切談心。作協外委會的同志來向他匯報工作，丁玲要告辭了，他不肯放，一再留丁坐下，直到外國友人要來了，才依依不捨地與丁告別。（丁玲《悼念茅盾同志》，載《人民文學》1981年5期）

同月　收到布依族作家戴焱寄來的電影文學劇本《徐霞客》，高興地對兒子韋韜說：「我對徐霞客很感興趣，這個劇本留下來，我要看看。」他是躺在

床上，用放大鏡看這個劇本的。後來韋韜問他：「是不是由我們給作家回封信？」茅盾說：「這封信由我親自回吧！」（戴焱《難忘的教誨》，載《人民日報》1984 年 8 月 21 日）

同月 發表《茅盾回憶錄之三——革新〈小說月報〉前後》（散文），載《新文學史料》一九七九年第三輯。本書全面地憶及一九一九年至一九二一年的工作和生活，特別是改革《小說月報》的經過。

當月

姜德明發表《魯迅和〈小說月報〉——兼記魯迅與茅盾早年的友誼》，載《文藝報》一九七九年五期。認為茅盾與魯迅的首次交往在一九二一年四月開始的，引四月十一日《魯迅日記》：「晚得伏園信，附沈雁冰、鄭振鐸箋。」從一九二一年四月至十二月，魯迅與茅盾書信往返五十次。茅盾在《小說月報》上發表魯迅的譯作，對魯迅的小說推崇備至，讚其創作「真氣撲鼻」，而魯迅對茅盾被迫離開《小說月報》是表示同情的。總之，「在魯迅同文學研究會的交往中，記載著他同茅盾互相尊重，協力作戰的歷史。這是我們新文學史上富有光彩的動人的篇章。」

法國蘇珊娜‧貝爾納發表《走訪茅盾》，載《新文學史料》第三輯，一九七九年五月出版。本書是作者一九七九年三月二十二日走訪茅盾的訪問記。

本月

二日至九日 北京舉行紀念「五四」運動六十週年活動。在中國社會科學院召開的紀念「五四」運動六十週年學術討論會上，周揚作《三次偉大的思想解放運動》的報告。

五日至二十八日 中共中央召開工作會議，決定對國民經濟實行調整、改革、整頓、提高的方針。

六月

二日 下午，葉子銘來訪，專為商定編選《茅盾論創作》的有關問題，韋韜、陳小曼也在座，交談兩個半小時，茅盾的「情緒很好，每涉及到他昔年的文學生涯，或某些文章與作品來歷時，他談笑風生，興致勃勃地談論起那些故人故事，使滿座生風。」關於「論創作」這本書的編選原則，茅盾說

選文「要嚴格一點好」，「凡是同談創作經驗、藝術規律關係不大的，一概都不收」（按：現在葉的這份選目是第三稿）。談到自己評徐志摩的文章說：「這個人是很有才華，後來也有些變化。評趙樹理的文章，是在香港寫的。我對他沒有多少研究，文章也不長。」「關於魯迅的，還可以考慮增加。」說自己的《答國際文學社問》是由「魯迅手抄」，後由方紀保存到解放以後，五七年在方主編的《新港》上「公開發表了」。談話中，葉就茅盾許多倡導文藝爲人生的文章，以及關於文藝思潮、文藝活動的論文，提出能否另編一本關於文藝思想評論的集子，茅盾說：「你的這個建議很好，倒是可以考慮的。」最後在韋韜幫助回憶下，記起一九三二年「一·二八」事變後是回過故鄉烏鎮的，「全家一起走的，爲的是我祖母去世。當時，我母親已先回烏鎮，所以是我和德沚帶兩個孩子一起回去的。」（葉子銘《夢回星移》）

四日 作《致陳鐵健》（書信），署名沈雁冰。載《歷史研究》一九七九年第九期，初收浙江文藝出版社版《茅盾書簡》。云同意發表自己五月十四日給陳的信。云瞿秋白的父親喜書畫篆刻，家中落後，他到北方，寄食在他的一個朋友處。他的母親知書識字，好像也能寫點詩詞，但因借債度日，終因債台高築，無法支持，自縊死。在上海大學及後來與魯迅交往等，也知道一些。

四日至七日 出席全國政協五屆常委會第四次會議。（載 6 日、8 日《人民日報》）

十日 手書一九七四年二月所作詞《一剪梅·關懷》（書法），寄香港《文匯報》。載香港《文匯報·文藝週刊》一九七九年五月二十四日。

同日 手書一九七七年十二月一日所作詩《題高莽爲我所畫像》（書法）。載香港《新晚報》一九七九年五月二十四日。

十四日 爲在北京八寶山革命公墓禮堂舉行的原教育部副部長柳湜同志追悼會送了花圈。（22 日《人民日報》）

同日 出席五屆政協常委會第五次會議，會議決定五屆政協第二次全體會議於十五日舉行。（15 日《人民日報》）

十五日 下午，出席在人民大會堂舉行的五屆政協第二次會議開幕式，並在主席台就座，聽取了鄧小平主席的開幕詞和許德珩副主席的工作報告。

〔16 日《人民日報》〕

十七日　下午，在五屆人大第二次會議預備會被選舉爲五屆人大第二次會議主席團成員。（18 日《人民日報》）

十八日　下午，出席在人民大會堂舉行的第五屆人大第二次會議開幕式。（19 日《人民日報》）

二十日　爲在上海龍華公墓大廳舉行的著名散文家孔另境追悼會發去唁電，云：「一生爲新文化教育服務。兢兢業業，卻遭林彪、『四人幫』迫害致死。含冤十年，現得以平反昭雪，將慰死者於九泉之下……」（按：孔另境乃孔德沚弟）（金韻琴《茅盾與司徒宗》，載《新文學史料》1983 年第 4 期）

二十一日　下午，往人民大會堂，出席五屆人大第二次會議全體會議。（22 日《人民日報》）

二十三日　出席在八寶山革命公墓禮堂舉行的原紡織部副部長張琴秋（1904 年生）同志追悼會，並送了花圈。出席追悼會的有李先念、胡耀邦等。（按：張琴秋係茅盾弟沈澤民的夫人，受林彪、「四人幫」迫害於 1968 年 4 月 22 日含冤逝世）（24 日《人民日報》）

二十四日　作《西江月·祝〈民族團結〉復刊》（詞），載《民族團結》復刊號（1979 年 1 期），初收上海古籍出版社版《茅盾詩詞集》，現收《茅盾全集》第十卷。詞熱情頌讚了粉碎「四人幫」後民族團結的大好形勢。

二十八日　上午，出席在人民大會堂舉行的中共中央邀請民主黨派無黨派人士民主協商會，就增補和調整人大副委員長、國務院副總理政協副主席人選徵求意見，並在會上發了言。（29 日《人民日報》）

同日　爲雲南大理白族自治州下關市文化站主辦的文藝小報《洱海》題寫刊頭，還書贈條幅，內容爲「題白楊圖」詩，並作小注：「余曾作《白楊禮讚》畫家採取其意作圖爲題俚句，錄一九四三年舊作，洱海編輯部兩正　茅盾一九七五年六月北京。」（曉雪《洱海的悼念》，載《民族團結》1981 年 5 期）

同月　「有兩次他夜裡起來小便，都摔倒在地上。有一次，他的手已摸到了床腿，就是沒有力氣站起來，他怕麻煩別人，就在地上一直躺到天亮。」爲此，小曼難過得直流眼淚，遂安慰孝順賢慧的兒媳。後知道兒子韋韜爲照顧他申請提前離休，並要搬到他臥室裡來日夜照顧他，茅盾對孝順的兒子說：「我沒有這個習慣，你在我旁邊，我反要睡不著。」（顧志成：《一代文學巨

匠的瑣事——茅盾的故事》，載 1984 年 3 月 29 日《文學報》)

當月

唐弢等發表《新文學社團等蜂起和流派的產生》，載人民文學出版社《中國現代文學史》(一) 冊。本章文字重點評述了茅盾早期的文學活動：發起、成立文學研究會，接編、革新《小說月報》、發起民眾戲劇社，以寫批評文字爲主，認爲他「比較明確地鼓吹著一種進步的文學主張：表現社會生活的文學是眞文學。」

唐弢、嚴家炎發表《茅盾》專章，載人民文學出版社版《中國現代文學史》(二) 冊。本專章含四節：「思想發展與初期創作」；「《子夜》」；「《林家舖子》、《春蠶》等短篇小說」；「散文」。比較全面、系統地評價了茅盾的前期創作，認爲「茅盾是現代中國的一位卓越的作家」，「茅盾的作品爲辛亥革命以後近半個世紀內現代中國的社會風貌及其變化、各個階層的生活動向及彼此之間的衝突，作了生動鮮明的反映，而且大多具有深厚的歷史內容。」

葉子銘發表《漫談茅盾創作活動的幾個特點——獻給新長征路上的青年作者》，載《鍾山》一九七九年第三期。本書首次概括了茅盾創作活動的四大特點：(1) 茅盾早年的革命生涯，對他一生的文學活動與創作個性，都產生深刻而巨大的影響。(2) 他在文學創作、文學評論和翻譯介紹方面，是三位一體，相互滲透，相互促進。(3) 在長期的創作實踐過程中，逐步形成自己的創作個性和獨特的藝術風格，成爲卓然挺立於現代文學史上的巨匠大師。(4) 永不自滿，永不氣餒，爲攀登藝術高峰，不斷探索，不斷追求。

王爾齡發表《〈春蠶〉從生活到藝術》，載《雨花》6 月號。

梁駿、尤敏發表《茅盾與他的〈春蠶〉》，載《山西師院學報》(社哲版) 一九七九年第三期。

日本下村作次郎發表《評〈黎明的文學——中國現實主義作家茅盾〉》，載日本《咿啞》雜誌 (12) 一九七九年六月。

林志儀發表《塵海茫茫指迷津——讀茅盾的〈腐蝕〉》，載《廣西師院學報》一九七九年第三期。

黃紹清發表《〈白楊禮讚〉的藝術特色》，載《語文學刊》一九七九年五、六期合刊。

本月

　　二十日　著名文藝理論家、作家王任叔（巴人）追悼會在北京舉行。

　　二十八日　在上海龍華革命公墓爲著名美術家、文學家豐子愷舉行骨灰安放儀式。

　　新疆南部的拜城和庫車兩縣新發現了八千個佛洞。

　　《河北文藝》刊載李劍的文藝短論《「歌德」與「缺德」》，文藝界反響異常強烈。

七月

　　一日　作《致林煥平》（書信），署名沈雁冰。載百花文藝出版社版《茅盾書信集》。云「據政協秘書處告，已安排您爲列席代表」，還告之「四次文代大會推遲到十月中旬開幕。」

　　同日　作《致戴焱》（書信），署名沈雁冰。載文化藝術出版社版《茅盾書信集》。云對電影文學劇本《徐霞客》的意見，告之因眼睛有病「沒法詳細閱讀尊作」，「但我以爲寫歷史小說、戲劇或電影文學劇本，均應避免對歷史人物有所拔高或用我們現在的意識強加於他。語言也須避免現代化，有些用語如『問題』、『勞動人民』之類，古人是沒有的。尊作中設有翰林學士賈翰明、編修凌青雲，不知是否眞有其人？我沒有時間查《明史》不能下斷語。如果沒有這兩個人，而是虛構，那就値得考慮了。因爲比較大的官，以不虛構爲原則。又翰林學士是否明代尚有此官職，也請查《明史》核實。」補充處又云，「尊作設凌青雲原屬錦衣衛，後升爲翰林編修，不知有根據否？」指出「明萬曆年間，朝政雖亂，似乎還不至於把特務機構錦衣衛的人升爲號稱清高的翰林院。」還提出「我以前寫過一本《關於歷史和歷史劇》論歷史眞實與藝術眞實較詳，或可供參考。」

　　同日　下午，往人民大會堂，出席五屆人大第二次會議閉幕式。（2 日《人民日報》）

　　二日　上午，往人民大會堂，出席五屆政協第二次會議閉幕式。下午，往政協禮堂，出席政協常委會座談會。（3 日《人民日報》）

　　四日　作《致姚以恩》（書信），載《文匯報》一九八三年九月二十八日。

　　七日　六月湖州劇院主體工程完工，湖州專署考慮到要放電影，又函請

茅盾補寫一「影」字。七日。茅盾重新題寫「湖州影劇院」五個大字，署名沈雁冰，鈐上了名章，掛號寄湖州。（王克文《茅盾同志二三事——悼念茅盾同志》，載《浙江日報》1981 年 4 月 7 日）

　　十日　發表《爲徐平羽之新出土秦漢瓦當拓本作》（舊體詩），載《詩刊》七月號，收入河北人民出版社版《茅盾詩詞》，現收《茅盾全集》第十卷。（按：此詩作於 1963 年 9 月 29 日）

　　十一日　香港評論家劉文勇先生來訪，（按：劉文勇、香港大學中文教授，著有《新中國文學史稿》、《近三十年的中國文學》等）茅盾興致勃勃，滔滔不絕地交談了兩個小時。云「心情舒暢了」，「要把文革期間被剝奪的時間搶回來」；憶及「文革」期間的生活，說：「文革一開始，我就靠邊站。背後被『四人幫』點名批，康生曾在一個文件上批甚麽『此人問題嚴重』，文革開始，紅衛兵抄我的家，拿走我一些書……後來，周總理知道了，馬上設法制止。如果沒有周總理，真是不堪設想」，指出「『四人幫』是有意要整我的，說我是『四條漢子』的祖師爺，還無中生有地說我的歷史有問題。」但茅盾說「我早就斷定『四人幫』一定會垮台」，「因爲他們倒行逆施，歪曲歷史，無數歷史事實證明：誰違背事實，誰遲早會受到歷史的懲罰。」談到回憶錄的寫作，沈霜補充說，在四害橫行的文革期間，茅盾就「秘密地開始進行回憶錄的寫作」，而「現在的主要工作是寫回憶錄」。茅盾說：「計劃從一九一六年寫起，現在已寫到一九二二年，有五、六萬字左右，準備寫到一九四九年中華人民共和國成立……寫完回憶錄，準備繼續寫《霜葉紅似二月花》，另外，還想寫一些零碎的文章。」談到自己的創作時說「長篇小說的代表作是《子夜》」，最大缺點是沒寫好「農民武裝暴動」，「因爲我當時沒有這方面的生活體驗」。關於創作方法，茅盾直率地承認「我贊成用現實主義的創作方法」，承認自己「開始辦《小說月報》時，對自然主義感興趣，我看了很多左拉的作品」，但對「左拉用遺傳學的觀點來觀察社會，反映社會」，先有觀點，後觀察社會，「帶著個框框去，找些素材，來填他的框框」不滿，後轉向托爾斯泰，「他先有生活，再從生活提煉成作品」，所以「轉到自己寫小說時，我是用托爾斯泰的方法——現實主義的創作方法」；還指出「《子夜》是屬於批判現實主義的作品。」認爲「寫小說，要在掌握的素材中，寫出最典型的環境，最典型的人物」；寫小說「應該先有人物」；「我從來沒有寫過

自傳式的小說，但又肯定巴金有自傳色彩的小說《家》「寫得很成功」；講到自己小說改編電影，只有「《林家舖子》拍得好一些。」（劉文勇《他，永遠活在人們心中——記與茅盾先生的兩次會見》，載《廣西文藝》1981 年 9 月號）

十三日　出席在八寶山革命公墓禮堂舉行的原教育部副部長、中國民主促進副主席林漢達（1900 年生）追悼會，出席追悼會的有烏蘭夫、周建人、胡愈之等。（16 日《人民日報》）

十四日　下午，香港評論家劉文勇先生再訪，交談了關於近三十年中國文學的看法。茅盾認為「文革之前的文藝工作，是毛主席親自領導進行的。十七年的文藝，存在『左』的錯誤，往往把學術上，思想上的問題，和政治上的問題等同起來，因而束縛了創造性，對繁榮文藝也是不利的。比如，秦兆陽寫的《現實主義——廣闊道路》，如果用百家爭鳴度來開會研究，甚至爭論，也就可以解決問題了，不應把他劃為右派的。」提出要寫好中國三十年的文學史「最重要的是要實事求是。把真實的情況寫出來」；認為三十年中國文學創作中「公式化、概念化的問題比較嚴重，所謂公式化，就是用一個框框來套生活。所謂概念化，就是對人物的描寫，不是有血有肉的活人，而是把人物寫成概念的化身。這一點，在英雄人物的塑造上，尤為明顯。」還指出「很多青年作家知識太貧乏」，不光自然科學不懂，「連外國文學、古典文學應有的常識都不懂」，還指出「就是有一些年紀較大而又有才華的作家，也要補一點課。」（劉文勇《他，永遠活在人的心中》）

二十日　作《致錢鍾書》（書信），署名沈雁冰。載浙江文藝出版社版《茅盾書簡》。云歡迎美國華盛頓大學教授、古典文學專家、翻譯家時鍾雯女士來中國訪問，告之錢七月十五日大札和時女士信敬悉，「時女士能譯《桃花扇》，想必於中國詩詞甚有修養，不勝欽佩。他擬於今年九月間訪北京時與弟相見，甚為歡迎。請先生轉函為致鄙忱為荷！」詢問錢除原有《宋詩選注》，「近來有何著作？幸逢明時，想必精神暢快」；告次自己「老病糾纏，常與藥爐為伍，乏善可陳。」

二十五日　作《致胡錫培》（書信），載《四川文學》一九八一年第六期。云撰寫回憶錄，「此事想想不難，哪知一動手，才知道要找許多舊書、報來核實，那就費事了。」

同日　作《致趙樸初》（書信），載文化藝術出版社一九八八年七月出版的《茅盾研究》（3）。云「涅槃」應作何解，「茲有小事請教。『涅槃』究應作何解釋。我查了一些工具書，說法不一。只好請教您了。希撥冗示覆爲感。」

當月

孫中田發表《茅盾筆名（別名）箋注》，載《吉林師大學報》（社哲版）1979年4期。本書首次考定了茅盾的116個筆名（別名），否定了四個筆名，即丙甲、星騰、狄福、沈鴻。

孫中田發表《茅盾在延安》，載《社會科學戰線》第四期。

李復習發表《〈白楊禮讚〉淺析》，載《福建師大學報》第四期。

劉煥林發表《〈濃鬱的詩情，絕妙的畫筆——讀茅盾的〈風景談〉》，載《廣西師院學報》第4期。

劉宗德發表《〈風景談〉簡析》，載《昆明師院學報》第四期。

袁寶玉發表《生日·家鄉·賀電》，載《徐州師院學報》第4期。

本月

五日　由人民文學出版社編輯出版的大型文學刊物《當代》創刊。

十三日　中共中央發出《關於被定爲右傾機會主義份子的平反、改正問題的通知》。

中共中央爲著名經濟學家馬寅初先生徹底平反恢復名譽。

全國98所高等院校在西安舉行社會主義文藝創作方法學術討論會。會上成立了以周揚爲名譽會長，陳荒煤爲會長的高等學校文藝理論研究會。

八月

三日　上午，爲在八寶山革命公墓禮堂舉行的全國婦聯前副主席、四屆政協常委劉清揚同志追悼會送了花圈。（4日《人民日報》）

五日　作《西江月·爲新〈蘇聯文學〉作》（詞），載《蘇聯文學》一九八〇年第一期，載河北人民出版社版《茅盾詩詞》，現收《茅盾全集》第十卷。上闋強調對於文學創作，應在廣泛搜集、認眞研究的基礎上，才能作出公允的評論。下闋云文學發展須廣泛學習借鑒外國文藝作品，包括蘇聯的

文學作品。

　　同月　將此詞（即《西江月‧爲新〈蘇聯文學〉作》）書寫贈林煥平。（1982年 3 月 11 日《人民日報》）

　　約月初　文聯金紫光來訪，「謂十月五日文代大會開幕，晚有大型歌舞晚會，開始爲合唱，擬就郭老所說文藝春天一句話寫詩或詞，任務落在我身上。我當時推薦趙樸初自代。紫光同志謂趙出國去了，而且要配曲，至遲八月底要稿子。我當時答應了。」（8 月 16 日《致林默涵》）

　　十三日　上午，爲在八寶山革命公墓禮堂舉行的原文聯副主席、文化部副部長劉芝明（1905 年生）同志追悼會送了花圈。（按：劉芝明在林彪、「四人幫」迫害下於 1968 年 3 月 6 日含冤逝世。）（15 日《人民日報》）

　　十四日　作《沁園春‧爲〈西湖攬勝〉作》（詞），載浙江人民出版社一九七九年十一月版《西湖攬勝》，收入上海古籍出版社版《茅盾詩詞集》，現收《茅盾全集》第十卷。上闋寫西湖美景，下闋寫歷史人物，讚民族英雄，抒愛國主義情懷。

　　同日　作《文藝春天之歌》（自由體詩），載杭州大學出版社版《茅盾詩詞鑑賞》。詩爲全國第四次文代會而作，熱情呼喚與讚頌文藝春天的到來。

　　十五日　作《沁園春‧爲第四次文代大會開幕作》（詞），載河北人民出版社版《茅盾詩詞》，現收《茅盾全集》第十卷。上闋抒寫文代會團結戰鬥的氣氛，下闋祝文藝大軍在新長征路上，爲繁榮社會主義文藝作出新的更大的貢獻。詞由煥之譜成歌曲，題爲《文藝春天》，載十月三十一日《人民日報》。

　　同日　作《〈茅盾論創作〉序》（序跋），載上海文藝出版社一九八〇年五月版《茅盾論創作》。云「所謂論創作，實際上是雜湊的東西」，「既可以看到我的思想發展的過程，也對現在從事於創作的青年有點參考價值。」還說：「我則覺得在我行將就木之年，炒這些冷飯，也有總結我過去工作的意味。」（按：《茅盾論創作》由南京大學中文系教授、茅盾研究專家葉子銘選編）

　　十六日　作《致林默涵》（書信），署名沈雁冰。載百花文藝出版社版《茅盾書信集》。云爲四次文代大會寫合唱詩事，「可以多幾首，除趙樸初外，還可以約人寫。如果只有我一首，未免特殊化了。」還指出「閉幕式後也有晚

會，也有合唱，也可以請人寫詩、詞、歌、曲。我寫的文藝之春歌，內容已改成大會開後之口氣，或亦可充數也。」

　　同日　下午，會見以泰國薩田哥塞——納卡巴貼基金會主席頌西·素古蒙喃女士爲團長的泰國知名人士訪華團。並就中國文學創作和兒童文學創作等問題同泰國朋友們進行了親切友好的交談。(17日《人民日報》)

　　二十三日　作《〈茅盾短篇小說集〉、〈茅盾散文速寫集〉序》(序跋)，載《當代》一九七九年第三期，現收《茅盾序跋集》。云兩本書成書的經過，因爲撰寫回憶錄，「有機會和時間弄到一些舊雜誌，翻閱之後，抄出了《文集》裡未收的短篇小說、散文、雜記共若干篇，連同《文集》中已收的，編爲兩冊，一爲《短篇小說集》，一爲《散文速寫集》。如此，全則全矣，未免泥沙雜下，貽笑大方。但敝帚自珍，也有全面表現我思想過程的意味」；同時談到自己一些作品的創作思想和特點，認爲《創造》是「我寫的第一個短篇小說，在題材和風格上既和《幻滅》等不同，也和我以後所寫的短篇小說不同。」指出《創造》表面上看來是談婦女解放，但遠不止此，它談到了中國的社會解放。與一些評論家的意見相左，「以爲《創造》才是我在寫了《幻滅》等三篇以後第一次思想上的變化」。此外，還談到其他一些作品的思想和藝術。

　　二十五日　上午，爲在八寶山革命公墓禮堂舉行的電影事業家夏雲瑚先生追悼會送了花圈。(27日《人民日報》)

　　同日　下午，出席在人民大會堂舉行的無產階級革命家張聞天同志追悼大會，並送了花圈。出席追悼會的有華國鋒、鄧小平、李先念、陳雲等黨和國家領導人。(按：張聞天受林彪、「四人幫」迫害，於1976年7月1日在江蘇無錫含冤逝世)(26日《人民日報》)

　　三十日　作《法譯本〈動搖〉自序》(序跋)，載《茅盾研究在國外》，湖南人民出版社一九八四年八月出版。認爲「《動搖》和它的姐妹篇《幻滅》與《追求》都是企圖反映一九二七年前後的革命形勢。但正面描寫那時期革命與反革命鬥爭的，只有《動搖》；」還指出，「這本小書有缺點，就是代表當時革命陣營內的清醒和正確的力量，未能得到充分的描寫。」

　　同日　作《沉痛哀悼邵荃麟同志》(散文)，載《人民文學》一九七九年九期。文章回憶了抗戰時在桂林、解放後在作協與邵荃麟共事經過，讚其「見解的深刻，以及從容安詳的態度」，儘管「他骨瘦如柴，常常咳嗽」，卻「抱

病工作，絲毫不苟」。特別憶及大連會議。云「要不要描寫中間人物？我與荃鄰同志意見一樣。」「但我卻不知道他因此惹下了『殺身大禍』。我不知道他曾因此與張春橋、姚文元發生爭論。」還提到邵荃麟多次幫助自己修改報告。

同日　接待來訪的金立人，就關於五卅時期職教員救國同志會的有關情況作了回答。後閱了金立人送來的談話記錄稿。

同日　作《關於五卅時期職教員救國同志會的有關情況》（回憶錄），（按：此篇係譜主當日接待金立人來訪的談話，後經金立人記錄整理，由譜主閱改，現據閱改稿收入《茅盾全集》第17卷。）提供了有關五卅時期教師團體的若干史實。

同月　廣西師範大學教授、作家林煥平來訪，洽談甚歡。特別談到了第四次文代大會代表的選舉問題，茅盾對某些省、市、自治區的選舉情況是不滿的，「甚至有些憤慨，他說，爭當代表之風很盛，選出來的代表，『文代官』多，『宣傳官』多！這是文代會呀，長期老老實實，埋頭苦幹，從事文藝創作的人，為什麼不選呢？」又說，「選代表的事，本來我不大過問，我只推薦了兩個人當代表，可是像上海的袁雪芬、丁是娥，竟然選不上，上海代表團的團長竟然不是巴金，就不成話嗎？要重新選過……」（林煥平《記茅盾兩件事》，載《羊城晚報》1985年4月2日）

同月　到承德避暑山莊度暑期，文代大會籌備組的同志將各地代表名單送到那兒去同他商量。他對有的省、市、自治區的代表選舉是不滿意的，如上海市代表人選問題。陽翰笙說，大家都很尊重沈老的意見。後來，上海果然選了袁雪芬、丁是娥為代表，巴金也被選為上海代表團團長，袁雪芬為副團長。（林煥平《記茅盾兩件事》）

同月　老作家陳沂來訪。茅盾見到陳沂，連聲說，二十多年了，我還能看到你，真不容易。久久拉住手不放。交談中，茅盾希望陳把這些年的生活經歷寫下來。臨別，陳請求寫個條幅留念，茅盾答應了。於一九八〇年三月寫了《讀〈稼軒集〉》條幅寄送陳沂。（陳沂《一代文章萬代傳——悼念我國現代文學巨匠茅盾同志》，載《文匯報》1981年4月3日）

同月　作家陳宗鳳來訪，並求寫條幅。不久茅盾書寫《讀吳恩裕作曹雪芹佚著及其傳記材料的發現》條幅相贈。

同月　發表《茅盾回憶錄之四——複雜而緊張的生活、學習與鬥爭》（上）（散文），載《新文學史料》第四輯。本書回憶的是一九二一年中國共產黨創始時期，自己的主要革命活動和文學上與「禮拜六派」等的鬥爭。云於一九二〇年在上海「第一次會見陳獨秀」，商討「在上海出版《新青年》，成為中國共產黨創始時期的積極骨幹。後在李達介紹下於十月參加上海共產黨小組，為「秘密出版的《共產黨》雜誌的撰稿人，是中國共產黨的最早成員之一。」1921 年中國共產黨成立後，積極參加上海支部的活動，給《新青年》寫稿，還化名「鍾英」，以編《小說月報》作為掩護，成為直屬黨中央的聯絡員。特別是憶及中國共產黨創始人陳獨秀、李達、李漢俊、包惠僧等在上海的革命活動。

夏

為查找抗戰時寫的《炮火的洗禮》一書，讓兒媳陳小曼大暑中跑了十幾家圖書館，又去信南京，仍未借到。「最後，當我從中國青年出版社借到這本書時，沈老高興得不得了，連聲稱謝……十天之內就讓小曼把書還來了。」為回憶錄中審核一些街道名稱、引文、日期，或寫信託朋友，或「讓兒媳騎自行車跑幾家圖書館」。（顧志成：《一代文學巨匠的瑣事——茅盾的故事》，載 1984 年 3 月 29 日《文學報》）

當月

田仲濟等發表《黨成立後文學的發展》，載一九七九年八月山東人民出版社出版的《中國現代文學史》。

田仲濟等發表《茅盾》專章，載山東人民出版社版《中國現代文學史》。

九院校編寫組出版《中國現代文學史》，江蘇人民出版社出版。茅盾為本書的封面題了字。書中第一章第二、三節部分內容、第五章第一、二節部分內容、第七章全章（三節）、第十一章第六節、第十六章第三、四節部分內容評茅盾。認為「茅盾不僅是我國『五四』以來著名的小說家、散文家，也是一個著名的文藝評論家和翻譯家」；「他的作品，相當全面地反映了從『五四』前後到抗戰時期中國社會廣闊的生活。這些作品所提供的成功經驗或教訓，對於我們發展今天的社會主義文藝創作，仍然具有一定的借鑒意義。」

本月

二日　中共中央批准，北京市委決定爲「三家村」冤案徹底平反。

十七日　《文藝報》、《文學評論》編輯部聯合召開座談會，指出，當前文藝界有必要結合眞理標準問題的討論，進一步從思想上、理論上深入批判江青的勾結林彪炮製的《紀要》。

二十五日至九月一日　美國副總統沃爾特・費・蒙代爾和夫人訪問我國。

九月

一日　作《祝文藝之春——爲第四次文代大會閉幕作》（舊體詩），載《中國青年報》一九七九年十月一日，初收河北人民出版社版《茅盾詩詞》，現收《茅盾全集》第十卷。

二日　作《致姜德明》（書信），署名沈雁冰。載百花文藝出版社版《茅盾書信集》。認爲「國慶三十週年，如果扣住國慶寫文章，恐怕寫不好。詩也困難，散文也困難。如果不扣住國慶，則我準備寫一點短而新鮮的，未經人道及的東西，可在本月廿五日左右寄上」。謅並推薦趙清閣一文在《戰地》發表，「如嫌文長，可以刪短些。如不合用，請代退還。」

同日　作《溫故以知新》（論文），載《文藝報》一九七九年第十期，又載四川人民出版社版《茅盾近作》。認爲建國後十七年的作品，「無論從題材和風格的多樣性，從思想內容的深刻性而言，都超過了三十年代」。特別對於粉碎「四人幫」後三年來的文學，更作了熱烈的讚揚和肯定，尤其對當前文藝界有爭議的若干問題直抒己見，認爲「『傷痕文學』的確是反映了一個時代的作品……是有非常重大的積極意義的；」駁斥了所謂「歌德」與「缺德」的理論。指出三年來發表的作品，「還不能不說是新時期的幼年階段，所以雖然頭角崢嶸，還在成長過程中。」

五日　作《致姜德明》（書信），署名沈雁冰。載百花文藝出版社版《茅盾書信集》。云《戰地》發表趙清閣題畫「自無問題」，因爲「趙清閣政治上一貫擁護黨，上月她來京曾兩次拜謁鄧穎超同志，鄧大姐且爲她不爲上海選出之四次文代大會代表而爲特邀，表示不平」；對上海選出文化行政官員作文代大會代表，「有人說此次文代大會一半代表是文官」，可稱爲「文官大會」

而表示了不滿意。另外，告知爲國慶日《戰地》寫文有困難，但「數日前夜半不能再睡，在床上得七絕三首，尚待修改，本月二十日前當奉上，不知合用否？」「至於新鮮的未經人道的雜文將來寫就再寄上，目前忙於寫回憶及其他寫作任務。」

　　同日　下午，爲在八寶山革命公墓禮堂舉行的原中共北京市委書記鄧拓（1912 年生）同志追悼會送了花圈。（按：鄧拓在林彪、「四人幫」迫害摧殘下，於 1966 年 5 月 18 日含冤逝世）（6 日《人民日報》）

　　十一日　下午，會見評論家吳泰昌，吳約請爲《文藝報》撰文，茅盾答應給《溫故以知新》一文。吳請教關於柳亞子詩詞的評價問題，茅盾說：柳亞子的舊體詩詞成就很高，史料價值也大，現在對他的評價不夠。後在四次文代會的專題報告中，說：「柳亞子是前清末到解放後這一長時期內在舊體詩詞方面最卓越的革命詩人。」（吳泰昌《刻在心上的記憶——哀悼茅盾》，載《收穫》1981 年 3 期）

　　十四日　下午，爲在八寶山革命公墓禮堂舉行的著名歷史學家、原北京市副市長吳晗（1907 年生）和他的夫人袁震同志追悼會，送了花圈。（按：吳晗在林彪、「四人幫」殘酷迫害下，於 1969 年 6 月 11 日含冤逝世）（15 日《人民日報》）

　　十五日　發表《關於重評〈多餘的話〉的兩封信》（書信），載《歷史研究》第九期。（按：此兩封信，爲 5 月 14 日《致陳鐵健》，談瞿秋白問題，6 月 4 日《致陳鐵健》，再談瞿秋白問題）

　　二十日　發表《沉痛哀悼邵荃麟同志》（散文），載《人民文學》第 9 期。

　　同日　下午，出席在八寶山革命公墓禮堂舉行的文藝理論家邵荃麟（1906 年生）同志追悼會，並送了花圈。出席追悼會的有王震、胡耀邦、宋任窮、夏衍、周揚等。（按：邵荃麟在林彪、「四人幫」迫害下，於 1971 年 6 月 10 日含冤病死獄中）（21 日《人民日報》）

　　同日　下午，爲在西安舉行的中國作家協會副主席、詩人柯仲平骨灰安放儀式送了花圈。（28 日《人民日報》）

　　同日　作《國慶三十週年獻詞》三首（舊體詩），載一九七九年十月一日《人民日報》，收入上海古籍出版社版《茅盾詩詞集》，現收《茅盾全集》第

十卷。這三首七絕全是對黨、人民、新中國的頌歌。

同日　作《致楚僧》（書信），載文化藝術出版社版《茅盾研究》第三輯。（按：楚僧為民主人士許德珩「五四」時著文之筆名）問其「張國燾在北大念書時是否名為張特立？」還告知了自己的通信處。

二十三日　發表《文藝之春》（舊體詩），載香港《文匯報》。

二十五日　出席並主持中國作協書記處會議，通過吸收王蒙、鄧友梅、劉心武、李建彤、宗福先、盧新華、蘇叔陽、賈平凹、蔣子龍、張潔、葉文玲等四百五十二名十五個民族的作家為中國作家協會新會員。（10月4日《人民日報》）

同日　作《馬伶》（雜論），載一九七九年十月十一日《人民日報》。本文係整理舊札記，引明朝萬曆年間崑曲名家馬（伶）錦學藝成就的故事，「說明體驗生活是藝術進步的關鍵。」

二十七日　下午，「三時半羅章龍來談，此蓋我預約他，有些事（關於一九二三年中共上海地區兼執委會的記錄中有些人的情況）要請教他。他談了些當時的情況（例如張國燾在辦上海勞動組合書記部時用了特立這個名字）。（《日記》，載葉子銘《心火未滅──「文革」期間茅盾撰寫回憶錄的前前後後》）

二十九日　下午，出席中共中央、人大常委會、國務院為慶祝中華人民共和國成立三十週年而在人民大會堂舉行的大會。（30日《人民日報》）

三十日　晚，出席中共中央主席、國務院總理華國鋒為慶祝中華人民共和國成立三十週年而在人民大會堂宴會廳舉行的盛大招待會。（10月1日《人民日報》）

同月　發表《在中長篇小說創作座談會上的講話》（雜論），載《新文學論叢》第一期。本文係二月十三日在人民文學出版社舉行的中長篇小說部分作者創作座談會上的發言記錄整理而成。

同月　發表《兩本書的序》（即《茅盾短篇小說集》、《茅盾散文速寫集》序）（序跋），載《當代》第三期。

同月　會見美國華盛頓大學時鍾雯教授，並就中國古典文學的研究交換了意見。作七絕《贈鍾雯教授》一首。詩載上海古籍出版社版《茅盾詩詞集》，

現收《茅盾全集》第十卷。有作者附記,「美國華盛頓大學時鍾雯教授翻譯介紹元雜劇,蓋前人極少嘗試之壯舉也。」(按:1979年秋,時鍾雯教授來華,拍關於中國當代作家的電影《回春之曲》,主要反映茅盾、巴金、丁玲、艾青、曹禺的工作和生活,其中還有一些「五四」時期、解放區時期、土改時期的珍貴鏡頭,有《林家舖子》的一些鏡頭,片長一個半小時,後在美國放映受到大眾好評。)時教授為了拍這部片子,曾多次訪問茅盾,茅盾也應她之請題詩留念。詩讚揚了時教授對我國古代文學研究、翻譯方面的貢獻,並望文化交流後繼有人,云:「考證精深元雜劇,雅兼信達《竇娥冤》。文化交流開新路,繼起之人莫忘源。」

同月　中國大百科全書總編姜椿芳,和作家樓適夷、黃源來談,談話中,姜總編提出了一個請求,希望茅盾參加《中國大百科全書・中國文學卷》工作,茅盾答應:「可以看一點」,並答應列名總編輯委員會。(姜椿芳《在茅盾同志協助下……》載《百科知識》1981年6期)

同月　書寫條幅《椰園即興》贈湖州專署辦公室主任王克文同志,上鈐茅盾印章。(李廣德《茅盾與湖州關係概述》,載《湖州師專學報》1986年增刊2輯)

同月　書寫條幅《題〈紅樓夢〉畫頁・贈梅》,贈《詩刊》編輯康志強。(康志強《後者應力追——悼念茅盾先生》,載《北京晚報》1981年3月3日)

同月　書寫條幅《西江月・形象思維好》(即《為新刊〈蘇聯文學〉作》),贈林煥平教授。(林煥平《最後一次的會見——沉痛哀悼茅盾同志逝世》,載《桂林日報》1981年4月8、9日)

同月　在寓所會見唐金海。唐就編《茅盾專集》(《中國當代文學研究資料》叢書之一種,福建人民出版社1983年出版,計四冊,與孔海珠合作)和《中國當代文學研究資料》叢書事求教。茅盾一一認真解答,並云:「對當代作家的研究,是個基礎,要點上和面上結合,微觀和宏觀結合,要放在五四以來的文學長河中去研究,要注重當代新的思潮和動向,尤其要注重社會性和審美性,這樣的作家研究、當代文學研究,才可能創出新意。」

當月

　　王積賢發表《傑出的革命作家——茅盾》,載林志浩主編的《中國現代文學史》上冊,中國人民大學出版社一九七九年九月出版。本文係文

學史的第十章。認爲：「茅盾的小說創作，在其開始，便以令人驚異的速度，反映著那些同中國人民的命運密切相關的重大社會政治變動。他的作品，是以忠實地反映中國最後一個黑暗王朝統治下的人民大眾的生活和鬥爭，爲新興的無產階級革命文學運動顯示了創作的實績。」

周忠厚、劉燕生、楊力發表《重評影片〈林家舖子〉──淺談電影創作中的現實主義和歷史主義》，載《電影創作》第9期。

夏志清發表《茅盾》（譚松壽譯），載香港友聯出版社有限公司版《中國現代小說史》第六章。詳介了「現代中國文壇上的中堅份子」茅盾的生平及小說創作道路。認爲《蝕》的創作，奠定了茅盾從一九二八年起「在本國被公認爲中國當代最傑出的長篇小說家」的地位；認爲《虹》的「心理描寫」，「有深度」；《三人行》和《路》「充滿了濃厚的共產主義色彩」；《子夜》「很具氣勢，不愧爲自然主義中的力作」，「以小說的手法來反映中國近代史的一頁」；另外還論及茅盾的短篇小說，有的「表現出茅盾早期作品的特色──絢爛中帶有哀傷」，有的「善良」人物，讓人感到「親切感人」，成爲「人性尊嚴的讚美詩」。儘管認爲茅盾「怎樣爲了符合黨的宣傳需要，糟蹋了自己在寫作上的豐富想像力」，仍然認爲「茅盾無疑是現代中國最偉大的共產作家」。

夏志清發表《資深作家・茅盾》（水晶譯），載香港友聯出版社有限公司版《中國現代小說史》第十四章。認爲「抗戰期間，茅盾毫無疑問是中共作家中的首席小說家……繼續寫他的小資產階級的小說，捕捉小資產階級的良知。」認爲茅盾的《第一階段的故事》「脫胎」於《子夜》；保持了茅盾「最擅長的」「挖掘小資產階級的犯罪感」的特點，但作品「單調和沉悶」；認爲《腐蝕》「是一本寫得很糟的書，風格不統一，日記的形式也處理得不適切」，儘管作品仍然是「他一貫採用的手法──通過女性的觸覺，來反映罪惡。」；認爲《霜葉紅似二月花》讓讀者「呼吸到一點春天景色的清新之氣」，在「預定的三部曲裡」，「《霜葉紅似二月花》……成爲一塊精彩的片斷」。夏志清對茅盾的評論，是迄今爲止，海外茅盾研究中最具代表性和權威性的觀點，成見和創見都有，偏頗和深刻共存。

本月

六日到十七日　英國前首相愛德華・希思訪問我國。

十四日　經中共中央批准，北京大學黨委爲我國著名經濟學家、教育家、無黨派民主人士馬寅初平反昭雪。

十七至二十二日　美國前總統理查德·尼古松第三次訪問我國。

二十五日　著名作家周立波（1908 年生）逝世。

《人民文學》九月號發表劉賓雁的報告文學《人妖之間》。

秋

作家鮑文清來訪，談到「暴露文學」、「傷痕文學」，茅盾說：「這些都是描寫『四人幫』統治時期的封建法西斯暴行的，我覺得應該寫。但是寫這些東西的目的，應該是讓人記住這個教訓，以便將來不再發生那樣的事情，給人以新的希望」。「出現爭論是好事。就作品百家爭鳴一番，對作者本人有好處，不能說一篇作品出來，沒有一點毛病，不能批評，一批評就是不民主，這個事情是不可能的。」對近幾年活躍的作家寄予希望，並相信，「至少有一部分人可以寫出比我們那個時代更好的作品。相信他們中間一定會出現魯迅、郭沫若式的文學家。」（鮑文清《茅盾近年生活瑣記》，載《人民日報》1981 年 4 月 9 日）

十月

一日　發表《國慶三十週年獻詞》三首（舊體詩），載《人民日報》。

同日　發表《百花齊放，百家爭鳴，慶祝三十年——題〈文匯報〉》（書法），載《文匯報》。本件係題字手跡，署茅盾，並鈐印。

同日　發表《祝文藝之春》（舊體詩），載《中國青年報》。

同日　晚，出席文化部和北京市委在人民大會堂舉行的首都慶祝建國三十週年聯歡晚會。出席聯歡晚會的有華國鋒、葉劍英、鄧小平等。（2 日《人民日報》）

四日　作《〈鍛煉〉小序》（序跋），載一九八〇年十二月香港時代圖書有限公司版《鍛煉》，又載一九八一年五月北京文化藝術出版社版《鍛煉》，現收《茅盾全集》。「感慨繫之」地回憶了《鍛煉》一書的創作經過。云：「《鍛煉》是五部連貫的長篇小說的第一部」，原打算「把抗戰開始至『慘勝』前後的八年中的重大政治、經濟、民主與反民主、特務活動與反特鬥爭等等，作個全面的描寫」，可惜，後來「中斷」了。現在「整理舊稿，加了兩章，寫上

海的官辦難民收容所中的淒慘情景」。

五日至七日 出席五屆政協常委會第八次會議。大家一致表示擁護四中全會公報和葉劍英國慶講話。（8 日《人民日報》）

十二日 發表《溫故以知新》（論文），載《文藝報》第十期。

同日 作《致劉桂生》（書信），署名沈雁冰。載浙江文藝出版社版《茅盾書簡》。云感謝其指出回憶錄中誤將「吳廷康」寫成「魏廷康」，「當先在《新文學史料》上作個小更正。」云自己原先記得是吳廷康，但後來見包惠僧寫的登在《黨史研究資料》的回憶，用的是「魏」，所以寫了「魏」，「現知包惠僧有些回憶都不大準確，可是已經晚了。」「仍盼繼續賜教。」

十五日 下午，作家黃鋼來訪。交談中，強調「對文藝工作者，這個世界觀是起決定作用的」；談到柳亞子的詩詞時，指出：「我以爲柳亞子是前清末年到解放後這一段時期內在舊體詩詞方面最卓越的革命詩人。」（黃鋼《他留下了珍貴的囑告——茅盾老師對我們講了最後一課》，載《解放軍文藝》1981年 5 期）

同日 作《致葉子銘》（書信），署名沈雁冰。載《中國現代文學研究叢刊》一九八一年四期，初收浙江文藝出版社版《茅盾書簡》。云收到北大、南大、廈大等九院校編寫的《中國現代文學史》，「尚未全讀，提不出意見」，但指出教材中茅盾部分「用駢文翻譯的美國卡本脫的科學著作《衣》、《食》、《住》等」，「其中有不合事實之處：一、譯文並非駢體而是雜有駢句的文言文（非桐城派），我在回憶錄中說『駢文氣味相當重』。二『科學著作』應爲科學性的通俗讀物。因爲《衣》、《食》、《住》內容是自古以來，世界各地各民族之衣、食、住即穿衣、吃飯、住房之原料、製作方法及風俗習慣等。」還指出「《子夜》德文譯本並非史沫特萊所譯的是德國的 F・柯恩博士（Dr・Frong Kuhn）。

同日 作《外國戲劇在中國》（論文），載《外國戲劇》一九八○年一期。文章回憶了五四前後外國戲劇在國內的演出情況，認爲「中國演外國戲劇，最早應是留日學生組織的春柳社，」「大概是在日本演出，時在五四運動以前」。「1921 年 6 月，上海的中西女塾的學生演出了比利時的梅德林克的六幕劇《青鳥》。她們是用英語演出的」，「轟動了當時上海的洋人和高等華人，以及搞新文學的人。」「一九二二年或二三年，上海的神州女學的學生們演

出了俄國果戈理的《欽差大臣》，這是用中國話演的」；「一九二四年五月四日下午二時，洪深及朋友所組織的戲劇協社，公演了英國王爾德的《少奶奶的扇子》，這是中國第一次嚴格按照歐美各國演出話劇的方式，有立體布景，有道具，有導演，有舞臺監督。但是演員們仍然是業餘的。此演出反響強烈，一演再演。」文章還介紹了當時翻譯過來的各種外國劇本，認爲「代表各種流派的外國戲劇紛紛介紹過來，這就爲我們產生自己的話劇作家創造了條件。」大概是在 1933 年後，在黨的倡議和組織下，才有了專業的演劇隊。

十七日　發表《答〈魯迅研究年刊〉記者的訪問》（訪問記），載《人民日報》，原載西北大學魯迅研究室編輯、陝西人民出版社一九七九年十月出版的《魯迅研究年刊》。云「魯迅研究中有不少形而上學的東西，把魯迅神化了，把眞正的魯迅歪曲了。魯迅最反對別人神化他。」指出主要表現爲「一是稀奇古怪的『假說』，如說《湘靈歌》是爲紀念楊開慧的；二是也有『兩個凡是』問題，『比如說有人認爲凡是魯迅罵過的人就一定糟糕，凡是魯迅賞說的就好到底』」；講話還特別提出，必須把《魯迅全集》注釋好，要注解清楚魯迅著作和日記中提到的人名。還說，魯迅治喪委員會的名單是馮雪峰作主的。上面沒有毛主席的名字，是怕國民黨破壞喪事進行。最後，「希望年刊不要搞形而上學，不要神化魯迅，要紮紮實實地實事求是地研究魯迅。」

二十日　作《致安東尼斯·薩馬拉基斯》（書信），載《人民日報》一九八三年三月二十六日。（按：安東尼斯·薩馬拉基斯是希臘作家）云「中國人民渴望瞭解希臘現代文學」。

二十三日　作四次文代會《解放思想，發揚文藝民主》講話稿。（載 10 月 31 日《人民日報》）

二十六日　下午，評論家吳泰昌、劉夢溪來訪，聽取茅盾對四次文代會開幕詞的意見。大會籌備組代擬了一份四千字的稿子，茅盾翻了幾頁鉛印稿，認爲四千字長了，有一千多字就可以了。還說，有些問題在別的報告裡講到，創作問題他又另有一個發言。因此，他說要親自動筆，叫他們將稿子留下，明天上午十一時後再去取。茅盾忙了一夜，才將稿子改定上交。（吳泰昌《刻在心上的記憶——哀悼茅盾》，載《收穫》1981 年 3 期）

二十七日　上午，吳泰昌、劉夢溪來取開幕詞稿，茅盾翻著刪改後的稿

給他們看——說明爲什麼這段要刪，那段幾句要加。指出，「寫這類文章要乾淨、簡樸、重點突出，切忌面面俱到，同時要有個性，表達方式和語氣要力求符合講話人的習慣。」（吳泰昌《刻在心上的記憶——哀悼茅盾》）

二十八日　作《〈脫險雜記〉前言》（序），載香港時代圖書有限公司一九八〇年一月出版、中國社會科學出版社一九八〇年三月出版的《脫險雜記》，現收《茅盾序跋集》。云本書主要寫自己在香港的遭遇和「脫離日寇制控下的香港，平安地到達桂林」的經過。

三十日　上午，會見以瑞典全國出版商協會主席耶哈德‧鮑尼爾爲團長的瑞典文化人士代表團。（11 月 1 日《人民日報》）

同日　下午，出席在人民大會堂舉行的第四次文代大會開幕式，被選爲大會主席團成員，並致開幕詞。開幕式上還聽取了鄧小平代表中共中央、國務院向大會致的祝詞和周揚作的題爲《繼往開來，繁榮新時期的文藝》的報告。

三十一日　上、下午參加第四次文代會。大會休息時，篆刻家錢君匋「面告欲爲其立印譜」，茅盾笑允。後《茅盾印譜》由湖南美術出版社一九八六年十一月出版，共收 173 個茅盾筆名印章。（錢君匋《〈茅盾印譜〉序》）。亦同日，傅鍾來訪，傅還回憶說當年曾請他給周恩來同志轉遞信件材料之事，茅盾還記得很清楚。（傅鍾《一心向黨，風範長存——沉痛悼念沈雁冰同志》，載《解放軍報》1981 年 4 月 11 日）

同日　發表《中國文學藝術工作者第四次代表大會開幕詞》，載《人民日報》。

同月　會見南斯拉夫作家訪華代表團。（姚雪垠《一代大師，安息吧！——悼茅盾同志》）

同月　作《贈吳文祺》（舊體詩），載南京師院《文教資料簡報》一九八一年第七、八期合刊，載《文學報》一九八四年八月二十三日，收入上海古籍出版社版《茅盾詩詞集》，現收人民文學出版社版《茅盾全集》第十卷。〔按：同月，復旦大學教授、語言學家吳文琪來訪。吳是文學研究會會員，商務編輯。1927 年春，經茅盾介紹赴武漢任國民黨中央軍事政治學校武漢分校（校址在武昌兩湖書院）政治教官〕故友重逢，倍感親切，欣然命筆，題詩書贈留念。詩回憶往昔友情，感慨無限。

　　同月　日本東京都大學教授松井博光來訪，作了長時間親切友好的交談。松將自己剛出版的研究茅盾的專著《黎明時期的文學》一書贈予茅盾，並合影留念。（按：松井博光回國後，將這一次訪問寫成《迎來遲到春天的作家們——茅盾訪問記》，發表於日本《東方》雜誌 10 期，1980 年 1 月出版）（林煥平《最後一次的會見——沉痛哀悼茅盾同志逝世》，載《桂林日報》1981 年 4 月 8 日、9 日）

　　同月　作《少兒文學的春天到來了！——爲兒童文學創作座談會作》（評論）。（載《文匯報》1979 年 12 月 2 日）

　　同月　作《祝〈地平線〉出版一週年》（雜論），載香港《地平線》雜誌第十期。

當月

　　樂黛雲發表《茅盾早期思想研究（一九一七～一九二六）》，載《中國現代文學研究叢刊》1979 年第 1 輯。本文認爲「批判的，發展的，不斷趨近於馬克思主義，這就是五四時期茅盾思想的主要特徵」，並指出茅盾這一時期文藝思想的主流不是自然主義，也不是西方批判現實主義所能概括的，而是「革命現實主義」，認爲他的「文藝思想則處處體現著文藝服務於人民革命這一時代要求」。他所倡導的文藝理論的核心，就是文學「應擔當喚醒民眾而給他們力量的重大責任」，因此他提出「好的作品在忠實反映現實的同時，必然包含著對於未來光明的信仰」，也正因爲如此，可以說「茅盾是『五四』新文學的第一個評論家」；文章也承認尼采對茅盾是有影響的，但他「從總體上否定了尼采的思想體系」。

　　孔令仁發表《〈子夜〉與一九三〇年前後的中國經濟》，載《文史哲》第 5 期。本文作者係孔子後裔，首次從經濟學角度，利用豐富的經濟資料，分析了《子夜》與一九三〇年前後與中國經濟相牽連的帝國主義對我國的經濟掠奪。結論是：「在半殖民地半封建的社會條件下，要發展民族資本工業是不可能的，獲得勝利的只能是帝國主義侵略勢力。要發展民族工業，就必須推翻半殖民地半封建的社會制度。」

　　日本松井博光出版專著《黎明的文學——中國現實主義作家茅盾》，日本東方書店一九七九年十月出版。本書比較全面地介紹和描述了茅盾的爲人和文學創作。這是日本研究茅盾的第一本專著。

　　中南七院校出版《中國現代文學史》，長江文藝出版社出版。上冊有

《茅盾》專章和《黨成立後文學運動的發展和文學社團的興起》中評茅盾。

日本發表《茅盾對神化魯迅的批評》，載日本《朝日新聞夕刊》一九七九年十月二十二日。

馬樹德發表《〈子夜〉德文版在西德重版發表》，載《世界文學》第 5 期。

荒蕪發表詩《有贈──贈茅盾先生》，載《讀書》第五期。

陳根生發表《〈梯比利斯地下印刷所〉教學通信》，載《遼寧師院學報》第五期。

本月

新中國成立後第一部修訂的大型綜合性辭典《辭海》，由上海辭書出版社正式出版。

中國文學藝術工作者第四次代表大會在北京舉行。

十一月

一日　上午，往人民大會堂，出席第四次文代會，休息時，和巴金親切交談，著名畫家高莽爲兩人畫了一幅合像。（高莽《給茅公畫像》，載《文藝報》1981 年 13 期）曹禺也當即請茅盾寫一幅字，茅盾也答應了。（曹禺《我的心向著你們──悼念茅盾同志》，載《中國青年報》1981 年 4 月 16 日）

同日　下午，出席四次文代會大會，聽取周揚《繼往開來、繁榮社會主義新時期文藝》的長篇報告。（2 日《人民日報》）

同日　作《致莊鍾慶》（書信），載莊鍾慶《茅盾的創作歷程》。云一九三七年的一些經歷。

二日　上午，往人民大會堂，出席四次文代會大會，並作了題爲《解放思想，發揚藝術民主》的書面專題報告，載五日《人民日報》。報告寫完於十月二十三日，分爲五個部分。認爲「粉碎『四人幫』以來，短篇中篇有豐富的收穫。」也直率地指出：「近來年，短篇小說在萬字以下的，很少……並且這些作品中，眞正深刻地反映了時代精神的，也不多。」認爲題材、人物、創作方法應該多樣化。又談到繼承遺產、借鑒外國和「生活是藝術的源泉」。

同日　晚，作《致聶華苓》（書信），載文化藝術出版社版《茅盾研究》

（3）輯。云「以前寄來的信和照片也都收到了」，「歡迎您和您的丈夫明年四月間來京的計劃。我們將安排你們要會見的作家和提供一些可供你們翻譯的新一代作家的作品。也有老作家的新作品。」

同日　下午，因患感冒，住進北京醫院治療。一共住了三個星期。（1980年2月4日《致胡錫培》）

十日　發表《馬伶》（讀書札記），載《人民日報》。

十一日至十九日　作家陳學昭住茅盾家休息。

十六日　陳學昭到北京醫院探望茅盾。「他獨個人住在一間有兩床的病房裡。他睡在床上，顯得很愉快，微笑著和我說話」……告辭時，微笑著說：「我就要出院了。」在路上，陳小曼對陳說：「爸爸像個小孩子，天天鬧著要出院。我們讓他多住幾天，回到家裡，他又日以繼夜地工作！」（陳學昭《痛悼我的長者茅盾同志》）

同日　下午，第四次文代會在人民大會堂隆重閉幕。被選為中國文聯名譽主席，主席是周揚，巴金、夏衍、曹禺等十一人當選為副主席。茅盾同時還被選為中國作家協會主席。（17日《人民日報》）

同日　晚，在中國文聯舉辦的歡慶四屆文代會勝利閉幕的聯歡晚會上，茅盾寫作的題為《文藝春天》「沁園春」詞被譜上樂曲歌唱了。「博得了掌聲如雷」。（趙清閣《哀思茅盾先生》）

十七日　上午，為在北京西苑飯店大禮堂舉行的著名文藝理論家和作家、詩人馮雪峰追悼會送了花圈。（18日《人民日報》）

十八日　上午，為在北京八寶山革命公墓禮堂舉行的傑出作家周立波（1908年生）追悼會送了花圈。（19日《人民日報》）

二十日　發表《解放思想，發揚藝術民主》（評論），載《人民文學》。本文係茅盾十一月二日在四次文代大會上的專題書面發言。

二十四日　作《一點回憶——為湖北省博物館董老展覽室作》（回憶錄）（按：本篇未公開發表，現據手稿收入《茅盾全集》第 17 卷）。簡單回憶了與董必武同志交往和友誼，表達了「欽仰」之情。

同月　出版《茅盾詩詞》（詩詞集），河北人民出版社出版。本詩詞集是茅盾應詩人田間之約，收集編選的自己發表過的詩詞。收入一九四〇年至一九

七九年間創作的詩詞約七十五首（以每一標題爲一首）。本詩集「因編選得倉促，有些詩詞尚未定稿；又因用了簡體字排印，易致歧意的產生」，茅盾不甚滿意，一直想另行編選一本比較完整的詩詞集。於是，從一九八〇年下半年開始，茅盾將全部詩稿重新修訂，增加了三十多首，並對若干首作了改動。叮囑出版時務必用繁體字直排，使之符合舊體詩的格式，這便是上海古籍出版社一九八五年四月出版的《茅盾詩詞集》，《後記》爲沈霜、陳小曼所撰。

同月　作家趙清閣來北京醫院探望茅盾。告之文代大會閉幕那天晚會的盛況，茅盾興奮地笑著說：「但願從此眞正迎來了文藝的春天！」（趙清閣《哀思茅盾先生》）

同月　親筆簽名《脫險雜記》、《茅盾短篇小說集》，並贈作家郭風。

同月　爲江蘇省沛縣一所鄉村中學題寫校牌「江蘇省沛縣鹿樓中學」其後還附有陳小曼的一紙短函。

同月　發表《茅盾回憶錄之四——複雜而緊張的生活、學習與鬥爭（下）》（散文），載《新文學史料》第五輯。本書回憶的是一九二二年夏季開始的、持續三年的文學研究會與創造社論戰的經過，以及與「學衡派」的論戰。云與創造社的論戰是一九二二年初夏「突然發生的」，「因爲我們確實沒有想到會同創造社發生衝突，」當時對「創造社諸君，尤其郭沫若是很敬佩的」，認爲他「熱情奔放，『昂首天外』的氣魄，在當時也是第一人」，讚其《女神》「神思飄舉，遊心物外，或驚彩絕艷，或豪放雄奇，或幽閒澹遠」。「這樣的思想內容和藝術風格，在當時未見可與對壘者。」論戰係一九二一年五月一日出版的《創造季刊》創刊號上，郁達夫和郭沫若的兩文指責文學研究會「黨同伐異」、壓制「天才」引起的。直至一九二四年八月，茅盾和鄭振鐸以編者名義在《文學》週報「掛起了免戰牌」，才告結束。云論戰的原因，「主要是對文學與社會的關係有不同的看法」：「作品是作家主觀思想意識的表現呢，還是社會生活的反映？創作是無目的無功利的，還是要爲人生爲社會服務？」還有創造社不「互相扶助，互相容忍」，「先說文學研究會『壟斷文壇』，以打擂台的姿勢出現，文學研究會在上海的會員也就被迫而應戰。」認爲同「學衡派」的論戰與之性質完全不同，他們「反對新文學，提倡復古，是當時的時代思潮中的一股逆流」，所以魯迅和文學研究會對「學衡派」的批判和痛擊是必然的。

當月

邵伯周出版專著《茅盾的文學道路》,長江文藝出版社出版。本書約十五萬字。本書對茅盾的文學道路作了較爲細緻的探討、分析和評論。對於每個時期的時代背景、茅盾的文藝思想,都聯繫具體作品進行了分析和評論。本書初版於一九五九年,這次再版,作者作了較大的修改,增寫了第五部分「爲發展我國的社會主義文藝而鬥爭」。新編了《茅盾主要著譯書目》。這是茅盾研究史上較早出版的一部較有份量和創見的論著。

莊鍾慶發表《茅盾在五四時期的文學主張》,載《文學評論叢刊》一九七九年第四輯。認爲茅盾在「五四」時期已形成爲人生的文學觀,指出茅盾在其第一篇文學論文《現在文學家的責任是什麼?》(載《東方雜誌》第十七卷第一號,1920 年 1 月 10 日,署名佩韋)中已提出「文學是爲表現人生而作的」,並指出這文學主張包括其下四層含義:(1)爲人生文學必須表現社會「人生」和「平民」精神;(2)爲人生的文學是「反映人生指導人生」的;(3)爲人生文學必須反映被壓迫人民的生活與鬥爭;(4)爲人生的文學是「進化的文學」,這種文學必須表現全人類的共同的情感。

唐弢主編出版《中國現代文學史》(2),人民文學出版社出版。第二冊第八章評茅盾。認爲「茅盾是現代中國一位卓越的作家。他早在新文學運動初期就積極提倡進步的現實主義理論。……他以自己的創作實踐了這些主張。茅盾的作品爲辛亥革命以後近半個世紀內現代中國的社會風貌及其變化、各個階層的生活動向及彼此之間的衝突,作了生動鮮明的反映,而且大都具有深厚的歷史內容。」

郭根發表《知識分子弱點的暴露——對茅盾〈蝕〉的體會》,載《山西大學學報》(社哲版)一九七九年十一月。

新華社發表《中國作家協會主席茅盾》,載《新華社新聞稿》1979 年 11 月 15 日。

本月

十二日　首都隆重紀念白求恩同志逝世四十週年。

十六日　中國文藝工作者第四次全國代表大會在北京閉幕。

　　二十六日　國際奧林匹克委員會表決通過恢復我國在奧林匹克的合法權利。

十二月

　　一日　在上海召開的，由少年兒童出版社舉辦的兒童文學創作座談會上作了書面發言——《少兒文學的春天到來了！》，載二日《文匯報》。（《文匯報》記者《多多創作有益兒童健康成長的作品》，載《文匯報》1979 年 12 月 2 日）

　　二日　發表《少兒文學的春天到來了！——爲兒童文學創作座談會作》（評論），載《文匯報》。認爲「兒童文學應該是給兒童和少年閱讀的課外文學作品。目的是啓發兒童的想像力，冒險精神（即敢作敢爲的精神），是非觀念、邪惡觀念，因此，題材應當是很廣泛的，不避鳥語獸語，神仙鬼怪等等」。認爲六〇年前後兒童文學創作是「政治掛了帥，藝術脫了班，故事公式化，人物概念化，文字乾巴巴」，提出「必須要總結經驗，解放思想，開闢新路」。

　　五日　爲在八寶山革命公墓禮堂舉行的原中國曲藝研究會主席王尊三（1892 年生）追悼會送了花圈。（10 日《人民日報》）

　　八日　作《致陳沂》（書信），載文化藝術出版社版《茅盾研究》三輯。云「因病住院。出院時大會已過去一星期，因此未能與您長談」。又云「我收到上海一青年業餘工作者寫來的信（附上）；如信上所述屬實，則在一定程度上反映了當前在『小』知識分子政策落實的情況。這位青年（馮永直），看來還能寫寫的。既然有的文藝單位願意調他，使他更能發揮他的長處，爲何定要留他，打他棍子？」「請您斟酌，是否可以讓《文匯報》派個記者去調查一下，爲這個青年解決一些實際問題？」

　　九日　作《我所知道的張聞天同志早年的學習和活動》（雜論），載《人民日報》一九八〇年一月十四日。本文具體提供了張聞天早年革命和文學活動的材料。云「大概受了澤民的影響」，「給《小說月報》投稿」，寫過《托爾斯泰的藝術觀》、《波特萊爾研究》「以及三篇介紹和研究泰戈爾的文章，內容和文采都是不錯的」；一九二三年下半年從美國回國後，到中華書局任編輯，不久「加入了共產黨」；繼續創作，「假如聞天同志不是因爲後來走上職業革命家的道路」，「他很可在中國新文學運動的歷史佔一席地，充分發揮

出他在文學上的才華。」

同日 發表《沁園春》（詞，手跡），載《浙江日報》。

十日 作《致中共中央紀委會第八組》（書信），署名沈雁冰。載百花文藝出版社版《茅盾書信集》。云「一九三一年秋白同志在上海受王明打擊，離開中央以後」「在上海的生活情況」，「他那時兩口人，生活簡單，秋白寫譯文章得點稿費，就此過去」。

約上旬 作家陳荒煤等來訪，商洽成立魯迅研究會和會長人選問題，許多同志都認爲應該推選茅盾同志擔任。當陳代表作協、文學研究所徵求茅盾意見時，他微笑著說，如果大家覺得需要，他就擔任這個工作。之後，還在他家裡共同討論了章程，具體工作的人選。（陳荒煤《拿起筆來，爲了共產主義的理想而戰鬥——悼念茅盾同志》，載《人民文學》1981 年 5 月號）

十二日 魯迅研究會在北京成立，宋慶齡擔任名譽會長，茅盾任會長。學會擬出版《魯迅研究》季刊和《魯迅研究叢書》。（13 日《人民日報》）

十六日 作《致沙汀》（書信），署名沈雁冰。載浙江文藝出版社版《茅盾書簡》。云周立波逝世事，「深爲概嘆，可惜十二年工夫被四人幫糟塌了，不然，他定能多寫出幾部作品來」。

二十四日 作《致吳文琪》（書信），署名沈雁冰。載百花文藝出版社版《茅盾書信集》。云「和詩拜讀，稱『說部、詩、書』三絕，則不敢當」；爲寫回憶錄探詢當年兩湖書院即「武漢政府時代中央軍事政治學院（校）」之情況，云「當時人物亦幾經滄桑，我寫的回憶錄將寫到這些事，但有些事記憶不準，例如當時任政治教官，除兄而外，記得有梅思平、陶希聖，還有何人？」詢及各政治軍官的姓名和經歷；問及當時「漢口民國日報（我任主編）在漢口何街？」，問及軍政學校在上海招生、考場、閱卷人等狀況。「凡此種種，盼能賜教」。

二十五日 作《致周紅興》（書信），署名沈雁冰。載浙江文藝出版社版《茅盾書簡》。云「當年《熱血日報》上那幾篇時事新調，都是瞿秋白寫的」。對其「承告以我在五卅運動作過講演，甚感謝。我自己都記不得了」。

三十日 作《致臧克家》（書信），署名沈雁冰。載文化藝術出版社版《茅盾書信集》。云感謝其來信和賀年箋，「茲報以一聯，蓋紀實也」；告之「我近來幸未病，傷風咳嗽，體溫正常，算不得病，但文思殊澀，想作舊體詩聲討

『四人幫』，久久不能成篇，或者搞一個新舊合璧，如有成，當請教」。

同月　作《往事的回憶──紀念蔡和森同志》（散文），載人民出版社一九八〇年三月版《蔡和森回憶錄》。〔蔡和森（1895～1931 年）中國共產黨早期創始人之一，馬克思主義理論家。曾與茅盾一起工作生活過〕本書回憶了一九二三年夏，與蔡和森一起爲黨工作，負責國民運動中的統一戰線的一段戰鬥經歷，認爲蔡「熱情，不修邊幅，思想敏銳，善辯，是黨內少數理論家之一」，已「寫成一詩」《紀念蔡和森同志》。

同月　作《紀念蔡和森同志》（舊體詩），載一九八〇年三月三十日《湖南日報》，載河北人民出版社版《茅盾詩詞》，現收《茅盾全集》第十卷。本詩原題爲《敬懷蔡和森同志》。詩滿懷熱情頌讚了蔡和森在中國革命初期的戰鬥英姿，云：「建黨初期理論家，蔡公健筆萬人誇。當年海上環龍路，正氣凜然鬥佞邪。」

同月底　作《致劉濟獻》（書信），載《河南日報》一九八一年四月十九日。云收到他們所編集的《茅盾論文學藝術》和《茅盾現代作家論》兩書清樣和待編計劃，並已請韋韜對他們所選文章逐一作了核實，提了一些意見。還爲兩書題寫了書名。

當月

美國陳幼石發表《茅盾與〈野薔薇〉：革命責任的心理研究》，載英國倫敦《中國季刊》第七十八期（12 月出版）。本文係對短篇小說集《野薔薇》的研究，指出《蝕》與《野薔薇》在「主題和人物世界觀處理也大不一樣」，後者「反映革命高潮過去後」，「並非追尋歷史事件的原因及其後果和確定責任問題，而是在探索大家今後應該怎麼辦的依據。他已經開始尋找新環境中命運問題和革命任務的答案」；「體裁介於悲劇和喜劇之間，但其基本調子是強烈的不安和痛苦」。

日本是永駿發表《中國近代小說的結構和文體──在茅盾小說作品中的表現》，載《大分大學經濟論集》，12 月出版。

翟秀發表《長征勝利賀電與茅盾的關係》，載《學術研究》第 6 期。

本月

五日至九日　日本國總理大臣大平正芳來我國訪問。

我國政府和日本政府文化交流協定在北京簽訂。

馬寅初《新人口論》由北京出版社出版。

同年

爲《深圳文藝》雜誌題寫了刊頭。

一九七九年至一九八〇年間，就《茅盾論創作》與《茅盾文藝雜論集》的編選原則向葉子銘作詳細交談，多次抱病審閱了葉提出的篇目，研究書名、體例，翻閱了大部分原稿。

茅公寫回憶錄的兩、三年，因年邁，「習慣躺在床上看書」。「七點在床……九點開始寫作，……十一點結束」。「臥室與書房相連」。在臥室寫作，以免「從臥室走到書房引起氣喘」。臥室內「一隻鐵床還是三十年代的舊物」，在「一張三屜小桌」上寫作。「每天午睡後下午三點起床，在身體好的情況下也可以工作兩個鐘點，有時也躺著看材料，從不間斷」。（本刊編輯部《記茅公爲本刊撰寫回憶錄的經過》，載《新文學史料》1981 年第 3 期）

人民文學出版社舉辦「全國部分中長篇作者座談會」，討論包括馮驥才的《鋪花的歧路》在內的三部中篇小說。這三部以十年動亂爲題材的中篇小說，都涉及到尚未明朗化的對「文革」的評價問題，因此眾說紛紜。在座談會上先後兩次發言，肯定了這三部中篇小說的創作傾向和立意。並對馮驥才談了對《鋪花的歧路》的結尾的修改意見。（馮驥才《緬懷茅盾老人》，載《天津日報》1981 年 4 月 2 日）

約同年　哮喘病重時，幾乎每天晚上都要輸一袋氧氣才能安枕。警衛員每天去一次醫院換氧氣袋。茅盾溫和地對警衛員說，開紅旗牌轎車到醫院換氧氣袋，「太浪費了，你騎自行車去行嗎？」有時刮風、下雨或天寒地凍，就讓警衛員坐公汽車，「一面將準備好的零錢遞到小伙子手裡」。（顧志成：《一代文學巨匠的瑣事——茅盾的故事》，載 1984 年 3 月 29 日《文學報》）

當年

美國芝加哥出版社出版《英國百科全書》第十五版，列入「茅盾」條目。認爲「茅盾是人民中國最偉大的現實主義小說家」。評價了一些具體作品，認爲「《蝕》描寫了北伐戰爭中青年人的經歷和感受，一發表便大獲成功。同時，由於它的卓越的心理現實主義手法，被許多西方評論家評爲茅盾的最佳之作」；「中國的批評家讚譽的《子夜》是社會主義現實主義的傑作；但與此同時，西方的評論家們卻認爲它在內在激情方面不如《蝕》」。

　　日本小野忍出版《道標——中國文學與我》，日本小沢書店出版。在
本書中論及了《霜葉紅似二月花》的藝術特色，認爲「我們應予注目在
這篇作品中作者作爲一種新的嘗試，採用了近似《紅樓夢》的文體，並
在同時表現時代色彩和民族色彩方面取得了成功。這裡我們可以看到茅
盾的一貫主張——他力求學習舊小說的描寫技巧——變成具體化的東
西。」

一九八〇年（八十五歲）

一月

四日　發表《我所知道的張聞天同志早年的學習與活動》，載《人民日報》。

五日　月初，收到浙江嘉興地區方伯榮老師對《春蠶》中桐鄉方言的詳細注釋，閱讀後囑陳小曼五日代致方伯榮信，云：「《春蠶》方言土語簡注，沈老看了，沒有意見，現將原稿奉還。」（方伯榮《於細微處見精神——憶沈老》，載《紹興師專學報》1981 年 3 期）

十一日　月初，由中國作家協會正式決定批准成立一九七九年全國優秀短篇小說評選委員會。茅盾爲主任委員，丁玲、王蒙、巴金、孔羅蓀、馮牧、劉白羽、劉劍青、孫犁、沙汀、嚴文井、李季、張天翼、張光年、陳荒煤、林默涵、歐陽山、草明、賀敬之、唐弢、袁鷹、曹靖華、謝冰心、葛洛、魏巍等二十五人組成評委會。十一日，評委會舉行第一次會議，就評選工作的方針問題交換了意見，還就群眾推薦的某些作品初步交換了意見。（《人民文學》記者《欣欣向榮又一春》，載《人民文學》4 月號）

十六日　學者、詩人趙樸初來訪。趙談及鑒眞大師回國探親，約請寫詩表示歡迎，茅盾答應；茅盾談及支持黃慕蘭平反事，黃慕蘭請和她熟悉的人聯名上書鄧穎超支持平反，趙「允簽名」。（1 月 17 日《致陽翰笙》）

同日　作《法譯本〈茅盾短篇小說選〉自序》（序跋），載法國衛城出版社版《茅盾短篇小說選》，現收《茅盾序跋集》。云：收在這集裡的五篇小說，《林家舖子》等三篇「反映了帝國主義的經濟侵略，特別是日本帝國主義的廉價商品通過合法非法的種種手段向中國大肆傾銷，日貨充斥大中城市又深入到農村和小鎮，使得中國的民族工商業奄奄一息。」《過年》等「後二篇反映了抗日戰爭期間，國民黨政府之貪污腐敗」；還指出「我在抗戰前還寫了幾篇反映農村經濟破產的短篇，走投無路的農民已經認識到只有武裝鬥爭才有自己的活路。」

同日　深夜，作《夜半偶記》（雜論），載《光明日報》一九八一年八月十六日。文章爲發展我國年輕的旅遊業提供一些設想。

十七日　作《致陽翰笙》（書信），署名沈雁冰。載百花文藝出版社版《茅盾書信集》。云爲黃慕蘭平反事，「黃慕蘭同志到我家來過。她請我轉請和她熟悉的人如您、胡愈之、夏衍、梅益、趙樸初聯名請鄧大姐（鄧穎超）大力支持，俾得早日平反昭雪。爲此，我寫了短信稿給鄧大姐。」隨信附上，「如果認爲不必改動，則請在此信箋上您的姓名後，再轉交其他人一一簽名，然後請您寄交鄧大姐。還有人可聯名否？請想想」。還告知，昨日趙樸初來訪，同他說及此事，「他已允簽名。」

同日　作《致鄧穎超》（書信），載百花文藝出版社版《茅盾書信集》。云「黃慕蘭同志堅持地下工作，爲黨做了許多事。文革時期遭受迫害，至今尚未平反昭雪」；懇切希望鄧能出面支持黃之平反工作，「我們懇請您敦促有關單位，早日予以昭雪。」

十八日　下午，爲在政協禮堂舉行的政協常委、兼副秘書長、民革秘書長梅龔彬（1900 年生）追悼會送了花圈。（21 日《人民日報》）

十九日　作《歡迎鑒眞大師探親》（舊體詩），一九八〇年五月五日《人民日報》，初收河北人民出版社版《茅盾詩詞》，現收《茅盾全集》第十卷。這首詩歷述鑒眞的不凡身世，讚揚大師把中國文明帶到日本，歌頌鑒眞探親對加強中日兩國人民的友誼的現實和歷史意義。

同日　作《北京語言學院留學生訪問記》（散文）。（按：本文似未發表）。

二十日　作《致趙樸初》（書信），署名沈雁冰。載百花文藝出版社版《茅盾書信集》。云詩《歡迎鑒眞大師探親》。「敬承台命，勉強謅成了一首詩，請斧正爲禱。」隨信附上詩稿。

二十五日　作《追念吳恩裕同志》（散文），載《紅樓夢學刊》第三輯。云他不僅是「《紅樓夢》研究的專家，特別是曹雪芹軼事的發掘者」，而且還是一個馬克思主義傳播者和愛國者，茅盾讚揚他「博覽群書，對中國古典文學的研究和造詣都很深；又他精通外文，如此學貫中西的人是不可多得的。」

二十五日　重新發表《鞭炮聲中》（散文），載《散文》第一期。（按：本文原作於 1937 年 1 月 9 日，茅盾於 1979 年 9 月寫下了個附記，云：此篇寫於「西安事變」之後，當時被國民黨檢查官抽去，未能刊出。現在找出原稿，編入《茅盾散文特寫集》，人民文學出版社 1980 年 12 月出版）

二十六日　上午，爲在八寶山革命公墓禮堂舉行的原文聯副主席、影協

主席、著名電影藝術家蔡楚生（1902 年生）追悼會送了花圈。（按：蔡楚生在林彪、「四人幫」迫害下於 1968 年 7 月 15 日含冤逝世。）（30 日《人民日報》）

同日　重新發表《一點回憶和感想》（散文），載《中國青年報》。（按：本文寫於 1945 年「五四」前三日，原載重慶《大公報》1945 年 5 月 4 日。）

三十日　作《回憶秋白烈士》（散文），載《紅旗》雜誌第六期。作者感慨萬端地說，二十五年前寫過一篇《紀念秋白同志，學習秋白同志》，但「二十五年後的今天，我再拿起筆來懷念秋白同志的文章，卻是含著欣慰的眼淚，爲了慶賀秋白同志的『再生』」！文章回憶了自己和秋白的相識和相交的歷程。云「他不只是有文人的氣質，而且主要是政治家」，「經常深夜寫文章，文思敏捷」，不但善寫「很有煽動力的政論文」，也翻譯點文藝作品，寫點文藝短論」，還加入了文學研究會，「但那時的政治形勢，不允許他發揮文學的天才」；一九三一年在上海，秋白與魯迅一起領導了左翼文藝運動；又云特別是熱心幫助茅盾寫作、修改《子夜》，意見中肯，茅盾都「照改」「照加」；還提到秋白寫給魯迅和茅盾的短信中署名「犬耕」，秋白自解「我搞政治，好比使犬耕田，力不勝任的」；「我信仰馬克思主義是始終如一的，我做個中央委員，也還可以，但要我擔任黨的總書記諸如此類的領導全黨的工作，那麼就是使犬耕田了」；1933 年，秋白去中央蘇區，向魯迅和茅盾告別，成了他們最後一次見面。回顧往昔，茅盾認爲「秋白同志是中國共產黨早期的傑出領導人之一，是中國早期傳播馬列主義的重要人物，也是中國左翼文藝運動卓越的領導人之一。」是「一個能肝膽相照的摯友」！「祝願秋白的靈魂得到安寧」！

同月　出版《脫險雜記》，香港時代圖書有限公司出版。這是一本散文、小說集。

同月　出版《茅盾論中國現代作家作品》，北京大學出版社出版。本書由北京大學中文系教授樂黛雲主編，全書共收三十四篇文章約二十餘萬字，並由茅盾親自題簽。主要收自茅盾二十年代至四十年代所寫的作家作品論。

同月　《北方文學》雜誌編輯部門瑞瑜來訪，約稿，並請茅盾爲《北方文學》增刊題字。茅盾欣然題寫了「文藝天地」四個大字，還說：「題簽，千萬不要寄稿費，免得還要退回。」（門瑞瑜《萌芽——鮮花——悼念》，載《黑龍江日報》1981 年 4 月 7 日）

同月　爲新蕾出版社編輯、出版的《童話》題詞：「爲童話之百花齊放而

努力！茅盾一九八○年元月」，於一九八○年五月出版。

同月　發表《為介紹研究外國文學進一解》（評論），載《外國文學研究》第一輯。本文著重說明了閱讀及借鑒外國文學要注意的一些問題。

同月　重新發表《北京話舊》（散文），載《八小時以外》叢刊第一期。

同月底　題寫了「浙江省嘉興地區群眾藝術館」十二個大字，陳小曼在信中云：沈老「由於手顫抖，寫得不好，他說，你們看著辦，不合用就算了。」（李廣德《茅盾與湖州關係概述》，載《湖州師專學報》增刊 1986 年第 2 輯；王克文《茅盾同志二三事》，載 1981 年 4 月 7 日《浙江日報》）

當月

鄭富成發表《漫談〈子夜〉中公債市場的鬥爭》，載《河北師範大學學報》一九八○年第一期。本書著重分析了一九三○年前後國民黨發行公債的實質。

萬樹玉發表《茅盾與香港》，載香港時代圖書有限公司一九八○年三月出版的《脫險雜記》。本文回憶了茅盾一生與香港的關係，含長居三次，途經多次。

日本松井博光發表《迎來遲到春天的作家們——茅盾訪問記》，載日本《東方》雜誌（10）。

葉子銘發表《談談茅盾的〈春蠶〉》，載《語文教學通訊》第一期。

葉子銘發表《〈春蠶〉小議——關於題材來源與藝術構思問題》，載《中國現代文學研究叢刊》一九八○年一輯。

馬名法發表《〈春蠶〉藝術瑣談》，載《齊齊哈爾師範學院學報》一九八○年一期。

姜德梧發表《談〈子夜〉的語言》，載《語文教學與研究》一九八○年一期。

孫蓀發表《藝術技巧面面觀——學習茅盾關於藝術技巧問題的論述札記》，載《學術研究》輯刊一九八○年一期。

任耀之發表《繪景·寄情·明理——〈白楊禮讚〉閱讀記》，載《濟寧師專學報》一九八○年一期。

劉清湯發表《〈白楊禮讚〉的段落劃分》，載《語文戰線》一九八○年第一期。

王國柱、戈錚發表《茅盾故鄉——烏鎮》，載《西湖》一九八〇年第一期。

戈錚、王國柱發表《茅盾的家庭及其童年生活》，載《杭州大學學報》（社哲版）一九八〇第一期。

史明發表《茅盾與桐鄉青年社》，載《華東師範大學學報》一九八〇年第一期。

本月

二十三日～二月十三日　中國劇協、中國作協、中國影協在北京聯合召開劇本創作座談會，結合幾個有爭議的劇本《假如我是真的》、《女賊》、《在社會的檔案裡》等進行了討論。

李建彤的長篇小說《劉志丹》由工人出版社出版。

《小說月報》、《散文》、《戲劇與電影》、《芙蓉》等刊物陸續創刊。

二月

二日　作《致中學語文教材編寫組》（書信），韋韜代筆，茅盾簽字。載《中學語文教學》一九八二年四期，初收浙江文藝出版社版《茅盾書簡》。云人民教育出版社中學語文編輯室將《風景談》中「調朱弄粉的手」誤注事，認爲幾位中學教師的來信解釋是正確的，「應該釋作女人的手，不應注解爲『繪畫工作者的手』」。

四日　作《補充幾句——寫在〈蝕〉後面》（序跋），載四月人民文學出版社第七次印刷的《蝕》單行本，又載《河北日報》一九八一年四月五日。本文追述一九三〇年五月由開明書店出版初版本的情況和題詞，認爲自己之所以將《幻滅》等三篇合爲一卷而題名曰《蝕》，除了「題詞」所示外，「尚有當時無法明言的：意謂一九二七年大革命的失敗只是暫時的，而革命的勝利是必然的，譬如日月之蝕過後即見光明，同時也表示我個人的悲觀消極也是暫時的」。還指出「《幻滅》等三篇題目都是人的精神狀態，總名爲《蝕》，則爲自然現象，正像繼《蝕》而寫於日本的《虹》這題名也是自然現象，一九三二年寫的《子夜》這題名也是自然現象。」

同日　作《致袁珂》（書信），載文化藝術出版社版《茅盾研究》第三輯。（按：袁珂教授是神話專家）。云其《古神話選·前言》中「採用拙著之

神話轉化說，甚覺汗顏。中國神話 ABC，寫於日本東京，客中無書，不能多所參考，僅憑四年前所寫的中國神話雜論擴大之而已」；同時，也對其提出的廣義神話說提出質疑，云「您以爲許仙、白娘娘也是神話，我則以爲不然。推而廣之，魏晉乃至後來的一些談玄志怪之書，都不能算是神話。其理由是這些都與道教有關」；告之自己自文代會後病況，並表示「甚盼將來能晤談」。

　　同日　作《致錫培》（書信），署名沈雁冰。載浙江文藝出版社版《茅盾書簡》。云「自文代會大會的第四天下午即住醫院，高燒至三十九度。住院三星期，出院後身體不好」；「現在只能每日上午寫二小時。而回憶錄則越到後來（一九二六年）以後事越雜，地名、人名等等，更弄不清了」。

　　同日　作《致趙清閣》（書信），署名雁冰。載百花文藝出版社版《茅盾書信集》。云已收到她寫的電影文學劇本，但「幾次拿起想看，又放下；無非是眼力太差。」「等著看影片罷。」

　　同日　作《致鄒荻帆》（書信），署名沈雁冰。載百花文藝出版社版《茅盾書信集》。云吳詩「皆是贈我的，因其推重之詞較多，不打算代爲發表」，望其發表吳詩中「有關音律」的注「作爲『詩歌信箱』之用。」

　　八日　作《致周揚》（書信），署名沈雁冰。載百花文藝出版社版《茅盾書信集》。云讀了周的講話記錄稿，「我同意您的意見。您提及不要把魯迅神化，但我記得文代大會的簡報上有人曾說現在沒有人神化魯迅，但即是此公在進行神化魯迅，可見問題之複雜。」

　　同日　作《致趙丹》（書信），載文化藝術出版社版《茅盾研究》第三輯。就寫作回憶錄中有關新疆之行的一些問題問趙。

　　十日　作《中國當代文學研究資料·序》（序跋），載《南京師範大學學報》一九八〇年第二期。（按：這套叢書由十二家出版社分工分批出版，協作院校推選蘇州大學卜仲康、復旦大學唐金海、杭州大學何寅泰三人任常務編委，負責起草叢書的編寫體例、日常組織工作以及各專集的審稿等；後中國社會科學院文學研究所張炯、蔣守謙參與常務編委工作，叢書始被列入中國社會科學院文研所重點項目；後又組成主編制，由賈植芳、范伯群任主編，卜仲康、唐金海、何寅泰任副主編。文研所張炯、蔣守謙、何火任予以協助和指導。叢書顧問有巴金、陳荒煤，馮牧等。現已出版近百部。）茅盾認爲，

「由三十多所高等院校中文系協作編集的《中國當代文學研究資料》是一部研究當代作家和作品的預計有百冊之多的叢書」，指出「這是一樁很重要、很有意義的工作，屬於文學研究領域中的基本建設，」它的出版「塡補了解放以來文學研究工作的一個空缺」。「我相信它將引來一個競相研究作家和作品的百花怒放的高潮！」

　　同日　作《致趙樸初》（書信），署名沈雁冰。載《羊城晚報》一九八二年四月十三日，初收百花文藝出版社版《茅盾書信集》。探詢其身體狀況，「尊恙已見痊否？」感謝其幫助修改詩作《歡迎鑒眞大師探親》，「近日又讀一次，覺其中尚有平仄不調之處。」擬改並請酌。

　　十二日　爲馮至寫條幅《讀稼軒集》，並作短信，告以視力衰退的情況。（馮至《無形中受到教益》，載《中國青年報》1981 年 4 月 23 日）

　　約中旬　爲湖州文學青年徐重慶寫書法條幅。係一九七八年九月作的一首《題紅樓夢畫頁·讀曲》：「世事洞明皆學問，人情練達即文章。欲知兩語之眞諦，讀透西廂自忖量。」書後掛號寄上。（徐重慶《茅盾爲『湖州影院』題字經過》，載《湖州師專學報》增刊 1986 年第二輯；徐重慶《懷念茅盾同志》，載《西湖》1982 年第 3 期）

　　十七日　出席紀念商務印書館建立一百週年座談並發言，特別提到，應該與在臺灣的學人進行學術交流。並提出，進行學術交流，以《紅樓夢》研究爲最好。不久，香港《明報》月刊發表了一篇短文《國共兩黨合作研究〈紅樓夢〉》響應他的主張。此後，中國《紅樓夢》學會理事會發表了一個《致臺灣紅學界同仁書》，使茅盾的願望逐漸成了事實。（張畢來《回憶與茅盾同志有關的幾件事》，載《紅樓夢學刊》1981 年 3 輯）

　　約十九日　作家周而復來訪。互道春節愉快後，周勸茅盾多到南方，如廣東去住住，對健康可能有幫助。茅盾說：「家裡人也不止一次勸我到南方去走走，我也想出去看看，可是正在寫回憶錄，一邊寫一邊要查許多資料，我不能帶著許多資料去旅行。老是沒有走成，等著完回憶錄再說吧。」周告之最近出訪歐洲和中東七國的見聞和國內文藝界欣欣向榮的情況。「我愛安靜，看書寫作的時候，不喜歡有人在身邊走動，那會打擾我的思考的」，「我晚上睡不好，吃了安眠藥，只睡到上半夜便醒了，起來上廁所，再服一片安眠藥，躺下去，過了一會兒，才可以再睡兩三個小時。我的睡眠是分段的，外界一

打擾，就睡不好覺了。」（周而復《在病危的時候——悼念茅盾同志》，載《收穫》1981 年 3 期）

二十一日　下午，爲在八寶山革命公墓禮堂舉行的五屆政協委員何蓮芝（1905 年生）追悼會送了花圈。（按：何蓮芝是董必武的夫人）（22 日《人民日報》）

二十二日　發表回憶錄之六——《文學與政治的交錯》，載《新文學史料》一九八○年一期。本文追述的主要是一九二○年到一九二四年的革命活動和文學活動。「過去是白天搞文學，晚上搞政治，現在卻連白天都要搞政治了」；八月五日會上「第一次見到毛澤東」；此時期的文學活動主要在外國文學的介紹研究，標點多部外國文學名著，撰寫「海外文壇消息」，爲泰戈爾訪問中國，代表黨寫了兩篇表態文章。其間「化了半年時間，我算是達到了當時還沒有人寫過的詳細的《司各特評傳》這一預定的目標了」，認爲司各特的歷史小說好在「只是拈取一個歷史故事的骨架，然後隨意配置他想像中的人物，」加上「縱橫馳騁，絢麗多姿的文筆」，「在他那時，是沒有敵手的」。之後又寫《大仲馬評傳》，認爲「大仲馬的小說不僅以冒險而引起讀者的興趣，而更以人物描寫引人入勝」，指出他的歷史小說都不是嚴格遵守歷史事實的」，「大部分只是歷史上有此人，而此人故事卻全是大仲馬創造的」，「是在歷史的骨骼上描繪著美麗而奇怪的使人神往的色彩，但它所寫的時代氣氛卻又確是那個時代的」，他「是個成功的不世出的歷史小說家。」文章還回憶了與洪深認識的經過。

二十五日　作《茅盾譯文選集‧序》（序跋），載《蘇聯文學》一九八○年第三期，收入上海譯文出版社《茅盾譯文選》。再次強調了翻譯的「信、達、雅」三個要求，「信即忠於原文；達即譯文能使別人看懂；雅即譯文要有文采」；認爲散文必須「直譯」；「很重要一點是要能將他的風格翻出來」；還提出「譯詩，我贊成意譯，這是指對於死譯而言的意譯，不是任意刪改原作的意譯」；「換句話說，主要在於保留原作神韻的譯法。」另外還總結了二條翻譯經驗：「（一）不任意刪改原文；（二）合乎原詩的風格，原詩是悲壯的，爲能把它譯爲清麗。」

二十八日　列爲蔡元培先生逝世四十週年籌委會委員。（29 日《人民日報》）

二十九日　下午，爲在北京政協禮堂舉行的政協常委、原中國畫院院長葉恭綽（1880 年生）追悼會送了花圈。（按：葉於 1968 年 8 月 6 日在北京逝世）（3 月 3 日《人民日報》）

同月　爲《羊城晚報》復刊，欣然題詞誌賀。（手跡載《羊城晚報》1981 年 4 月 20 日）

同月　作家柯藍來訪，並爲《紅旗》雜誌社約請茅盾同志寫一篇爲瞿秋白同志平反的文章。茅盾談到瞿秋白，沉浸在一九二八年的回憶裡，談及自己「當時如何冒著全家老小的生命危險，營救瞿秋白夫婦的情景」，以及瞿秋白躲在他家時，對《子夜》提出寶貴意見，自己如何按照他的意見修改小說。「雖然事隔五十多年，一些微小的細節，他都一一提及」。會見之後，不出半個月，便收到了茅盾寫的《回憶秋白烈士》的文章。（柯藍《茅盾同志對通俗文學的關懷》，載《中國通俗文藝》1981 年 2 期）

同月　重新發表《評談短篇小說》（創作談），載《四川文學》第二期。

同月　書寫條幅《讀稼軒集》贈陳沂。（陳沂《一代文章萬代傳》）

同月　書寫條幅《題紅樓夢畫頁・葬花》，贈山東師範學院中文系教授田仲濟。（田仲濟《站出來者好樣——悼念茅盾同志》，載《濟南日報》1981 年 4 月 12 日）

同月　書寫條幅《題紅樓夢畫頁・贈梅》，贈山東余修同志。（李士劍、于友發《殷殷心血灑齊魯——沈雁冰同志爲山東文化事業所作貢獻》，載《大眾日報》1981 年 4 月 5 日。）

當月

雷達發表《茅盾筆下的林老闆》，載《北方文學》二月號。本文著重分析和探索了茅盾塑造林老闆形象的現實主義手法：（1）林老闆是時代的產兒（2）注重個性刻劃（3）情節爲深化和揭示人物性格服務（4）特別注重林老闆心理活動的剖析（5）解決好一角與全局、個別與一般的辯證關係等。

解洪祥發表《從吳蓀甫看〈子夜〉主題的藝術表現》，載《山東大學文科論文集刊》一九八〇年二期。

林煥平發表《深厚、博大、精深——喜讀〈茅盾評論文集〉》，載《人

民日報》二月十三日。

趙征發表《烏鎮紀行——訪茅盾先生故鄉》，載《東海》一九八○年二期。

黃源發表《左聯與〈文學〉》，載《新文學史料》一九八○年一期（2月22日出版。）認爲一九三四年五月在《文學》雜誌發表《英文的弱小民族文學史之類》等文章（見該刊2卷5期）馮夷是茅盾的筆名，因爲，其時，黃源是《文學》的編輯。還指出一九三四年十月在《文學》三卷四號上發表《中國新文學運動史》等文章署名山石的也是茅盾。茅盾兒子沈霜也同意此意見。

本月

十二日　《中華人民共和國學位條例》由五屆人大常委會第十三次會議通過並公佈，一九八一年一月一日起施行。

十三日　《兒童文學》編輯部舉辦的作品評獎大會在首都進行，有十篇作品獲優秀獎，三十篇作品得獎。

二十三日至二十九日　中共中央十一屆五中全會在北京舉行。會議通過了爲劉少奇平反昭雪的決議。

三月

五日　作《〈世界文學名著雜談〉序》（序跋），載一九八○年八月百花文藝出版社版《世界文學名著雜談》，現收《茅盾序跋集》。說明「同意」百花文藝出版社將舊作《漢譯西洋文學名著》、《世界文學名著講話》選輯爲《世界文學名著雜談》出版；旨在「引導」「現在的青年，尤其是中學生」「有選擇地閱讀外國文學作品」；還說明書中保留了原譯本中的介紹文字，其旨在於「保存史料」、和「互相比較」名著翻譯中的幾個不同譯本，以期「取長補短」「提高譯文質量」和繁榮「翻譯事業」。

同日　出席一九七九年全國優秀短篇小說評選委員會會議，對備選作品正式進行評議討論。（《人民文學》1980年4期《欣欣向榮又一春》）

七日　出席文聯和各協會黨組擴大會議，聽取周揚傳達十一屆五中全會精神。（《人民文學》1980年4期）

同日　《浙江日報》記者江坪來訪，爲《浙江日報》「寄語故鄉」專欄約

稿，陳小曼告之：「因爲不能多用眼睛，對外約稿一般都謝辭了。」（江坪《難以忘卻的紀念》，載《東海》1981 年第 6 期）

九日　上午，江坪又來訪，陳小曼欣喜地告訴他，沈老已經答應爲故鄉報紙寫稿。（江坪《難以忘卻的紀念》）

十日　發表《關於〈彩毫記〉及其他》（雜論），載《讀書》第三期。

十二日　上午，出席在中山公園中山堂舉行的紀念孫中山先生逝世五十五週年儀式。（13 日《人民日報》）

十七日　作《可愛的故鄉》（散文），載《浙江日報》五月二十五日。〔按：由於病，此稿是由茅盾口述；陳小曼記錄，然後由茅盾審定的（江坪《關於茅盾的〈可愛的故鄉〉——致〈湖州師專學報〉編輯者》，載《湖州師專學報》1986 年 2 期。〕散文盡情地歌頌了自己的故鄉，但「1940 年母親的去世，終於切斷了我與故鄉連接的紐帶」，「然而漫長的歲月和迢迢千里的遠隔，從未遮斷我的鄉思」，散文還以豪邁的情懷回憶了浙江歷史上的許出傑出人物，從周恩來、魯迅，到陳望道、蔡元培、沈鈞儒、郁達夫、章太炎、秋瑾等等，從而寄語故鄉的親人：「浙江是有革命傳統的！踏著前輩的足跡，高舉四個現代化的旗幟前進再前進！」

十八日　作《在紀念『左聯』成立五十週年大會上的書面發言》（雜論），載《人民日報》三月二十九日。充分肯定了「左聯」在中國現代文學史上的光榮歷史地位，衷心地希望「年青的一代一定能繼承和發揚『左聯』的革命傳統。」

十九日　下午，爲在八寶山革命公墓禮堂舉行的著名詩人、中國作協副主席李季（1923 年生）追悼會送了花圈。（20 日《人民日報》）

二十八日　下午，出席文化部、中國文聯、中國社會科學院聯合舉辦的紀念「左聯」成立五十週年大會，並作了書面發言。（29 日《人民日報》）

三十一日　作家巴金和孔羅蓀來訪，暢談一小時，「他談他的過去，談他最近一次在睡房裡摔了跤後的幻景，他談得十分生動。」巴金告訴他將率中國作家代表團訪問日本。那天他「精神很好，談鋒極健。同巴金回憶起了早在三十年代就已結成的友誼，回憶起共同的一段文學生活的經歷」。（巴金《悼念茅盾同志》，孔羅蓀《在最後的日子裡——悼念茅盾同志》，載《人民日報》1981 年 5 期）

同月　出版《脫險雜記》（散文、小說集），中國社會科學院出版社出版。

同月　書寫條幅《讀稼軒集》並《脫險雜記》一本寄贈作家陳學昭。條幅中「浮沉湖海」四個字對陳觸動很大，認爲自己這三十多年來，「就像浮沉湖海裡的一隻小蟲」！所以把她的回憶錄下集題名爲：《浮沉雜憶》。（陳學昭《痛悼我的長者茅盾同志》）

同月　重新發表《關於報告文學》（評論），載《時代的報告》創刊號（3月）。（按：本文作於 1937 年 2 月）

同月　散文《可愛的故鄉》在《浙江日報》刊出後，收到編輯部匯寄的五十元稿費，立即叫陳小曼退回四十元並附上一信云：「稿費五十元收到了。你們給的稿費實在太多了，沈老讓我退回四十元，留下十元，免得一點不收你們又再次寄來這樣大家都不安心。請體諒老人的心情，並轉告一下財務部門，免得他們又將四十元退回來。」（江坪《關於茅盾的〈可愛的故鄉〉——致〈湖州師專學報〉編輯者》）

當月

葉子銘發表《讀〈蝕〉新版隨感》，載《名作欣賞》一九八○年第二期。

日本小野忍發表《茅盾雜記》，載日本《和光大學人文學部紀要》（14），1980 年 3 月。

本月

二十五日　一九七九年全國優秀短篇小說評選揭曉，發獎大會在北京舉行。

二十八日　文化藝術出版社在北京成立。

紀念左聯成立五十週年大會在北京舉行。

四月

二日　作《致無非》（書信），載文化藝術出版社版《茅盾研究》第三輯。（按；柳無非是柳亞子的兒子）。云出版柳亞子文集事，「現在應先收集亞子先生所寫作之材料：文、詩、詞。令兄有個目錄，但不知也有材料否？如有，方便多了。尊處有多少？至於出版，是將來的事，請與范用同志商洽。」

十六日　下午，爲在政協禮堂舉行的五屆政協常委、民革中央副主席劉

仲容追悼會送了花圈。（17 日《人民日報》）

十七日　中國筆會中心在北京成立，爲第一批會員（64 人）之一，並被選爲十五人理事會成員之一，主席爲巴金。（按：中國筆會中心於 5 月在南斯拉夫舉行的國際筆會 1980 年年會上，被接納加入國際筆會）。（18 日《人民日報》）

二十六日　作《致碧野》（書信），載《光明報》一九八六年六月十四日。云再版長篇小說《我們的力量是無敵的》，「您提出的要求既已同時向胡耀邦同志及周揚同志寫了信，料想有個下落。以我看來再版小說較易，可也不能短期內出版，因爲排印週轉率慢得驚人。幾十萬字一部書，排印時間要花一年。例如《茅盾評論文集》就是如此。因爲發稿在一年多以前，其時平反無影蹤，所以其中仍留當年批判丁、陳反黨集團之稿。」「有些中學教員也不看看我寫的前言下署的日子，竟然來說丁、陳都平反了，爲何評論集中還收當年文章？我只好不回答了。」

同月　重印長篇小說《蝕》，人民文學出版社出版。這是本書由人民文學出版社第七次印刷重版，書後附有茅盾的新序《補充幾句》，寫於二月四日。

同月　出版《茅盾短篇小說集》（上下冊），人民文學出版社出版。該集共分四輯，收入了自一九二八年至一九四八年各時期所作的短篇小說共五十一篇，其中包括茅盾的第一個短篇小說《創造》。書前有作者之序，寫於一九七九年八月二十三日。「序」中云「《創造》才是我在寫了《幻滅》等三篇以後第一次思想上的變化。」

同月　作《致劉濟獻》（書信），載《河南日報》一九八一年四月十九日。云所寄《茅盾論文學藝術》、《茅盾現代作家論》兩書，已收到表示感謝，但寄來「十套書太多了」，告之「近來一直有病，一切活動都不能參加了，也不能見客」。另外還告之「「文學研究會」宣言係周作人起草，《黃人之夜》及其作者『石崩』，錢杏邨也用過，自己也記不清這一篇是誰寫的了；《給周作人的一封公開信》是集體寫的。」

同月　爲山東「東阿王曹子建墓」重新題了碑文。（李士釗、于友發《殷殷心血灑齊魯——沈雁冰同志爲山東文化事業所作爲貢獻》，載 1981 年 4 月 5 日《大眾日報》）

當月

于逢發表《不倦的戰士——記茅盾同志（附照片八幅）》，載《人民畫報》一九八○年四期。

李孝華發表《茅盾筆下的夜上海》，載《語文戰線》一九八○年第四期。

蘭浦珍發表《〈子夜〉中的經濟名詞釋義》，載《新時期》一九八○年第四期。

徐永齡發表《〈子夜〉思想淺論》，載《海南師專學報》一九八○年第二期。

本月

一日　中國作家協會文學講習所恢復工作，第五期有三十多名學員入學。

十三日　唐代鑒真大師的坐像由日本乘飛機，從大阪出發回中國探親。

十六日　五屆人大常委會第十四次會議同意中共中央關於修改憲法第四十五條的建議，取消「四大」（即大鳴、大放、大辯論、大字報）。

五月

五日　發表《歡迎鑒真大師探親》（舊體詩），載《人民日報》。盛讚鑒真探親對加強中日文化交流、中日友誼的意義：「今日鑒真來探親，揚州面貌已全新。歡迎現代遣唐使，友誼花開四月春。」

七日　下午，葉子銘來醫院探訪。在病榻前（按：4月28日韋韜函告葉：「沈老說，您方便的話，可以下月初來京。他現在仍在醫院，但已康復，精神也不錯，月初可以出院。即使未出院，也可以到醫院中談。」時茅盾住北京醫院第一病區102病室，還要住個把星期能出院），茅盾最後審定《茅盾文藝雜論集》的書名、篇名、體例，佔去了兩個多小時。在整個談話過程中，醫護人員三次進房供藥，「他都自己坐起來，一邊吃藥，一邊繼續聽我的匯報。」（葉子銘《緬懷、追憶、建議》，載《文藝報》1981年9期）「同意親自題寫書名。同意增收主編《文藝陣地》時寫的二十多篇書評」，說「當時我寫的這些書評，大多是急就章」。又云自己的《世界文學名著講話》「是

受勃蘭克斯寫法的影響，想採用講故事的方法，把一些世界名著產生的社會文化背景用作品的內容的評論介紹交織起來，盡量寫得引人入勝，使讀者樂意讀下去。不過，對幾篇花的功夫多，寫得好一些。後面的東西就寫得差些，因為沒有時間去花那些功夫，有的索性就抄書了。」還說「勃蘭克斯的《十九世紀文學的主流》是一部值得翻譯介紹的書。」（葉子銘《夢回星移》）

十日　重新發表《一個理想碰了壁》（小說），載《福建文藝》第五期。（按：本篇作於 1948 年 8 月，原載《小說》第一卷，第三期。）

十五日　列為劉少奇治喪委員會委員。（18 日《人民日報》）

十七日　下午，出席在人民大會堂舉行的劉少奇追悼會，並送了花圈。出席追悼會的有華國鋒、鄧小平、葉劍英、李先念、鄧穎超等黨和國家領導人。（18 日《人民日報》）因站了兩個小時，回家後又病了兩天。（金振林《懷念巨匠茅盾同志》，載《長沙日報》1981 年 4 月 15 日）

二十日　作《〈茅盾文藝評論集〉序》（序跋）。載《茅盾文藝評論集》。云「兩年半前，我應人民文學出版社之約，編了一集《茅盾評論文集》」，「集子中收進了一些不應該收的文章」，現再編這本評論集，對有些文章「略加刪改」，「作全面的充實和修改，我已經心有餘而力不足了」。

二十二日　發表回憶錄之七《五卅運動與商務印書館罷工》（回憶錄），載《新文學史料》一九八○第二期。本文回憶的是一九二五年在上海參加五卅運動和領導商務印書館罷工的經過。

二十九日　作《〈張聞天早期文學作品選〉序》（序跋），載《人民日報》一九八一年四月六日，現收《茅盾序跋集》。認為「張聞天同志早年的文學活動，特別是他寫的長篇小說《旅途》在今天出版，是富有積極的現實意義的」。自云一九二七年秋，「我才開始創作，而且是中篇，但聞天同志則寫長篇，並且比我早了三年。」

三十日　為湖南省作協和團省委合編的，由湖南人民出版社出版的兒童文學叢刊《小溪流》題簽了書、刊名。（金振林《茅盾談話錄》，載《羊城晚報》1980 年 8 月 4 日）

同月　作家姚雪垠到北京醫院探望茅盾，談話時間特別久，「上下古今地談問題，興致很高。談累了，躺倒病床上，繼續談」；聽到姚告訴他，第三卷正在作最後一次修改，即將發排，高興地說：「好啊！好啊！」（姚雪垠

《一代大師，安息吧！——悼茅盾同志》，載《中國青年報》1981 年 4 月 2 日）

同月 作家沙汀到北京醫院探望茅盾。告之,已請了假準備回四川療養。其時,護士正動手向他鼻孔裡噴藥。便向沙汀揮揮手,要他放心回去養病。(沙汀《沉痛的悼念》,載《光明日報》1981 年 4 月 3 日）

同月 廣東作家周鋼鳴到北京醫院探望,其時茅盾精神很不佳。在他病榻面前,擺著一張小小的桌子,一迭稿紙和一枝筆。茅盾告訴周:「我現在已沒精力提筆寫作了,只能靠別人的幫忙。我是什麼時候想到一點,就在紙上寫下一點,然後就給我的兒子媳婦一點一點的談,等他們寫好了給我過目。我一定要把回憶錄寫好。」(周鋼鳴《先驅者的足跡》,載《南方日報》1981 年 4 月 10 日）

同月 在醫院治病期間對兒子韋韜說:「我要考慮我的入黨問題啦!」(陳培源《「我的心向著你們」——記中國現代文學巨匠沈雁冰的最後時刻》,載《文匯報》1981 年 4 月 8 日）

同月 作《〈生活・創作和藝術規律〉序》(序跋),載《人民日報》一九八二年三月四日,現收《茅盾序跋集》。這是為評論家杜埃「上起五十年代,下至八十年代第一年所寫評論集子」寫的序,文章追敘了和杜埃在香港的文學之交。認為杜埃評論文字有三大特色:(1)談生活與和創作關係的文字「極為精彩」;(2)談具體作品之文「真是目光四射,百草千花,盡收藥囊,讀讀如旱天得啖冰雪」;(3)論社會主義文學特性和培養青年作家的問題。

同月 出版《茅盾近作》(論文集),四川人民出版社出版。除《關於長篇小說〈李自成〉的通信》一文外,其文章皆寫於粉碎「四人幫」以後。這是茅盾晚年的一個文藝評論選集,它對於瞭解近幾年文藝的發展與茅盾的思想,有很大的幫助。

同月 出版《茅盾論創作》(論文集),上海文藝出版社出版。(按:這本集子是上海文藝出版社出版的「五四」以來優秀作家論創作叢書中的一種,由葉子銘編選,茅盾審定,共收七十三篇文章約 43 萬字。主要收入從二十年代初以來至粉碎「四人幫」後近六十年間的論創作的文字)。

同月 發表《談文學翻譯》(論文),載《蘇聯文學》第三期。本文即上海譯文出版社出版的《茅盾譯文選集》的序,作於一九八〇年二月二十五日。

同月　發表《童話》題詞：「爲童話之百花齊放而努力！」載新蕾出版社一九八〇年五月出版的《童話》第一輯。

當月

孫中田出版專著《論茅盾的生活與創作》，天津百花文藝出版社出版。本書是本年内茅盾研究的重大收穫。孫中田長期從事茅盾研究與資料搜集、整理工作。這部專著明顯的特點是：（一）對茅盾的生活、思想、創作的述評，材料比較豐富，論證較爲翔實。其中，對茅盾早期的生活、思想與文學活動，以及《子夜》和茅盾散文的分析研究尤爲細緻；（二）書後附有茅盾著譯年表、茅盾筆名（別名）箋注、茅盾評論資料目錄索引等三個材料。

呂劍發表《夏夜札記》，載《新文學史料》一九八〇年第二期。本文回憶了作者與茅盾有關的幾件事。

龔炯發表《回憶茅盾同志的一次講話》，載《上海教育》一九八〇年五期。

殷野發表《憶茅盾的〈清明前後〉的演出》，載《戲劇界》一九八〇年五期。

二十日　陳敬之在《新文藝的轉變》第二節「從革命文學到革了文學的命」中評價說，「左聯」提倡的「新興文學」，「量」多，「質」也「劣」。「至於稱得上第一流的，則仍只有茅盾、巴金、老舍等這幾個……老作家」。（陳敬之著《三十年代文壇與左翼作家聯盟》（中國現代文學研究叢刊第 1 輯，1980 年 5 月 20 日臺灣成文出版社版）

二十二日　院校編寫組出版《中國當代文學史》（1），福建人民出版社出版。書中第二章第一節概述談到茅盾「積極從事文藝批評和理論研究工作，作出了顯著的貢獻。」

周錦發表《茅盾的〈蝕〉三部曲》（按：此標題係筆者所擬），載臺灣成文出版有限公司版《中國新文學簡史》第一章第二節。認爲「小說，在中國一直被輕視著的……初期的小說都是短篇……新小說的長篇創作……先由茅盾諷刺左派政府的《蝕》三部曲打開局面，接著夠水準的長篇陸續出現。」

周錦發表《沈雁冰及其〈自然主義與中國現代小說〉》（按：此標題

係筆者所擬），載臺灣成文出版有限公司版《中國新文學簡史》第三章第二節。認爲沈雁冰的《自然主義與中國現代小説》一文，「清楚地指出」了「小説創作的方向」，「具體地提出了寫作技巧」，「在小説創作上有著實用的功能」。

周錦發表《新文學第二期的小説創作》，載臺灣成文出版有限公司版《中國新文學簡史》第四章。認爲茅盾「是文學研究會發起人之一，……他創作了長篇小説《蝕》，是中國新文學比較成功的長篇小説的開始。這個小説共包含了三個中篇——《幻滅》、《動搖》和《追求》，可以分別獨立，也可以合併成一個大單元。」「這三本小説，其故事的組織或是寫作技巧，以及敍説的層次和結構……在中國新文學長篇小説的開創功勞，卻是不能抹殺的」。

周錦發表《新文學第三期的小説創作》，載臺灣成文出版有限公司版《中國新文學簡史》第五章第二節。認爲茅盾抗戰後期寫的短篇「多是灰色的，暴露著社會的黑暗，缺少積極性和鼓舞性」；這時期的長篇《第一階段的故事》「寫作計劃是龐大的」，「表揚了市民對抗戰的普遍支持」；《霜葉紅似二月花》「是一部未完成的作品」；《腐蝕》是「攻擊政府的政治小説。全書用日記體，體裁新鮮，故事生動，描寫深刻細膩」，「如果放開政治的原因，倒是寫得比較成功的一部創作」。

周錦發表《新文學第三期的散文創作》，載臺灣成文出版有限公司版《中國新文學簡史》第五章第三節。認爲茅盾這一時期用散文「寫得不少，且多見聞性的作品」，或「記述著……新疆的沿途風光」；或「描繪」了「後方都市的戰時面貌」；或個人在「變亂中的經歷」；或「如電影的特寫鏡頭」撰寫的「紀念文字」。

本月

三日　《人民日報》刊登新發現的魯迅五四時期的佚文十一篇。

四日　南斯拉夫總統鐵托逝世。

十七日　原中華人民共和國主席劉少奇追悼大會在北京舉行。

二十三日　《大眾電影》舉辦的第三屆電影「百花獎」授獎大會在北京舉行，《吉鴻昌》、《淚痕》、《小花》等榮獲最佳故事片獎。

《光明日報》刊登謝冕《在新的崛起面前》，在全國引起了關於「朦朧詩」的討論。

我國向太平洋預定海域發射的第一枚運載火箭獲得成功。

六月

一日　晚，湖南兒童文學作家金振林來訪，談七十分鐘。茅盾自一九七八年十二月十七日會見過金外，還替他的作品《毛岸英》、《黃公略》題簽了書名。交談中，茅盾說：「草體字的來信稿和小字的印刷品都不能看了。現在就是回憶錄還沒有停下」，「現在我上午寫一點，下午不寫的。」云回憶錄「已經寫到一九二七中山艦事件，還要寫二十年。這個二十年，中國發生了多少事情啊！」回憶起一九二七年同毛澤東一起共事的歲月，「我的一生所搞的事情，作為一個作家，還算是比豐富的」；特別又提到文化大革命初期周恩來對他的保護，紅衛兵上門抄家，周恩來很快指示：「只准看，不准亂動。」又講到寫回憶錄的困難，需廣泛搜集「過去寫的東西」，除了「上海圖書館有同志幫助收集資料，主要靠我的兒子、媳婦幫我查資料了」。關於兒童文學創作，認為葉聖陶的《稻草人》是中國的第一篇兒童文學作品。（金振林《懷念文學巨匠茅盾同志》，載《長沙日報》1981 年 4 月 15 日）

三日　病癒出院。由陳小曼代致廣東作家于逢的信中說：「爸爸是六月三日出院的。這次住了兩個月醫院，身體恢復得不錯，飯是比住院前增加了一倍，但回家後就是安眠藥不肯減量，這對他的精神很有影響，長期服下去，可能對肝臟也不利。可我們說服不了他老人家，真是急人」。（于逢《不滅的光輝——悼念沈雁冰同志》，載《羊城晚報》1981 年 4 月 11 日）

四日　為浙江省師範院校協作教材《中國當代文學作品選》題寫書名，並由陳小曼代覆浙江方伯榮信，載《紹興師專學報》一九八一年三期。云「書出後，請不要寄稿酬來！」

十七日　下午，出席在人民大會堂舉行的由中國文聯、作協、社會科學院聯合舉辦的紀念瞿秋白同志就義四十五週年座談會，並作了發言，高度評價了瞿秋白的革命活動和文學活動，並倡導為秋白出書。周揚作了《為大家開闢一條光明的路》的長篇發言。出席座談會的還有周建人、賀敬之等。（18日《人民日報》）

十九日　下午，為在政協禮堂舉行的我國老一輩新聞工作者王芸生（1901年生）追悼會送了花圈。（20 日《人民日報》）

　　同月　評論家丁景唐來訪，交談中，丁特意請教了有關魯迅和他到鄭振鐸家中商談編印《海上述林》等事，茅盾一一作了回答。丁還請茅盾寫一首紀念秋白的詩，作爲紀念。茅盾欣然允諾，隨手在一張紙上記下了丁景唐的名字。後於一九八○年十一月，在床上寫成紀念魯迅、瞿秋白的七言絕句《贈丁景唐》一首。（丁景唐《茅盾悼念瞿秋白的一首遺詩》，載《人民日報》1985年6月20日）

　　同月　作《贈丁聰》（舊體詩），載河北人民出版社版社版《茅盾詩詞》，現收《茅盾全集》第十卷。（按：丁聰（1916～）是我國著名的漫畫藝術家、舞臺美術家，與茅盾有親密友誼。1944年4月茅盾寫了《讀丁聰的〈阿Q正傳〉故事畫》一文，手搞由丁聰長期保存。「文革」期間被抄，1977年僥幸發還，丁聰很興奮，將此手稿裱成一個手卷，卷前加裱了一段空白的書箋。茅盾看時很高興，且願意題詩在上面。但直至1980年6月才寫成《贈丁聰》這首詩，題在手卷上贈丁聰）。這首五言絕句寫了茅盾與丁聰幾十年的友誼，讚賞了丁聰的畫藝，云：「不見小丁久，相逢倍相親；童顏猶如昔，奮筆鬥猛人。」附二個自注：「（一）凡識丁兄者，皆謂天生孩子面孔。（二）廣東人方言，凡作威作福者謂猛人，以此指『四人幫』。」

　　同月　作《沁園春・爲中國共產黨成立五十九週年作》（詞），載一九八一年六月二十九日《人民日報》，載河北人民出版社版《茅盾詩詞》，現收《茅盾全集》第十卷。全詩抓住黨的第一次全國代表大會這一開天闢地的歷史事件，來抒發自己對黨的赤誠之心。上闋描繪了浙江嘉興南湖煙雨樓前的自然景物，下闋從中國國情出發，謳歌黨的誕生。

　　同月底　廣東徐文烈來訪，徐著重談到和劉斯翰同志箋注《柳亞子詩選》，由廣東人民出版社出版，希望茅盾爲此書寫序題箋。茅盾說：「我十分滿意地知道你們能爲柳亞子先生出詩選，特別是能夠把它加以注釋，這對青年人閱讀大有幫助。我是非常敬重柳亞子先生的。他的詩不是一般的，我已經在文代會上講過了，它是舊民主革命到社會主義革命時期的史詩。他的詩，典故甚多，青年人不易懂，你們能箋注那太好了」；還說：「希望以後能把他的詞、文等都出版，這是一件非常有意義的工作啊！至於這本詩選的題簽，就由我來寫。那篇序，本是義不容辭，實在精神差，不能提筆。前個時期，也有人來要我寫序，我都推辭了。你能否請別人寫呢？」（按：後來，茅盾還

是爲此書寫了序），共交談了四十分鐘。（徐文烈《最後的會見——悼念沈雁冰老伯》，載《羊城晚報》1981 年 4 月 7 日）

當月

陸義彬發表《時代的鏡子和斧子——論茅盾文學創作的時代性》載《廣西民族學院學報》（社科）1980 年 3 期。

丁爾綱（執筆）發表《茅盾》，載內蒙古教育出版社版《中國現代文學史》第五章。該文詳盡地介紹了茅盾的生平及一九二七年至一九三七年小說創作的發展道路。認爲「茅盾是傑出的無產階級文藝戰士，中國現代文學的奠基人之一」；茅盾的長篇小說《蝕》由於「重大題材的選擇和提煉」而成爲「最早描寫大革命時期社會生活的大部頭作品」；《虹》則以「比較高亢明朗」的「基調」「成功地反映了『五四』以來中國小資產階級知識分子走向革命的主流和本質」；《子夜》「確定了茅盾在文學史上的地位」，作品通過大資本家吳蓀甫等人物形象，揭示了中國民族資產階級的「兩重性」，另外以其「重大題材」的選擇、「複雜嚴謹的藝術結構」、典型環境的描繪和「細緻的心理描寫」、「典型人物」的塑造等使《子夜》在茅盾文學道路上成爲「里程碑」；論文還評價了《林家舖子》等短篇小說在思想藝術方面的卓越成就。

齊忠賢（執筆）發表《茅盾、張天翼等的創作》，載內蒙古教育出版社出版《中國現代文學史》第三篇第三章第三節。評價了茅盾在抗日戰爭時期的文學創作。認爲「《腐蝕》是茅盾這一時期的重要創作成果之一」；以《白楊禮讚》爲代表，評價了茅盾這一時期散文「語言藝術」「勁健有力、清新優美」、「內涵深厚」的特點，剖析了《清明前後》，概括了茅盾戲劇創作的優缺點。

十五日 伊雪曼發表《茅盾的〈蝕〉與〈子夜〉》，載《鼎盛時期的新小說》（中國現代文學研究叢刊第 2 輯，周錦主編），一九八○年六月十五日臺灣成文出版社版。認爲《蝕》「主要內容是寫民國十五年前後，男女青年知識分子理想的幻滅、動搖和追求的心理傾向與轉變歷程」，「故事的組織或寫作技巧」、「敍說的層次與結構」，「都不過是一種俗庸劇的老套」，「文字濃艷，趣味低級」，但在表現「當時革命浪潮和道德式微後的青年人的行止」等方面，具有「小說的時代性」，「在中國新文學長篇小說的開創上、萌發上，有它相當的作用」。《虹》在技巧、人物、思想

等方面，都比《蝕》「進步得多」，「維妙的心理描寫」也很好。認爲《子夜》「是『左聯』時期的代表作」，「對當時社會發生了很大的惡劣影響」，因爲小說「在城市激起反帝思想，在鄉村要鼓動農民暴動，並且挑撥反政府和不滿現實者的情緒」，「是一本政治性的長篇小說」，又評《三人行》、《路》等中短篇，「缺乏眞實感」，是「失敗的作品」。認爲茅盾作品總的「特色」是「頗具時代性」「高度的社會性」、「重視資料的收集與整理」。認爲主要的「缺失」是：「人物典型和個性不能平均發展」、「慣於製造一些漂亮有趣的詞匯、術語，含有政治的色彩」、「對於男女的描寫，有時候近於『色情』」。

本月

四日～十一日　全國第一次美學會議在昆明舉行，並成立了中華全國美學學會。

十七日　紀念瞿秋白就義四十五週年座談會在北京舉行。

七月

二日　下午，爲在中直禮堂舉行的最高人民檢察署副檢察長、黨組書記李六如（1887 年生）追悼會送了花圈。（4 日《人民日報》）

四日　作《致馮其庸》（書信），署名沈雁冰。載浙江文藝出版社版《茅盾書簡》。（按：馮其庸，中國人民大學中文系教授‧紅學專家）云紅學新秀鄧遂夫所寄《曹雪芹續弦妻考》一文的意見，認爲「他的文章持之有故，言之成理，在提倡百家爭鳴的時候……也許發表後引起大家注意作新的探索」。並轉寄上鄧遂夫的文章。

同日　作《致鄧遂夫》（書信），載《四川日報》一九八一年四月二十九日。（按：鄧遂夫，是四川自貢市的一個業餘研究紅樓夢的青年）。云：「您的文章我已看過，遵照您的意見，已交給馮其庸同志。我的意見可以發表。」

同日　收到碧野慶賀八十四壽辰的賀電。讓陳小曼代筆覆碧野信，感謝他的賀電，由他親手簽名，「字跡輕顫」。（碧野《心香一瓣，遙祭我師》，載《長江日報》1981 年 4 月 11 日）

八日　作《〈神話研究〉序》（序跋），載百花文藝出版社版一九八一年版《神話研究》。敘述自己研究神話的緣起和經過。

九日　作《〈茅盾文藝雜論集〉序》（序跋），載《文藝報》一九八一四月九日，收入《茅盾文藝雜論集》。說明《茅盾文藝雜論集》一書是從「六十多年來陸陸續續寫的」「六七百篇」文藝評論中選編出來的。從「這些舊文章」「還能看出自己走過的文學道路，摸到自己文藝思想發展的脈絡」，深感「自慰」、「自勉」，「又不免感慨萬端」。

十日　作《〈柳亞子詩選〉序》（序跋），載人民文學出版社一九八〇年十一月出版的《柳亞子詩選》，現收《茅盾序跋集》。云自己早年讀柳亞子的詩「如見衣冠偉人，抵掌而談古今興衰之史蹟」，初識先生於一九二二年或二三年江蘇松江府景賢中學暑期講習會上，「聆其簡單之時局講話，慷慨激昂，如其詩」，認為「他此時的舊體詩已有新的革命內容，所謂舊瓶裝新酒，更見芳烈」；又憶及在上海、香港、桂林與先生之多次相遇，「柳先生推崇馬、恩、列、斯，嚮往共產主義。此在柳詩中，隨處可見。毛主席對柳先生的評價甚高，謂其概當以慷，卑視陳亮、陸游，讀之使人感發興起，郭沫若稱柳亞子為『今屈原』。亞子先生在中國詩壇的地住，即此論定。」指出「柳先生的詩，反映了前清末年直到新中國成立後這一長時期的歷史，亦即從舊民主主義革命到社會主義革命的歷史，稱為史詩，是名符其實的」，也指出「先生之詩，用典頗多，青年閱讀，常苦查書費時」。盛讚詩選的出版，「甚盼此後將柳先生之全部詩、詞、文，加以箋注出版，亦當今四化盛世之文壇一大快事也。」

十二日　下午，給在政協禮堂舉行的中國共產黨傑出的組織活動家安子文（1910年生）同志追悼會送了花圈。（13日《人民日報》）

同日　寫完回憶錄中《創作生涯的開始》，載《新文學史料》一九八一年一期（2月22日出版）。

十六日　下午，為在北京政協禮堂舉行的中央統戰部副部長、政協常委薛子正同志（1905年生）追悼會送了花圈。（17日《人民日報》）

二十一日　發表《現實主義與反現實主義是文藝歷史發展的規律》（論文），載《文藝研究》第四期。（按：這是作者寫於1959年10月的一篇舊稿）「過去未發表過」。

二十七日　作《〈小說選刊〉發刊詞》（雜論），載《小說選刊》一九八四年一期試刊。認為「粉碎『四人幫』以來，春滿文壇。作家們解放思想，

辛勤創作，大膽探索，短篇小說園地欣欣向榮，新作者和優秀作品不斷湧現。大河上下，長江南北，通都大邑，窮鄉僻壤，有口皆碑。建國五十年來，曾未有此盛事」；還讚揚了《人民文學》「披沙揀金」之功績，「亦盼海內外千萬讀者賜教益，群眾與專家結合，庶幾此一新的事業日有發展」。

三十日　法國胡爾曼教授來訪，（按：胡爾曼是法國巴黎第三大學東方語言文化學院教授）陪同的有北京語言學院的閻純德。胡爾曼說：「我們多年來一直盼望您訪問法國，今年竟沒有去成……」（按：上半年在巴黎舉行中國抗戰時期文學的國際討論會，邀請茅盾同志參加，但由於茅盾 4 月生病，6 月才好起來，沒能去參加會議）。茅盾說：「那是因爲身體不好，今年老出盜汗，眼睛又患角膜炎……」胡說：「我們希望您明年去法國，巴黎大學已準備授予您名譽博士的榮譽」，茅盾認：「只要飛機上能躺，可以考慮。明年身體也許好一些，若像現在這樣，我可以答應。一個星期，小曼可以照顧我。……我慚愧，我沒有寫出什麼好東西，《虹》寫得比較好一點，喜歡看《虹》的人可能不少……」胡告之，巴黎拉封出版社想購買《回憶錄》的外文版權。茅盾聽了開懷地笑了，說：「沒有寫完……這部回憶錄寫到 1948 年，解放後的不寫。若不是病，我會早些寫完」（閻純德《哭茅公》，載《解放軍文藝》1981 年 5 月）

同日　中國紅樓夢學會在哈爾濱市成立，與王崑崙同被選爲學會名譽會長，會長爲吳組緗。（8 月 1 日《人民日報》）

三十一日　作《致聶華苓》（書信），署名沈雁冰。載浙江文藝出版社版《茅盾書簡》。云收到來信和照片的感動心情。還云「欣悉艾青與劉賓雁將於今年九月參與愛荷華的作家聚會，預祝此次作家聚會將取得更大的成功」，「我也盼望在八二年能再次看到你們。」

當月

楊羽儀發表《訪茅盾》，載七月十八日《南方日報》。

七省（區）十七院校編寫組出版《中國現代文學史》（上、下），內蒙古教育出版社出版。上、下冊均有專章評述茅盾。

十日　尹雪曼發表《茅盾〈腐蝕〉抗戰的小說》，載《抗戰時期的現代小說》（中國現代文學研究叢刊第三輯，周錦主編），一九八〇年七月十日臺灣成文出版社版。認爲茅盾在抗戰期間寫的幾部小說，「大體上說

來……多是灰色的，故意挖掘著社會的黑暗，缺乏積極性和鼓舞性」。認爲《第一階段的故事》「……教條很明顯」；《霜葉紅似二月花》「很能把握住那個時代新舊衝突的景象」，「文筆生動」，但「思想性」只有「一點點」，有「爭山頭的性質」；《腐蝕》「打擊政府」、「打擊民心士氣」，故意將趙惠明等青年男女「加以醜化」，「把小說的價值給大大破壞了」。

本月

二日至十日　全國少數民族文學創作會在北京舉行，有四十八個民族的一百多名老中青作家，以及部分漢族作家、評論家出席了這次會議。

十二日至十八日　中國現代文學研究會首屆學術討論會在內蒙古自治區包頭市舉行，推選周揚爲研究會名譽會長，王瑤爲會長。

二十一日至三十一日　全國紅樓夢學術討論會在黑龍江省哈爾濱舉行，並宣布成立中國紅樓夢學會。

《人民日報》發表社論：《文藝爲人民服務，爲社會主義服務》。

八月

三日　作《致馮乃超》（書信），署名沈雁冰。載浙江文藝出版社版《茅盾書簡》。

十一日　出席宋慶齡爲歡迎美國作家伊羅生而設的家庭宴會，其時作家丁玲也在座。丁玲見到茅盾非常高興，「彼此像有許多話要，當時沒有機會，只得依依告別。」（丁玲《悼念茅盾同志》，載《人民文學》1981 年 5 期）。

十三日　作《致馮乃超》（書信），署名沈雁冰。載百花文藝出版社版《茅盾書信集》。左聯「綱領的起草者是馮乃超」，「原來用的是『穩固』二字，經魯迅看過，表示同意」。後附言，「我編《小說月報》時，漢俊同志幫了我不少的忙」。

十七日　在武漢成立的中國報告文學創作研究會上，被特聘爲顧問，作家徐遲爲會長。（19 日《人民日報》）

二十日至十月十日　回憶錄中《我的家庭與親人》（上、下）和《我的學生時代》三部連載於香港《新晚報・人物誌》。

二十一日　北京大學哲學系學生鄒士方來訪，其時北大團委正編寫《北大人才史話》，茅盾「身體不大好，面容憔悴，咳嗽得很厲害」，「伸出顫抖的

手」，緊緊和鄒相握。不能多說話，許多材料由陳小曼提供，還照了幾張照片，臨告別時還簽名留念。（鄒士方《茅盾與北大——文壇巨匠二三事》，載《團結報》1983 年 5 月 7 日）

二十二日　發表《回憶錄（八）——中山艦事件》，載《新文學史料》一九八〇年三期。本文回憶的一九二六年一月到廣州參加國民黨第二次全國代表大會和留在廣州作毛澤東秘書的情況、蔣介石製造中山艦事件前後，以及返回上海後的一系列革命活動。

二十五日　攝影家吳印咸，和《人民文學》編輯周明、楊愛倫等四位來訪，主要是文化藝術出版社為了在即將出版的茅盾長篇小說《鍛煉》上採用一幅茅盾的照片，專門給茅盾拍照。有近一小時的拍照和談話。（楊愛倫《無法償還的心願》，載《光明日報》1981 年 7 月 19 日）

二十八日　出席全國政協三次會議開幕式，聽取了鄧小平同志的開幕詞。（29 日《人民日報》）

二十九日　在五屆人大第三次會議預備會議上，被選為五屆人大三次會議的主席團成員。（30 日《人民日報》）

同月　出版《世界文學名著雜談》，百花文藝出版社出版。該書載有茅盾一九八〇年三月五日寫的序。本書既有一定的系統性和學術性，又有重點介紹一批歐洲文學史上的名篇，寫法上深入淺出、引人入勝。

當月

曾廣燦發表《〈子夜〉與〈金錢〉》，載《齊魯學刊》第四期。本文首次用比較文學方法，將《子夜》和《金錢》作了跨國界、跨文化異同比較，指出茅盾寫作《子夜》時，雖已自覺與自然主義決絕，但客觀表現上仍未能徹底擺脫盡自然主義的影響，「但這個影響和缺點已經很小，對《子夜》來說實在可以說是白璧微瑕了。」

吳松亭發表《血肉豐富，生動傳神——老通寶形象塑造瑣談》，載《文藝理論研究》1980 年 3 期。本文從藝術創造角度較好地總結了老通寶形象塑造的四個經驗：（1）將人物置於特定的社會環境之中進行描寫；（2）通過著力描寫老通寶極力要扭轉厄運的種種努力，揭示其悲劇性格；（3）出色地寫出了人物性格上的複雜性；（4）景物描寫起了烘托人物性格的作用。

　　莊鍾慶發表《茅盾的第一篇文學論文》，載《新文學史料》一九八〇年三期（8 月 22 日出版）。作者根據茅盾在《〈鼓吹集〉後記》中所說：「三十九年前我開始寫一篇關於文學的論文，為了趕任務」，從而推導出一九二〇年一月十日茅盾以「佩韋」的筆名發表的《現在文學家的責任是什麼？》一文應是他的第一篇文學論文，而不是一月二十五日發表的《新舊文學平議之評議》。

　　羅宗義發表《吳蓀甫試論》，載《中國現代文學研究叢刊》一九八〇年四輯。

　　張立國發表《關於〈幻滅〉評價的幾個問題》，載《中國現代文學研究叢刊》一九八〇年四輯。

　　查國華發表《簡評兩種〈茅盾著譯年表〉》，載《山東師院學報》第四期。

　　如玉發表《記文壇老將茅盾——茅盾訪問記》，載《集萃》一九八〇年四期

　　孫中田等發表《關於茅盾文學工作二十五週年紀念活動》，載《中國現代文學研究叢刊》一九八〇年四輯。

　　史明發表《茅盾與上游社》，載《華東師範大學學報》（哲社版）一九八〇年四期。

本月

　　五日　中國作協、台盟和中央人民廣播電臺舉行座談會，紀念臺灣著名愛國作家鍾理和逝世二十週年。

　　十八日至二十三日　中共中央政治局（擴大）會議在北京召開，討論黨和國家領導制度的改革以及進一步發展社會主義民主問題。

　　「六教授」曾昭倫、費孝通、黃藥眠、陶六鏞、錢偉長和吳景超的「右派份子」問題全部得到改正。

　　《詩刊》開闢專欄，討論「朦朧詩」問題。

　　中國作協副主席艾青和著名作家王蒙等應聶華苓主辦的「國際寫作計劃」邀請，前往美國進行寫作及文學交流活動。

夏

　　戈寶權夫婦來訪，交談一個多小時。茅盾談到了正在撰寫的回憶錄，說，

一直要寫到一九四八年到大連爲止。戈寶權夫婦祝願他能早日完成這部有參考和史料價值的回憶錄，還告之正在編輯一本有關魯迅和史沫特萊的友誼的書，其中有不少地方提到他。並請他爲這本書題寫書名。茅盾欣然同意，並很快寫好《魯迅與史沫特萊》的題簽。（戈寶權《和茅盾同志相處的日子（六）——從五十年代初直到茅盾同志的晚年》，載《新文學史料》1982 年 4 期）

兒子韋韜和媳婦陳小曼與茅盾談起當代青年中一些思潮時說，有一部分青年在十年浩劫中長大，他們看到的更多的是黨的黑暗面——「四人幫」的猖獗，極左路線的流毒……加上思想方法的片面，他們對黨不那麼信任了，甚至不願入黨了。茅盾聽到這些極爲痛心。此時他覺得，在今天的形勢下，他應該站在黨的行列裡，他對兒子、兒媳說：「我要考慮我的黨籍問題。」（徐民和、胡穎《巨匠的遺願——茅盾在最後的日子裡》，載《瞭望》1981 年 2 期。）

九月

一日　北京語言學院閻純德陪同日本早稻田大學安藤陽子夫婦來訪，請教有關翻譯茅盾作品的問題。安藤夫婦提出邀請，「您到我們日本來吧！那裡有你很多讀者，也該看看您早年留在那裡的足跡……」茅盾高興地說：「我很想去。」還說，「要翻譯我的東西，《蝕》和中篇小說《路》都是可以的。」（閻純德《哭茅公》）

十日　下午，出席五屆人大三次會議閉幕式。會上決定華國鋒同志不再兼任國務院總理，而由趙紫陽擔任國務院總理。（11 日《人民日報》）

十一日　作《致趙清閣》（書信），署名沈雁冰。載百花文藝出版社版《茅盾書信集》。云收到惠贈的折扇，「可惜扇的兩根大骨都斷了，無法粘合」，至於自己的身體「今年自出醫院以來，身體不好。坐上半個鐘頭，便兩腿麻木。體溫也不正常，早上偏高，午後二時半低，晚八時低，曾因小腿浮腫，服淡多日，現在足部又浮腫了，又在服淡。大便非用藥不可」；「走路必須人扶。出院後曾跌過二次，一在院子石階上，一在室內，第二次更重，至今已將一月，左頰耳旁按之仍覺痛」。信後又附告：「睡時有盜汗，此在醫院中已如此。天天服中藥。」

同日　作《致姜德明》（書信），署名沈雁冰。載《戰地》增刊一九八〇

年第六期，收入百花文藝出版社版《茅盾書信集》。云編副刊的經驗，認爲「應當使副刊內容五花八門，雅俗共賞。應當有一連載半月或一月之長篇小說作爲主柱，而用五花八門的短文以爲陪襯。這些短文應是上下古今，無所不談。約稿的範圍應當十分廣泛。除專寫小說或雜文的作家外，也要約詩人、歷史學家、科學家、漫畫家、木刻家。但副刊內容雖長短文配合，有時也會有幾十個字地位的空白無現成稿子可以填補。那時，編者就得自己動筆寫這麼幾十個字的短文，此則有賴於編者的見聞廣博，用文壇近訊、藝苑韻事等題目寫數十字的雋永的短文，使讀者深感興趣，不露臨時急就的痕跡。此種臨時填空白文字也可以是一小段世界文豪的逸事，也可以解釋文學上或美術上一個流派的意義。」

十二日　下午，出席五屆政協第三次會議閉幕式，並當選爲政協章程修改委員會委員。（13 日《人民日報》）

十五日　上午，爲在北京舉行的中國作協外國文學委員會主任、著名作家楊朔（1913 年生）同志追悼會送了花圈。（按：楊朔在林彪、「四人幫」迫害下，於 1968 年 8 月 3 日含冤逝世。）（18 日《人民日報》）

同日　作《法譯本〈路〉自序》（序跋），載湖南人民出版社版《茅盾研究在國外》。《路》由黃育順譯成法文。云「我寫《路》時，正值五烈士被害前後，就想通過作品，指示青年以出路。原來寫的是中學生，瞿秋白看了原稿，認爲應當寫大學生，又謂書中有些戀愛描寫是不必要的。我尊重他的意見，都照改了。」還指出，主角火薪傳，名字用了《莊子·養生主》中「指窮於爲薪，火傳也，不知費盡也」之典故，「暗示了革命之火已燃燒到工農群眾，工農燒不盡，最後勝利是必然的。」

十七日　作《〈我走過的道路〉序》（序跋），載《光明日報》一九八一年四月一日，載人民文學出版社版《我走過的道路》。說明寫回憶原因，「一因幼年稟承慈訓而養成之謹言愼行，至今未敢忘忽。二則我之一生，雖不足法，尚可爲戒」；而自己所抱的寫作態度則是：「所記事物，務求眞實，言語對答，或偶添藻飾，但切不因華失實。凡有書刊可查核者，必求得而心安。凡有發明可咨詢者，亦必虛心求教。他人之回憶可供參考者，亦多方搜求，務求無遺珠。已發表之稿，或有錯記者，承讀者來信指出，將擬以改正。其有兩說不同者，存疑而已」，最後指出，自己之所以將回憶錄題名爲《我走過的道路》，

因為「此道路之起點是我的幼年，其終點則為一九四八年冬我從香港到大連。」

二十九日　下午，往政協禮堂，出席政協章程修改委員會第一次全體會議。(30 日《人民日報》)

同月　作《喜聞重建圓明園·賦二絕》(舊體詩)，載上海古籍出版社版《茅盾詩詞集》，現收《茅盾全集》第十卷。(按：舉世聞名的清代名園圓明園，1860 年被侵華的英法國聯軍野蠻燒毀。1980 年，北京市人民政府決定重建圓明園。茅盾獲悉此事，欣喜之餘，寫成七絕二首) 其一憤怒控訴了帝國主義對我國之侵略罪行；其二讚國外僑胞為重建圓明圓盡力的愛國拳拳之心。

同月　電影導演桑弧來訪，就其改編的電影文學劇本《子夜》初稿交換了意見。茅盾希望桑弧根據電影的特性和要求放開來寫，不必太拘泥於原作；同時，他認為出場人物不宜太多，因為人物太多了，電影觀眾不容易弄清楚；還指出，對話要努力壓縮，盡可能用情節和動作來表現。(桑弧《拍好〈子夜〉，寄託哀思》，載《文匯報》1981 年 4 月 1 日)

同月　上海《萌芽》雜誌負責人、作家哈華來訪。因《萌芽》第二次復刊，哈華希望繼十五年前答應過的，再為文學青年寫些有連續性的輔導文章。茅盾提出把他過去寫給初學寫作員的信交給《萌芽》發表。不久，寄去了三十多封信，還寫了一個《寫對前面的話》作為序言。在寫給哈華的信中說：「也算還了一筆欠債，了卻一個心願。」(哈華《巨星的殞落──悼茅盾同志》，載《萌芽》1981 年 5 期)

同月　手書「祝《地平線》創刊兩週年」(書法)，載香港《地平線》雜誌第十三期。

當月

劉增杰發表《匠心獨運，妙筆生輝──淺談〈子夜〉第一二章的藝術處理》，載一九八〇年九月三日《光明日報》。

華然發表《喜讀〈茅盾論創作〉》，載《文匯報》一九八〇年九月二十八日。

本月

五日　《國際著名導演尤里斯·伊文思 50 年電影回顧》在北京舉行。

二十五日　應德意志聯邦共和國、法國和瑞士等國的邀請，由北京

人民藝術劇院組成的《茶館》訪歐演出團離京外出訪問。

二十九日 五屆人大常委會第十六次會議決定，成立特別檢察廳和特別法庭，對林彪、江青兩個反革命集團中的十五名主犯進行起訴、審判。

十月

七日 下午，出席在政協禮堂舉行的政協常委第十三次全體會議，並被選爲辛亥革命七十週年紀念籌備委員會副主任委員，主任委員是葉劍英。（8日《人民日報》）

十八日 上午，孔海珠來訪。本月初，孔海珠帶著最後一批茅盾寫回憶錄需要的資料，從上海來到北京，見到了渴望已久的姑父茅盾。茅盾云「現在有些研究工作傾向不好，不是用歷史唯物主義和辯證唯物主義去分析研究……」；又云「讀理論的書也並不是難事，一步一步的來。讀書好比種菜，每天澆點水，菜就會大起來。可以先讀些淺近的書。」茅盾回憶了自己在「五四」前後讀書情況，云「商務印書館有個涵芬樓，是全國最大的圖書館之一，藏書豐富。涵芬樓訂了許多國外的書報、雜誌。我公事一完就去看。當時公事也不多，較空閒。我主要看英文的，後來摘譯一些在《共產黨》月刊上介紹」；還說他翻譯時用了「P 生」這個筆名。講話中提到，「當時有種風氣很盛行的，學外語用啃一本書的辦法。」「當時創造社的一些人就是用這個辦法的」。（孔海珠《茅盾論學習馬列》，載《百花洲》1982 年 1 期）

十八日 作《致趙清閣》（書信），署名沈雁冰。載百花文藝出版社版《茅盾書信集》。云收到來信及《海洋文藝》一本，認爲所寄扇骨之斷乃郵局之不負責任。「上海有人寄給我月餅一盒，乃是洋鐵方盒，尚且把盒弄損其角，蓋郵局裝袋時乃擲下而非輕放也。」

三十日 作《給初學寫作者的信（一）》「寫在前面」（序跋）。載《萌芽》，一九八一年第一期。云十五年前曾答應常給《萌芽》寫些短文，「六六年刮起暴風雪使這個願望湮沒了，才萌發的《萌芽》也夭折了」，現在《萌芽》又復刊了，以前的允諾「不能再兌現了」，「連讀者的來信來稿都無精力閱讀了」。選發一些從前寫給青年的舊信，「信中提出的問題看來還不過時」。（按：這一期共選發了 1954 年 3 月、7 月、10 月和 1955 年 5 月 5 日四封信）

同月　在家中會見南斯拉夫作家訪華團。(《憶茅公》，文化藝術出版社1982 年出版)

同月　寫手幅《讀稼軒集·浮沉湖海詞千首》(書法)，贈山東濟南市辛稼軒紀念堂。(劉占然《沈老向辛稼軒紀念堂贈詩》，載《濟南日報》1981 年4 月 12 日)

同月　沈德溥專程從天津來北京看望茅盾。茅盾剛出院，精神很好。正在趕寫回憶錄。(沈德溥、吳志英《緬懷我們的大哥沈雁冰》，載《天津日報》1981 年 4 月 12 日)

同月　應請手書所作《國慶三十週年獻詞》之一(按：作於 1979 年 9 月20 日)，贈香港《文匯報》副總編曹敏之。手書後以《茅盾的書法藝術》爲題，載一九八三年四月十一日香港《文匯報》。

同月　寫成手幅《祝全國科技大會》贈湖南作家金振林。

同月　日譯本《霜葉紅似二月花》(小說)，由日本岩波書店出版。

當月

日本立間祥介發表《日文版〈霜葉紅似二月花〉解說》，載日本岩波書店出版的《霜葉紅似二月花》日譯本。作者從書名考察了小說的立意，認爲主要是寫大變動中知識分子的「假左派」，「與紅葉一樣，還是要陷於凋零的命運」。讚揚小說「用濃重的筆墨淋漓盡致地描寫了處在大革命風暴中人們各式各樣的生活姿態，那又可以說這已是一部完整的作品。尤其是在這部小說中，描寫女性更好成功……我認爲這可與《子夜》並列爲茅盾的代表作。」

莊鍾慶發表《茅盾初期創作中的矛盾——〈野薔薇〉及其他短篇小說》，載《文藝論叢》第十一輯，上海文藝出版社出版。認爲茅盾從一九二七年九月到一九二九年三月間寫的《蝕》、《野薔薇》、《宿莽》等作品「有著深刻的矛盾」：思想內容上既「有力地揭露了他們反對革命，壓迫人民的罪惡，指出了舊制度及封建禮教的虛僞和腐敗，但對革命的途徑、前景卻是茫然的」；藝術描寫上，既「塑造了具有一定典型性的藝術形象，反映了社會生活的某些本質方面，然而有時純客觀地描寫生活中的非本質現象，以致影響人物、情節結構的安排，作品的眞實性受到了一定程

度的限制。」又指出這種矛盾現象，同他的「以現實主義爲主體，又受到自然主義的某些影響的創作方法有關。」倘追根究源，乃是「由於他的思想有矛盾」。

黃侯興發表《〈子夜〉淺談》，載《三十年代作家作品論集》，四川人民出版社出版。

劉煥林發表《濃鬱的詩情，絕妙的畫筆——讀茅盾的〈風景談〉》，載《青海湖》十期。

日本樽本照雄發表《當今中國編集兩本規模較大的文學研究資料》，載日本《中國文藝研究會會報》（25）一九八〇年十月出版。

本月

十日 著名人民藝術家趙丹（1915年生）逝世。二十七日，文化部、中國文聯舉行了悼念大會。

二十五日 中國作家協會組織由藏、蒙、苗、維吾爾、壯、侗、彝、朝鮮、回等九個民族的十位作家去湖北、廣東參觀訪問。

秋

被聘爲《中國當代文學研究資料叢書》顧問。（按：《中國當代文學研究資料》叢書常務編委卜仲康、唐金海、何寅泰初議，唐金海執筆致信茅盾，懇請茅盾爲叢書寫序。信由編委會通過後，連同部分已內部出版之幾本作家研究專集，寄茅盾；同時，由赴京的賈植芳轉奉編委會敬聘之誠意。茅盾應聘任該叢書顧問並作序。）

作家樓適夷來訪。遂「提起手杖」，「自己走到隔室的客廳」。談到回憶錄的寫作，樓勸茅盾到外埠找幽靜的地方去寫，或可排除一些干擾。茅盾說不行，他身邊有帶不走的大堆大堆的資料，而且還得隨時隨地搜覓補充。（樓適夷《最後的一面——悼茅盾》，載《北京晚報》1981年3月31日）

一個關於設立魯迅文學獎金的擬議草案送給茅盾徵求意見，茅盾很贊成，並對韋韜、陳小曼說：「我也可以獻出稿費來作爲一個單項文藝獎金的基金。這幾年，短篇小說和中篇小說有了長足的進展，長篇小說還不夠繁榮，我自己是以寫長篇爲主的，就捐款設立一個長篇獎吧。」兒子兒媳都熱烈贊成。（徐民和、胡穎《巨匠的遺願——茅盾在最後的日子裡》）

深秋，巴西《聖保羅之頁》報首任駐京記者莫隆先生和他的法文譯員來

訪，談了一個多小時。莫隆拿法文本《子夜》請茅盾簽名，說：「我認爲這是一部很重要的著作，從中可以看到當時中國社會的全貌。它可以與托爾斯泰的《戰爭與和平》相媲美。」「不，不」，茅盾笑著搖搖頭，「我的書中所寫的內容還是很有限的」。「我對農村不熟悉，所以沒有寫農村」。「當時要是把農村和革命戰爭的情況寫上的話，就可以全面反映中國的面貌了」。茅盾還回答了莫隆的提問，追述了自己流亡日本、在三十年代初與魯迅、瞿秋白的交往、數十年中與毛澤東、周恩來的接觸、西方文學對自己的影響，以及對中國當代文學的印象，等等。（陳泯《在楓葉飄零的日子——先師茅盾近事瑣記》，載《長江文藝》1981 年 6 期）

秋末 作《致沙汀》（書信），載《光明日報》一九八一年四月三日。得悉沙汀從四川療養後回到北京，託人捎短簡一封向他問好，並贈送一冊新版的《祖父的故事》。

十一月

二日 上午，作家羅蓀、吳泰昌來訪。羅吳請茅盾爲即將改刊的《文藝報》寫稿。其時正全力以赴撰寫回憶錄，還是「慨然允諾了」。（按：即《文藝報》1981 年 1 期發表的《夢回瑣記》）。「殷切希望搞文藝理論批評的同志多閱讀些當前的文藝作品」，這樣寫作的「理論批評才會是活潑潑的，有生氣的，作家和讀者愛看的」。（吳泰昌《刻在心上的記憶——哀悼茅盾》，載《收穫》1981 年 3 期）

四日 作《致安東尼斯·薩馬拉基斯》（書信），載《人民日報》一九八三年三月二十六日，收入湖南人民出版社版《茅盾研究在國外》。（按：安東尼斯·薩馬拉基斯是希臘當代著名作家，曾獲 1982 年歐洲文學獎，他的著名小說《漏洞》已於 1983 年由人民文學出版社出版）。云自己喜愛並推薦翻譯安東尼斯·薩馬拉基斯的長篇小說《漏洞》，「我真誠地希望你的著作能翻譯過來並盡快出現在中國的書店裡。」

同日 作《致葉君健》《書信》，署名沈雁冰。載浙江文藝出版社版《茅盾書簡》。云「茲附上伊羅生來信一封，請查閱，並盼將《中國文學》所登該文漏列其名的原因等等（皆伊羅生信中提及的），書面見覆，以便我轉覆伊羅生。」還告知，「他不知道我是掛名的總編，也未曾談起此刊，他得見

此刊，乃在上海」；並再三交待「請於一週內見覆爲盼。伊羅生原信盼同寄還。」

五日　作《致鄒夢禪》（書信），載《文匯報》一九八五年三月十七日。（按：鄒夢禪係浙江著名書法家和篆刻家，擬刻茅盾筆名集而致函茅盾）。云：闊別數十年，忽奉手書，疑是夢中，解放初年，由曹辛漢兄寄贈之尊刻賤名及筆名兩小章，至今寶藏。感謝之至」；同意其擬刻筆名，並附上一紙，提供有些筆名的疑難，云「其有出處者亦即注明，以備參考。但如 MD，實爲茅盾二字英譯之第一字母，似不必列入也。」（按：兩方印章，即 1946 年夏秋之間，鄒曾爲茅盾精心鑴刻了「茅盾」和「雁冰」兩方印章。《茅盾筆名印集》已由浙江省書協、桐鄉縣文化局聯合組織浙江省篆刻家到烏鎮茅盾故居創作完成，由浙江人民出版社出版。印集中有鄒夢禪先生的作品）。

九日　作《致茹志鵑》（書信），署名沈雁冰。載浙江文藝出版社版《茅盾書簡》。云爲其短篇小說集作序事，「我將勵力爲您的短篇集寫一篇序，並題書名」，但「因爲讀十幾篇作品，然後能下筆寫序，恐怕今年內寫不成了。手頭有回憶錄寫開了頭，預計本月可以寫完，然後再讀您的作品，再寫序，大概要到明年一月內做完這些事。」

十日　將在粉碎「四人幫」以後重版的名作《子夜》、《林家舖子》、《夜讀偶記》、《茅盾短篇小說集》、《茅盾論創作》等，贈送給浙江桐鄉烏鎮中學。（王加德《茅盾與烏鎮中學》載《湖州師專學報》1985 年 3 期）

十二日　發表《談編副刊》（書信），載《戰地》第六期。本書信即一九八〇年九月十一日《致姜德明》，由他在香港主編《立報》副刊《言林》，而談及關於副刊編輯的一些想法。

十五日　凌晨，作《夢回瑣記》（評論），載《文藝報》一九八一年一期。「小引」云，數十年來，必服安眠藥才能入睡，「睡必有夢，醒時即忘。至凌晨四時許即不能再睡。此時似已睡夠，神智清醒，偶有所思，輒起記之。……但夢回所記，不盡有當大雅。《文藝報》將改爲半月刊，編者索稿甚急，無可奈何，抄兩則以塞責。」一則，談漢字翻譯，認爲由於中國文字之複雜性，「漢字與外語對譯，有很難譯得妥貼的」；二則札記，則是針對目前已出版的幾部現代文學史，建議文學史編寫採取另一種體例：「按正史的體裁編一部中國文學史。正史的本紀是編年的，大事皆依次見於本紀。但本紀中出現的事件和

人物只是大綱而已，讀者要知其詳，可讀列傳和書、志」；這樣「一時代的文學活動的作家，不論成就之大小如何，都應著錄」，文學史「是史」而不是「評論」；「既不是文學評論史或作家評論史性質」，「而最大的好處是：一般忙或專攻文學的人，也可成爲文學史的讀者，因爲只看『本紀』花不了多少時間」。

　　十七日　作《致伊羅生》（書信），載文化藝術出版社版《茅盾研究》第三輯。覆其十月末從上海來信，云：「我非常高興與您在中國重逢，重溫我們在四十多年前建立的友誼。我也高興地得知您和您的夫人的中國之行過得很愉快。」信中特別對《中國文學》雜誌刊登的一張篡改的魯迅、蕭伯納等人照片表示不滿，云：「《中國文學》雜誌今年第 10 期刊登了一幅經過篡改的關於魯迅、蕭伯納等人的照片，爲此我深感遺憾。您在來信中說得很對，那張照片並不是來自我們雜誌的檔案中。而且篡改照片並不是我們的現行政策。您在上海已看到那張未經篡改的照片陳列在顯著的地方，可以證明這一點。」「據我的同事報告，《中國文學》刊登的《回憶魯迅》一文中所用的那張照片並非由作者提供，而是新華社提供的。新華社是從一九七六年出版一本《魯迅》畫冊上翻拍的。如您所知道的，在一九六六年至一九七六年間，我國處於混亂狀態，發生了許多不正常的事情。接到您的來信後，我已寫信給新華社提醒他們注意那張照片的問題，並要求他們採取措施，使今後不再發生類似錯誤。」

　　十九日　下午，作家柯藍來訪，柯告之，經中宣部批准，要出版一本《中國通俗文藝》月刊，每期二十萬字。懇請茅盾爲這個新生的刊物寫幾句話。茅盾詢問了一些情況之後，便一口答應了。交談中，提到了張恨水先生受歡迎的章回小說，茅盾說：「我們『五四』新文學，和張恨水他們的關係，也沒有什麼很壞的地方，只是新文學作品出來以後，佔領了《小說月報》，把他們的地盤擠掉了他們不高興。張恨水的章回小說有那麼多人歡迎，也有寫得不錯的。要具體分析。在那個時候嘛！」當說到推薦一點比較好的通俗文學作品給刊物轉載時，茅盾笑著說，他看過一本《安邦定國誌》，可以轉載。這是一篇很長的評彈，非常富有傳奇性。是寫一個女子扮男裝，如何安邦定國的故國。」半個月之後，柯藍就收到茅盾題爲《歡迎中國通俗文藝》的短文。（柯藍《茅盾同志對中國通俗文藝的關懷》，載《中國通俗文藝》1981 年 2 期）

二十二日　發表回憶錄之九——《一九二七年大革命》，載《新文學史料》一九八〇年第四期。本書回憶的是一九二六年底到漢口後的革命活動，和大革命失敗後，輾轉返回上海的情況。云一九二六年底，由黨中央派到中央軍事政治學校武漢分校任政治教官兩個多月，由於「教的課程都是熟的」，「也就想附帶再弄弄文學」，於是與傅東華、郭紹虞、孫伏園、吳文祺等十一人組成了「上游文學社」，出了《上游》週刊，「附在孫伏園編的《中央日報》副刊上」每星期日出版。四月，接編《漢口民國日報》，這是「共產黨辦的第一張大型日報」，非常辛苦，「經常整夜不睡覺」，「四·一二」反革命政變後，武漢風雲驟變，加之長沙發生「馬日事變」，汪精衛「也決心反共反革命」。這樣，在一九二七年四月八日，「寫完了最後一篇社論《討蔣與團結革命勢力》，就「轉入了『地下』」，「隱蔽了半個月」，七月二十三日接到黨的命令，後輾轉九江、南昌、廬山、鎮江、無錫，「然後才回到上海家中」。

二十五日　爲科普雜誌《科幻海洋》題簽刊名。（符眞《感懷茅公關懷，辦好〈科幻海洋〉》，載《科幻海洋》1981 年 2 輯）

二十八日　四川作家田苗（胡錫培）來訪。交談中，茅盾講了前年文代會和去年六月前的兩次病情，云「奇怪的是，六月病癒後，身體倒反比從前好了一些」。晚上，同田苗一道看電視轉播公審林彪、江青反革命集團，「看了許多，然後才上床休息」；當田苗玩了幾天，說就要回四川時，茅盾便贈他一本重版小說《霜葉紅似二月花》，還在床上寫字簽名。（田苗《您，還在朗朗笑談——悼念茅盾先生》，載《四川文學》1981 年 6 期）

同月　作《贈丁景唐》（舊體詩），載上海古籍出版社版《茅盾詩詞集》。這首贈給魯迅研究專家丁景唐的七絕對魯迅和瞿秋白的文學功績作了極高的評價，云：「左翼文壇兩領導，瞿霜魯迅各千秋」。

同月　作《懷老舍先生——爲絜青夫人作》（舊體詩），載上海古籍出版社版《茅盾詩詞集》，現收《茅盾全集》第十卷。這首七絕，別具一格，遍舉老舍的代表作品，盛讚了老舍對中國現代文學的傑出貢獻，云：「老張哲學趙子曰，祥子悲劇誰憐恤。茶館龍溝感慨多，君卿唇舌生花筆。」

同月　在自己病情日益沉重的時候，寫下了「俯首甘爲孺子牛」七個字，說是「錄自魯迅自嘲」。（于逢《遙望北天——深切悼念茅盾同志》，載《作品》1981 年 5 期）

　　同月　獲悉泰文版小說集《殘冬》由泰國竹林出版社出版。（按：本小說集由泰國吉滴瑪・翁臘培翻譯成泰文，收《春蠶》、《秋收》、《殘冬》、《林家舖子》等四篇作品）。

　　同月底　請陳小曼掛號信寄條幅《祝全國科技大會》給湖南作家金振林，信云：「上半年沈老住院時，答應給您寫一條幅，今天他精神好，寫了一張。他因身體不好，很久不寫毛筆字了。他說寫得不好，請笑納。」（金振林《懷念文學巨匠茅盾同志》，載《長沙日報》1981 年 4 月 15 日）

當月

　　泰國巴拉差雅・康沙木發表《關於小說〈殘冬〉》，載泰國《沙炎叻評論週刊》一九八○年十一月三十日版。本文介紹了剛出版的泰文版小說集《殘冬》，說這幾部作品「都是描述一九三二年日本侵佔上海前夕中國經濟尤其是農村經濟混亂不堪的狀況。……反映了在帝國主義和封建主義壓榨下的中國農村經濟崩潰的景象。」

　　葉子銘發表《六十年文學實踐經驗的結晶——推薦〈茅盾論創作〉》，載《文藝報》一九八○年十一期。認為《茅盾論創作》一書「基本上匯集了作者『五四』以來六十年文學生涯中寫下的談自己的創作經驗、探索文學創作規律的主要文字」，指出「這是一本飽含著這位前輩作家一生的創作甘苦與豐富經驗的『選集』」，是「六十年文學經驗的結晶」，「時時閃爍著對藝術規律的真知灼見，」並指出：茅盾「既是我國現代著名的小說家、散文家兼翻譯家，又是一個有廣泛影響的文藝評論家」；本文還著重討論了作為文藝評論家的茅盾「對我國『五四』以後現實主義文學理論的豐富與發展所作的貢獻」。

　　黃澤佩發表《又短又好的散文——讀茅盾的〈可愛的故鄉〉》，載《中學語文教學》一九八○年十一期。

本月

　　十日至十二月五日　中共中央政治局在北京連續召開九次會議，討論華國鋒在粉碎「四人幫」以來的重要錯誤，並作出若干重要決議。

　　十七日至二十七日　中國當代文學研究會第二次學術討論會在昆明舉行。

　　二十日　最高人民法院特別法庭公審林彪、江青反革命集團案的十

名主犯。

《周恩來選集》上卷由人民出版社出版。

五十年代的「胡風反革命集團」冤案平反。

十二月

七日 作《致方紀》（書信），載《天津日報》一九八一年四月十日，收入浙江文藝出版社版《茅盾書簡》。云爲方紀小說集題簽書名事，「委寫之書名茲寫好附上。其實我寫的字不好，不及您以左腕所寫的毛筆字。左腕寫之毛筆字而能如此圓妙，實深欽佩。」

十日 作《〈草原上的小路〉序》（序跋），載《上海文學》一九八一年五期、現收《茅盾序跋集》。評介茹志鵑的小說集《草原上的小路》，認爲作品「題材多樣」、故事「曲折有致」、「人物雖寥寥數筆，仍是個活人」。

同日 作《紀念蔡和森同志》（回憶錄），（按：本篇未公開發表，現據手稿收入《茅盾全集》第十七卷。回憶「我黨早期活動的這一段歷史，不禁聯想回繞」，文末還賦詩一首抒懷。

十五日 作《致茹志鵑》（書信），署名沈雁冰。載浙江文藝出版社版《茅盾書簡》。云：「委寫之序，已經寫成，奉上，請斟酌能不能用」，關於書名認爲「『冰燈』或『紅外曲』都可以」。

同日 爲了感謝浙江桐鄉烏鎮中學師生寄來的「樹老風雄」、「增壽」二軸條幅，授意兒子韋韜給烏鎮中學覆信，信中「對章柏年的書法很讚揚」，並云「欣喜家鄉人才輩出，對故鄉教育質量的提高也十分滿意。」（王加德《茅盾與烏鎮中學》）

十九日 致丁玲信並贈《霜葉紅似二月花》一本。信云，歡迎丁玲到家中來談談，還說「如果你叫車不太方便，請電話告知，當派車迎接。」（按：其時，丁玲已離開北京外訪，此信一直到 1981 年 4 月回到北京才看到）。（丁玲《悼念茅盾同志》，載《人民文學》1981 年 5 期）

同月 出版《鍛煉》（長篇小說），香港時代圖書有限公司出版。這是《鍛煉》的第一個單行本，文前附有茅盾作於一九七九年十月四日的小序。（按：《鍛煉》是茅盾最後一部未完成的長篇小說，從 1948 年 9 月 9 日起至 12 月 29 日至，在香港《文匯報》上連載，共發表了二十五章）

同月　出版《茅盾散文速寫集》（上、下），人民文學出版社出版。共收作者各時期的散文、速寫一百十三篇。比《茅盾文集》所收散文多五十八篇。

同月　重印出版《霜葉紅似二月花》（長篇小說），四川人民出版社出版。

同月　收到桑弧寄來的電影文學劇本《子夜》二稿，「一絲不苟地看了，」覺得比第一稿在人物、故事上都更集中了，主線也更突出，茅盾比較滿意，認爲「此稿基本上可以投入拍攝，並預祝攝製組全體同志工作勝利。」（桑弧《拍好〈子夜〉寄託哀思》）

同月　鮑文清來訪，交談中，茅盾滿有把握地告訴他：「回憶錄已經寫到一九三三年了，看來在我有生之年，這個任務可以完成了。」（鮑文清《茅盾近年生活瑣記》，載《人民日報》1981 年 4 月 9 日）

當月

史明發表《茅盾與救國會》，載《華東師大學報》（哲社）一九八〇年六期。本文係史料考證文章。

本月

十四日　根據《中華人民共和國學位條例》規定，國務院設立學位委員會，方毅爲主任委員，周揚、蔣南翔、武衡、錢三強等爲副主任委員。

二十四至二十七日　中國寫作研究會暨第一次年會在武漢召開。葉聖陶和朱東潤當選爲名譽會長，吳伯簫當選爲會長。

冬

陳荒煤和張僖同志來訪，聽取茅盾對紀念魯迅誕辰一百週年工作的意見。不料茅盾卻病在床上——因爲晚上服了安眠藥，半夜起床小便時摔倒在地上。可是，他仍然讓陳張講清來意，喘息著提出他的希望，建議要舉行隆重的紀念，並同意由他致開幕詞。（陳荒煤《拿起筆來，爲了共產主義的理想而戰鬥——悼念茅盾同志》，載《人民文學》1981 年 5 期）

同年

曾多次給在杭州的沈祖安去信，望代查西湖名勝中有哪些石刻和楹聯恢復了，以及查校《西湖遊覽志》上的一些掌故。（沈祖安《懷念與歉疚》，載《浙江日報》1981 年 4 月 14 日）

當年

　　捷克雅‧普實克發表《中國文學的現實和藝術》，載美國印第安那大學出版社一九八○年版普實克論文集《抒情詩與史詩》。本文由尹慧珉譯成中文，載中國文聯出版公司一九八五年七月版《國外中國文學研究論叢》。本文主要論述中國現代文學和本國文學傳統的關係，指出「茅盾的作品中也存在著對純美學因素的保留態度」，云：「茅盾的作品和《儒林外史》頗有近似之處。他也是以說故事的長篇小說形式，通過複雜的、系統的插曲，描寫了一定社會現實範圍內的廣闊畫面」；兩者「都是作家的深刻的感情的產物，是作家激於對自己所屬階級的義憤的產物」。「它們不是對事實無關痛癢的客觀記錄，而是以小說形式寫出的控訴書。」

　　捷克雅‧普實克發表《茅盾和郁達夫》，載美國印第安那大學出版社版《抒情詩和史詩》。本文通過對茅盾和郁達夫這兩位有代表性的作家的相同和相異之處的分析，論述了我國五四文學與現實鬥爭密切結合的特點。文章第一部分較全面獨到地論述了茅盾創作的五大特點：（1）時事性特點，「在全世界偉大作家的作品中，很少有人像茅盾那樣緊密地、經常地、直接聯繫著當代重要的政治經濟事件」；（2）客觀性特點，「力求將作家本人排除於敘述之外。在他的作品中，完全看不見故事和故事以外的什麼人有關連的跡象⋯⋯他在讀者與小說所描寫的事物之間排除一切中介，使讀者像一位目擊者，參與正在進行中的故事」；（3）複雜性特點，認為「茅盾沿著二十世紀的譴責文學已經開闢的道路，把中國文學的描寫提高到一個新的水平」；（4）悲劇感特點，「作品都是從人生的悲劇感出發，都把人生看做是在命運的碾盤磨碎」，「但茅盾所描寫的並不是個人或一個家庭的命運」，「描寫的總是大規模的集體，整個階級，甚至整個民族」；（5）文藝觀特色；認為「茅盾的作品作為一個結構整體往往給人以巨大壁畫的印象，似乎整個社會進程突然間冷凝靜止了」，「不是連續不斷地前進的影片」。還指出茅盾和自然主義的主要區別是：自然主義的方法是「歷時的」，而茅盾常用「共時的」方法。

　　捷克馬立安‧嘎利克發表《茅盾為現實主義和馬克思主義的文學理論而鬥爭》，載捷克布拉的斯拉發斯洛伐克科學院出版社版《中國現代文學批評的產生（1917～1930）》。（按：《中國現代文學批評的產生》是捷克的中國文學研究者馬立安‧嘎利克研究我國早期新文學批評的著作，

本文由華利榮譯自該書第八章，載中國文聯出版公司版《國外中國文學研究論叢》。認爲「茅盾是中國現代最傑出的文學批評家之一。從一九二〇年直至一九三〇年三月，他還是文學研究會權威的評論員。」本文著重探討了茅盾自一九二〇年到一九三〇年三月的文學批評活動。認爲其「注重哲學題材就勝過文學題材」；「也在列夫·托爾斯泰的著作中尋找哲學性」，指出「茅盾可能是中國第一個公開站出來反對創造社爲藝術而藝術的傾向的文學批評家。」一九二五年寫的《論無產階級藝術》是「茅盾對無產階級藝術和文學理論的最重要的貢獻」。這一年開始，「茅盾對所有先鋒派文學均採取比較嚴厲的批判態度，全心全意地歡呼無產階級文學所開創的現實主義第二紀元，並將之看作爲世界文學的偉大希望。」

日本發表「茅盾」條目，載日本株式會社小學館版《大日本百科事典》。條目認爲「茅盾，中國小說家」，說他「由於描繪在帝國主義壓迫下掙扎的上海的長篇小說《子夜》，確立了現實主義作家的風格，」「在中國現代文學史上佔著僅次於魯迅的重要地位」

法國米歇爾·魯阿發表《法文版〈茅盾短篇小說選〉序》，載法國衛城出版社版《茅盾短篇小說選》。本文認爲茅盾的小說《子夜》、「農村三部曲」和《林家舖子》等「從根本說，真正的主角不是某個人、某個家庭或某個村莊，而是震撼了千百萬中國人和全人類的那股力量，所有個人的命運無非是對這股力量的寫照而已。」因而論者認爲茅盾筆下被剝削被愚弄的人物，「很像是希臘悲劇中那些面對『不可知』與『不可免』的角色」，但與希臘悲劇不同的是：「蘊含著希望」。

捷克斯洛伐克馬立安·嘎利克的《茅盾與中國現代文學批評》，由捷克斯洛伐克布拉的斯拉發斯洛伐克科學院出版社出版。這本專著是論者的力作，他力圖沿著歷史的足跡，從茅盾的童年和青年時代敘述起，說明茅盾如何從自然主義者到現實主義者，最後成爲革命的無產階級文學家的。全書含：《茅盾所用的姓名及筆名》、《評茅盾的兩個作品集》、《從莊子到列寧：茅盾的思想發展》、《中國現代文學批評研究Ⅰ：茅盾在1919～1920》》、《中國現代文學批評研究Ⅱ：茅盾論作家形象和文學的作用》、《茅盾對現實主義和馬克思主義文藝理論的探索》等論文。

捷克斯洛伐克馬立安·嘎利克發表《茅盾對現實主義和馬克思主義文藝理論的探索》，載倫敦庫爾松出版社版《中國現代文學批評的起源》。

香港大學中文系黎活億等編《〈華商報〉中有關茅盾的資料》，由香港大學印行。

一九八一年（八十六歲）

一月

五日　作《致湖州中學》（書信），載《吳興報》一九八一年一月二十日。「母校建校八十週年擬成立校慶委員會並推我爲名譽主席一事，在情緒爲難推辭，惟在理則居之有愧耳。敢不拜嘉寵命。昔年校友，不知尙有健在者否？」

七日　發表《夢回瑣憶》（評論），載《文藝報》一九八一年一期。

八日　下午，作家峻青來訪。茅盾「正患著感冒，身上還發著燒」，陳小曼對峻青說：「爸爸的身體一向比較弱，去年上半年尤其明顯，胃口不好，消瘦，體重才 90 斤。四月至六月，住了兩個月醫院，身體情況好轉，胃口好了些，體重稍有些增加，精神也好了些。不過一些老年疾病不易徹底治癒。例如肺氣腫，老年性支氣管炎，冠狀動脈硬化，腸胃病等。腿部肌肉萎縮，行動不便，不能長時間坐著，因此一般社會活動很少參加」；還說：「他每天工作時間，三到五個小時不等。……除此之外，有時也要會見一些老朋友、外賓、華僑等等。偶爾也親自答覆個別重要的信件和一些推辭不了的短文。」峻青向茅盾講了創辦《文學報》的事。茅盾說：「中國還沒有一張專門性的文學報紙呢。這對活躍文藝理論和批評，推動和發展社會主義文學創作，很需要。」還提出了希望：「要辦得活潑，國內外的文學動態，作家情況，讀者是歡迎的。還有知識性、文學知識方面的文章，讀者也歡迎。尤其是青年讀者。不要忘了青年」。「評論文章不要太長，尤其不要扳起面孔也來進行那種空洞枯燥的說教。要生動、活潑，要有文學性，使人喜看。」最後欣然答應了爲《文學報》創刊寫幾句話，並給《文學報》寫一個刊頭。（峻青《筆有千鈞任歙張——茅盾同志談《文學報》》，載《文學報》1981 年 4 月 2 日）

十二日　作《歡迎〈文學報〉的創刊》（雜論），載《文學報》一九八一年四月二日。云：「我認爲《文學報》在我國文壇上是一個創舉」，《文學報》將是大眾的園地。在這園地中，百花齊放，同時也容許雜草滋長。《文學報》也將是個是百家爭鳴的園地。……可以把香花之所以香，分析得更深刻，理解得更全面。雜草也可以來個百家爭鳴。爭鳴之後，有些雜草或者會上昇爲花」。「而最後，《文學報》的副刊上還將有百花齊放式的文壇逸事、

藝囿珍聞等等。」

十五日　作《重印〈小說月報〉序》（序跋），載《人民日報》一九八一年四月十六日。文章回顧了《小說月報》的歷史。云辦了十一年，可以說：「『五四』以來的老一代著名作家，都與《小說月報》有過密切的關係……值得提到的是，巴金、老舍、丁玲的處女作都是在《小說月報》上首先發表的，我的第一篇小說《幻滅》也是登在《小說月報》上。十一年中，《小說月報》記錄我國老一代文學家艱辛跋涉的足跡，也成為老一代文學家在那黑暗的年代裡吮吸滋養的園地。」還特別提到，《小說月報》由於實行「兼收並蓄」的編輯方針，「觀點、風格各異的作品」均能發表，尤其讚賞了鄭振鐸的辛勤勞動和突出貢獻，而「自己，只是一個清道夫」。

十八日　抱病為原嘉興地區文藝刊物《南湖》題寫了刊名。（李廣德《茅盾與湖州關係概述》；又見王克文《茅盾同志二三事》，載 1981 年 4 月 7 日《浙江日報》）

二十日　作《歡迎中國通俗文藝》（評論），載《中國通俗文藝》一九八一年創刊號。指出「中國的通俗文學，源遠流長。最初是人民的口頭文學，後來寫成書面，則已或多或少加以潤色，然而尚不喪失真面目。統治階級利用此流行於民間之形式，作為愚弄人民的工具，此當別論。但文人因種種感觸而作之通俗文學，則尚多可取之篇章。這些作品，包括『五四』時代的通俗文藝作品，近來日趨亡佚，是可惜的」。認為《中國通俗文藝》之出版，對於「搜羅這些將亡佚的作品，以廣流傳，以借鑒；同時，也將廣為刊載新編的，反映現代可歌可泣的生活的通俗文藝作品，使這一來自民間、人民喜聞樂見的文藝奇花，重放光芒。我覺得這是一件很有意義的工作。」

同日　發表長篇小說《鍛煉》前三章，載《人民文學》。編者在文前加了按語。

同日　作《致戈寶權》（書信），載《新文學史料》一九八一年三期。云戈所提為北京市世界語協會成立大會寫幾句賀詞之事，此信由陳小曼代筆。

約二十一日　紀念魯迅誕辰一百週年紀念郵票設計者張克讓來訪，帶了兩幅紀念魯迅誕辰一百週年郵票設計圖稿，請茅盾對郵票圖稿提出寶貴意見，並給郵票題字。（張克讓《茅盾為魯迅紀念郵票題籤》，載《文學報》1981

年9月10日）

二十七日 茅盾「感到身體稍好，支持著爲魯迅郵票題了字」——「魯迅先生誕辰一百週年茅盾一九八一年九月」。（張克讓《茅盾爲魯迅紀念郵票題簽》）

二十九日 張克讓再訪並取字。韋韜一再轉達茅盾的意思：「紀念魯迅是大事，我當然要寫；不過字寫得不好，手不聽使喚，字的大小不勻。『年』字寫了兩個，讓你們選擇」，還說，用時一定要剪拼整齊。因爲魯迅誕辰是九月，郵票也將於九月發行，所以落款寫的是「一九八一年九月」。韋韜還告訴張克讓，去年入冬以後，茅公一直身體不好，氣喘，全身無力，經常住院。在家亦很少走出家門。元旦後病勢加強，每天要吸幾次氧氣。至於題字，去年入秋後，偶爾寫一、二張條幅，寫後就感到疲乏，需要躺在床上休息一會。入冬以來就根本不寫了。（張克讓《茅盾爲魯迅紀念郵票題簽》）

同月 爲家鄉正在興建中的電影院書寫了「烏鎮電影院。」這是爲故鄉題的最後幾個字。（《桐鄉文藝》1981年5月《悼念茅盾同志專輯》；沈涯夫、馬瑛瑛、朱顯文《唐代銀杏宛在——訪茅盾故鄉烏鎮》，載1918年4月12日《浙江日報》）

同月 作《致許德珩》（書信），載《光明日報》一九八一年四月三日。云在「北大」一同學之事，詢問之，以便寫回憶錄。許即覆信以答。

同月 出版《神話研究》，百花文藝出版社出版。（按：有1980年7月8日寫的序）

同月 健康狀況越來越差，腿極度乏力，有時雙手撐著桌面，全身顫抖著站不穩。哮喘病一發，更是虛弱。兒媳悉心照顧，無微不至，但茅盾「直到臨終住院後，打洗臉水、倒痰盂都是自己來」。（顧志成：《一代文學巨匠的瑣事——茅盾的故事》，載1984年3月29日《文學報》）

同月 畫家陳雨田曾三次來訪。第二次是下午來訪，茅盾於三點三十分以前，接待了一位外國客人。陳一面談話，一面畫像。畫像後，和陳雨田合影留念，還贈之一本新出版的《霜葉紅似二月花》，並寫詩留念。還有一次來訪中，茅盾談到柳亞子的詩「虎步龍行吾自許，雲台麟閣豈能妨」時，很欣賞。還在陳雨田畫的「雄雞」畫上題寫了「寧爲雞口」幾個字，對陳說：「準備用三年時間寫完《回憶錄》。（陳雨田《記我與茅盾最後一次見面》，載香港

《新晚報》1981 年 4 月 4 日；陳雨田《痛悼茅盾同志》，載《羊城晚報》1981年 4 月 11 日）

　　同月　為中國青年出版社出版的寓居海外青年女作家李黎的短篇小說集《西江月》題寫了篇名（丁玲為該小說集寫了序）。（31 日《人民日報》）

　　同月　《蝕》由法國貝爾納代特・魯伊和雅克・塔爾迪夫譯成法文，法國衛城出版社出版。（按：茅盾於 1979 年 8 月 30 日為該書寫了序）

　　當月

　　樂黛雲發表《〈蝕〉和〈子夜〉的比較分析》，載《文學評論》一九八一年一期（1 月 15 日出版）。本文運用比較文學的原則和方法，對茅盾的兩部主要作品作了深入獨到的分析。運用朱自清的評語，《蝕》是「經驗了人生寫的」，《子夜》是「為了寫而去經驗人生的」，從創作準備和創作意圖、材料來源和生活基礎、藝術結構和心理描寫，以及語言風格等方面，作了細緻的比較和分析。認為「《蝕》三部曲的確不是有意為之、苦心搜求的結果，它是由作者的生活經歷中自然湧現出來的」，而「《子夜》所寫的生活，不是作者所曾親身經歷的，而是通過『看』、『聽』、調查研究所得」；寫《蝕》的目的是以「一星光」「使大家猛省」，「強烈地表現著作者主觀的思想感情」，自然也「反映著作者的消極情緒」，《子夜》「有很明確的指導思想」，「作者總想告訴讀者一點什麼，總想表現一些『本質』的東西」；「三部曲雖然寫來自然流暢，但整個結構則比較粗疏鬆散」，《子夜》「是精心結構之作」，「使它所反映的生活矛盾像蛛網一樣密結交織在一起，共同向前發展」；《蝕》的心理描寫「比較單純」，「多半出自直抒」「或理想」，《子夜》則「是以多種方式融匯在交錯發展的多種矛盾之中，盡量做到故事即人物心理與精神能力所構成」，本文還考察了《子夜》和《蝕》的主要人物，認為「吳蓀甫這個形象，不是按照作者的主觀概念而是按照生活本身的邏輯來創造的」，「是一個從生活中湧現出來的活生生的形象」，「一個企業家的美學意象」，「一個失敗的英雄，一個主要不是由個人的失誤而是由歷史和社會條件所必然造成的悲劇的主人公」，「從他的敗亡，我們也看到了某些比較美好的事物被毀滅」這樣全新的觀點。

　　黃梓榮發表《試論農村三部曲〉中的農民形象》，載《上海師範大

學學報》一九八一年一期。作爲人物論，本書著分析了老通寶、阿多、阿四和四大娘以及荷花和六等形象。本文將魯迅筆下的人物與茅盾筆下的人物作了比較研究，著重探索了二者之間的共同性和差異性，指出魯迅筆下的「阿Q、閏土和祥林嫂，是封建制度下的沉默的被壓迫的靈魂，體現著魯迅先生強烈的打碎鐵屋子的願望」，但不能明確提出「療救的方法」，而茅盾筆下的老通寶、阿多、阿四們，則由於生活「在一個柴和烈火齊備的時代」，「新一代覺醒的農民正在成長」，作者已能提供療救的方法了，故而體現爲「豪壯、開朗、充滿自信的風格」。

馮日乾發表《含蓄的藝術，深摯的感情──〈風景談〉淺析》，載《延安大學學報》一九八一年一期。

丁帆發表《論茅盾早期的短篇小說》載《南京大學學報》一九八一年一期。

孫中田發表論文《茅盾與文學批評》，載《東北師大學報》一九八一年一期。

孫中田、張立國發表《茅盾的中學時代》，載《東北師大學報》一九八一年一期。

葉子銘發表《我國現代小說史上的第一個三部曲──〈蝕〉》，載《書林》一九八一年一期。

金芹發表《論茅盾的〈幻滅〉》，載《鄭州師專學報》一九八一年一期。

趙壁江發表《〈雷雨前〉的象徵藝術》，載江西師院《語文教學》一九八一年一期。

趙寧生發表《呼喊革命的詩篇──讀茅盾的〈雷雨前〉》，載《教研資料》一九八一年一期。

張日銑發表《『調朱弄粉』解》，載《寧波師專學報》一九八一年一期。

文振庭發表《新文學前期作家研究的範例──讀茅盾的六篇作家論札記》，載《武漢師院學報》一九八一年一期。

伊之美發表《兩點意見──有感於〈答魯迅研究年刊記者的訪問〉》，載《魯迅學刊》一九八一年一期。

金韻琴發表《茅盾的童年》，載《中小學語文教學》一九八一年一期。

孔乃茜發表《茅盾與文學青年》，載《中小學語文教學》一九八一年一期。

《人民文學》編者發表《鍛鍊》前三章，加按語云「作品構築宏偉，氣勢磅礴，文筆飄灑秀逸」，全書有「眞實、深刻而廣闊的描繪」。

本月

一日　由中國當代文學研究會主辦，百花文藝出版社出版的《作品與爭鳴》創刊。

二十二日　魯迅研究會主辦的學術性刊物《魯迅研究》創刊。

二十四日　中國電影評論學會在北京成立，會長爲鍾惦棐。

二十五日　最高人民法院特別法庭判決林彪、江青反革命集團主犯江青、張春橋死刑，緩期二年執行。

二月

一日　作外文版《〈茅盾選集〉序》（序跋），載《光明日報》一九八一年四月一日，現收《茅盾序跋集》。云寫序目的：「意在對國外讀者提供一點參考資料」，著重介紹了八部作品的寫作用意，如指出《蝕》，「是一九二七年大革命失敗之後，我從牯嶺回上海後寫的，這是我的第一篇小說」，「《蝕》，無論日蝕、月蝕，黑暗是暫時的，光明是常在的。我藉此以喻革命的失敗是暫時的，勝利是必然的。同時亦藉此自我表白；對於革命暫時失去的信心現在又恢復了。」「用《虹》作小說名，亦寓有革命形勢的好轉。《虹》就其內容來說，已沒有《幻滅》等三部曲的悲觀失望情緒，就其藝術性而言，也比三部曲高一些」，「《子夜》也是說明半封建半殖民地的中國的民族資產階級沒有任何出路的眞實記錄」；「《子夜》也是自然現象，象徵著黑暗既已到了極點，光明即將來臨。」「《腐蝕》是一本揭露國民黨特務活動的書，因此很少直接的生活經驗作爲基礎。也有一些……但主要的還是依賴第二手材料和想像。準備如此不足而貿然命筆，這在我是破天荒第一次。」「《清明前後》是我所寫的唯一劇本，……內容是當時暗遍重慶的黃金舞弊案。」「我寫的第一個短篇《創造》，當時我採用古典主義戲曲的『三一律』來寫這短篇……但小說的寓意是深長的，它企圖說明：被解放了的思想是束縛不住的，它將衝破一切阻攔，一往直前。不過我這企圖大概是失敗了……我才知道，短篇小說是最

難寫的。」

約春節 前作家趙明來訪，趙明向茅盾匯報了從去年十月開始到新疆伊犁、喀什、阿克蘇等地跑了二個月的見聞。茅盾非常有興味。（趙明《「峻坂鹽車我仍奮」──懷念茅盾老師》，載《新疆日報》1981 年 4 月 23 日）

四日 上午，作家沙汀、王士菁來訪。其時，茅盾正在臥室裡一張當窗的書桌上寫回憶錄。沙汀便把文聯、社會科學院、作協關於紀念魯迅誕辰一百週年大會的計劃大要，向茅盾說了，並請他準備爲大會致開幕詞。茅盾同意，並說可寫一個開幕詞，但需要請人代讀。沙汀又請他爲《魯迅研究》寫稿，他也答應了，並說三月下旬可交稿。（沙汀《沉痛的悼念》，載 1981 年 4 月 3 日《光明日報》）。

同日 廖沫沙來訪。交談約一小時，廖沫沙後來有詩云：「分明猶憶語叮嚀」。茅盾將《脫險雜記》相贈，並題字於扉頁。（廖沫沙《最後的拜謁──悼念沈老》，載《中國青年報》1981 年 4 月 23 日）

同日 作《致碧野》（書信），載《光明日報》一九八六年六月四日。

約上旬 審閱北師大中文系教師李岫的長篇論文《文學巨匠──茅盾的成功之路》，「並訂正了其中的一些史實」。（李岫《文學巨匠──茅盾的成功之路》，載《晉陽學刊》1981 年 4 期、6 期）

八日 作《致北京電影製片廠汪洋、水華》（書信），載《電影創作》一九八一年五期，收入浙江文藝出版社版《茅盾書簡》。云長篇小說《鍛煉》的寫作計劃。

同日 贈陳荒煤四川人民出版社版《霜葉紅似二月花》，和百花文藝出版社版《世界名著雜談》。各一本，並有親筆簽名。（荒煤《從一件小事想到的──懷念茅盾同志》，載《大地》1981 年 3 期）

約月初 在寓所會見天津人民美術出版社畫家滕大千，請茅盾爲天津美術出版社準備出版的「中國故宮藏畫掛曆」題字。茅盾答應，並說明不要稿費。遂在春節期間寫成：「中國故宮藏畫 茅盾題 一九八二年。」（滕大千《一幅珍貴的題字》，載 1981 年 4 月 1 日《天津日報》。

十三日 上午，在寓所會見上海電影製片廠《子夜》攝製組編導桑弧、演員李仁堂和攝影師傅敬恭、邱以仁一行五人，「茅盾同志面容消瘦，但精神很好，特地穿了一身很整齊的衣服，由家人攙扶著走出臥室」；「攝影師在書

房裡拍攝了揮筆題片名的鏡頭，接著他和我們坐在一起交談，攝影師及時拍攝了作家和編導、演員會晤的歷史性鏡頭。茅盾同志還高興地同我們合影留念。」席間，李仁堂說，自己一九三〇年剛出生，對證券交易所和資本家生活很陌生。茅盾認爲他演這個角色很合適，說；「你在《淚痕》中演好了縣委書記，得到第三屆『百花獎』的最佳男演員獎；不久前又在《元帥之死》中演賀老總，也演得很好；相信你演民族資本家吳蓀甫，也一定能演得好。」稍後，又爲影片題寫片名「子夜」二字，「老人的手也抖得很厲害」，「認眞地連寫了四五幅」，「在試拍鏡頭時，每拍定一個鏡頭也總要休息半晌」。（李仁堂《我與沈老的一面之緣》，載 1981 年 4 月 4 日《工人日報》；李仁堂《竟是永別的一次會見》，載《電影創作》1981 年 5 期）

十五日　作《致趙清閣》（書信），載百花文藝出版社版《茅盾書信集》。告之「春節時有少數友好枉顧」。談到身體，認爲「支氣管炎及肺氣腫患者過多不易。我極少出門，幸尚無恙。近有低燒，曾到醫院拍了肺部照片，幸無事。五六年前，我曾患肺炎，至今猶談虎色變也。」

同月　作《致王亞平》（書信），載《鴨綠江》一九八一年七期，收入文化藝術出版社版《茅盾書信集》。祝賀其「二十餘年之案，今始落實政策」，認爲這是「黨中央之英明，眞乃如陽光普照，感沐光輝」。

同日　作《致臧克家》（書信），載《北京晚報》一九八一年四月五日，收入文化藝術出版社版《茅盾書信集》。云：「賤軀尙託福，惟手抖，此則近來新增之小小不愉快也。」

十六日　作《致胡叔仁》（書信），載香港《大公報》一九八一年四月十五日。（按：胡叔仁是美國讀者，曾有信詢及茅盾的創作和回憶錄寫作）云「農曆春節，大札適到，乃因瑣事繁忙，遲覆爲歉，」著重談及撰寫回憶錄之甘苦，「今日仍因寫回憶錄而查閱刊物之曾登載拙作者。人到老年，對童年及少年時之事，尚能記憶，但中年時所作所爲，反到模糊，此因未有日記及未嘗見之筆墨之故。老而好弄，毋乃自擾。」

十八日　上午，茅盾「雖然感到渾身無力，精神不佳，氣喘日益厲害，但是又寫了一段關於《虹》的回憶錄。」（按：這是他最後寫的回憶錄，回頭補寫了當年寫完《虹》之後曾擬寫長篇《霞》的情況，主要是依據當年把《虹》

的原稿寄給《小說月報》主編鄭振鐸時附的一信，追憶《虹》的命意及《霞》的創作構思）。認為《虹》中的主人公梅女士「是我第一次寫人物性格有發展」，指出「長篇小說《虹》的意義是積極的，主人公經過許多曲折，終於走上革命的道路，所以，這裡的《虹》取了希臘神話中墨耳庫里架虹橋從冥國索回春之女神的意義」；在《虹》之後，準備寫《霞》，認「《霞》將是《虹》的姊妹篇」，「是寫梅女士思想轉變的過程及其終於完成」，還說「霞有朝霞，繼朝霞而來的將是陽光燦爛，亦即梅女士通過了上述各種考驗。有晚霞，繼晚霞而來的，將是黃昏和黑夜，此在梅女士則為通過那些考驗，也即是她的思想改造似是而非，仍是『幻美』而已」；然當時雖曾有此規模宏大的《虹》與《霞》的寫作計劃，但因人事變遷，終未寫成。又指出《虹》中「主要人物」，亦有所指。「惠師長，暗指楊森」，「梅女士」，部分原型為「當時中央軍事學校武漢分校女生隊中一個姓胡的」，「此女士名中有一個蘭字，此即梅女士之所以成為姓梅。」（《新文學史料》1981 年第 2 期）補寫完這段文字，「韋韜見他臉色不好，勸他住院檢查。最初他不同意，認為沒有什麼。」（周而復《在病危的時候——悼念茅盾同志》，載《收穫》1981 年 3 期）

十九日　有低燒，在家裡休息了一天。韋韜、陳小曼一再勸說他去住院檢查。他仍不同意。

二十日　精神更不好，在家人的一再勸說下，才說：「看來我得住院了。」進醫院前，還答應葉子銘「出院後為以群同志的文藝論文集題字」。（葉子銘《緬懷·追憶·建議》）住進了北京醫院一一九號病房治療。「大夫檢查，他的身體比過去更差了。他躺在床上好一些，一動，上廁所，吃飯，便氣喘不已。等氣喘好一些，便要陳小曼同志讀參考消息和一些文件，即使在重病中他依舊關心國家大事。」（周而復《在病危的時候——悼念茅盾同志》）

二十二日　早晨，作家羅蓀、周而復來醫院看望。輸氧後，茅盾對他們說：「還是老毛病：肺氣腫，經常氣喘，缺氧，每隔一刻鐘，大夫給我吸氧一次。不過，這次發現腎臟有變化，老是低燒，三十七度多一點……」還說：「等低燒一退，我就可以出院，繼續寫回憶錄了。」他們勸他：「寫回憶錄當然很重要，可是要先把病治好，等低燒退了，在醫院裡休息休息再回去。」茅盾說：「低燒退了，就沒事了，可以回去寫作了。不寫完回憶錄，對我精神上是個負擔。」（周而復《在病危的時候——悼念茅盾同志》）

　　同日　發表回憶錄（十）《創作生涯的開始》，載《新文學史料》一九八一年一期。本文追憶了自己從一九二七年八月中旬從牯嶺回上海後，直至一九二八年七月初創作《蝕》三部曲的經過和《創造》的動機。一九二七年大革命失敗後，茅盾從牯嶺回到上海，爲了躲避國民黨反動政府的追補，「隱藏在我家（景雲里 19 號半）的三樓上，足不出門，整整十個月。」在此期間，爲了「維持生活」「只好重新拿起筆來，賣文爲生」，「在德沚的病塌旁寫我的第一部小說《幻滅》」，「從八月下旬動手，用了四個星期寫完」，承認自己「提倡過自然主義，但當我寫第一部小說時，用的卻是現實主義」，云「我是經驗了人生才來做小說的，而不是爲了說明什麼才來做小說的」，將這部小說初稿交給《小說月報》代主編葉聖陶時，「隨手寫了個筆名矛盾」，後爲了不「引起注意」，由葉在「矛」上加個草頭。《幻滅》發表後，應葉之約先後寫了《王魯彥論》、《魯迅論》。寫了《動搖》「用一個半月時間方始定稿」；此外，我還寫了第一個短篇小說《創造》，「是完全『有意爲之』」，「在《創造》中沒有悲觀色彩。」從一九二八年四月開始寫《追求》，「到六月份寫完」，原先想寫一群青年知識分子幻滅和動搖後，「重新點燃希望的火炬，去追求光明，可是寫下來卻成了「書中的人物個個都在追求，然而都失敗了」。七月初由陳望道幫助「悄悄離家，直赴開往神戶的一條日本輪船」，本書還憶及十月八日魯迅搬來景雲里住後，第二天即由周建人陪來晤談之事，「大家感慨頗多」；還云及自己的組織關係問題，認爲「自從我到了日本以後，就與黨組織失去了聯繫，而且以後黨組織也沒有再來同我聯繫。我猜想，大概我寫了《從牯嶺到東京》之後，有些人認爲我是投降資產階級了，所以不再來找我」，並補述，一九三一年「瞿秋白在我家中避難時」，「表示希望能恢復組織生活」，秋白後來告之，「上級組織沒有答覆，而他自己正受王明路線的排擠，也無能爲力。他勸我安心從事創作，並舉了魯迅的例子。」

　　二十三日　同韋韜、陳小曼轉述茅盾話意答莊鍾慶，云：「沈老於一九二〇年十月參加上海共產黨小組。共產主義小組、馬克思主義小組，都是過去各種稱謂，現在統一稱爲『上海共產黨小組』，一九二〇年十月這時間是最後確定的。」（莊鍾慶《永不消失的懷念》，載《新文學史料》1981 年 3 期）

　　同日　下午，作家趙清閣與棣華到醫院探望。茅盾說重版的舊作《世界文學名著雜談》「那是我從前爲著糊口賺稿費寫的，不成東西。不過，我也是想給年青人一點幫助。」（趙清閣《春蠶絲方盡》，載《人民日報》1981 年 6 月 5 日）

二十六日　在醫院會見從香港來訪的茅盾研究專家萬樹玉。萬帶來三本書：香港時代圖書有限公司剛出版的茅盾的長篇《鍛煉》，「三聯」出版的蔡東藩的《中國歷代通俗演義》和《後漢通俗演義》。茅盾說，「蔡東藩是清朝舉人。他寫演義，對當時歷史上有爭論的問題有自己的選擇，很有見解。」又談到舊居時記：「舊居的三間平房是一九三二年以後翻修的。『一‧二八』事變後我回故鄉的那一次還沒有翻修，那次我回去還是住的老屋。後來翻修好後，我每次回去就住平房。每次都只是平房裡翻看書，沒有寫過東西。」再談到院子裡的花木，茅盾說，「除南天竹外，其他都不是當時有的。當時除南天竹外，還有一株桃樹、兩株李樹。」（萬說現在院子裡「有南天竹、棕桐樹、葡萄樹和冬青樹」）最後茅盾說，曾從上海買一部「線裝的二十四史，存放在烏鎮新修的平房」，抗戰時，家人藏進夾牆裡，受潮腐損了（萬樹玉《和茅盾先生的一次見面》，載一九八一年四月二十六日《北京晚報》）

同月　為上海《文學報》題寫刊頭，手跡載《文學報》一九八一年四月二日。

同月　出版《茅盾文藝評論集》（上、下冊），文化藝術出版社出版。

同月　桐鄉縣博物館來整理各地送來的「文化革命」中破「四舊」時留下的舊書堆時，發現了兩本茅盾在一九〇八年秋季到一九〇九年的作文手稿，封面印有「文課」字樣及「己酉年」記。封面、扉頁、封座上蓋有八、九枚刻著：沈德鴻、德鴻、雁賓」等姓名的朱紅印章。係用毛邊紙線裝訂製，長240毫米，寬145毫米。兩冊作文共有三十七篇，一萬六千多字，其中史論十七篇，時論六篇，思想修養論五篇，策論兩篇，文字訓釋一組六則，散文一篇。已由浙江文藝出版社出版。（《茅盾同志青少年時期文稿在桐鄉發現》，載《新文學史料》1982年第一期）

當月

林煥平發表《重視對茅盾業績的研究——〈黎明時期的文學——中國現實主義作家茅盾〉譯後記》，載《大地》一九八一年二期。作者認為「茅盾是五四運動以來我國現代文學的偉大作家之一，是五四新文化運動的先驅者之一，也是我國新民主主義革命運動的先驅者之一」，還提出，茅盾的文學生涯不是從一九二七年秋季中篇《幻滅》開始的，而是從一九一六年開始的。論文評價了松井博光的專著《黎明時期的文學》，

認爲是「日本研究茅盾的第一部專著」。

沈基宇發表《茅盾與電影》,載《劇本園地》一九八一年二期。

唐謂濱發表《霧都三訪茅盾同志》,載《史料選編》一九八一年一期。

金韻琴發表《茅盾的童年——作文比賽及其他》,載《中小學語文教學》一九八一年二期。

本月

九日至十六日　由弗朗索瓦・密特朗率領的法國社會黨政治代表團應邀來我國進行訪問。

二十二日　新版《魯迅全集》由人民文學出版社出版。

三月

一日　在醫院會見原生活書店總經理張仲實,「那天他的精神很不錯,一看見我便熱情招呼,我怕打擾他久了不好,說了十分多鐘的話便要告辭,他竟然還撐著身子要下床來送。」(張仲實《難忘的往事——與茅盾同志輾轉新疆的前前後後》,載《人民日報》1981 年 5 月 16 日)

約月初　在病房會見法國研究中國文學的于儒伯先生。于伯儒轉達巴黎第三大學準備授予茅盾名譽博士學位的消息,茅盾和他談得有條有理。他說,他感到榮幸,但是因爲健康關係不能親自到巴黎接受這個學位了,表示歉意。他讚揚法國文學在世界文學中的重要的地位,而中法文學界和人民之間的友誼有悠久的歷史,衷心希望中國和法國文化交流與友好關係不斷發展下去……」(周而復《在病危的時候——悼念茅盾同志》)

四日　下午,在病室會見由林煥平教授、文研所張健勇等陪同前來的日本東京都大學松井博光教授。茅盾微笑著向大家招手、握手。林煥平告訴他,松井博光三月二十日就到了北京,今天看望你來了。茅盾說:「謝謝!」林又說,松井先生來北京,時間四十天,一爲看望您,二爲進一步搜集研究資料。茅盾說:「日本資料已經很多啦!」「我在《新疆日報》上發表的一篇講演稿,我自己都沒有,日本出版的《茅盾評論集》倒收入了!」林說:「那就是松井先生編的呀!」還說松井的專著《黎明時期的文學——中國現實主義作家茅盾》已經譯完,交給出版社了。茅盾說;「您譯得真快呀。」松井說:「茅盾先生,衷心祝願您迅速恢復健康,再到日本觀光遊覽和講學。」

茅盾說：「我年紀大了，到國外去旅行，已為健康所不許可了。」然後送他一本親筆題簽的《茅盾論創作》，說：「這是最近出版的書，請您指正。」松井說；「謝謝。」並從書包裡拿出一篇影印的文章《茅盾訪問記》送到茅盾的手裡。（林煥平《最後一次的會見——沉痛哀悼茅盾同志逝世》，載《桂林日報》1981 年 4 月 8 日、9 日；記者朱述新《茅盾最後會見的一位外國朋友》，載 1981 年 4 月 12 日《北京晚報》）

約上旬　會見作家陽翰笙。還沒交談幾句，茅盾突然問起一九二六年北伐軍打到漢口時的事來，特別問到當時《民國日報》的主編陳啓修的情況，和他的另一個名字陳豹隱，都是為了更準確地寫好回憶錄。（陽翰笙《時過子夜燈猶明——憶茅盾同志》，載《人民日報》1981 年 6 月 13 日）

約月初　會見郁風（按：係郁達夫之女）。告訴茅盾她要到上海去幫助電影《子夜》攝製組作點工作。茅盾聽了臉上流露出欣慰的笑容。（桑弧《拍好〈子夜〉，寄託哀思》，載《文匯報》1981 年 4 月 1 日）

約十日左右　茅盾病情加重。北京醫院除了由內科劉梓榮和裕東法大夫診治外，又請了院外專家吳階平大夫等來會診，發現他心肺功能衰竭，呼吸急促，一分鐘四十多次，心率一百二十以上，稍為動一下，呼吸更快，口唇發紫，汗出不止；腎臟功能也衰竭，尿中有兩個到三個「＋」號蛋白，血液裡的尿素氮增加到三十七毫克，經過 X 光和超聲波檢查還發現胸水和腹水。（周而復《在病危的時候——悼念茅盾同志》）

十四日　作《致中共中央》（書信），署名沈雁冰。載《人民日報》一九八一年四月一日，收入百花文藝出版社版《茅盾書信集》。（按：這天茅盾精神好了一些，又和韋韜談起回憶錄的寫作出版問題。）茅盾對自己加重的病情「十分敏感」，他很清醒，知道回憶錄是寫不完了，就提起蘊藏在心裡的入黨和捐款設立文藝獎金兩件事，他要韋韜代他寫兩封信，一封致黨中央，要求恢復黨籍，一封致中國作家協會，以存款二十五萬元作為獎勵小說創作的基金。經再三勸阻，他同意坐在床頭口述，由韋韜筆錄。韋韜寫好信後，茅盾看了，用顫抖的手莊嚴地簽上自己的名字，低聲對韋韜講：「等將來再送。」「也許我可以重寫……」（徐民和、胡穎〈巨匠的遺願〉）信云：「耀邦同志暨中共中央親愛的同志們，我自知病將不起，在這最後的時刻，我的心向著你們。為了共產主義的理想我追求和奮鬥了一生，我請求中央在我死

後，以黨員的標準嚴格審查我一生的所作所爲，功過是非。如蒙追認爲光榮的中國共產黨員，這將是我一生的最大榮耀！」信末簽署「沈雁冰」和「一九八一年三月十四日」。

同日　作《致中國作家協會書記處》（書信），載《人民日報》一九八一年四月一日，收入百花文藝出版社版《茅盾書信集》。云捐款設文藝獎金事，「親愛的同志們，爲了繁榮長篇小說的創作，我將我的稿費二十五萬元捐獻給作協，作爲設立一個長篇小說文藝獎金的基金，以獎勵每年最優秀的長篇小說。我自知病將不起，我衷心的祝願我國社會主義文學事業繁榮昌盛！」署名茅盾。

同日　半夜，開始住院後的第一次昏迷。（陳培源《『我的心向著你們』——記中國現代文學巨匠沈雁冰一生的最後時刻》，載《文匯報》1981 年 4 月 8 日）

十九日　陽翰笙因要率領中國文化代表團訪問日本，前來辭行。茅盾知道陽要去日本訪問時，從床上伸出手來，緊緊握著陽的手說：你身體不好，怎麼能去日本呀！不要去，不要去！陽說，不要緊，很快就回來，請他放心。茅盾還一再囑咐他留意。然後茅盾又說起他的回憶錄來，說：「我的病有點麻煩，我總希望好轉一點，能把回憶錄寫好。」（陽翰笙《時過子夜燈猶明——憶茅盾同志》）

二十日　經醫院精心治療，病情有點好轉。「他又一次興奮，自言自語，講一些不連貫的話：『……總理的病怎樣了？……好一些了吧……他的身體很好……』『姐姐，嗔……她的手術沒搞好……』『——作家……他是誰……他是誰……告訴他……我不能見了……』『——那牆上寫的什麼？……一張紙上……很多字……』」。陳小曼告訴他牆上什麼字也沒有寫，他恍然大悟說：「是我的幻覺。」「在大家的一再勸說下，才閉上眼睛安靜地休息了。」（周而復《在病危的時候——悼念茅盾同志》）

二十二日　胡耀邦同志來醫院看望他，帶來了黨的關切和慰問，祝願他能早日恢復健康，彭眞、周揚同志也來探望。（陳培源《我的心向著你們——記中國現代文學巨匠沈雁冰一生的最後時刻》；新華社北京三月二十七日電；《以魯迅爲代表的中國現代文學巨匠之一——沈雁冰同志逝世》，載 1981 年 3 月 28 日《文匯報》）

　　同日　作家趙明到醫院探望。趙明看到茅盾「正躺在床上點滴輸液，面色非常好，神智也非常清醒，飲食一如過去，體溫不怎麼高，血壓也較正常，只是痰多，肚子有發脹，不能離開氧氣。」交談中，茅盾「也非常自信，預計四月天氣轉暖，冷熱不再反覆時出院，到九月後天冷前把正寫到一九三三年的回憶錄抓緊寫完，然後轉搞創作。他想把《霜葉紅似二月花》繼續寫下去，由五四運動一直寫到大革命，把《鍛煉》繼續寫下去，由上海撤退，一直寫到抗戰完了，把人物撒向全國。」（趙明《「峻坂鹽車我仍奮」——懷念茅盾老師》）

　　同日　「昏迷了好一陣，夜裡才醒過來。」（羅蓀《在最後的日子裡》，載《人民文學》1981 年 5 期）

　　二十三日　上午，作家羅蓀來探望。那天茅盾精神很好，羅蓀看著他吃了午飯，他拉著羅蓀的手，叫著羅蓀的名字，「坐下來，坐下來，我們再聊聊。」接著對羅講了兩件事，一件是一九三八年春天到武漢去辦理《文藝陣地》的登記，事畢後就趕往廣州。但到廣州後發現印刷條件很差，只好又把編好的稿子送到香港去排印。幾個月之後，廣州淪陷，又把《文藝陣地》移到上海去出版。第二件事，講他一九四〇年如何從新疆軍閥盛世才的魔掌中逃出來的。還講到張仲實、趙丹的事情。他是由在新疆的蘇聯總領事館幫忙，搭乘總領館每月往返蘭州的飛機，才逃出虎口的。講得生動、真切、細緻。還惦念著他沒有完成的回憶錄。（羅蓀《在最後的日子裡——悼念茅盾同志》）

　　同日　下午，趙清閣與棣華從上海到醫院探望。她們看到，茅盾「雖然更清瘦了，但精神很好，兩眼炯炯有光，神智十分清醒，不像病情危殆的樣子」，護理人員也說「這兩天比較穩定」。茅盾看到她們「也很高興，卻又有點意外」，因為沒有先通知他。關於回憶錄，他喘著說：「寫得太慢，三十年代才開始寫。眼睛不行了，還總是鬧病！」趙連忙勸慰他安心養病要緊，等健康恢復再寫不遲。他喟然嘆了口氣。（趙清閣《春蠶絲未盡》，載《人民日報》1981 年 6 月 5 日）

　　約二十四日　茅盾躺在病床上不斷揪被子，在尋找什麼重要的東西，揪來揪去沒揪到什麼，十分焦急，嘴裡嘀咕著：稿紙……稿紙……；他不斷用兩隻手朝眼睛上比劃，一次又一次要戴上眼鏡；他的右手向上衣左上邊的口袋裡去掏什麼；他頭上流下晶瑩的汗珠，非常著急地自言自言：筆……鋼

筆……筆呢？他還屈著手指數數，老是數二、三、四和五、六、七、八、九。嘴裡反覆嘀咕地說：四月差不多了……可以出院……又能拿筆了……五月……七月……八月，九月……九月寫完……一定寫完……陳小曼聽懂了，親切地安慰說：「四月可以出院了，九月寫完回憶錄，爸爸可以到南方休養休養。」他說：「寫完……回憶錄……這回一定到……南方……休養……再寫……」（周而復《在病危的時候》）

二十五日　下午，羅蓀來探望，茅盾一直處在昏迷狀態中。（羅蓀《在最後的日子裡》）

二十六日　上午，作家曹禺來探望。茅盾，正昏睡著。韋韜告訴曹禺，醫生說似乎有好轉，或有延長一段時間的可能。茅盾醒來，一見曹禺，用微弱的聲音喚：「曹禺……」，其他話，曹禺實在聽不清，只有最後兩個字「謝謝」聽出了。「我看看他那蒼白清癯的面容，慢慢又闔上了眼。」曹禺告訴韋韜，我是在茅盾先生薰陶下的後輩，我來探望先生，同時也代表多少人想來而沒有能來的。先生精神好點時，請一定告訴他。告別時，茅盾又慢慢地沉睡了。（曹禺「我的心向著你們」——悼茅盾同志》，載《中國青年報》1981 年 4 月 16 日）

同日　上午，趙清閣來探望。趙覺得茅盾病情惡化，但神智依然是清醒的，他招呼趙卻無力講話，他喘得屬害了，呼吸困難，趙勸他安靜、耐心接受治療，他卻搖搖頭連聲說：「沒辦法、沒辦法！」（趙清閣《春蠶絲未盡》）

同日　下午，周而復來探望。茅盾神智清醒，還像往常一樣健談，不過速度慢，聲音低。周握著他的手，問他這兩天感覺怎麼樣？他微微一笑，很有信心說：「這兩天感到好些，體溫降到三十七度多一點，想來炎症也消了許多，不大能活動，一動，就氣喘，睡眠倒不錯，只是胃口不大好。周勸他吃點水果開胃，增加營養。還建議他吃些富有營養又易於吸收的飯菜。他點頭表示接受建議，再三謝謝。他「還像往常一樣健談，不過速度慢，聲音低，可是精神很好」。「誰能想到就在我去看他的那天晚上十點四十分，茅盾的病情突然惡化了，大夫們連夜搶救終於無效，二十七日凌晨五點五十五分」逝世。（周而復《永不殞落的巨星——痛悼茅盾同志》，載 1981 年 4 月 12 日《光明日報》）

同日　晚上十點四十分，病情突然惡化。血壓猛地降到五十；一分鐘只有幾次呼吸，幾乎停止了呼吸。醫院進行了緊急搶救，採取了各種方案，但血壓回升不到滿意的程度，呼吸更加急促，有時停頓，紫紺，缺氧明顯，四

肢開始發涼。

二十七日　清晨五點五十五分，茅盾在醫院逝世，終年八十五歲。

同日　早晨八點剛過，周揚在醫院收到了讓他代轉黨中央的「遺信」（即三月十四日致中共中央的信）。（陳培源《「我的心向著你們」》）

二十九日　發表遺作《茅盾譯文選》（序跋），載《文匯報》。

三十日　下午，陳雲、陸定一，和周揚、夏衍等到北京醫院向沈雁冰遺體告別。（《人民日報》4月11日）

同日　發表遺作《八十自述》（舊體詩），載《人民日報》，（按：詩作於1976年7月4日）

同日　《人民日報》發表新華社訊：我國著名作家沈雁冰（茅盾）在他病危的時候，決定將自己積存的二十五萬元稿費捐獻給中國作家協會，作為設立一項長篇文學獎金的基金，用來獎勵每年全國最優秀的長篇小說。還引他三月十四日致中國作家協會的信，云：「我衷心地祝願我國社會主義文學事業繁榮昌盛。」

三十一日　中共中央作出決定，恢復他的中國共產黨黨籍，黨齡從一九二一年算起。決定全文如下：我國偉大的革命作家沈雁冰（茅盾）同志，青年時代就接受馬克思主義，一九二一就在上海先後參加共產主義小組和中國共產黨，是黨的最早的一批黨員之一。一九二八年以後，他同黨雖失去了組織上的關係，仍然一直在黨的領導下從事革命的文化工作，為中國人民的解放和社會主義事業奮鬥一生，在中國現代文學運動中作出了卓越貢獻。他臨終以前懇切地向黨提出，要求在他逝世後追認他為光榮的中國共產黨黨員。中央根據沈雁冰同志的請求和他一生的表現，決定恢復他的中國共產黨黨籍，黨齡從一九二一年算起。（《人民日報》4月1日）

當月

丁爾綱發表《論茅盾小說的典型提煉》，載《中國現代文學研究叢刊》一九八一年第一輯。認為茅盾典型化的經驗即「取精用宏」，並具體從情節、人物和環境三個方面作了詳盡細緻的論述，最後還指出其形成的原因。從而使茅盾小說創作的典型化經驗提高到理性的高度，理論化、系統化了。

二十六日晚　希臘作家安東尼斯·薩馬拉基斯致茅盾信，載《人民日報》一九八三年三月二十六日。云：「親愛的朋友茅盾，每次提筆給你

寫信，我都感到極大的喜悦，好似我已認識你很久很久，好似我們是童稚時代的朋友。我眞心地遺憾爲什麼我們彼此相隔如此遙遠？我強烈地希望來到你身邊，緊握你的雙手，向你敞開我的心扉。」

臺灣老作家蘇雪林發表《關於茅盾》，載臺灣《聯合報》三月二十八日。文章高度評價了茅盾的小説創作，認爲它表現了「現代中國的危機，和整個民族的痛苦」，具有鮮明的時代特色。

葉聖陶發表悼詩《賦別四絕挽雁冰兄》，載《人民日報》三十一日。詩云：「幾回暫別重相見，今日何甚永別悲。往事如塵難悉憶，第言賦別寄哀思。」

蕭三發表悼詩《痛悼茅盾同志》，載《人民日報》三十一日。尊稱茅盾爲「一代文學巨人」。

郭紹虞發表《沉痛悼念雁冰兄》。載一九八一年三月二十九日《文匯報》。詩云：「一代文星照乾坤，開來繼往貫千春，閒揮巨筆隨心寫，『回憶』亦成絕世文。」

草明發表《痛悼茅盾同志》，載《北京日報》三十一日。

樓適夷發表《最後的一面——悼茅盾》，載《北京晚報》三十一日。

關沫南發表《悼念茅盾》，載《黑龍江日報》三月三十一日。

鍾桂松發表《一個作家的母親》，載《文匯報》八日。

日本竹内好發表《茅盾〈腐蝕〉／《現代中國文學全集・茅盾編》後記／《世界文學全集・魯迅・茅盾》解説／茅盾《子夜》解説／《現代中國文學・茅盾《解題》，這些文章收編進《竹内好全集3卷》於三月出版。

本月

二十四日　一九八○年全國優秀短篇小説評選發獎大會在北京進行，《西線軼事》、《鄉場上》、《陳奐生上城》、《小敗世家》、《月食》等三十篇作品獲獎。

《文學報》在上海創刊。

四月

一日　發表《致中共中央》（書信），載《人民日報》。（按：即3月14日信）

同日　發表題爲《沈雁冰──中國現代文學巨匠》的六幅照片，載《人民日報》。六幅照片是：一九二一年，茅盾、張聞天和沈澤民在上海；一九四〇年，茅盾在延安魯迅藝術學院講課；一九四六年初，茅盾和郭沫若、洪深、葉聖陶等著名作家在上海；一九四六年十月，茅盾和許廣平在上海魯迅先生墓碑前留影；一九四九年，茅盾出席了第一次文代會，並當選爲全國文聯副主席，中國文學工作者協會（後改名爲作家協會）主席；一九五七年，茅盾在北京勞動人民文化宮「書市」與讀者見面。

二日　發表遺作《歡迎〈文學報〉的創刊》（雜論），載《文學報》。

三日　發表回憶錄《創作生涯的開始》，載《人民日報》。（按：本文係轉載《新文學史料》1981 年 1 期發表的同題回憶錄，作於 1980 年 7 月 12 日）

六日　發表遺作《張聞天早期文學作品選》序，（序跋），載《人民日報》。（按：此序作於 1980 年 5 月 29 日，《張聞天早期文學作品選》，由淮陰師範專科學校程中原等編選，人民文學出版社出版。）

八日　《人民日報》公佈沈雁冰治喪委員會名單，由華國鋒、葉劍英、鄧小平、李先念、陳雲、宋慶齡、彭眞、鄧穎超、胡耀邦、趙紫陽、王震、韋國清、烏蘭夫、方毅、耿飈、彭沖、萬里、王任重、宋任窮、胡喬木、廖承志、許德珩、胡厥文、朱蘊山、史良、習仲勛、楊尚昆、班禪額爾德尼、黃華、劉瀾濤、陸定一、李維漢、康克清、季方、王首道、帕巴拉·格列朗杰、周建人、莊希泉、胡子昂、榮毅仁、胡愈之、王崑崙、何長工、蕭克、程子華、楊秀峰、沙千里、包爾漢、周培源、錢昌照、黃鎮、朱穆之、周揚、巴金、周巍峙、夏衍、成仿吾、王炳南、傅鍾、陽翰笙、葉聖陶、林默涵、賀敬之、曹靖華、謝冰心、丁玲、艾青、劉白羽、沙汀、張光年、曹禺、蕭三、馮至、馮乃超、劉寧一等七十五人組成。

十日　華國鋒、鄧小平、李先念、鄧穎超、胡耀邦、趙紫陽等同志和首都各界人士約二千人前往北京醫院向沈雁冰同志的遺體告別。

從上午八時半到十一時半，下午三時半到四時半，黨和國家領導人，沈雁冰治喪委員會在京成員，部分全國人大常委會委員，全國政協黨務委員和委員，中央和國家機關各部門、各人民團體、和北京市有關單位負責人，文學藝術界代表及沈雁冰生前友好，懷著沉痛心情，緩步走到沈雁冰同志遺體前靜默致哀，向沈雁冰同志的家屬表示深切慰問。（《人民日報》11 日）

同日　由曹春生等美術工作者爲茅盾同志的遺容翻製了面模，爲他的右手翻製了模型，以期他的容顏能永遠留下來供我們和後人瞻仰。（曹春星《歷史的需要》，載《文藝報》1981 年 13 期）

告別儀式後，沈雁冰同志的遺體由周培源、張執一、趙振清、林默涵、彭友今等同志護送去八寶山火化。（《人民日報》11 日）

十一日　發表遺詩《題高莽爲我所畫像》（舊體詩），載《人民日報》。

同日　下午，在人民大會堂大廳隆重舉行沈雁冰（茅盾）同志追悼會。莊嚴肅穆的追悼會會場裡，懸掛著沈雁冰同志的遺像，安放著沈雁冰同志的骨灰盒，骨灰盒上蓋著中國共產黨黨旗。中國共產黨中央委員會、全人民代表大會黨務委員會、國務院、政協全國委員會送了花圈。華國鋒、鄧小平、李先念、彭眞、鄧穎超、胡耀邦、趙紫陽等黨和國家領導人參加了追悼會，並送了花圈。葉劍英、陳雲、宋慶齡、聶榮臻同志送了花圈。參加追悼會的還有黨、政、軍各部門的負責人、各界知名人士兩千人。

追悼會由鄧小平同志主持。胡耀邦同志致悼詞，說：「沈雁冰同志是在國內外享有崇高聲望的革命作家、文化活動家和社會活動家。他同魯迅、郭沫若一起，爲我國革命文藝和文化運動奠定了基礎。」他說，沈雁冰從一九一六年開始從事文學活動以來，在漫長的六十餘年中，他始終不懈地以滿腔熱情歌頌人民、歌頌革命、鞭撻舊中國黑暗勢力，創作了大量傑出的文學作品。這些作品刻劃了中國民主革命的艱苦歷程，繪製了規模宏大的歷史畫卷，爲我國文學寶庫創造了珍貴財富，在文學史上留下了不可磨滅的功績。悼詞說：「沈雁冰同志從青年時代起，畢生追求共產主義的偉大理想。早在一九二一年他就在上海先後參加共產主義小組和中國共產黨，是黨的最早的一批黨員之一，並曾積極參加黨的籌備工作和早期工作」。悼詞說：「沈雁冰同志的逝世，使我國失去了一位偉大的革命文學家和無產階級文化戰士，這是全國人民的一個不可彌補的損失。」胡愈之同志最後說：「我將把對沈雁冰同志的沉痛的哀思變爲推動我們工作的動力」，「使魯迅、郭沫若、沈雁冰等同志用畢生心血培育的偉大革命文化事業，永遠在祖國的大地上繁榮昌盛！」

參加追悼會並送花圈的還有：烏蘭夫、方毅、耿飆、王任重、宋任窮、胡喬木、廖承志、陸定一、周建人、康克清、胡子昂、榮毅仁、周培源、朱穆之、周揚、巴金、周巍峙、夏衍、傅鍾、陽翰笙、葉聖陶、成仿吾、林默

涵、賀敬之、曹靖華、丁玲、艾青、劉白羽、沙汀、張光年、曹禺、馮至、陳沂、陳荒煤、臧克家、姚雪垠等。(《人民日報》12 日)

「在追悼會舉行的同時，有數以千計的人民群眾自發地集結在天安門廣場兩側，面對人民大會堂肅立，以表示對茅盾同志的追念。直到追悼會結束，他們才漸漸離去。」(《文學報》特約記者雷霆《文苑同聲寄哀思──茅盾同志追悼會側記》，載 1981 年 4 月 16 日《文學報》)

追悼會後，沈雁冰同志的骨灰盒安放在八寶山革命公墓。(12 日《人民日報》)

同月　赴京參加茅盾追悼大會的茅盾研究者葉子銘、孫中田、查國華等感到，「著手編輯出版《茅盾全集》，是一項具有歷史意義的工程，應力促其實現」。五日上午，葉子銘看望作協領導羅蓀，「向他提出了關於編輯《茅盾全集》的建議，希望中國作協出面抓」，六日晚上，葉又見羅蓀，羅說：「我已找周揚談過了。他對編輯出版《茅盾全集》的建議，表示支持，但要我先同人民文學出版社的嚴文井、韋君宜同志聯繫，徵求他們的意見。他認為像《茅盾全集》這樣卷帙浩繁的大書，還得由人民文學出版社來出版。」十一日晚上，葉又到羅蓀處，羅告知，「已找嚴文井、韋君宜同志談過，他們都很支持，表示可以由人民文學出版社來負責出版工作。」嚴、韋還提出，「《茅盾全集》的編輯工作不必走《魯迅全集》的路子，搞那麼詳細的注釋，而是採取少注或不注的原則，工作班子也不要搞那麼大，這樣就可以爭取早出書。」由於種種原因，這項工作的真正開始是在一九八二年七月以後，七月中國作協書記處正式向中共中央書記處寫了關於編輯出版《茅盾全集》的報告，同年八月間中央書記處討論通過了作協的報告。此後，《茅盾全集》的出版工作，就正式開始了。(葉子銘《夢回星移──茅盾晚年生活見聞》「南大」1991 年4 月出版)

當月

巴金發表《悼念茅盾同志》，載香港《大公報・大公園》四月五日，又載《文藝報》八期，收入《隨想錄六十三》。本文深切地懷念與茅盾的友誼，「三十年代在上海看見他，我就稱他為『沈先生』，我這樣尊敬地稱呼他一直到最後一次同他的會見，我始終把他當作一位老師」，回憶他工作「認真負責，一絲不苟」，以及文學創作、評論、培養青年的成績，

讚茅盾「是我們那一代作家的代表和榜樣」。

郭紹虞發表《憶茅公》，載《文藝報》八期。認爲「茅公逝矣！一代文星忽焉隕落，即不爲友誼悲，也應爲天下慟」，指出「古人説爲經師易，爲人師難」，「茅公在文化園地中，爲黨培養的人材，卻沒法統計」；他「做出了爲人師的良好榜樣」；還指出，他之所以取得這樣巨大的成就，「即他的知識是活的，是活潑潑地存在著的生活」，故他的著述「匠心獨運，別有創見」。

曹禺發表《「我的心向著你們」——悼念茅盾同志》，載《中國青年報》一九八一年四月十六日。回憶以往，一九三七年《大公報》介紹《日出》，「那充滿最懇切鼓勵的頭一篇文章，是茅盾先生寫的」，自云「我是在茅盾先生薰陶下的後輩」；還云自己重讀茅盾的回憶錄，「他終生那樣嚴肅精深地追求共產主義理想。他勤奮一生，持重、公允。他的文章言論都充溢著堅定的信念和力量，我深深地崇敬他。」

冰心發表《悼念茅公》，載《文匯報》四月一日。回憶了自己和茅盾的六十年文字之交，認爲茅盾和「郭老、老舍、振鐸……他們都是當時文壇上朵朵怒放的奇花，花褪殘紅後，結了碩大深紅的果子，果熟蒂落，他們一個個地把自己貢獻出來，他們的果核又埋在祖國的大地上，重新萌芽、開花、結果，代代不絕！」並讚之「茅公遺留給我們的深紅的果實，是無比地碩大芬香的」！

丁玲發表《悼念茅盾同志》，載《人民文學》五期。文章高度評價了茅盾對我國現代文學的貢獻，「其辛勞勤奮，足爲後代楷模」；「他是名副其實的巨匠大師，他的作品裡的人物總是給讀者以眞實切膚的感覺」；「他還是一位辛勤培植的園丁，把希望和關心傾注在文壇上的新秀」；稱讚「茅盾同志始終給我們留下功高不傲，平易近人的寬厚長者的形象」。承認「我有幸曾是茅盾的學生」，他「在諄諄課讀之中培養了我對文學的興趣」；直至晚年，我一直把他當作老師」。

陳白塵發表《中國作家的導師——敬悼茅盾同志》，載《青春》五期。回憶起一九三六年自己的處女作被茅盾慧眼看中，選入《一九三六年短篇佳作選》，「我是在這一鼓勵之下，堅定了終身從事創作信念的」，從自己而推及三十年代至八十年代的作家，無限感慨地説：「茅盾作爲文學評論家，他是二十年代作家的朋友，三十年代以至七、八十年代之間一代

又一代作家們的導師！這是他六十餘年來爲中國文壇建立的豐功偉績中一個極其重要的貢獻」！

曹靖華發表《別夢依依憶雁冰》，載《光明日報》四月一日。憶及六十多年前首次相識，「他懇摯平易，毫不帶」「作家氣」，「這一點給我留下終身難忘的印象」；稱讚茅盾「對工作、對革命、對黨，忠心耿耿，一生如一日；兢兢業業，辛勤功勞，死而後已。他的著作早已超了國界，在全世界廣爲流傳，享有盛譽」；「幾十年來，他不但是中國新文化運動的直接參與者，而且是開拓者之一」。

沙汀發表《沉痛的悼念》，載《光明日報》四月三日。懷念回憶茅盾幾十年對自己的培養和幫助，一九三二年十月，正是茅盾對他短篇小説集《法律外的航線》的中肯評價，「使我有勇氣把創作堅持下去」，並指出，自己在茅盾的啓發下，「作家要寫自己所熟悉的生活」，「逐漸形成了自己的一點創作個性」；又是茅盾「幫助我掌握寫作的新形式」而進行了中篇、長篇的形式，總之「在我將近五十年的文學道路當中，他對我引導、指點和鼓勵，卻將永遠銘記在心！」

歐陽山發表《學習茅盾同志，尊重黨的領導》，載《羊城晚報》四月二日。認爲茅盾「六十年如一日，爲了中國革命文學健康發展，倡導了革命現實主義，在這方面，他的功績是不可磨滅的」；特別指出茅盾對「現代派」的批評，指出「所謂『現代派』不過是反現實主義的一個流派」，對澄清文藝界的混亂思想，促進革命文藝的健康發展，起了「非常有益的作用」。

秦牧發表《中國文學巨星的隕落——深切悼念沈雁冰同志》，載《羊城晚報》四月二日。認爲「從革命文學運動發展的進程來看，在他們那一輩的戰士當中，魯迅、郭沫若、沈雁冰，又可以説是鼎足而立的人物。中國的新文學運動，中國無產階級革命文學，能夠獲得今天的成就，和這幾位文化巨人高舉著戰旗，貢獻了心血，存在密切關係」；從自己與茅盾的幾十年接觸中認爲「他終生極爲緊張工作，而且終生堅毅戰鬥，是一位具有猛士性格的人物」，還指出「『生無所息』、『與時俱進』，爲正義的事業英勇戰鬥，是沈老一生極其鮮明的生活色彩」；還有「沈老學識淵博，使我們這些後學者，十分佩服，並且有『高山仰止』的感覺」，因此，「沈老長辭人間了，然而他的高風亮節和光輝業績將永遠爲人們所傳

頌。」

　　嚴文井發表《小草哀歌——悼茅盾先生》，載《中國青年報》四月九日。本文以散文詩形式謳歌了茅盾的一生功績，認爲「我不過是小草，承受過您雨露的千萬小草當中的一棵。」

　　姚雪垠發表《一代大師，安息吧！》載《中國青年報》。文章回憶了自己和茅盾半個世紀的友誼，特別是對其創作長篇小說《李自成》的支持和幫助更是情深難忘，認爲「他不僅是偉大的作家，也一生不放棄對中、青年作家的幫助和指導，所以我將他看成一位特殊的文學教育家，而我也是他的半棵桃李。」

　　茹志鵑發表《說遲了的話》，載《文匯報》四月一日。作者以無限激動的心情寫道：「幾次見面，我都想說，又因爲無法說清您對我的教誨，鼓勵，在我的創作上，人生道路上所起的巨大作用」，這是因一九五八年發表《百合花》後難以言喻的處境，是茅盾的評論支持了她，「我從先生二千餘字的評論上站立起來，勇氣百倍。站起來的還不僅是我一個人，還有我身邊的兒女。」

　　臧克家發表《往事憶來多》，載《十月》。憶及自己和茅盾的交往，認爲「茅盾先生是我的師長。我這個一九三三年登上文壇的『青年詩人』，是由於他的獎掖」；並提到茅盾的評論文字，認爲「茅盾先生是大作家，也是馬列主義評論家」，「茅盾先生評論，立場鮮明，態度科學，憑作者的作品，定文藝上的地位；不以作者的地位，定他的文藝作品」，所以「有的文章雖已經過了幾十年，但它的生命力依然強大」。還以較長的篇幅述說了自己在「文革」中與茅盾的交往，云及茅盾的治學精神，謙虛品德。

　　王願堅發表《他，灌溉著……》，載《中國青年報》四月九日。作爲一個在五星紅旗下成長起來的青年作家，「多年來，我像個孩子熱愛年高的長輩一樣默默地愛著茅公」，認爲「茅公像一條巨大的江河。他豐富、浩瀚、源遠流長，奔騰激蕩，卻又默默地流進溝渠，灌溉著文學園地，滋潤著文學的禾苗」。還說「我直接受到茅公的教誨，是由一支火柴的亮光開始的」回憶自己的《七根火柴》之被茅盾「稱道和鼓勵」，「借著這親切的激勵，我這支火柴繼續燃燒起來。」

　　碧野發表《心香一瓣，遙祭我師！》，載《長江日報》四月十一日。文章說：「茅盾同志是我的文學創作的引路人，在他的精神感召下，我忠誠地一直走著坎坷不平的艱苦的創作道路。」

　　駱賓基發表《悼念茅盾先生》，載《北京晚報》四月十二日。文章回憶起「文革」中，茅盾毅然爲聶紺弩和馮雪峰訴冤之事後説：「先生重才而輕物，雖到老年世情多變，而品德如山，巍然不移。」

　　許杰發表《不可遺忘的紀念——悼茅盾同志》，載《解放日報》四月三日。文章中説他之所以「走上文學這條道路」，「從茅盾那裡得到的影響，是很大的。」

　　方紀發表《深切的悼念》，載《天津日報》四月十日。文章説，茅盾那種「積極主張文學起到『激動人』『喚起民眾』的作用」的文學道路，「指引我從一個文學寫作的青年走向文學的道路，使我的作品起到推動社會進步的作用。」

　　端木蕻良發表《文學巨星隕落——懷念茅盾先生》，載《北京日報》四月九日。文章説：「我從小就讀茅盾先生的書。從少年時代起，魯迅、郭沫若、茅盾，這三個名字，就成爲給我引路的三顆星。」

　　杜宣發表《雨瀟瀟——沉痛悼念茅盾同志》，載《文學報》四月二日創刊號。文章説：「自從讀了茅公的三部曲《幻滅》、《動搖》、《追求》後，吸引了我對新小説的極大興趣，以後我就走上了學習新文學的道路了。」

　　田間發表《引路人》，載《大地》三期。文章説，他踏上詩歌道路，就受到茅盾的關心，認爲「那時他對新詩的看法，以及此後他多次對我的詩的觀點，我以爲是比較切合時宜的」，總結一生指出「引路者是黨。但在這中間，作爲我的引路人是不少的。茅盾同志，應當説是其中重要的一人。」

　　阮章競發表《哀悼長者茅盾》，載《人民日報》四月七日。本詩熱情謳歌了茅盾對自己和文學青年的培養指引，云：「三十年代讀翁書，始識中國爲何窮；六十年代聆教誨，大長精神步險峰；八十年代索翁字，猶記西湖論長鋒！」

　　傅鍾發表《一心向黨，風範長存——沉痛悼念沈雁冰同志》，載《解放軍報》四月十一日。文章説，「舉凡今天在社會上有影響的軍事題材作家，大都得到過他的指導和鼓勵。可以説他是我們『以筆爲劍』的一代宗師。」

　　蘇聯學者費·索羅金發表《紀念茅盾》，載蘇聯《文學報》四月八日。文章説，茅盾的「作品還將長期擁有自己的讀者，因爲它們藝術地反映

了偉大的中國人民在自己的艱苦而又重要的歷史時期裡的眞實生活」，「茅盾的優秀作品是世界進步文學寶庫的有機組成部分。」

法國作家蘇珊娜・貝爾納發表《回憶茅盾》，載《人民日報》四月二十五日。文章回顧了她於一九七八、一九七九年兩次訪問茅盾的情況，結束以讚詩頌之：「偉大的作家接見了我，在他的生命之秋……我把他對生活的信念永藏在心底！」

新加坡史風發表《文壇巨匠茅盾逝世》，載新加坡《南洋商報》四月八日。文章說茅盾的逝世「是中國文壇和世界文壇的巨大損失。」

法國阿蘭・佩羅布發表《茅盾——希望和幻滅的描繪者》，載法國《世界報》四月二十四日。文章指出，「毫無疑問，他（指茅盾）是一個偉大的作家，現代中國最偉大的作家之一。他的作品中所包含的創造力、文風和抒情氣息，只有魯迅的作品可以媲美。」

馮至發表《無形中受到的教益》，載《中國青年報》四月二十三日。文章認爲自己跟「茅盾同志接觸的次數是那樣少，無形中受到的教益卻很大」；認爲茅盾晚年的舊體詩寫得很有特色，如《讀稼軒集》「詩的確很好，既概括了辛稼軒一生的遭遇，也抒發了作者當時鬱結的心情，我反覆吟味，覺得能與魯迅的幾首名詩相比美。」

法國米歇爾・魯阿發表《法文版〈虹〉序》，載法國巴城出版社版《虹》。本文認爲「《虹》是茅盾的最初幾部大型小說之一，它標誌著一個偉大作家的誕生。」「它爲什麼叫《虹》呢？，因爲，小說的女主人公梅不僅是一個人物，而且可以看作是一股自然力，她出現在曙光朦朧的天邊，閃映著五顏六色，從最晦暗到最明快的色彩應有盡有，這個迷人的形象既脆弱又堅強，既美好又惡劣，揭示著她身邊和本人平庸生活的眞實特色。」

胡子嬰發表《回憶茅盾同志二三事——銘記他的誨人不倦的精神》，載《人民日報》四月二日。

茅以升發表《痛悼茅公》，載《人民日報》四月二十五日。

胡愈之發表《早年同茅盾在一起的日子裡》，載《人民日報》四月二十五日。

鮑文清發表《茅盾近年生活瑣記》，載《人民日報》四月九日。

雷克發表《追求、奮鬥、理想》，載《人民日報》四月十八日。

臧克家發表悼詩《信——痛悼茅盾先生》，載《人民日報》四月六日。

趙清閣發表悼詩《哭茅公》，載《人民日報》四月七日。

林煥平發表《向茅盾同志告別》，載《人民日報》四月二十五日。

文之發表《茅盾和他的著作》，載《解放軍報》四月二日。

魏傳統發表悼詩《江城子——挽沈雁冰同志》，載《解放軍報》四月七日。

臧克家發表悼詩《悼茅盾先生》，載《解放軍報》四月七日。

王願堅發表《深切懷念茅盾同志》，載《解放軍報》四月十一日。

紀學發表《他的心向著黨》，載《解放軍報》四月十一日。

鄒荻帆發表悼詩《春潮將如期到來》，載《大地》三期。

周建人發表《悼雁冰》，載《解放軍報》四月七日。

趙鷟發表《我讚美白楊樹——憶念文壇巨匠茅盾同志》，載《解放軍報》四月二日。

許德珩發表悼詩《痛悼沈雁冰同志》（二首），載《光明日報》四月三日。

黎丁發表《讀茅公遺墨》，載《光明日報》四月七日。

臧克家發表悼詩《哭茅盾先生》，載《光明日報》四月五日。

周而復發表《永不殞落的巨星——痛悼茅盾同志》，載《光明日報》四月十二日。

萬一虹發表《回憶，在那些似該忘卻的日子裡》，載《文匯報》四月十二日。

唐弢發表《一件小事——悼念茅盾同志》，載《光明日報》四月五日。

藍翎發表《沿著茅公的路》，載《中國青年報》四月十六日。

吳祖光發表《敬悼茅盾先生》，載《中國青年報》四月十二日。

曾林發表《巨星殞落，豐碑永存——悼念偉大的革命文學家茅盾同志》，載《中國青年》八期。

曉濤發表《偉大的革命作家——茅盾》，載《中國青年報》四月五日。

廖沫沙發表悼詩《最後的拜謁——悼念沈老》，載《中國青年報》四月二十三日。

葉子銘發表《深深的懷念——悼念沈老》，載《中國青年報》四月九日。

樓適夷發表《樹起新文學的大旗——三悼茅公》，載《工人日報》四月六日。

王亞平發表悼詩《巨星殞落悼茅公》，載《工人日報》四月四日。

青苗發表《一心向黨，奮鬥終生》，載《工人日報》四月六日。

李仁堂發表《我與沈老的一面之緣》，載《工人日報》四月四日。

沈溪發表《學前輩，寫出新時代》，載《中國農民報》四月二十三日。

洪流發表《憶延安時代的茅盾老師》，載《人民鐵道》四月十六日。

羅蓀發表《無盡的哀思——悼念茅公》，載《中國財貿報》四月十六日。

姜德明發表《鉅著的背後——讀茅盾的『回憶錄』》，載《中國財貿報》四月十六日。

徐民和、胡頻發表《巨匠的遺願——茅盾在最後的日子裡》，載《瞭望》二期。

王楷發表《手澆桃李千行綠——記茅盾培養中青年作家》，載《人才》二期。

臧克家發表《「茅盾給臧克家同志兩封信」後記》，載《北京晚報》四月五日。

朱述新發表《茅盾最後會見的一位外國朋友》，載《北京晚報》四月十二日。

萬樹玉發表《和茅盾先生的一次見面》，載《北京晚報》四月二十六日。

康志強發表《後者應力追——悼茅盾先生》，載《北京晚報》四月三日。

楊沫發表《深埋在心底的思念》，載《北京晚報》四月一日。

陸詒發表《言簡意深，歷久難忘——茅盾同志對新聞工作的親切教導》，載《文學報》三期。

周國偉發表《魯迅和茅盾的戰鬥友誼——魯迅手書茅盾〈答國際文學社問〉》，載《文學報》四期。

雷霆發表《文苑同聲寄哀思——茅盾同志追悼會側記》，載《文學報》三期。

陳沂發表《殷切的期望，戰鬥的友情》，載《文學報》一期。

顧力沛發表《茅盾的早期軼事》，載《文學報》二期。

峻青發表《筆有千鈞任歙張——茅盾同志談〈文學報〉》，載《文學

報》一期。

　　韓瀚發表《永遠的笑容——憶同茅公的一次會見》，載《文學報》二期。

　　夏征農發表悼詞《菩薩蠻——悼茅盾同志》，載《文匯報》四月一日。

　　臧克家發表悼詩《揮舊告別》，載《文匯報》四月十二日。

　　桑弧發表《拍好〈子夜〉，寄託哀思》，載《文匯報》四月一日。

　　丁之翔發表《憶茅盾同志在唐家沱》，載《文匯報》四月二十九日。

　　草明發表《偉大的品格——悼茅盾同志》載《文匯報》四月二十九日。

　　錢君匋發表《深厚的鄉情與友誼》，載《文匯報》四月十九日。

　　陳培源發表《「我的心向著你們」——記中國現代文學巨匠沈雁冰一生的最後時刻》，載《文匯報》四月八月。

　　姜德明發表《因茅盾同志逝世而想起的》，載《文匯報》四月十二日。

　　歐陽翠發表《懷念茅盾》，載《文匯報》四月十二日。

　　曹禺發表《向茅盾先生學習》，載《文匯報》四月十二日。

　　陳沂發表《一代文章萬代傳》，載《文匯報》四月三日。

　　臧克家發表《展讀遺書淚水多》，載《解放日報》四月十二日。

　　鳳翔發表《茅盾和他的著作》，載《解放日報》四月一日。

　　涯夫發表《訪茅盾故鄉》，載《解放日報》四月十二日。

　　曹禺發表《天地共存》，載《解放日報》四月二十六日。

　　姚雪垠發表《讀舊信追哲人》，載《解放日報》四月十九日。

　　吳泰昌發表《茅盾與「ABC」》，載《解放日報》四月十五日。

　　吳強發表《悼念茅公》，載《解放日報》四月十五日。

　　羅蓀發表《留給人們的珍貴遺產——悼念茅盾同志》，載《解放日報》四月十二日。

　　《解放日報》記者發表《崇高的心願——記茅盾同志臨終前二三事》，載《解放日報》四月五日。

　　許杰發表《不可遺忘的紀念》，載《解放日報》四月三日。

　　陳學昭發表《哀念我的長者茅盾同志》，載《解放日報》四月三日。

　　葉孝慎發表《一個文學青年悲痛的懷念——悼茅盾同志》，載《萌芽》增刊一期。

吳文琪發表悼詩《沉痛悼念沈雁冰同志》（六首），載四月《上海政協報》。

滕大千發表《中幅珍貴的題字（附茅盾手跡)》，載《天津日報》四月一日。

沈德傅發表《緬懷我們的大哥沈雁冰》，載《天津日報》四月十二日。

周艾文發表《茅盾同志二、三事》，載《天津日報》四月八日。

方紀發表《深切的悼念》，載《天津日報》四月十日。

馮驥才發表《緬憶茅盾老人》，載《天津日報》四月二日。

李霽野發表悼詩《悼念茅盾同志》(2首)，載《天津日報》四月二日。

劉呂先發表《沈老向稼軒紀念堂贈詩》，載《濟南日報》四月十二日。

田仲濟發表《站出來者好樣！》，載《濟南日報》四月十二日。

查國華發表《馳騁文場稱元戎——寫於聞沈老逝世以後》，載《大眾日報》四月十二日。

余修發表悼詩《悼文學巨匠沈雁冰》（二首），載《大眾日報》四月十二日。

李士釗等發表《殷殷心血灑齊魯——沈雁冰同志爲山東文化事業所作的貢獻》，載《大眾日報》四月五日。

龍彼德發表《烏鎮的哀思》，載《浙江日報》四月七日。

沈涯夫發表《唐代銀杏宛在——訪茅盾故鄉烏鎮》，載《浙江日報》四月十二日。

章柏年發表《「您以爲對麼？」——憶沈老對我的親切教誨》，載《浙江日報》四月十四日。

沈祖安發表《懷念與歉疚》，載《浙江日報》四月十四日。

李廣德發表《茅盾與吳興》，載《浙江日報》四月十二日。

王克文發表《茅盾同志二、三事——悼念茅盾同志》，載《浙江日報》四月七日。

黃源發表《沉痛悼念導師雁冰同志》，載《浙江日報》四月七日。

《茅盾故鄉桐鄉烏鎮舉行座談會，悼念茅盾同志逝世》，載《浙江日報》四月五日。

郭鳳發表《悼念敬愛的沈老》，載《福建日報》四月十八日。

姚鼎生發表《存千秋師範於人間》，載《福建日報》四月八日。

陳模發表《他的心是向著孩子的》，載《哈爾濱日報》四月二十三日。

張鎮發表《懷念你啊！茅盾同志》，載《哈爾濱日報》四月十二日。

門瑞瑜發表《萌芽──鮮花──悼念》，載《黑龍江日報》四月七日。

孟慶春發表《哀思與崇仰》，載《吉林日報》四月十四日。

孫中田發表《我見到的沈老》，載《吉林日報》四月十四日。

陳鴻賓發表《大節貴不虧──卓越的無產階級文化戰士茅盾戰鬥的一生》，載《遼寧日報》四月十二日。

方緒源發表《前輩教誨永銘記──悼念沈老》，載《山西日報》四月九日。

單于越發表《悼沈雁冰同志詩一首》，載《青海日報》四月十七日。

程秀山發表《沉痛的悼念》，載《青海日報》四月十七日。

趙明發表《「峻坂鹽車我仍奮」──懷念茅盾老師》，載《新疆日報》四月二十三日。

鐵依甫江（維吾爾族）發表悼詩《輓歌──悼茅盾賢師》，載《新疆日報》四月十二日。

王嶸等發表《沈雁冰同志在新疆》，載《新疆日報》四月十九日。

郭基南（錫伯族）發表《灑淚念師情》，載《新疆日報》四月十二日。

殘石發表《茅盾在延安》，載《寧夏日報》四月十二日。

吳淮生發表《文章長存，遺風永範──悼念茅盾同志》，載《寧夏日報》四月十一日。

趙燕翼發表《學而不厭，誨人不倦──悼念敬愛的茅盾先生》，載《甘肅日報》四月九日。

陳宗鳳發表《現代文學巨匠沈老永垂不朽》，載《甘肅日報》四月九日。

吳堅發表《沉痛悼念茅盾同志》，載《甘肅日報》四月六日。

單演義發表《心祭茅公》，載《陝西日報》四月十六日。

劉建勳發表《茅盾同志在延安的一件事》，載《陝西日報》四月十六日。

杜鵬程發表《悼念茅盾大師》，載《陝西日報》四月十六日。

陸萬美發表《雲嶺蒼山悼茅公》，載《雲南日報》四月十九日。

范國華發表《甘願做牛尾上的「毛」──記茅盾同志軼事》，載《重

慶日報》四月十九日。

呂品發表《向人民學習——敬悼沈老》，載《重慶日報》四月一日。

鄧遂夫發表《一個小縣的懷念——記與偉大革命作家茅盾同志的一次文字交往》，載《四川日報》四月二十九日。

吳若萍發表《時代風雲入筆底——編輯茅盾遺著有感》，載《四川日報》四月八日。

劉一倩發表《哀茅公大師》，載《桂林日報》四月五日。

林煥平發表《最後一次的會見——沉痛哀悼茅盾同志的逝世》，載《桂林日報》四月八日、九日。

秦似發表《回憶茅盾》（附有茅盾和秦似、駱賓基合影），載《廣西日報》四月七日。

竹林發表《春暉寸草心》，載《羊城晚報》四月二十七日。

思慕發表《羊城北望茅公》，載《羊城晚報》四月二十日。

陳雨田發表《痛悼茅盾同志》，載《羊城晚報》四月十一日。

于逢發表《不滅的光輝——悼念沈雁冰同志》，載《羊城晚報》四月十一日。

鍾紫發表《香島訪茅公》，載《羊城晚報》四月十日。

王爾齡發表《茅盾與廣州〈文藝陣地〉》，載《羊城晚報》四月十日。

杜埃發表《臨歸凝睇，難忘蓓蕾——悼念我國偉大的革命作家茅盾同志》，載《羊城晚報》四月十日。

徐文烈發表《最後的會見——悼念沈雁冰老伯》，載《羊城晚報》四月七日。

郁茹發表《悼念我的第一位老師——茅盾》，載《羊城晚報》四月五日。

霍榮發表《茅盾香港脫險記》，載《羊城晚報》四月四日。

歐陽山發表《學習茅盾同志，尊重黨的領導》，載《羊城晚報》四月二日。

胡一聲發表《悼念茅盾同志》，載《廣州日報》四月十一日。

楊銘煉發表《茅盾的筆跡》，載《廣州日報》四月十二日。

李奕發表《茅盾二三事》，載《廣州日報》四月十日。

鍾達岩發表《中國現代文學巨匠——茅盾》，載《廣州日報》四月三日。

于逢發表《高山仰止》，載《南方日報》四月十日。

周鋼鳴發表《先驅者的足跡》，載《南方日報》四月十日。

王懷讓發表悼詩《千秋歲引，哭茅盾前輩》，載《河南日報》四月十六日。

蘇金傘發表《悼茅公》，載《河南日報》四月十二日。

劉濟獻發表《求教沈老始末》，載《河南日報》四月十九日。

敖德斯爾（蒙古族）發表《深切悼念茅盾同志》，載《內蒙古日報》四月十四日。

金振林發表《懷念文學巨匠茅盾同志》，載《長沙日報》四月十五日。

任光椿發表《讓我們思索一個問題》，載《長沙日報》四月四日。

李西亭發表《茅盾同志的熱心指教》，載《長江日報》四月十八日。

甘子久發表《茅盾同志是誰介紹入黨的》，載《長江日報》四月十二日。

田一文發表《懷念茅盾同志》，載《長江日報》四月十一日。

聞鋒發表《茅盾同志和武漢》，載《長江日報》四月五日。

汪鍼發表《忘不了那慈祥的笑臉》，載《湖北日報》四月二十二日。

田一文發表《茅盾同志二三事》，載《湖北日報》四月八日。

符號發表《茅盾先生與我》，載《湖北日報》四月八日。

康濯發表《熱淚盈盈的哀悼》，載《芙蓉》二期。

錫金發表《敬悼茅盾憶舊事》，載《新苑》二期。

方緒源發表《悼念沈老》，載《山西大學學報》（哲社）二期。

翟同泰發表《崇高的精神，高尚的品德——關於茅盾同志給我的一封信》，載《華東師大學報》（哲社）二期。

沈基宇發表《茅盾與電影》，載《劇本園地》二期。

黃鋼發表《他留下了珍貴的囑告——茅盾老師對我們講了最後一課》，載《時代的報告》二期。

于黑丁發表《緬懷茅盾同志》，載《莽原》二期。

唐祈、夏穆元發表《關於茅盾先生在蘭州的兩次講話》，載《河北師院學報》。

鞏富發表《簡論〈子夜〉的人物形象》，載《內蒙古師院學報》（哲社）二期。

　　賴倫海發表《〈子夜〉中的中國女性》，載《贛南師專學報》二期。

　　鄭平發表《論茅盾的〈農村三部曲〉》，載《內蒙古師院學報》（哲社）二期。

　　彭兆春發表《從吳府吊喪場面看〈子夜〉全書的結構脈絡》，載《江西教育學院學刊》二期。

　　張安生發表《淒風慘雨共一鋪──〈林家舖子〉藝術構思淺談》，載《名作欣賞》二期。

　　馬文發表《以〈子夜〉爲例──學習茅盾如何熟悉生活》，載《解放日報》四月三月。

　　李軍發表《飽含深情，滿蘊詩意──讀茅盾的四篇抒情散文》，載《寧波師專學報》（社科）二期。

　　郝明樹發表《美妙的風景，激越的讚歌──〈風景談〉賞析》，載《淮陰師專學報》（社科）二期。

　　黎舟發表《漫談茅盾的散文創作》，載《福建師大學報》（哲社）二期。

　　翟大炳發表《茅盾獨具隻眼的詩人詩》，載《延安大學學報》（社科）二─三期。

　　徐季子發表《茅盾的〈魯迅論〉》，載《寧波師專學報》（社科）二期。

　　芷茵發表《重讀茅盾的〈農村三部曲〉》，載《寧波師專學報》（社科）二期。

　　張又君發表《茅盾早期的文學評論》，載《河北日報》四月二十三日。

　　孔海珠發表《茅盾的劇作》，載《上海戲劇》四期。

　　余俊雄發表《茅盾與科學幻想小說》，載《光明日報》四月二十九日。

　　葉子銘發表《〈茅盾文藝雜論集〉編後記》，載《上海文學》四月號。

　　莊鍾慶發表《論茅盾文學創作的成就──〈茅盾的創作歷程〉一書的結語》，載《光明日報》四月十四日。

　　田苗發表《茅盾與『突兀文藝社』及其他》，載《重慶日報》四月十九日。

　　柳生發表《茅盾的〈無題〉詩》，載《廣西日報》四月七日。

　　余時發表《茅盾的編輯藝術》，載《羊城晚報》四月十七日。

　　余時發表《注重附白──茅盾編輯藝術之二》，載《羊城晚報》四月

二十三日。

范泉發表《沉痛悼念茅盾先生》，載《中小學語文教學》四期。

聶文郁發表《茅盾同志遺墨（青石）的意義》，載《中小學語文教學》四期。

曹春生發表《歷史的需要》，載《文藝報》十三期。

林非出版《中國現代散文史稿》，中國社會科學院出版社出版。書中第三章之「一」，第四章之「一」和「四」，第五章之「二」評述茅盾。

本月

九日　人民文學出版社在北京舉行建社三十週年紀念會。

二十日　中國作家協會一致推選巴金爲中國作協主席團代理主席，並決定成立茅盾文學獎金委員會，由中國作家主席團全體成員擔任委員，巴金任主任委員。

二十二日　魯迅誕辰一百週年紀念委員會成立，宋慶齡爲主任委員，鄧穎超爲副主任委員。

《解放軍報》發表特約評論員文章《四項基本原則不容違反》，批判電影文學劇本《苦戀》。

後　記

　　在近幾年一陣陣喧嘩與騷動聲前後——商風商雨引起的喧嘩與騷動、文學上各種似是而非的「後……主義」的喧嘩與騷動、以及五花八門、「五顏六色」的街邊屋角報刊等的喧嘩與騷動——我們幾位志同道合者，埋首書案、板凳寧坐十年冷，終於又在「一陣陣喧嘩與騷動聲」中寫完了、統完了一百餘萬字的《茅盾年譜》。面對著沉甸甸的書稿，我們神思激越，感慨萬千。

　　美國優秀作家福克納說：「藝術家的宗旨，無非是要用藝術手段把活動——也即是生活——抓住，使之固定不動而到一百年以後有陌生人來看時，照樣又會活動——既然是生活，就會活動。人活百歲終有一死，要永生只有留下不朽的東西——永遠會活動，那就是不朽了。」茅盾當年執筆寫作，並沒有想到「不朽」，但他「用藝術手段」創作的小說《子夜》、《林家舖子》，散文《白楊禮讚》、《雷雨前》，評論《魯迅論》、《廬隱論》，上述等等，給後人「留下不朽的東西」，他的精神得到了「永生」。

　　印度優秀作家泰戈爾指出：「一切民族都具有世界上表現本民族自身的義務。假如沒有任何表現，那可以說是民族的罪惡，……一個民族，必須展示存在於自身的最高尚的東西。一個民族應該是寬容大度的。它的豐富而高潔的靈魂要承擔這樣的責任：跨躍眼前的利害，向另一個世界輸送本國文化精神的宴饗。」中國現當代文學大師茅盾，與魯迅、郭沫若、郁達夫、冰心、朱自清、聞一多、巴金、老舍、沈從文、錢鍾書、曹禺、艾青等一起，都以各自的作品向世界展示了中華民族「自身最高尚的東西」，他們都以「豐富而高潔的靈魂」向世界「輸送本國文化精神」，獲得了超越時空的精神價值。

　　莎士比亞悲劇《麥克白》第五幕第五場麥克白有句著名的台詞：「人生如痴人說夢，充滿著喧嘩與騷動，卻沒有任何意義。」西方的莎翁十六、十七世紀就崇尚「人生意義」，東方的茅公也從二十世紀二十年代起高舉「爲人生」的大旗——他們都生活在不同的「喧嘩與騷動」的年代。我們深知，「喧嘩與騷動」是古今人類社會的必然景觀，而「咬定青山不放鬆，紮根原在亂崖中。千磨萬擊還堅勁，任爾東西南北風」（鄭板橋詩句），以及「蟬噪林逾靜，鳥鳴山更幽」（王藉詩句），才是精神創造者們應有的境界。

　　歷時八年，在茅盾誕辰一百週年前夕，我們編著的《茅盾年譜》終於修改、增刪、定稿。文學大師博大精深，我輩自忖力薄，故不敢懈怠，數經寒暑，廣羅博採，精研細讀，剔誤鉤沉。其數年積跬步千里之勞、搜閱報刊之累、求告出版之艱難已因書稿行將問世而淡化如行雲流水，而成書後的感激之情日益湧上心頭。值此之際，我們特滿懷深摯的敬意，向爲我們題寫書名的九十七高壽的冰心先生致謝，也向百忙中眞誠幫助我們的韋韜先生、陳小曼女士致謝；同時，我們還深謝文壇前輩冰心、艾青、蕭乾的鼓勵和支持，深謝著名學者、評論家和茅盾研究專門們，如王瑤、戈寶權等先生，以及葉子銘、孫仲田、邵伯周、樂黛雲、莊鍾慶、丁爾綱、查國華、李岫、張頌南、魏紹昌、翟同泰、徐恭時、范泉、萬樹玉、盧瑋鑾、黃繼持、孔海珠等先生和女士，還有海外學者夏志清、陳幼石、Ｊ・普實克、松井博光、相甫杲等先生，——他們的專著、匯編和論文給我們以極大的幫助；此外，我們還應深謝北京、上海、南京等地的圖書館，復旦大學、北京大學、北京師範大學、華東師範大學、南京大學、西北大學、武漢大學、華中師範大學、新疆師範學院、杭州大學、江南大學等，以及日本東京大學、美國斯坦福大學、歐伯林學院、紐約市立大學等，上述高等學府的圖書館、資料室，還有茅盾家鄉的有關文化館、陳列室等，爲我們查閱和咨詢資料提供了極大的方便。

　　《茅盾年譜》總體構想、體例及寫作要求由唐金海基本確定之後，遂對全書的寫作進行了具體分工。歷經數年，初稿寫成，而世風遽變，出版艱危，遂使百萬字學術書稿蒙塵。一九九四年秋，時運轉機，天光大開，終於出版有望，遂又埋首南窗，出入書山學海，積之年餘，對年譜初稿內容進行了大量增、刪和校核，對其體例和文字亦嚴加矯正疏理，——如此不避陰晴寒暑、寂寞冷落、繼之日夜者一年有半矣。

　　從撰寫至出版，我等同仁齊心協力，不計工拙厚薄。無論是遠在天山腳

下、黃河之濱，還是近在江南水鄉、浦江之畔，學人均各展其能，各盡其力，而鴻篇鉅著，始可完篇。值此年譜行將問世之際，爲示相互尊重、同道友誼和學術責任，現將各編初稿作者和二稿、三稿作者署名如後。第一編（1896年－1926年），張曉雲、程金城、唐金海完篇；第二編（1927年～1949年），黃川、唐金海、莊來來、劉長鼎、胡榮祉完篇；第三編（1960年～1965年），張曉雲、唐金海、劉長鼎、馮濤完篇；第四編（1966～1981年），馮濤、唐金海、沈曉雲、劉長鼎完篇。自始至終參加本譜校對的作者有唐金海、劉長鼎、張曉雲、莊來來。

全書最後由唐金海、劉長鼎、張曉雲統稿並改定。

我們手捧沉甸甸的文稿，百感交集。「自視仍復疏漏」，終因茅公百年誕展在即，而我等同人爲編著、審核、修改和出版百多萬言的年譜，又已精疲力竭，心神交瘁，遂「不遑再計工拙」，就「靦然」交付出版了。（引文見茅盾《〈子夜〉後記》，借此機會，我們幾位同道學人，再次向上述前輩、師長和朋友，致以深深的謝意和祝福，並竭誠祈請教正。